Tonio Walter

—

Vollbefriedigend

Tonio Walter, Jahrgang 1971, studierte Rechtswissenschaft in Bonn und Freiburg i. Br. Heute ist er Professor für Strafrecht in Regensburg und Revisionsrichter. Seine *Kleine Stilkunde für Juristen* erreicht ein breites Publikum. 2005 erschien sein erster Roman, 2015 die Novelle *Am sechsten Tag*.

Tonio Walter

Vollbefriedigend

Königshausen & Neumann

Bibliografische Information der Deutschen Nationalbibliothek

Die Deutsche Nationalbibliothek verzeichnet diese Publikation in der Deutschen Nationalbibliografie; detaillierte bibliografische Daten sind im Internet über http://dnb.d-nb.de abrufbar.

Gedruckt auf säurefreiem, alterungsbeständigem Papier
Umschlag: skh-softics / coverart
Umschlagabbildung: Freiburg, Eingang Kollegiengebäude,
Wikicommons:
https://commons.wikimedia.org/wiki/File:Kollegiengebaeude_I_Eingang.JPG
(Letzter Zugriff: 16.12.2019)

Printed in Germany
ISBN 978-3-8260-6742-6
www.koenigshausen-neumann.de
www.libri.de
www.buchhandel.de
www.buchkatalog.de

Vor- und Nachspiel

Die Aprilsonne sprang von Dach zu Dach über die giebeligen Häuser Richtung Westen. Neben sich hörte er ihren ruhigen, gleichmäßigen Atem. Er konnte noch nicht schlafen, und er versuchte es auch nicht. Seine Gedanken sprangen wie die Sonnenstrahlen, nur nicht von Haus zu Haus, sondern über die Ereignisse und Geschehnisse des letzten halben Jahres bis hin zu jener Fahrt in Patricks Polo, die Jonas, Patrick und ihn in diese Stadt gebracht hatte. In seinem Zeitgefühl lag sie bereits in weit entfernter, fast unglaubhafter Vergangenheit. War das derselbe Thomas gewesen, der damals auf der Rückbank gesessen und versucht hatte, aus einem Reiseführer zu erfahren, was ihn hier erwartete? Kaum eine Quelle hätte sich dafür als unergiebiger erweisen können.

Er schaute zu ihr, auf ihre geschlossenen Augen, die weichen Wangen und den halbgeöffneten Mund, der ihren Atem bei jedem fünften Schlag des Herzens in die Kissenwölbung blies. Wahrscheinlich war sie der Hauptgrund dafür, dass ihm seine erste Fahrt in diese Stadt heute unwirklich erschien. Doch da gab es noch einiges andere. Und einige andere. Er dachte an Isabell Böhnke, die Journalistin, die mit ihren Recherchen und Artikeln einen veritablen Menschenversuch am Universitätsklinikum aufgedeckt hatte – und mit der er selbst auf ganz andere Art sowie, das hatte er zuzugeben, alkoholbedingt in eine versuchsähnliche Situation geraten war. Er dachte an Michael Niehenke, diese überaus schräge Figur, der die Stadt monatelang mit seinen kuriosen Anschlägen erstaunt und nicht nur den Chefarzt des Universitätsklinikums ebenso unkonventionell wie brutal in die Enge getrieben hatte; bis hin zu einer Verzweiflungstat, deren Ausführung ausgerechnet vom wichtigsten Vertrauten des Chefarztes, dem Doktor Fresenius, unfreiwillig verhindert worden war. Von diesen beiden wanderten seine Gedanken zum Bestiarium des Universitätspersonals, das die vergangenen sechs Monate seines Lebens bevölkert hatte, und er begann, im Geiste ein Personenverzeichnis zu schreiben, wie es klassischen Theaterstücken vorangestellt ist:

Professor Fritz Zerrer, Ordinarius für Öffentliches Recht und Pedant, vergibt Noten und Hilfskraftverträge nicht nur gemäß fachlichen Kriterien;

Professor Manfred Hauptmann, ebenfalls Inhaber eines Lehrstuhls für Öffentliches Recht, väterlicher Lehrer seiner Studenten und Chef des

Assistenten Grünthal, von den Studenten „James" getauft, geistiger Urheber einer Hausarbeit, in der es um aktive Frauen und im ursprünglichsten Sinne des Wortes manipulierte Männer geht;

Professor Erwin Prollius, Direktor eines Instituts für Strafrecht und Rechtsphilosophie, bei dem er selbst, Thomas Kröger, als studentische Hilfskraft arbeitete – und in dessen Institutsvilla im Keller jener Folterstuhl stand, auf dem

Kira Wadranski nervlich zusammengebrochen war, nachdem sein lieber Freund Jonas versucht hatte, sie im Auftrag seiner Chefin, der

Professorin Amy Brauner, Frauenbeauftragte der juristischen Fakultät, als Lockvogel zu gewinnen, um einen lüsternen Kollegen zu überführen, und nachdem sich der Freund von

Eva Flügel, Semesterbeste und jetzt durchaus nicht mehr Freundin ihres damaligen Freundes, einen allerdings üblen Scherz erlaubt hatte …

Er brach ab. Die Liste wurde ihm zu lang und zu konfus. Mit jeder Sekunde, die er die letzten Monate vor seinem inneren Auge Revue passieren ließ, zeigten sich neue Anwärter auf einen Eintrag: die skrupellose Pharma-Managerin Herlinde Noisette-Dutroux, der geniale Assistent Jens Drib und sein intriganter Kollege Matthäus Pantalon genannt Hirnigl – und er hieß wirklich so –, ferner die moralisch flexible Kommilitonin Sandra Brock … Die Gesichter tauchten auf und ab und drehten sich im Kreis, als säßen sie auf den Holzpferden eines alten Kinderkarussells. Er merkte, wie nun auch er müde wurde.

Noch einmal sah er zu ihr, und noch immer schlief sie ruhig und atmete gleichmäßig. Er spürte, wie ihn diese Ruhe und dieses Gleichmaß zu ihr, in ihren Schlaf zogen. Seine Gedanken und Erinnerungen wurden schwer und begannen, im Meer des Schlafes zu versinken. Kurz bevor er ganz unter die Oberfläche dieses Meeres tauchte, sah er erneut Patrick und Jonas auf den Vordersitzen des Polos, der sie vor einem halben Jahr hierher gebracht hatte, spürte die Vibrationen – und schmunzelte, während er einschlief.

Die Panne

Der Polo gab sein Bestes, aber die Tachonadel verharrte stur bei der Neunzig. Die Armaturen vibrierten, der ganze Wagen vibrierte, und das Motorengeräusch klang nach akuter Überforderung.

„Ich glaube", schrie Jonas so gelassen es ging, „du solltest jetzt doch auf die rechte Spur."

Patrick warf einen übellaunigen Blick in den Rückspiegel, den eine dichte Kolonne mit Abblendlicht fahrender Autos füllte. Der Kolonnenführer hatte den linken Blinker gesetzt und machte durch seine Nähe zum Heck des Polos klar, dass er nachdrücklich der gleichen Ansicht war wie Jonas.

„Den da packen wir noch", brummte Patrick und reckte das Kinn in Richtung eines Tanklastzugs, der rechts vor ihnen mit derselben Steigung kämpfte wie sie. Thomas saß auf der Rückbank zwischen zwei großen Sporttaschen und las in einem Reiseführer über das Ziel ihrer Fahrt. Dabei handelte es sich um ein süddeutsches Städtchen mit verwinkelten romantischen Gassen, einem gotischen Kathedralbau und einem Mittelgebirge in fußläufiger Entfernung. Sie beabsichtigten, dort zu studieren.

„Hier steht: ‚Den Besucher erwartet eine pittoreske Altstadt. Ihr Markenzeichen sind die putzigen Bächle, kleine gemauerte Rinnen am Gassenrand, durch die – außer im Winter – Wasser fließt und die nach dem Volksmund jeden, der versehentlich hineintritt, zwingen, ein Mädchen aus ihrer Stadt zu ehelichen.' Scheint nur für Männer zu gelten."

„Schau lieber mal nach", rief Jonas, „was übers Wohnen drinsteht. Ich meine: Preise, Gegenden, absolute *Don'ts* und so weiter."

Thomas kniff die Augen zusammen, als die Lichthupe ihres Hintermannes den Innenraum des Polos ausleuchtete. Er schlug zurück ins Inhaltsverzeichnis, fixierte einen Moment den von einem knappen Top überspannten Oberkörper des Mädchens, das dort auf einem Foto sehr figurbewusst und allegorisch ein Eis schleckte, und ließ mit dem Daumen die Seiten durchlaufen.

„Also“, sagte er laut, „hier; hier steht was.“

Erneut durchzuckten Scheinwerferblitze den Wagen.

„Etliche Studenten wohnen in der Stusi, einer architektonisch mäßig beleumundeten Ansammlung großer Wohnblocks mit Wohnheimcharakter und -qualität. Andere zieht es in die Wiehre ...“

„Wi-was?“, brüllte Jonas.

„Wiehre. W i e h r e. Ein Wohngebiet aus der Gründerzeit mit großen Altbauwohnungen, hohen Stuckdecken und knarzendem Parkett. Beliebt bei Jung und Alt – steht hier.“

„Hört sich doch super an“, gab Jonas mechanisch zu Protokoll, bevor er mit deutlich stärkerer innerer Beteiligung Richtung Fahrer rief:

„Jetzt fahr endlich rüber!“

Patrick hielt das vibrierende Lenkrad fest in beiden Händen, blickte diffus geradeaus und murmelte:

„Gediegener Altbau, Stuck, Parkett, hohe Decken; das wär’s doch.“

Thomas warf einen Blick durch die Heckscheibe. Aus der Kolonne scherte eine großformatige schwarze Limousine Richtung Mittelleitplanke aus, um zu sehen, was die Spur blockierte. Dann trafen seine Augen die des Fahrers unmittelbar hinter ihnen, der in höchstens drei Metern Entfernung die Lippen genau so bewegte wie jemand, der etwas sehr Unfreundliches sagt. Wenn Blicke töten könnten, dachte Thomas, wär’s nicht so schlimm, dann wäre ich jetzt lediglich tot. Aber könnten sie foltern – nicht auszudenken. Er hielt dem Blick auch nicht lange stand, sondern sah durch das Seitenfenster. Dabei stellte er fest, dass sich Tank und Riesenräder des Lasters, den sie überholen wollten, in diesem Fenster nach links bewegten.

„Hör mal Patrick, kann es sein, dass der Laster jetzt uns überholt – und nicht umgekehrt?“

„Ja“, rief Patrick empört, „auf der rechten Spur, die Sau!“

Jonas wurde nun förmlich, was bei ihm nur vorkam, wenn er mit seinem Vater telefonierte oder kurz vor der seelischen Kernschmelze stand.

„Hättest du bitte die Güte, einen Spurwechsel ernsthaft in Erwägung zu ziehen?"

„Geht nicht, da fährt doch der Brummi, und wenn ich langsamer werde, schiebt mich der Kerl hinter uns von der Straße!"

Die letzten Worte waren doppelt schlecht zu hören, weil zur gleichen Zeit die Hupe ihres Hintermanns erscholl.

„Sag mal, ist das der Öldruck?", fragte Thomas und zeigte mit gerecktem Arm zwischen den Sitzen hindurch auf eine rote Leuchtdiode im Armaturenfeld.

„Scheiße!", schrie Patrick, und obschon die anderen dies vollständig und klar vernommen hatten, fügte er hinzu: „Scheiße, Scheiße, Scheiße!"

Er ging vom Gas und schaltete mit der Rechten den Warnblinker an, klanglich untermalt von der sofort einsetzenden Dauerhupe des Hintermanns. Der Tanklaster zog seelenruhig an ihnen vorbei, dann war die rechte Spur frei und Patrick zog über sie hinweg auf den Standstreifen, wo er den Wagen abbremste. In dessen Innern wurde es von Meter zu Meter ruhiger. In die Stille beim Halten hinein sagte Thomas:

„Tja."

Jonas atmete hörbar aus, und Patrick wiederholte, dass er die Situation als „Scheiße" bewerte. Sie stiegen auf der Beifahrerseite aus. Jenseits der Leitplanke dehnte sich eine gefällige, optisch erholsame Feld-, Wald- und Wiesenlandschaft bis sonstwohin. Diesseits der Leitplanke dröhnte der nächste Lastzug mit ungesund pfeifendem Turbolader an ihnen vorbei, während auf der linken Spur ein Golf-Cabrio überholte, aus dem heraus ihnen zwei sonnenbebrillte Töchter besserverdienender Väter zuwinkten und -lachten; die eine von ihnen mit einem großen Fleck auf der Wange, vielleicht ein Muttermal. Thomas hatte den Wagen schon beim Herannahen beobachtet, drehte ihm jetzt, als er vorbeifuhr, den Kopf hinterher, winkte, lachte zurück und sprach durch die Zähne:

„Euch Blond-und-blöd-Muschis sollte mal ein Reifen platzen."

„Oder ein anderes Gummi", sagte Patrick und beugte sich unter das Auto. „Ja", kam es von dort nach kurzer Zeit, „der leckt."

„Genau wie der Fahrer, wenn sie hübsch ist und geduscht hat", bemerkte Thomas mit sichtlicher Freude am eigenen Witz.

„Super Spruch", sagte Patrick, richtete sich auf und wischte die rechte Hand am Hosenbein ab. „Zum Glück hat Papa Öl dabei, damit kommen wir locker zur nächsten Tanke."

„Und dann?"

Thomas sah sich in einem Raststätten-Motel mit einer Dose Bier im Bett liegen, während an ihrem Zielort Bataillone zukünftiger Mitstudenten, das hieß Konkurrenten, mietvertragslüstern durch die Straßen zogen.

„Dann kaufen wir neues Öl und kippen alle hundert Kilometer nach. Mach ich schon seit einem Jahr so."

Und Patrick ging zum Kofferraum.

„Ganz patent, der Mann", Thomas war erleichtert.

„Umweltmäßig aber nicht so toll", sagte Jonas.

Patrick kam mit einer grauen Plastikflasche zurück und bat Jonas freundlich, das Maul zu halten und die Kühlerhaube zu entriegeln. – Nach fünf Minuten saßen wieder alle im Auto. Patrick versprach, nur noch auf abschüssiger, mindestens ebener Strecke die linke Spur in Betracht zu ziehen, Jonas und Thomas wechselten die Plätze, und Thomas griff sich erneut den Reiseführer, während Patrick den Wagen verhältnismäßig angewidert hinter einem Viehtransporter zurück auf die rechte Fahrspur zog.

*

Die Autobahnabfahrt versprach ihrem Namen nach, sie in die Stadtmitte zu führen. Der freitägliche Feierabendverkehr war bereits verrieselt, und der wolkenfreie Himmel dämmerte gemächlich dem Wochenende entgegen. Sie fuhren auf einem langen Zubringer dem Städtchen zu, wirbelten das erste Herbstlaub auf und staunten die dunkel bewaldeten Hänge an, denen sie sich näherten und die von links und rechts auf ihren Zielort zuzuwachsen schienen.

„Wie im Urlaub“, seufzte Jonas. „Das kennt man doch wirklich nur vom Skifahren und aus irgendwelchen Kitschfilmen.“

Sie rauschten unter mehreren Brücken hindurch, und die Straße wurde städtischer, obwohl sie zweispurig blieb.

„Da ist der Dom!“

Patricks Zeigefinger klebte links an der Windschutzscheibe.

„Das Viech heißt Münster.“

„Klugscheißer.“

Als sie an einer Ampel hielten, fuhr mit lautem, ungehaltenem Geklingel und kreischenden Rädern eine Straßenbahn durchs Bild.

„Vielleicht kommt nachher noch ein Nachtwächter angedackelt und zündet die Laternen an“, vermutete Patrick.

Sie kreuzten die Schienen, mussten noch einmal abbiegen und rollten kurz darauf, während die Lampe fürs Öl erneut zu flackern begann, auf den Parkplatz jenes Hotels für Rucksacktouristen, in dem sie für ihre Wohnungssuche Quartier genommen hatten.

*

Sie hatten sich ihr Zimmer mit zwei Jünglingen zu teilen, die ebenfalls für ihr erstes Semester auf Wohnungssuche waren, sowie mit einem Herrn vorgerückten Alters, dessen Absicht es war, alle in Deutschland gelegenen Abschnitte der Jakobswege barfuß zu bewandern. Nachdem sie an der Rezeption die Förmlichkeiten erledigt und ihr Gepäck auf das Zimmer gebracht hatten, zogen sie in gehobener Stimmung in die Altstadt. Zur Alten Universität wollten sie, dort stand eine Psychologenparty in Aussicht, insbesondere eine Psychologinnenparty, da die Frauen in diesem Studiengang nicht diskriminiert wurden und daher in der Mehrheit waren.

Auf den Straßen lag Laub, und an jeder zweiten Ecke plätscherte ein Brunnen. Sie durchschritten ein pittoreskes Stadttor und liefen auf Straßenbahnschienen und Kopfsteinpflaster Richtung Zentrum. Zwischen Straße und Gehweg begleitete sie einer jener kleinen steinernen Wasserläufe, die ihr Reiseführer als „Bächle“ angekündigt hatte. An einem ziemlich abstrakten Reiterstandbild vorbei ging es bis zu einer unscheinbaren Tür. Dort nahm ihnen ein schwitzender und übergewichtiger junger Mann den Eintritt ab. Sein Gesicht war mit eitrigen Pusteln besprenkelt, und er trug ein schwarzes T-Shirt mit dem Aufdruck „ZERSTÖREN“. Er drückte jedem ungefragt einen Stempel auf jene Hand, mit der sie die Münzen auf seinen Tisch legten. Von drinnen dröhnten dumpfe Bässe, und es stank nach Bier. Sie folgten Geräusch und Gestank.

*

Jonas unterhielt sich seit einer halben Stunde mit einem Mädchen, bei dem er nicht die geringste Chance hatte. Patrick holte den dritten Caipirinha für ein Mädchen, das ihn bereits „süß“ fand und insgesamt nicht abgeneigt schien. Thomas hatte sich gerade eine Abfuhr geholt und badete das verwundete Ego in Kräuterschnaps. Das Klima war feuchtwarm und miefig.

*

Patrick hatte seine Dame um die Hüften gefasst und startete einen Discofox, den er in allen Varianten virtuos beherrschte. Jonas unterhielt sich mittlerweile bereits mit zwei Frauen, bei denen er chancenlos bleiben würde. Und Thomas merkte, wie sich der Raum zu drehen begann. Er stützte sich auf einen Tisch, der als Bar im Einsatz war. Da trat ihm ein quadratgesichtiger Kerl in die stark verengte Perspektive und erkundigte sich knapp, was er, Thomas, von seiner, des Fragenden Freundin wolle?

„Welche Freundin?"

Er solle nicht so dumm fragen und sich eine gute Antwort überlegen, „und zwar zügig". Das Quadratgesicht war unterdessen deutlich näher gekommen.

„Die mit dem Tanktop?"

Thomas dachte an das Mädchen, das er angesprochen hatte; vor allem dachte er an ihren Oberkörper. Das Quadratgesicht war jetzt sehr nahe.

„Was willst du Flachwichser von meiner Freundin?"

Thomas roch den alkoholisierten Atem seines Gegenübers, registrierte dessen angespannte, ziemlich kompakte Hals- und Nackenmuskulatur, und parallel dazu reifte in ihm die Vermutung, sich infolge unglücklicher Getränkeentscheidungen alsbald erbrechen zu müssen. Da verkürzte sich der Abstand zu der Visage vor ihm auf fünf Millimeter von Nasenspitze zu Nasenspitze.

„So du Schnösel, jetzt passma auf ..."

Pass ich, dachte Thomas und versuchte, seine Nase aus der Atemluft des anderen zu drehen. Da bohrten sich ihm zwei Finger in die Wangen, presste sich ihm ein Ellbogen in die Brust, und sein Gesicht wurde über den Schmerz in den Kaumuskeln wieder mittschiffs gedreht. Die Äuglein seines Gesprächspartners entbehrten aller menschlichen Wärme.

„Also du Arschnase – ?"

Es war kein böser Wille, keine Taktik und nicht als herablassende Geste gemeint, aber nunmehr musste sich Thomas tatsächlich erbrechen. Das scharf-säuerliche Gemisch aus Bier, Magensaft, Kräuterschnaps und einem Schinken-Käse-Baguette schoss ihm durch Mund und Nase, und sein Gegenüber stand dieser Bezeichnung gemäß denkbar ungünstig. Mit einem Schrei, der wie das Röhren eines Hirsches in der Brunft klang, ließ er los und sprang einen Schritt zurück. Links und rechts wandten sich Umstehende pikiert ab. Thomas wurde von seiner sich zusammenkrampfenden Bauchmuskulatur gekrümmt und stützte sich mit beiden Armen auf seine Knie.

Da legte sich von hinten eine schwere Hand auf seine Schulter, um seinen linken Arm schloss sich ein fester Griff, und eine tiefe Stimme sagte:

„So, dann wollen wir mal an die frische Luft."

Thomas hustete und spuckte ein Stückchen Tomate aus; in seinem rechten Nasenloch steckte ein Schnipsel Kochschinken. Ein athletischer Herr mit kurzgeschorenem Haar und dem Aufdruck *Ordner* auf seiner Jacke schob ihn in gebeugter Haltung Richtung Tür. Patrick hatte aufgeschlossen und redete auf den Mann des Sicherheitspersonals ein.

„Hey, der kommt schon klar, ich kümmere mich drum."

Sein Ansprechpartner hatte genaue Vorstellungen:

„Da geht's raus."

„Okay, wir gehen schon, alles in Ordnung, kein Stress."

„Ich habe keinen Stress. Aber ihr, wenn ich euch nochmal hier sehe."

Jonas trabte heran.

„Was'n los?"

Patrick wischte Thomas mit einem Tempo übers Kinn und fasste ihn unter der Achsel.

„Käpt'n Tom hat etwas zu viel getankt, wie's scheint", erläuterte er Jonas, der bestürzt neben ihnen trottete und Thomas halbentschlossen die Hand auf die Schulter legte.

Der Kassierer an der Tür grinste über seinem ZERSTÖREN-T-Shirt ein schadenfrohes Grinsen.

„Schon heim?"

„Nein, in den Puff. Depp."

Der Kassierer war noch dabei zu überlegen, ob es nun angemessen sei, tätlich zu werden – da standen sie schon im Freien. Vor ihnen floss ein Bächle in seiner ortstypischen Steinrinne, und über ihnen stand als weiße Kalkscheibe der Mond.

Sie gingen den Weg zurück, den sie gekommen waren. Nachdem Thomas einige Male ausgespuckt, sich geschnäuzt und die kühle Luft eingeatmet hatte, war ihm wieder wohler, und Patrick ließ ihn mit einem Schulterklopfen eigenständig weiterlaufen. Thomas hatte bereits mehrfach angemerkt, dass ihm dieses Ende des Abends sehr leid tue, und als er hierzu erneut ansetzte, brummte Patrick „vergiss es". Jonas stand vor einem Schaufenster, über dem der Schriftzug *Südbadische Zeitung* leuchtete nebst einem passenden Landeswappen.

„So viele wie noch nie – Studentenansturm auf Uni und PH. Wohnungsmarkt leergefegt", zitierte Jonas eine Überschrift auf den Zeitungsseiten, die in dem Schaufenster großflächig zu sehen waren. „Was heißt ‚PH'?"

„Pädagogische Hochschule", Thomas und Patrick hatten aufgeschlossen und ließen ihre Blicke über die Artikel fliegen.

„Und hier", Thomas drückte seinen Zeigefinger gegen das Glas, *„Impfpanne am Klinikum? Drei Studenten nach Test mit neuem Hepatitis-Impfstoff auf Intensivstation.* Hört sich insgesamt nach verschärften Studienbedingungen an."

„Und der HSV spielt morgen ohne Van der Vaart."

Patrick hatte sich dem Sportteil zugewandt. Eine Weile noch lasen sie hie und da und rochierten stumm vor dem Schaufenster. Dann sagte Jonas:

„Okay, die Wohnungsanzeigen sind nicht dabei. Schlage vor, dass wir's langsam packen. Haben morgen noch ein ordentliches Programm."

Das sahen seine Weggefährten ein. Sie lösten sich vom Schaufenster des Zeitungshauses und folgten wieder den Straßenbahnschienen und einem Bächle in Richtung ihrer Unterkunft. Sie passierten das abstrakte Reiterstandbild, schlenderten durch das pittoreske Stadttor und gelangten kurz darauf in ihr bescheidenes Hotel. Ihre Zimmergenossen schliefen fest. Es war zwei Uhr.

„Stell den Wecker auf sieben", flüsterte Thomas.

Jonas nickte; Patrick stöhnte unauffällig. – Beim Zähneputzen grübelte Thomas:

„Unter den drei Studenten mit den Impfreaktionen ist auch ein Jurist."

„Ja?"

„Stand in dem Artikel."

„Wieso überhaupt Studenten?"

„Hatten sich freiwillig als Testpersonen gemeldet. Hundert Euro gab's dafür. Und die Werbung hing nur an der Uni. Die brauchten möglichst schnell möglichst viele junge Leute. Heißt es in dem Artikel."

„Wissen wir also schon mal, was man besser bleiben lässt, wenn man Geld verdienen will."

Thomas gurgelte und spie ein Gemisch aus Wasser und dem Schaum seiner Zahnpasta ins Waschbecken. Jonas machte das Licht aus. Von Patricks Bett hörten sie bereits ein entrücktes Schnarchen.

Zwei Wochen später war Patrick „fürs erste" bei einer Dame zur Untermiete eingezogen, deren Nachname an eine italienische Eisdiele denken ließ und die auch sonst ihre Eigentümlichkeiten pflegte – wie es sich für eine vorteilhaft geschiedene Frau Ende vierzig gehört. Sie hatte eine Auswahl gleichaltriger, ebenfalls unbemannter Freundinnen mit rötlich angefärbten Haaren in asymmetrischen Frisuren, großen Ohrringen auf jener Seite, an der die Haare kurz geschnitten waren, und Brillen, von denen es beim Optiker geheißen hatte, sie seien „optisch präsent im Gesicht". Den neuen Untermieter musterte die Damengilde nicht uninteressiert und mit Anflügen eines Lächelns, über das sich Patrick gefreut hätte, wenn der Altersunterschied ein Vierteljahrhundert geringer gewesen wäre.

Seine Vermieterin leistete sich neben ihrer weitverzweigten Altbauwohnung, Studiosusreisen und einem reparaturintensiven Saab noch einen leiblichen Sohn, Antonio mit Namen, der vor knapp zwei Jahren zum zweiten und damit letzten Mal durch das Erste juristische Staatsexamen gefallen war, jetzt Taxi fuhr und auf einen Studienplatz in Veterinärmedizin wartete.

Jonas hatte es in jene Studentensiedlung verschlagen, deren bauliche Gestaltung schon ihr Reiseführer in Zweifel gezogen hatte und die aber an einem See in bester Naherholungslage errichtet worden war. Er wohnte im sechsten Stock Tür an Tür mit einer feengleichen Medizinstudentin, die auf den Namen Sandy Meier hörte und aus einem der neuen Bundesländer stammte. Jonas war ihr vom ersten Augenblick an schwärmend zugetan, ohne die leiseste Aussicht auf eine Chance zu haben.

Thomas hatte Quartier in einer Dachwohnung gefunden, die er sich mit einem Tuttibratschisten teilte. Ein Tuttibratschist, erfuhr Thomas, ist jemand, der in einem Orchester eine von ziemlich vielen Bratschen bedient und dafür täglich mindestens vier Stunden übt. Der Junge hieß Thierry und stammte zur Hälfte aus dem nahen Elsass. Er übte die vier Stunden für gewöhnlich daheim. Die Kammer, die Thomas bewohnte, hatte Platz für ein Bett, einen Schrank, ein Regal und eine Schreibtischplatte auf zwei Böcken. Vom Bett aus konnte Thomas die anderen Möbel gut erreichen, ohne aufstehen zu müssen. Die drei Freunde waren mit ihren neuen Wohnungen rundum zufrieden.

Mit der Stadt waren sie dies sowieso, es ging gar nicht anders. Jeder war von ihr entzückt. Man musste sie mögen, ihr Ineinanderwachsen von Häusern und Wald, das dunkle Grün über den giebeligen Dächern, wenn man auf dem Münsterplatz den Blick hob, und es wäre eine Abwechslung gewesen, wenn irgendwer irgendwann einmal gesagt hätte, dass ihm dieser permanente Liebreiz auf die Nerven gehe. Doch nichts lag den Studenten ferner, die neu in die Stadt gekommen waren, um in diesem Wintersemester auszuprobieren, was es heiße zu studieren.

Es hieß zunächst einmal, dass es nahe lag, Vorlesungen zu besuchen. Hierfür stellte die Universität der rechtswissenschaftlichen Fakultät ein kantiges Bauwerk zur Verfügung, dessen Abmessungen und Flächenverhältnisse eine ortsfremde Mischung aus Aztekentempel, Flakbunker und neuer Sachlichkeit waren. Ebenerdig bildete die Fassade durch regelmäßige Mauervorsprünge Nischen. In ihnen pflegte sich eine Horde von Punkern zu erleichtern, die auf dem Rasen vor dem Gebäude ihrer Tagesbeschäftigung nachging. Sie bestand vorwiegend darin zu schreien, Bier aus Dosen und Wein aus Tetrapacks zu trinken und sich von den großen Hunden umkreisen zu lassen, die zu der Gruppe gehörten. Des weiteren hatte ein hierzu abgeordnetes Mitglied der Gruppe mit einem Pappbecher Passanten anzubetteln, was manierlich vonstatten ging. Im Erdgeschoss des Hörsaalbaus residierte eine Fachbuchhandlung, die mit den Studenten der Rechtswissenschaft einen sauberen Reibach machte.

Thomas versenkte die dtv-Ausgabe des Bürgerlichen Gesetzbuches in seinem Rucksack, zog den Reißverschluss zu und hängte sich sein Alltagsgepäck über die Schulter. Er stand vor dem Buchladen und sog die gehaltvolle Herbstluft ein. Vor ihm kreischte eine Straßenbahn von links nach rechts und verscheuchte eine Gruppe Studenten, die auf dem Weg zu ihrer ersten Vorlesung waren. Sie gehörten zu demselben Semester wie Thomas, und die Zentralfigur des Geschehens war Patrick. Er trug eine Barbourjacke und holte mit seiner Aktentasche weit aus, als er Thomas sah:

„Käpt'n Tom, hallo, hallo."

„Naaa," versuchte er es mit vergleichbarer Jovialität, was misslang. Patrick setzte ihm die Aktentasche auf die Brust:

„Auf ins Gefecht. Sind spät dran. BGB AT."

„Jawohl."

Thomas straffte seine Haltung. Er kannte den Vorlesungsplan. Er hatte ihn sogar auswendig gelernt. Der Allgemeine Teil, abgekürzt AT, des Bürgerlichen Gesetzbuches, BGB, war Gegenstand ihrer ersten Lehrveranstaltung – einem herrlich antiquierten Oberbegriff für alles, was sich nach den amtlichen Vorgaben für ihr Studium in den Hörsälen und Übungsräumen zu ereignen hatte.

„So, Angriff", befahl Patrick der Truppe und schwenkte die Aktentasche über den Kopf.

Vor einem der Schaukästen der Buchhandlung stand Isabell Böhnke und ließ sich von dem Aufeinandertreffen der studentischen Frischlinge ablenken. In dem Glas des Schaukastens spiegelte sich die Szene, und mit einem Ohr konnte sie nicht anders, als die belanglose Begrüßung zu verfolgen. Wie jung sie sind, ging es durch ihren Kopf. Sie war nach allen gängigen Maßstäben hübsch. Lediglich hatte sie bei einem kritischen Blick auf ihr Spiegelbild zur Kenntnis zu nehmen, dass die letzten Jahre ihre Züge etwas markanter gemacht hatten. Sie war dreißig. Und die dort waren vielleicht zwanzig. Eine grundstürzende Erkenntnis, dachte sie und wandte sich von dem Schaukasten ab, weil ihre Straßenbahn kam. Die Jungjuristen waren schon hinter der Ecke des Gebäudes verschwunden. Im Hintergrund schrie ein Punker seinen Hund an.

*

Sie nannten ihn den Hanseaten. Er trug eine graue Flanellhose, ein hellblaues Hemd, eine rote Krawatte, einen dunkelblauen Blazer und die Gewissheit zur Schau, etwas Besonderes zu sein. Das war er auch. Er war besonders zufrieden mit sich; mit seiner norddeutschen Herkunft, seiner mit halb geschlossenen Augen zelebrierten Diktion, in der er deutsche wie lateinische Sentenzen vom Katheder perlen ließ, und mit seinem Fach, dem Urgrund aller Rechtswissenschaft und der europäischen Zivilisation: dem römischen Recht zusamt seinen eigentlich unbedeutenden Modifikationen im Bürgerlichen Recht der Gegenwart. Schließlich mit seiner Aufgabe, den studentischen Nachwuchs einzuführen in die Eleganz und Ästhetik dieses Rechtsgebietes mit seinen Begriffspyramiden, in denen die einzelnen Quader passgenau aufeinander ruhten, mit seinen kaufmännisch geprägten Fällen rund um Sommer- und Winterweizen, Zinsen und Fixgeschäfte, und mit seiner Ahnenreihe herausragender Rechtsgelehrter vom hochklassischen Gaius und von Glossatoren und Postglossatoren des späten Mittelalters bis hin zu den Giganten der Zivilrechtsgeschichte, den Pandektisten des 19. Jahrhunderts und ihrem Titan Savigny, dessen Porträt die Institutsbibliothek beseelte.

„Den Hanseaten“ nannten sie ihn nicht zuletzt, weil er seine Beispiele bevorzugt aus den Sphären des Seehandels und Hamburgscher Pfeffersäcke wählte. Was noch auffiel war eine gewisse Neigung zum Frivolen, um nicht zu sagen Sexuellen. Schon einer der ersten Fälle, die er vorstellte, handelte von einer Werbeannonce aus einer Zeit, als junge Frauen noch Fräulein hießen, besser gesagt: unverheiratete Frauen, und an die wandte sich die Annonce mit einem Text, der ein Buch anpries. Es hatte in etwa den Titel „Alles, was eine Ehefrau wissen muss – so verwöhnen sie ihn richtig“ und wurde in einer Art beworben, die unbedarfte Leserinnen denken lassen mochte, es handle sich um ein Kochbuch. Tatsächlich wurde dann gegen Vorkasse ein Druckwerk verschickt, das die Leserin über ihre ehelichen Pflichten aufklärte und über die Modalitäten von deren Erfüllung. Konnten die Käuferinnen ihre Order nach den Vorschriften des BGBs anfechten – und mit welchen Folgen? Dieser und ähnlichen Fragen ging der Hanseat nach mit großer Sorgfalt im pikanten Detail. Und des Menschen Verhängnisse und Verfängnisse im Geschlechtlichen gaben mehr als einem seiner Fälle eine geschmackliche Note mit Wiedererkennungswert. Die Lippen des Dozenten – er hieß Bentin – spitzten sich dann in den heiklen Passagen als Ausdruck tief empfundener Delikatesse, und etwas Süffisant-Dümmliches ergriff von seinen Zügen Besitz.

Thomas fragte sich, ob dies alles anders gewesen wäre, wenn jemand dem Hanseaten bewusst gemacht hätte, dass er sein Vergnügen am Schlüpfrigen mittlerweile vor Hörern zelebrierte, die zwar nicht mehr wussten, wann Rom aus dem Ei geschlüpft war, dafür aber fast alle schon einmal im *World Wide Web* einen Pornofilm gesehen hatten. Er knetete die Hände ineinander und kniff die Augen zusammen. Zwei Reihen vor ihm saß eine gebräunte und geschminkte Brünette mit löwenblonden Strähnen und tratschte mit ihrer Nachbarin. Waren das nicht die Tussis aus dem Golf-Cabrio, das an ihnen vorbeigedüst war, als sie auf ihrer ersten Fahrt hierher mit Motor-Infarkt auf dem Standstreifen gehalten hatten? Aber ja doch! Die Strähnen-Tante hatte auf dem Beifahrersitz gesessen und gewinkt, und die Tussi rechts neben ihr war die Fahrerin gewesen, die ihnen noch einen schadenfrohen Kussmund zugeworfen hatte. Er erkannte sie an dem großflächigen Muttermal auf ihrer Wange, dessen Form so ähnlich aussah wie das, was man Silvester beim Bleigießen produziert: eine Mischung aus Spermium und Ridley Scotts *Alien*.

Die beiden quatschten, als säßen sie am Strand, während von vorn das Dozieren des Hanseaten wie Meeresrauschen zu ihnen heraufklang. Das Mädchen mit dem Muttermal erzählte gerade irgendetwas rund um das Wort „Kelly-Bag“ und mischte alleweil ein „hey Kiri“ oder ein „Jaaa“ in ihren Gesprächsbeitrag. Sie sprach gedehnt und durch die Nase und reagierte damit auf verbale wie mimische Rückmeldungen ihrer Freundin. Die äußerte des öfteren „ne, Sani, echt?“, wickelte ihr blond gesträhntes Haar um den Zeigefinger, ließ ihren Unterkiefer ein Kaugummi herumwenden und sagte mehrfach „ey cool!“.

Thomas ließ seine Aufmerksamkeit willig zu den beiden Kommilitoninnen wandern. Er konnte sie jetzt auch besser verstehen. Dies lag allerdings daran, dass die Stimme des Dozenten nicht mehr störte, weil sie verstummt war. Der Hanseat hatte sich kurz vor der ersten Sitzreihe so aufgebaut, dass er die beiden Tratschsusen frontal fixieren konnte, was er auch tat. Dann hörte man aus den Lautsprechern:

„Verzeihen Sie, wenn ich Sie unterbreche.“

Die Damen merkten sofort, dass sie gemeint waren. Ihre Konversation erstarb zeitgleich mit dieser Erkenntnis. Kein Laut schaffte es mehr aus den erstarrten Mündern. Die Gesichtsfassaden sahen aus, als hätte jemand im falschen Moment auf die Pause-Taste gedrückt. Der Hanseat ließ sich dieses Entsetzen auf der Zunge zergehen und neigte den Kopf:

„Es mag Sie erstaunen, aber Sie und ich, wir haben zwar nichts miteinander, aber etwas gemeinsam.“

Er blinzelte entzückt. In den Gesichtsfassaden der Damen huschten hinter den Fenstern die Bewohner ängstlich umher und spähten in alle Richtungen. Etwas gemeinsam?

„Ja“, klang es aus den Lautsprechern: „Wir drei reden seit einer halben Stunde. Ich erlaube mir indes zu befürchten: nicht zum gleichen Thema.“

Er blinzelte wieder. Die eigene Raffinesse lief ihm wie ein guter Whisky die Kehle hinunter und verbreitete sich wohlig im Magen. Das Publikum lachte Beifall, den beiden Verspotteten dunkelte der Teint nach, und ihre Blicke huschten um sie herum. Dann verkündete der Hanseat, dass man eine fünfzehnminütige Pause machen wolle.

*

Nach der Pause erfuhren die Hörer etwas von der Großartigkeit des Instituts der Willenserklärung, vermöge deren das einzelne Zivilrechtssubjekt seiner Privatautonomie im Bürgerlichen Recht Geltung zu verschaffen in den Stand gesetzt werde. Und sie erfuhren von dem wahnwitzigen, traditionsblinden Projekt einer *sogenannten* Schuldrechtsreform – der Hanseat betonte das Wort mit aufgesetzter Ironie, die aber Abscheu und Verbitterung kaum zu überspielen vermochte – einer *sogenannten* Schuldrechtsreform, die vor fünf Jahren über römischrechtliche Reservate im Bürgerlichen Gesetzbuch hereingebrochen war und einige der Stränge zerschnitten hatte, mit denen das deutsche Zivilrecht noch am Römischen Reich des Kaisers Justinian und an dem Werk der Pandektisten hing.

Thomas betrachtete die beiden leeren Plätze zwei Reihen vor ihm und stellte sich vor, wie das Mädchen mit den blonden Strähnen, von ihrer Freundin „Kiri" genannt, vor ihm lag mit angewinkelten Beinen, die sie mit ihren Armen an den Körper zog und zwischen denen hindurch sie ihn mit geöffnetem Mund ansah.

*

Als der Vorhang für den Hanseaten gefallen war, schlenderte Thomas mit Patrick und Jonas Richtung Cafeteria. Die beiden hatten neben ihm gesessen; Jonas links und mit seiner Mitschrift beschäftigt, Patrick rechts und mit seiner Nachbarin beschäftigt, deren Gegluckse Thomas „auf den Sack" gegangen war, wie er Patrick jetzt wissen ließ.

„Stell disch nit so a, trink doch eene mit, du stehst eh die janze Zigge rüm – he, Käpt'n Tom, nu bleiben wir mal geschmeidig. Die Lady ist erste Sahne. Knackarsch, Holz vor der Hütte, sauber rasiert, aus Hamburg ..."

„Sexiiist!"

Jonas hatte zwar Richtung Decke gebrüllt, aber doch gebrüllt, und nun drehte sich ein Mädchen um, das vor ihnen ging. Sie war dunkelblond und erfreute sich einer Figur, für die manche Frau viel Geld bezahlt hätte. Weil Jonas einen sympathischen Eindruck machte, ließ sie sich zu einer Bemerkung hinreißen, bevor sie den Kopf wieder nach vorne drehte:

„Sind die doch alle."

„Hä, wer?"

Jonas ging einen Schritt schneller und fragte erneut:

„Du, wer denn?"

Das Mädchen signalisierte Unverständnis und blickte bedeutungsvoll nach links und rechts, bevor sie antwortete:

„Na die Profs."

Sie passierten den Eingang der Cafeteria.

„Die Profs?"

Jonas brauchte seine Orientierungslosigkeit nicht zu spielen. Das Mädchen ging noch neben ihm.

„Ja-ha." Sie betonte beide Silben. „Oder wen hast du gemeint?"

„Äh, ihn hier", Jonas zog Patrick am Hemd. Der stand schon am Kaffeeautomaten.

„Aua", sagte Patrick tonlos und drückte einen Knopf. Aus dem Automaten drangen Geräusche, denen man ad hoc nicht zutraute, dass sie mit Kaffee zu tun haben könnten. Jonas lächelte, wie es liebe Jungen tun. Da seine Gesprächspartnerin derzeit aber weder Hilfe beim Reifenwechsel noch beim Umzug brauchte, sah sie an ihm vorbei – auf Patricks breiten Rücken. Aus dem Automaten fiel mit dem Geräusch knickenden Plastiks ein Becher und kippte um. Als Patrick ihn wieder aufrichtete, schoss ein heißer dunkler Strahl hinterher und traf Patricks Hand.

„Sch...", Patrick verkniff sich den Rest und schüttelte heftig die Hand, von der Kaffeetropfen in alle Richtungen flogen. Der Becher kippte wieder um. Dann kam die Milch.

„Ja, Sakrament", Patrick sprach neben Deutsch und Englisch auch etwas Bayerisch, „was is etzt des füra Grampf", und er wischte die Hand an der Gesäßtasche ab.

Der Mund ihrer Kommilitonin unterließ es diszipliniert zu grinsen, bis sie durch einen Blick von Patrick die Erlaubnis dazu erhielt. Thomas und Jonas standen einmal mehr in der zweiten Reihe. Aus der heraus sagte Thomas:

„Ist ja wie bei *Kottan ermittelt*."

Patrick musste ebenfalls grinsen. Sie alle kannten und verehrten die österreichische Fernsehserie aus den frühen achtziger Jahren, eine anarchisch-absurde Abwandlung gängiger Vorabendkrimis, in der die selbstbestimmte Funktionsweise eines Kaffeeautomaten als Running Gag verbaut war.

„Genau“, Patrick wandte sich den anderen zu, „und daher hat’s keinen Sinn, es weiter zu probieren. Das nächste Mal würde mich das Ding wahrscheinlich mit Zuckerstücken beschießen.“

Und damit hatte er bei ihrer Dame endgültig einen Fuß in der Tür. Jonas hingegen sagte:

„Du, aber jetzt nochmal zu den Sexisten!“

Ihre Augenbrauen zuckten nach oben wie zwei Schmetterlingsraupen bei einem Stromschlag.

„Er meint die Profs“, half Thomas, „hast du doch gesagt: alles Sexisten.“

„Also ihr habt Sorgen“, Patrick griff seine Aktentasche, sondierte die Lage und setzte sich mit ruhigem, wiegendem Schritt Richtung Verkaufstheke in Bewegung. Die anderen folgten – einschließlich ihrer Kommilitonin. Da Patrick ihr seine Aufmerksamkeit vorübergehend entzogen hatte, erbarmte sie sich, den Gesprächsfaden wieder aufzunehmen:

„Na ja, die törnt es doch alle an, wenn so viele süße Puppen an ihren Lippen hängen.“

„An ihren Lippen hängen“, wiederholte Jonas.

Das Mädchen bewegte den Kopf leicht nach vorn und hüllte Jonas in einen mütterlichen Blick.

„Im übertragenen wie gegenständlichen Sinne.“

Jonas war überfordert. Thomas sprang ein:

„Und das reicht schon, um Sexist zu sein?“

Sie kamen zu Patrick, der am Ende einer schnatternden Schlange stand.

„Ne“, sagte das Mädchen mit der gleichen Intonation, mit der man unwillig brummt, „aber manche Bemerkungen sind doch eindeutig. Außerdem ist bei einigen bekannt, dass was läuft.“

„Dass was läuft?“

Jonas war einfach so. Patrick drehte sich um:

„Was läuft denn?“

Die zweite Frage und der Fragende belebten ihr Gesicht, und sie verschränkte die Arme unter der Brust – mit überaus vorteilhaftem Ergebnis.

„Nichts Genaues weiß man nicht, aber zu einigen Herren halten sich hartnäckige Gerüchte."

„Oha", Patrick zog ein orangefarbenes Tablett von einem Stapel; es hatte noch feuchte Streifen vom Abwasch, die langsam verdampften. „Jetzt wird's schlüpfrig."

„Brauchst 'n Tempo?"

Jonas hatte den Satz auf das Tablett bezogen.

„Ne, danke du, geht schon. – Ja, mien Deern, nu sind wir aber mordsgespannt."

Sie kostete noch einen Moment die Aufmerksamkeit aus und sagte dann:

„Na ja, von Bentin heißt es schon, dass er sich an kleine Studentinnen ranmacht. Auch an seine Hilfskräfte. Mit einer ist er schon im Auto gesehen worden. Aber die schrägsten Stories gibt's von Zerrer."

„Wer?", fragten Jonas und Patrick zugleich.

„Lernt ihr übermorgen kennen", Thomas hatte den Vorlesungsplan bildlich vor Augen, „Staatsrecht I – Staatsorganisationsrecht."

„Ja genau", das Mädchen nahm einen Apfel von der Auslage, „einer von den *old boys* aus dem Öffentlichen Recht. Sieht so ähnlich aus wie Zoellick."

„Der Weltbank-Präsident? Oh Gott."

Thomas griff sich einen Müsliriegel und dachte an Robert Zoellick, den Weltbank-Präsidenten: brutalstmöglicher Seitenscheitel, Segelohren, eng liegende, leicht schlitzförmige Augen, Warze an der Nase, Schnauzbart und pedantische Kleidung. So stellte er sich einen treusorgenden Familienvater mit Traumkarriere vor, der in seinem Wochenendhaus im Keller kleine Jungs vergewaltigt und dann zerstückelt.

„Zerrer wird nachgesagt …"

„Ja was denn nu", Patrick lud ein Stück Torte auf sein Tablett und stellte nach kurzem Zögern einen kleinen Pappbecher unter den Espressoautomaten.

„Dass er Studentinnen, na ja; halt dass er sie …"

Ein durchdringender Pfeifton fiel ihr ins Wort. Er kam aus ihrer Hose und entpuppte sich als erster Ton der Titelmelodie von der *Sendung mit der Maus*.

„Oh, Moment mal", sagte sie geschäftig und fingerte ein flaches Mobiltelefon aus der vorderen rechten Tasche ihrer Jeans, wobei ihrer Hand drei Augenpaare folgten.

„Och, lass noch'n bisschen klingeln", meinte Jonas, der die Melodie mitpfiff und in ihrem Rhythmus mit dem Kopf wackelte. Sie hielt das Telefon ans Ohr.

„Hallo", sagte sie mit schlagartig höchster Konzentration und drehte sich aus der Schlange.

„Ich glaube, das wird heut nichts mehr", Patrick schob das Tablett zur Kasse, wo eine Matrone mit weißem Kittel die Kundschaft abfertigte. „Ich zahl das hier und dann noch den Apfel von der Dame da, die gerade weggeht und telefoniert."

„Wir wissen gar nicht, wie sie heißt!", rief Jonas.

„Wahrscheinlich Eva. Spätestens übermorgen kommt deine nächste Chance."

Sie zahlten und schlenderten mit dem Tablett zu einem Stehtisch. Ihre namenlose Kommilitonin kam nicht zurück. Am Nachmittag hatten sie ihre erste Arbeitsgemeinschaft.

James

Der Raum hatte keine Fenster, da man in den siebziger Jahren der Ansicht gewesen war, dass zu viel Kontakt mit der Außenwelt – und sei es Blickkontakt – geistiger Arbeit hinderlich sei; so wie in Synagogen und Moscheen Frauen von den Männern getrennt werden, damit sie sich nicht gegenseitig vom Beten ablenken. Der rotgoldene Glanz, den draußen die sinkende Sonne über die Dächer goss, die milde Herbstluft mit ihrem Aroma von Laub und Erde, die Laute des Wassers in den Brunnen und Bächen, halb Plätschern, halb Rauschen, kurz: das unwiderstehliche Werben des Städtchens und der Natur um die Gunst der Menschen blieb außen vor. Man war perfekt abgekapselt.

Das Licht stellten Leuchtröhren bis auf die dritte Dezimale genau mit jener Luxzahl zur Verfügung, die nach DIN für den Lehrbetrieb vorgeschrieben war. Den Schall von draußen hielt dicker Beton fern. Drinnen herrschte eine unwirkliche Akustik fast wie in einem Tonstudio. Das Geräusch von Schritten auf Velours, vom Blättern in Büchern, von den Druckknöpfen der Kugelschreiber trat in der Stille unverhältnismäßig deutlich hervor, die menschliche Stimme trug es durch Räume und Gänge hindurch bis in den letzten Winkel. Wer hier lesen wollte, brauchte Ohrenstöpsel.

Wo sie waren, wollte niemand lesen. Zwar hieß das Gebäude insgesamt Universitätsbibliothek, aber sie saßen in keinem Lesesaal, sondern in einem Übungsraum. Er lag im ersten Stock, nach dem Gefühl eines Besuchers aber im Untergeschoss, weil sich der Eingang des Gebäudes gemäß einer innovativen Idee des Architekten im zweiten Stock befand und man daher den Fahrstuhl nach unten nehmen musste, um in den ersten zu kommen. Sie warteten auf den Leiter ihrer Arbeitsgemeinschaft. Er hätte schon seit zehn Minuten da sein sollen.

Als die Tür aufschwang und er eintrat, stellte sich heraus, dass es damit sozusagen seine Richtigkeit hatte. Sie nannten ihn alsbald James – nach seinem zuweilen distinguierten Habitus, seiner Kleidung und sonst ohne vernünftigen Grund. Er trug einen braunen Tweedanzug mit Weste, den er sich in Prag hatte maßschneidern lassen, dazu ein mittelblaues Baumwollhemd mit feinkörniger Struktur, Webart *Oxford*, eine dicke bordeauxrote Krawatte mit Paisley-Dessin, ein goldbraunes Einstecktuch aus Seide, kastanienbraune Schuhe mit Ledersohle und Patina sowie eine Hornbrille, durch die zwei Rehaugen das Publikum mit Interesse und Mitleid überflogen. Er zog die Tür zu und fuhr sich mit der Rechten durchs Haar, was die Ansätze von Geheimratsecken freilegte – obschon er erst Mitte zwanzig war. Eine Tasche oder Unterlagen hatte er nicht dabei.

Er ging zu dem Tisch, der für den Dozenten vorgesehen war, lehnte sich mit dem Gesäß gegen die Tischkante, fasste sie links und rechts von sich mit den Händen, überflog erneut die Hörerschaft, rümpfte die Nase und sprach mit einer schönen Tenorstimme ein langes „Jaaa …". Sein Blick wanderte weiter über die Gesichter der Studenten und verharrte kurz bei Patrick, Jonas und Thomas, als er sagte:

„Da sind Sie also."

Obwohl es sich eigentlich umgekehrt verhielt, schwieg das Publikum, denn es war neugierig. James senkte den Kopf deutlich nach rechts, wenn er sprach. Er stellte sich vor und nannte noch einmal Titel und Zweck der Veranstaltung, zu der man zusammengekommen war: Arbeitsgemeinschaft Staatsrecht II – Grundrechte; Einübung in die Methodik der Fallbearbeitung. Und er entschuldigte sich für die Verspätung; er habe sich von einer anderen Aufgabe nicht früh genug losreißen können. Es klang etwas doppelbödig und andeutungsvoll.

Thomas vermutete, dass James zu keiner einzigen AG-Stunde pünktlich erscheinen werde, und sollte recht behalten. Doch das war nicht weiter schlimm, denn der Unterricht in der verbleibenden Zeit wog die Verspätung auf. In ihm spielte die „Einübung in die Methodik der Fallbearbeitung" nur eine nachgeordnete Rolle. Viel wichtiger war, dass James aus dem Fundus seiner Belesenheit schöpfte und jedes

Grundrecht, das sie behandelten, mit illustren Geschichten farbig werden ließ und mit historischen Bezügen so aufzuhängen verstand, dass es in der Grundrechtsdogmatik einen unverwechselbaren Platz bekam.

In diesem ersten Termin ging es um die Menschenwürde, also, wie James hochgestimmt ausführte, um den Höchstwert des deutschen Grundgesetzes, den Ausgangspunkt seiner Grundrechte-Charta, den ersten Satz seines erstens Artikels: *Die Würde des Menschen ist …*

„… ja, was ist sie eigentlich?“, fragte James und senkte den Kopf nach rechts.

„Unverletzlich!“, rief jemand in der ersten Reihe.

„Fast. Das Grundgesetz sagt, sie sei *unantastbar.* Das ist noch strenger und majestätischer formuliert. Nicht einmal berühren darf der Staat die Menschenwürde irgendeiner Person, die seiner Gewalt unterliegt. Dass die Würde einzelner in der Realität sehr wohl angetastet wird, sogar durch staatliche Stellen, tut dem keinen Abbruch. ‚Ist unantastbar‘ heißt ‚darf nicht angetastet werden‘ – lediglich mit etwas mehr Pathos. Lesen Sie jetzt den nächsten Satz: ‚Sie‘ – also die Menschenwürde – ‚sie zu achten und zu schützen ist Verpflichtung aller staatlichen Gewalt.‘ Man könnte meinen, neben dieser Achtungs- und Schutzpflicht habe der erste Satz keine eigenständige Bedeutung. Hat er aber doch, denn er macht die Menschenwürde zu einem Wert, der jedwedem staatlichen Eingriff entzogen ist. Für alle Grundrechte der folgenden Artikel gilt, dass Eingriffe in ihren Schutzbereich unter engen oder weniger engen Voraussetzungen gerechtfertigt sein können. Demgemäß prüfen Sie auch in ihrer Falllösung normalerweise in drei Schritten, erstens: Berührt eine staatliche Maßnahme den Schutzbereich eines Grundrechts, zum Beispiel ein Gesetz zum Nichtraucherschutz oder eine Abrissverfügung? Zweiter Schritt: Falls ja, gibt es dafür eine rechtfertigende Grundlage, insbesondere einen Gesetzesvorbehalt? Drittens: Falls ja, ist die Maßnahme davon gedeckt – oder überschreitet sie diese Befugnis? Hauptfall ist die Unverhältnismäßigkeit der Maßnahme, dazu kommen wir noch ausführlich.“

Er holte Luft:

„Bei der Menschenwürde ist es aber anders. Bei ihr stellt sich allein die erste Frage: Ist ihr Schutzbereich berührt, in den Worten des Artikels eins: wird sie angetastet? Falls ja, ist die Prüfung beendet und der Fall gelöst; die Maßnahme ist verfassungswidrig."

James schob seine Brille mit dem Mittelfinger ein Stückchen den Nasenrücken hoch und senkte den Kopf nach rechts, während er ergänzte:

„Klingt edel und gut, führt aber dogmatisch in Teufels Küche."

Er ließ das kurz wirken und fuhr fort:

„Es ist auch verdammt schwer zu definieren, was die Menschenwürde ausmacht und was sie verletzt. Die einschlägigen Formeln in den Lehrbüchern und Urteilen des Verfassungsgerichts haben begrifflich kaum Bodenkontakt, und man ist nach der Lektüre selten klüger als zuvor. Etwa lautet eine Standardformulierung, die Menschenwürde sei der soziale Wert- und Achtungsanspruch, der dem Menschen kraft seines Menschseins zukomme. Was einige schon wieder bestreiten, die sagen, dass dieser Achtungsanspruch nur die Folge der Menschenwürde sei, aber nicht die Menschenwürde selbst. Na ja. Ziemlich abstrakt ist auch der Erklärungsversuch, dass die Identität und ‚Personalstruktur' des Menschen seine Würde ausmache. Jedenfalls denke ich bei diesen Worten eher an einen Unternehmensberater."

„Und was ist", fragte jemand, „mit der Objektformel? Hab ich mal in der Zeitung gelesen."

„Oh, sehr gut. Die stammt von Herrn Dürig, Friede seiner Asche, der sich allerdings von Kant hat inspirieren lassen; Sie wissen schon, der Königsberger …"

„Klops", flüsterte Thomas.

„… ne, Philosoph. Der war außerdem klein und knochig, ganz anders als ein Königsberger Klops."

„Ausnahme Mensa."

James schmunzelte.

„Na gut. Also die Objektformel lautet in etwa: Die Menschenwürde wird verletzt, wenn jemand zum Objekt herabgewürdigt wird, zum bloßen Mittel staatlichen Handelns, zur vertretbaren Größe, und in keiner Hinsicht mehr auch Ziel und Zweck dieses Handelns ist."

„Wie kann man denn Ziel einer Handlung sein; außer beim Schießen?"

„Weiß ich auch nicht genau. Bevor wir das ganze mal anhand des Streitfalls der sogenannten Rettungsfolter durchexerzieren, darf ich Ihnen noch rasch skizzieren, was die Väter und übrigens auch vier Mütter des Grundgesetzes dazu bewogen hat, die Unantastbarkeit der Menschenwürde an die Spitze der Verfassung zu stellen. Versetzen wir uns in den Sommer des Jahres 1948 ..."

Und es folgte eine Schilderung, die das Publikum vollständig in ihren Bann zog, als hätte dort nicht eine studentische Arbeitsgemeinschaft gesessen, sondern eine Gruppe von Kindern.

In der Falllösung ging es wie angekündigt um die Rettungsfolter; darum, ob der Staat Polizisten mit einem Gesetz erlauben dürfte, jemandem körperliche Schmerzen zuzufügen, um ihm Informationen abzupressen, die man für die Rettung eines anderen Menschen braucht, etwa eines Entführungsopfers. Zu einer ähnlichen Situation war es vor einigen Jahren gekommen, als ein Jurastudent einen kleinen Jungen entführt hatte und Polizisten ihm auf Weisung ihres Vorgesetzten „Schmerzen" angedroht hatten, falls er ihnen nicht sage, wo er den Jungen versteckt halte; allerdings war der Junge zu diesem Zeitpunkt – was sie nicht wussten – schon tot gewesen. Die meisten Anwesenden wollten nicht einsehen, dass es in einem solchen Fall die Menschenwürde des Entführers verbiete, ihm Informationen mit Drohungen oder Gewalt zu entreißen, wenn man sie zur Rettung des Entführungsopfers dringend benötigte.

Der allgemeinen Aufmerksamkeit zum Trotz hatte Patrick hin und wieder flüsternd mit seiner Nachbarin kommuniziert und tippte jetzt deren Telefonnummer in sein Handy. Jonas hingegen verwickelte nun, da sich die Unterrichtszeit auch schon ihrem Ende entgegenneigte, James in eine kurze Zwiesprache, in deren Zuge er schließlich empört fragte:

„Aber muss man denn dieses philosophische Zeug mit der Objektformel wirklich wissen, um ein ‚Sehr gut' zu bekommen? Wir sind doch Juristen!"

„Und deshalb", sprach James, „wird's mit dem ‚Sehr gut' insgesamt ein Problem. Das gibt es zwar in der Notenskala offiziell auch, wird aber in den meisten Klausuren und Prüfungen von keinem einzigen Kandidaten erreicht."

„Was soll das denn?"

„Dafür gibt es auch eine historische Erklärung: Die zukünftigen Staatsdiener – das wurden die Juristen zumeist, und dafür nahm der Staat ihre Ausbildung auf sich – die zukünftigen Staatsdiener sollten Demut lernen. Ich bin mir aber nicht sicher, ob das stimmt. Jedenfalls ist die Benotungspraxis heute noch die gleiche wie zu Kaisers Zeiten. Und das heißt, dass die Note, die Sie von der Schule als ‚Sehr gut' kennen, bei uns hier einer anderen Note entspricht, die dann auch für viele höhere Weihen die Eingangsvoraussetzung ist, vor allem für die großen Anwaltskanzleien."

„Und die wäre?"

Es nistete sich etwas Spitzbübisches in den Mundwinkeln des AG-Leiters ein, und seine Antwort klang wie eine geheime Losung oder das Code-Wort für ein Attentat:

„Vollbefriedigend."

Hoch und runter

Am Himmel schoben sich blassgraue Schichten übereinander wie tektonische Platten, und statt eines Bebens kam es zu schmutzigen weißen Fetzen, die vor den Wolkendecken schwebten. Von Zeit zu Zeit briste es auf und kündigte die frische Luft die Saison der Herbststürme an. Der Wind scheuchte das Laub über den Asphalt und die Schienen der Straßenbahn, pustete es in die Höhe oder jagte es in einen Bordsteinwinkel, wo die Blätter umeinander flogen, bevor sie sich wieder auf der Straße verteilten.

Neben ihr lag der grau gepflasterte Bahnsteig wie eine bescheidene Antwort der Erde auf die Wolkenflächen am Himmel. Es war die Endhaltestelle einer Straßenbahn, und ihre Umgebung ließ auch gar nichts anderes als eine Endhaltestelle zu: ein Gasthof mit Hängegeranien vor den Sprossenfenstern, grünen Fensterläden und Alpenhüttenbalkon; eine kleine Kirche, ein Bach, einige anständige Häuser, am Hang ein wunderliches Kloster, dessen bauliche Gestaltung mit einem Finger über den Schwarzwald hinweg weit in den Süden wies, und eine Straße, die alsbald zwischen den letzten Häusern hindurch über großzügige, wie Federbetten gewölbte Wiesen an den Fuß des Mittelgebirges führte, um darin auf Nimmerwiedersehen zu verschwinden.

An der Haltestelle stand junges Volk in Grüppchen beieinander. Zum Teil hatten sie sich um eine reifere Person herum gebildet; das war dann der Mitarbeiter eines Lehrstuhls oder ein Professor. Die anderen waren Jurastudenten des ersten Semesters, und allesamt standen sie davor, die Erstsemesterwanderung zu beginnen, die am Anfang jedes Wintersemesters auf den Hausberg des Städtchens unternommen wurde. Der war immerhin rund eintausenddreihundert Meter hoch und bot einen beachtlich weiten Blick „ins Land“ und über die Rheinebene.

Thomas lehnte mit dem Rücken an einem Metallrahmen, der den Fahrplan der Straßenbahn umfasste. Er stand im

Windschatten von Patrick, der eine Gruppe anderer Hamburger gefunden hatte und mit diesen Jungs die Einkaufspolitik des HSV erörterte. Jonas hatte sich der Kommilitonin genähert, die von ihrer besten Freundin, der Sandra, mit „Kiri" angesprochen wurde statt so, wie sie tatsächlich hieß: Kira, und die er das erste Mal in jenem Cabrio gesehen hatte, das an Patrick, Thomas und ihm vorbeigerauscht war, als sie auf ihrer Fahrt zur Wohnungssuche wegen Ölmangels hatten anhalten müssen. Er zeigte ihr Fotos auf seinem Telefon. Sie strich sich eine blonde Strähne aus der Stirn und tat interessiert, weil nie genau vorherzusehen war, wann man wieder einen Helfer beim Reifenwechsel oder Umzug brauchen würde, und weil die Sandra, von ihr „Sani" genannt, gerade die Toilette des Gasthofs aufgesucht hatte und daher nicht als Gesprächspartnerin zur Verfügung stand. Thomas tippte eine SMS nach der anderen in sein Telefon, in alphabetischer Reihung an Personen, von denen er lange nichts mehr gehört hatte; er ging einfach das Adressbuch durch. Sie warteten auf eine Straßenbahn mit Nachzüglern.

Mit einem Rumpeln und Kreischen quälte sich die kantige rot-weiße Bahn um die Kurve und strebte der Haltestelle zu. Der Fahrer saß wie ein Ölgötze in seinem stark gefederten Sitz und stierte geradeaus, während er mit Schrittgeschwindigkeit an den Wartenden entlangfuhr. Der Außenspiegel ließ Thomas' Kopf zurückzucken. Ein Bremsgeräusch, die Bahn hielt. Die Türen schoben sich auf, und für den Bruchteil einer Sekunde geschah – nichts. Dann polterten Menschen heraus, die so ähnlich aussahen wie die Wartenden. Nur zwei Originaleinwohner dieses Fleckens gehörten nicht dazu und zwängten sich durch die Studenten, um nach Hause zu kommen. Eine dieser beiden Personen war Isabell Böhnke.

Unter den Neuen war auch Bentin. Sein Gesicht war unverändert auf Dauerironie geschaltet, doch seine Kleidung hatte er vom Gelehrten- auf den Landhausstil umgestellt: Flanellhemd mit groben Karos, Pullover, Sportsakko mit Lederpatches auf den Ellbogen, Knickerbocker, Wollstrümpfe und waschechte Wanderschuhe, das ganze in einer waidmannsmäßigen Mischung aus Grün- und Brauntönen und mit Wanderstock sowie kleinem Rucksack garniert. Möglicherweise führte er in der Brusttasche noch einen Flachmann mit sich.

Bentin war in Begleitung seines Kollegen Hauptmann; Manfred Hauptmann. Der war Professor für Öffentliches Recht, Schwerpunkt Europarecht, hielt die Vorlesung zu den Grundrechten, war der Chef von James und eine raumgreifende Erscheinung. Grau melierte Locken um einen großzügig dimensionierten Schädel, bedächtige Bewegungen nicht ohne die Fähigkeit zur Leidenschaft, schmale Lippen, schmale Augen, grünes Glänzen des Blicks, stattliche Statur, meterdickes Wissen, blitzschneller Verstand, freier Geist, schräger Vogel, unbedingt: anders als die andern.

Er und Bentin palaverten beim Aussteigen, Gegenstand war der Impfskandal – wie er in den Zeitungen hieß – am Universitätsklinikum. Im Kreise der Professoren fand der Fall erhöhtes Interesse, weil ein Kollege aus der strafrechtlichen Abteilung bemüht war, den Doktor Fresenius vom Klinikum, Assistenzarzt in der Mikrobiologie, mit einer medizinrechtlichen Arbeit bei den Juristen zu habilitieren. Und als wäre dies nicht schon hinreichend Problemstoff, geriet jetzt auch noch der Chef des prospektiven Habilitanden ins Gerede. In der *Südbadischen Zeitung* war erneut ein Artikel erschienen, der statt mit dem Namen eines Redakteurs nur mit den Initialen I. B. abschloss. Er servierte dem Leser eine Buchstabensuppe aus lauter Fragezeichen, in der wie delikate Markklöße weitere Skandalhäppchen schwammen; vor allem die Information, dass der Hersteller des Impfstoffes, die Blauenberg AG, dem Klinikum in der Vergangenheit ansehnliche Zuwendungen gemacht hatte. Hauptmann hielt die Zeitung zusammengerollt wie einen Marschallstab in der Hand, nur um sie nach zwei Schritten in einem Mülleimer zu versenken.

„Guten Tag Herr Professor!“, ließ James mit angenehmer Stimme vernehmen, als sein Chef bei ihm ankam.

„Guten Tag“, kam es zugleich von Bentin und Hauptmann zurück. Die Augen der Gesprächspartnerin von Jonas hatten sich beim Aufklingen des Wortes „Professor“ wie im

Reflex von seinem Telefon gelöst und in die Richtung gewandt, aus der dieses Wort in ihr Ohr gedrungen war. Auch Thomas sah kurz herüber, Patrick und die anderen Hamburger nickten den beiden Herren freundlich zu wie unter Honoratioren auf einem Empfang des Überseeclubs. – Die Türen schlossen, und die Bahn setzte sich mit elektrischem Summen und metallischen Schleifgeräuschen in Richtung der Weiche in Bewegung, mit deren Hilfe sie für die Rückfahrt auf das Gegengleis gelangen würde.

Am Ende des Bahnsteigs trat ein junger Mann auf die Straße, der Fakultätsassistent Daniel Bauer.

„So“, rief er, „auf geht's, mir nach!“

Er drehte sich um und ging los, aber nicht kraftvoll entschlossen, sondern wie eine Lokomotive einen Güterzug vorsichtig anzieht, damit die einzelnen Waggonkupplungen keinen Schaden nehmen und keine Energie verschwendet wird. Häufchenweise folgte man ihm. Gesprächspaare lösten sich und fanden sich neu. Bentin suchte die Nähe eines Mitarbeiters seines Lehrstuhls. Patrick ließ sich routiniert in ein Grüppchen treiben, das aus nur einem Kommilitonen, aber drei Mädchen bestand, mit deren einem er schon im Hörsaal beiläufig gesprochen hatte – so dass der Anschluss rasch hergestellt war. Jonas' Augen suchten seine verflossene Gesprächspartnerin, die mit einem Sicherheitsabstand von Bentin halb neben und halb hinter Hauptmann und James ging. Thomas trottete ganz in der Nähe, doch war James sein Bezugspunkt. Der Assistent machte ihm Eindruck, und das Problem der Rettungsfolter schwappte ihm noch immer im Kopf herum, obwohl er sich für die Arbeitsgemeinschaft unterdessen mit anderen Themen hätte beschäftigen sollen.

„Herr Grünthal“ – so hieß James – „wie viele Studenten haben dieses Mal bei uns anjefangen?“

Hauptmann sprach ein gepflegtes Rheinisch und nahm es gelassen auf sich, die Konversation anschieben zu müssen, da niemand in seiner Gegenwart wagte, vor ihm zu sprechen. Nur James hatte zu ihm ein von Demut ungebeugtes Verhältnis. Er begegnete seinem Vorgesetzten mit der Achtung, die dessen Werk, Intellekt und Charisma mit Recht verlangten, sonst aber von gleich zu gleich mit gelegentlichen Abstechern ins Respektlose, die der Ältere der Jugend und dem Esprit seines Mitarbeiters nachsah.

„Rund zweihundert", gab James zurück, während er ein Stofftaschentuch aus seiner Barbourjacke zog.

„Von Ihnen bin ich aber präzisere Auskünfte jewohnt", und Hauptmann sagte das so, wie man beim Schiffeversenken die Buchstaben-Zahlen-Kombination mitteilt, auf die geschossen wird.

„Ich wollte Sie nicht mit unwesentlichen Details belasten. Sie sagen doch immer: Pedanterie ist der Tod der Wissenschaft."

„Und Jenauigkeit ihre Voraussetzung."

„Zweihundertvierzehn."

Pause.

„Hamse sich dat jetzt ausjedacht?"

„Was vermuten Sie denn?"

„Grünthal, wennse mal tot sind, muss Ihnen wahrscheinlich noch jemand die Zunge rausschneiden, damit die Frechheiten und die Lästerei auch wirklich ein Ende finden. Ich vermute, dat se sich dat ausjedacht ham."

„Nein, die Zahl stimmt."

„Dat schließt sich nit aus", Hauptmann grinste. „Na jut, glauben wir's mal."

Dann stellte er fest, dass ihr Tross keine zweihundertvierzehn Wanderer umfasse, und wandte sich an eine Studentin – es war Kira mit den blonden Strähnen – mit der Frage, was sie bewogen habe, an der Wanderung teilzunehmen. Die grammatisch nicht vollkommen sichere Antwort besagte erwartungsgemäß, dass sie weitere Mitstudenten kennenlernen wolle – sie sagte „Kommolitonen" – und dass sie, ja, sie lachte, es interessant finde, Professoren und Mitarbeiter „mal ganz anders" zu erleben.

„Und wo kommse her?", erkundigte sich Hauptmann und begann eine mit Aperçus aufgelockerte Befragung, an deren Ende ihm Lebenslauf und private Grunddaten der jungen Dame besser bekannt waren als dem Studentensekretariat. Die Wanderer hatten den Wald erreicht und begannen den Aufstieg.

*

Hier oben waren es schon Böen, die in das Wandervolk bliesen, vor allem auf der Aussichtsplattform des Turmes, der den Gipfel krönte und den Blick über die Bäume freigab. Thomas las auf einer Metallplatte die Namen von Bergen und Orten. Die Platte zeigte in vereinfachter Form die Landschaftssilhouette, die sich dem Wanderer darbot. „Belchen“ las er dort etwa, konnte aber in der fraglichen Richtung nur wolkiges Grau-Blau erkennen.

Dann konnte er noch weniger erkennen, weil ihm eine Ladung Haare ins Gesicht flog. Er schloss automatisch die Augen. Aber noch bevor er für eine Sekunde die Luft anhalten konnte, hatte eine schwerelose Spur des Geruchs aus diesen Seidenfäden durch seine Nase das Riechepithel und die zuständigen Gehirnzellen erreicht. Sie lösten ein kurzes Neuronenfeuerwerk aus, in dessen Lichtschein irgendetwas Weibliches sichtbar wurde – und gleich wieder verschwand. Wie die Haare. Er hörte nur ein Lachen und „oh, sorry“. Als er die Augen wieder öffnete, stand Jonas neben ihm. Er schaute besorgt.

„Tom, alles klar?“

„Ja logisch, was is’n?“

„Siehst ’n bisschen *strange* aus.“

Thomas verkürzte den Abstand zwischen seinen Brauen und sagte:

„Ne.“

Und dann:

„Wo ist denn die Tussi mit den blonden Strähnen, Kiri, Kira, Karo oder so ähnlich?“

Jonas hatte ansatzweise das Gefühl, dass Thomas ablenken wollte. Aber bevor sich dieser Ansatz weiter entwickeln konnte, hatte ihn die Frage nach ihrer Kommilitonin tatsächlich auf andere Gedanken gebracht.

„Kira steht unten und quatscht mit James.“

„Oder er mit ihr."

Eine Bö fauchte über die Plattform, und alle zogen die Köpfe ein und verschränkten die Arme oder stopften die Hände in die Taschen.

„So, ich geh wieder runter", sagte Thomas, und Jonas kam mit.

Patrick war schon längst wieder unten. Er stützte sich nach hinten mit einem Fuß am Fundament des Turmes ab, schräg vor ihm stand das Mädchen, das er schon in einer Vorlesung angesprochen hatte, und er tippte auf seinem Telefon herum. Beim Hinuntergehen war es Thomas, als sei in der Luft erneut ein feinster Hauch jenes Dufts, der in ihm so unvertraute Folgen gehabt hatte.

In der Nähe flanierte James neben Strähnen-Kira, hatte den Kopf auf die Seite gelegt und spitzte den Mund:

„Ihre Ansicht ist bedenkenswert, aber ich fürchte nur schwer vereinbar mit der Rechtsprechung des Bundesverfassungsgerichts in der Nassauskiesungsentscheidung!"

Dabei strahlte er seine Gesprächspartnerin an, als verkündete er ihr, dass sie die beste Zwischenprüfungsklausur geschrieben habe. Sie war so angetan, dass ihr das eigene Unwissen nichts mehr ausmachte. Denn offenbar waren ihre Äußerungen so dumm nicht, offenbar machte sie sich durchaus Gedanken, die ihr Gegenüber – und der hatte Ahnung – zu würdigen verstand! Dieser Grünthal war zwar kein Adonis, aber sympathisch, unaufdringlich, ungefährlich – und was er alles wusste und kannte! Außerdem war er Assistent. Und er fragte sie:

„Haben Sie die Stadt denn schon etwas kennenlernen können?"

Man schlenderte jetzt dem Abstieg entgegen, die letzten Studenten waren vom Aussichtsturm zurück. Sie zupfte an ihrem Pullover und antwortete rasch:

„Ja klar! Ich hab schon fast die gesamte Innenstadt gesehen. Restaurants und Geschäfte kenne ich auch einige. Ich find's traumhaft!"

Daraufhin belehrte sie James über einige Sehenswürdigkeiten, erbot sich, sie ihr als touristischer Führer näherzubringen, und vereinbarte für den nächsten Tag ein gemeinsames Mittagessen in einem kuscheligen Restaurant am Münsterplatz.

*

Isabell Böhnke saß vor ihrem Notebook und kaute auf einer weißen Maus herum, deren Schwanz ihr aus dem Mund hing. Auf dem Schreibtisch lag eine offene Papiertüte mit weiteren Mäusen; eine schaumgummiartige Süßigkeit, für die sie eine ähnlich große Schwäche hatte wie für Kakao und Fußball. Sie trainierte einmal die Woche in einer örtlichen Damenmannschaft – es hieß tatsächlich so –, mit der sie in der Saison zu Punktspielen fuhr. Sie war rechte Verteidigerin, hatte aber auch einen ordentlichen Schuss am Leib. Den Film *Kick it like Beckham* hatte sie insgesamt achtmal gesehen. Männerfußball interessierte sie genauso, und sie litt stark unter den dilettantischen Kommentaren anderer zum Spiel, wenn sie sich in ihrer Stammkneipe, der *Sportbar*, die Begegnungen in der Championsleague ansah oder die Spiele der Nationalelf.

Jetzt betrachtete sie eine Blutgrätsche von Philipp Lahm; das Foto war ihr Bildschirmschoner. Er verdeckte die Überschrift eines Artikels, den sie noch nicht geschrieben hatte. Der Schwanz der weißen Maus wanderte langsam durch ihre Lippen. Sie stützte das Kinn in die Arme. Dabei kam sie gegen die graue Maus ihres Notebooks, und deren Bewegung verscheuchte Philipp Lahm und gab den Blick frei auf ihre Überschrift: *Impfskandal am Klinikum – neue Details.* Darunter etwas kleiner: *Gefährliche Tests an Studenten – was wusste der Chefarzt?* Sonst hatte sie noch nichts geschrieben. Und in einer halben Stunde musste das Ding fertig sein.

Sie kaute und dachte nach. Ihre Informationen waren brauchbar, aber noch nicht so verdichtet, dass es gereicht hätte, den aufgeblasenen Friedrich abzuschießen, Professor Doktor Udo Charles Friedrich, Chefarzt des Klinikums und Direktor des dortigen Instituts für Mikrobiologie. Sie musste vorsichtig sein und so schreiben, dass es für die Leser interessant wurde, ohne dass er eine Gegendarstellung verlangen konnte. Sie hoffte, von ihrem Informanten bald weitere Details zu erfahren und Beweise zu bekommen.

Jetzt war wieder Philipp Lahm auf dem Schirm, weil sie nichts geschrieben hatte. Sie wusste, dass es am Klinikum Tests für einen neuen Impfstoff gegen Hepatitis B gegeben hatte. In den Tests ging es um die Verträglichkeit und Sicherheit des Impfstoffs. Sie wusste, dass fast alle Probanden Studenten waren, aus unterschiedlichen Fakultäten; vorrangig Pharmazie, Philosophie und Jura. Sie hatten dafür pro Person einhundert Euro erhalten. Bei drei Probanden war es zu schweren Impfreaktionen gekommen; sie hatten kurz nach der Impfung hohes Fieber, mussten auf der Intensivstation behandelt werden, und einer der drei hatte zwei Tage lang in Lebensgefahr geschwebt. Der getestete Impfstoff war bislang noch in keinem anderen Land arzneimittelrechtlich zugelassen. Das hatte für sich betrachtet nichts Verwerfliches. Medikamente und auch Impfstoffe mussten klinisch an Menschen getestet werden, bevor man sie zulassen konnte. Aber für die Tests bedurfte es einer behördlichen Genehmigung, und die bekam nur, wer nachwies, dass sich das fragliche Präparat in vorklinischen Versuchen, vor allem Tierversuchen, als sicher erwiesen hatte. Außerdem brauchte man das Placet einer Ethikkommission.

Ihr Informant hatte sie wissen lassen, dass man für den neuen Impfstoff die Ergebnisse der vorklinischen Studien modifiziert, wenn nicht sogar erfunden hatte. Jedoch lagen dafür noch keine Beweise auf dem Tisch. Außerdem hatte ihr Informant berichtet, dass der Impfstoff eine umstrittene Substanz enthalten hatte, einen sogenannten Verstärker, und dass Herr Professor Doktor Friedrich mit dem Konzern, der den Impfstoff herstellte, auf freundschaftlichstem Fuße stand. Dieser Konzern war die Blauenberg AG mit Sitz in Basel. Auf deren Kosten war Friedrich schon mindestens dreimal – und jeweils im Anschluss an einen Ärztekongress – mit seiner Familie in einen Luxusurlaub gefahren. Und das Pharmaunternehmen hatte dem Klinikum ein neues Labor für die Mikrobiologie versprochen im Wert von rund einer

Million Euro. Von anderen geldwerten Leistungen an den Chefarzt munkelte man, ohne dass es bislang greifbare Anhaltspunkte oder gar Beweise gab.

Sie entnahm der Papiertüte eine neue Schaumgummi-Maus und biss ihr den Kopf ab. Während sie auf dem Kopf herumlutschte, ließ sie Philipp Lahms Blutgrätsche mit einem Tastendruck verschwinden und tippte:

Jetzt ist es heraus! Nach zuverlässigen Informationen der SZ sind bislang drei Studenten schwer erkrankt, nachdem sie am Klinikum an Tests für einen neuen Impfstoff teilgenommen hatten (die SZ berichtete).

Sie überflog den Satz und fügte hinter „schwer“ ein: *und mysteriös.* Sie schluckte den Mausekopf, biss in den Mausekörper und fuhr fort:

Alle drei Betroffenen hatten hohes Fieber und wurden stationär behandelt.

Sie strich „Betroffenen“ und schrieb dann neu: *Alle drei bekamen hohes Fieber und mussten auf die Intensivstation.* Nach einem Semikolon schrieb sie:

einer von ihnen hat tagelang um sein Leben gekämpft, bevor die Ärzte auch für ihn Entwarnung geben konnten. Der Impfstoff, der getestet wurde, ist bislang noch in keinem Land arzneimittelrechtlich zugelassen.

Sie las die Sätze erneut, Strich „bislang“ und „arzneimittelrechtlich“ und schrieb weiter:

Es handelt sich um einen Stoff für die Impfung gegen Hepatitis B. Neben abgetöteten Viren enthält er einen Verstärker, auch Adjuvans genannt, der es ermöglicht, die Dosis des eigentlichen Impfstoffes zu verringern. Der Verstärker heißt Squalen. Über ihn gehen die Expertenansichten auseinander. Die ständige Impfkommission des Bundesgesundheitsministeriums hält ihn für unbedenklich, einige Ärzte sind anderer Ansicht. Für die Tests am Klinikum ist eine genaue Diagnose der verheerenden Symptome und ihrer Ursachen noch nicht bekannt. Das Klinikum verweist auf die ärztliche Schweigepflicht. Sein Chef, Professor Dr. Friedrich, war gestern nicht für eine Stellungnahme zu erreichen. Mitarbeiter des Klinikums, die nicht genannt werden wollen, sprechen davon, dass der Hersteller des

Impfstoffs, die Blauenberg AG, dem Klinikum und seinem Chef schon des öfteren beträchtliche Zuwendungen gemacht habe. Zudem kursieren Gerüchte, dass die vorklinischen Versuche mit dem Impfstoff unzureichend gewesen seien. Solche Versuche – vor allem an Tieren – sind vorgeschrieben, bevor ein Impfstoff an Menschen getestet werden darf.

Sie las ihren Artikel noch einmal, dann speicherte sie ihn, öffnete ihr E-Mail-Programm, schickte die Datei an die Redaktion und sah auf die Zeitanzeige am Bildschirmrand: kurz vor halb sechs; in drei Minuten war Redaktionsschluss.

Sie schob sich eine frische Maus zwischen die Zähne, stand auf und trat ans Fenster. Vor dem Haus zog das dunkle Wasser eines Baches Richtung Stadt und Fluss, darauf schwamm eine Handvoll roter und gelber Ahornblätter, die sich auf ihrer Reise gemächlich um sich selbst drehten. Auf der anderen Seite war die Straße. Dort zog eine Wandergruppe, die ziemlich studentisch aussah, Richtung Straßenbahn. Es würde vermutlich nicht die letzte sein. Sie wusste, dass heute die Erstsemester-Wanderung der juristischen Fakultät stattfand. Hinter ihr erschien Philipp Lahm auf der Bildfläche und grätschte erneut einem Stürmer in die Waden.

Robespierre

Eigentlich hieß er Erwin Prollius. Wer ihn „Robespierre" getauft hatte, war im nachhinein nicht mehr zu ermitteln. Aber der Name hatte sich durchgesetzt. Wahrscheinlich war es seine ebenso gewissenhafte wie unerbittliche Art; ferner die Breite seines Wissens, die Tiefe seiner Überzeugung, die Schärfe und Kälte seines Verstandes, Ironie und Zynismus, von tausend Spitzen funkelnd, gepaart mit einer festen Verwurzelung im Katholischen, die er gewissermaßen als intellektuelle Intimsphäre vollständig von seinem Wirken als Professor zu trennen suchte.

Er hatte nicht nur eine Denkerstirn, sondern einen Denkerkopf, durchwirkt von Fältchen und Äderchen, die an- und abschwollen je nach der Intensität seiner Geistestätigkeit und seiner Erregung, darüber halblanges, weiß-graues Haar, das ihm mehr oder weniger geordnet um den Kopf fiel. Er war fünfzig, gehörte damit aber noch immer zu den Jüngeren im Kreise der Professoren. Er fühlte sich freilich manches Mal viele Jahre älter, wenn er den Druck der Verantwortung für seine Familie empfand oder den Kummer des Wissens, dass die Erzeugnisse seines Denkens überwiegend auf harten, ausgetrockneten und undankbaren Boden fielen. Auch die Fragwürdigkeit der menschlichen Existenz als solcher, die Vergeblichkeit alles menschlichen Trachtens sowie der Verfall des Niveaus im öffentlich-rechtlichen Fernsehen drückten ihm mitunter aufs Gemüt. Dann blickten seine hellbraunen Augen unendlich müde in die Welt, und seine Mundwinkel zuckten angewidert nach unten.

Vor kurzem hatte er in einer Fachzeitschrift einen Artikel erscheinen lassen mit der Überschrift *Die Herausforderung des Rechts durch den Terror*. Darin beschäftigte er sich mit den Antiterrorgesetzen der westlichen Welt. Einerseits kritisierte er deren technische und systematische Unvollkommenheit, andererseits gingen sie ihm noch immer nicht weit genug, da er einen Generalangriff des islamistischen Terrorismus auf Europa bevorstehen sah und überzeugt war, dass man ihn nur werde abwehren können, wenn der Staat weitergehende Überwachungs- und Ermittlungsbefugnisse bekäme – und die Erlaubnis, gekaperte Passagiermaschinen abzuschießen, wenn die Terroristen mit ihnen Pläne wie am elften September 2001 verfolgten.

Er saß an einem weitflächigen Schreibtisch in seinem Büro und betrachtete das Bild seiner Frau und der zwei Töchter. Alle beide waren Abbilder der schönen Mutter, jede auf ihre Art; wie musikalische Variationen ein und desselben Themas. Ja ihr, dachte er, ihr lauft mit euren eleganten Beinen leichtfüßig über diese Erde und wisst nicht, welche Schlangen und Teufel sie bewohnen. Ihr kennt nur euer wärmendes Zuhause, das ich euch eingerichtet habe, und nicht die Kälte der Welt, die es umgibt. Ihr spielt Geige, singt, lest Schiller, Tucholsky und die Bibel, lasst euch zu euren Ballettstunden und zum Reiten fahren und lacht mich aus, wenn ich vom Terrorismus spreche, den ihr nur aus dem Fernsehen kennt. Ich aber liebe euch mehr als alles andere, ich muss für euch sorgen und sorge mich innerlich um euresgleichen überall in unserem Land. Und ihr seid in Gefahr. Ihr seht sie nicht, ihr riecht sie nicht, aber sie ist da, allgegenwärtig. Wir wissen es doch! Es haben doch gute, umsichtige Polizisten schon Bombenbastler hier bei uns in Deutschland in letzter Sekunde gestoppt, und es ist doch schon in Zügen der Deutschen Bahn nur deshalb nicht zu einer Katastrophe gekommen, weil dieser bärtige Abschaum zu blöd war, Bomben zu bauen, deren Zünder funktioniert.

Er legte seine Hand schützend auf den silbernen Rahmen der Fotografie. Ihr wisst nicht, dachte er, in welcher Gefahr ihr seid. Aber ich weiß es, und ich werde meinen durchaus bescheidenen Beitrag dazu leisten, dass sich dieses Risiko nicht verwirklicht. Denn davon verstehe ich etwas, davon, wie sich Risiken verwirklichen. Ja, ich bin nur ein Arbeiter des Geistes, ach, ein Kopfmensch, und nicht in der Lage, euch mit der Waffe in der Hand zu verteidigen oder diese stinkenden islamistischen Köter mit den eigenen Augen in der Menge zu erspähen, mit den eigenen Händen herauszuzerren und zu erschlagen, ein für allemal. Aber ich kann an meinem Schreibtisch, in meiner Studierstube zwischen den Bücherwänden, der Büste Kants und dem Bilde Hegels und unter dem Kruzifixus meines Herrn und Gottes zur Feder greifen und anschreiben wider die Linken, wider die verantwortungsvergessenen Schwärmer, die beständig vom Rechtsstaat faseln und weder wissen, was das Recht, noch was einen Staat ausmacht, philosophisch betrachtet; auch wenn sich manche für große Philosophen halten. Die von Freiheit schwatzen und nur ihr eigenes hedonistisches bis parasitäres, unbehelligtes Dasein meinen. Die sich als unerschrocken Aufrechte zelebrieren, sich als Freiheitskämpfer gefallen, die Rolle von Anwälten der Bürgerrechte usurpieren, obschon sie keine Ahnung davon belastet, was ein Bürger eigentlich sei – in rechtsphilosophischem Sinne.

Er griff die Büste Kants, die neben ihm auf einem Aktenschränkchen stand, mit beiden Händen und stöhnte unterdrückt, als ihm ein leichter Schmerz ins Kreuz fuhr, ausgelöst durch das Gewicht der Büste, die Anspannung seiner Skelettmuskulatur und das Hebelgesetz, entdeckt von Archimedes im dritten vorchristlichen Jahrhundert. Oh du strenger Königsberger Denker, du gebeugter, doch unbeugsamer, gebrechlicher kleiner Mann, in dessen Kopf diese durchsichtige Reinheit war und dieses Strahlen wie an einem klirrend kalten, wolkenlosen Wintertag, an dem einem die Sonne die Haut verbrennt. Das Leuchten deiner puren, unerbittlichen Gedanken, die wie ein Laserstrahl die dicksten Bunkerwände durchschneiden, mit denen sich Ignoranz und Dummheit umgeben; vorzugsweise gegossen aus einem Beton, in dem sich Kitsch, Gutmenschentum und Selbstgerechtigkeit mischen, Argumente mit viel Gefühl und wenig Verstand. Dein Verstand, Königsberger Gnom und Titan, war harter Diamant. Gegen dich und mich sind diese linken Kollegen Matschbirnen.

Er schmunzelte ob seines Vergleichs, küsste die Büste auf den Bronzekopf, atmete etwas Staub ein, der sich dort gesammelt hatte, hustete und stellte die Büste hustend wieder an ihren Platz, wobei ihm erneut ein Schmerz ins Kreuz fuhr und ihn aufstöhnen ließ. Noch immer sah er den Philosophen an, der stur geradeaus blickte. Du hast gewusst, ging es ihm durch den Kopf, dass unser Leben nicht der pflichtvergessene Spaß ist, den sich dieser personifizierte intellektuelle Restmüll von Achtundsechzig daraus macht. Du hast uns Pflichten gelehrt. Und meine Pflicht ist es nun, anzuschreiben wider die Gedankenlosigkeit, wider die Verharmloser, die noch immer nicht begreifen, was die Stunde geschlagen hat: dass wir mit dem Rücken zur Wand stehen, wir, die Menschen des christlichen Abendlandes, und dass uns der islamistische Terror in unserer Daseinsform bedroht, gewissermaßen in unserem kulturellen Sosein, nicht zu sprechen von der Bedrohung der nackten physischen Existenz einzelner, vieler, durch die Anschläge aus dem Hinterhalt.

Diesen Hinterhalt, schwor er sich still, will ich euch nehmen, meine Herren Islamisten. In dieses geschützte Dunkel, in dem ihr euch versteckt, will ich unsere Scheinwerfer richten. Ihr habt es euch in der Gastfreundschaft des deutschen Volkes bequem gemacht und lacht über die Hemmnisse, die unsere Polizei zu überwinden hat, wenn sie hinter den Kulissen ins Finstere leuchten will, um euresgleichen auf die Schliche zu kommen. Ja, wir sind ein Rechtsstaat, der die Privatheit seiner Bürger achtet, abgeleitet aus der unantastbaren Würde des Menschen, die an der Spitze unserer Rechtsordnung steht. Aber Freunde, hört zu: nur die Privatheit seiner *Bürger* hat dieser Staat zu schützen – und nicht die seiner Feinde. Und nichts anderes seid ihr, Feinde. Ihr habt die Rechte, die russische Panzerfahrer gehabt hätten, wenn der kalte Krieg heiß geworden und die Rote Armee in Deutschland eingefallen wäre. Und es ist nicht mehr als das Mindeste, wenn uns eure Privatheit nicht ganz so heilig ist wie die der treuen Bürger und wenn wir euch dann und wann in Schutzhaft nehmen, falls ihr uns davor zu stehen scheint, die Schwelle zwischen dem Hass auf unsere Kultur und dem tätlichen Angriff auf sie zu überschreiten.

Gewiss, das Ausleuchten eures bieder getarnten Lebens im geistigen Untergrund wird links und rechts auch privateste Szenen anstrahlen unter braven Menschen, die mit euch nichts zu schaffen haben. Denn man muss ja gerade lauschen und spähen, um euch zu finden, und bevor das gelingt, versteht es sich, dass man auch Gespräche belauscht und in Zimmer und Briefe späht, die zwar sehr privat sind, aber gänzlich unterroristisch. Doch das ist etwas, was wir, die Bürger, in Kauf nehmen müssen, um euch unschädlich zu machen. Das, genau das will ich schreiben und belegen. Das sei meine Arbeit des Geistes im Dienste dieses Landes. Mein Dienst an der Waffe des Wortes. Mein Ausharren im Morast der Schützengräben auf den Schlachtfeldern der Feuilletons und der juristischen Fachliteratur. Wohlan. Und er griff zu dem Füller, den ihm sein akademischer Lehrer geschenkt hatte, als ihm, dem Schüler, von der Fakultät die Befugnis zu lehren verliehen worden war. In diesem Moment erschollen die impertinenten synthetischen Töne, mit denen sein Telefon einen Anruf signalisierte. Er hob ab.

„Prollius“, sagte er ungehalten und so energisch, wie die Gedanken gewesen waren, aus denen ihn dieser Anruf riss.

„Ah – ah, ah – Birmele hier, Herr Professor.“

Seine Sekretärin.

„Ja, Frau Birmele“, antwortete er und versuchte, seinen Ärger mit einem väterlichen Ton zu entschärfen; „was gibt's denn.“

„Ah – ah – Herr Professor, es ist sechzehn Uhr fünfundzwanzig.“

„Danke, Frau Birmele, das sehe ich. Wissen Sie, ich habe eine Uhr. Seit wann spielen Sie Zeitansage?“

Frau Birmele brauchte einen Augenblick, um sich zu sammeln und mit der Tragik ihrer Situation fertigzuwerden.

„Ah, aber – Herr Professor! Herr Professor!“

„Was denn, in Gottes Namen!“

„Herr Professor, die Studenten!“

„Herrschaftszeiten, welche Studenten?“

„Die Studenten hier!“

Prollius knallte den Hörer in dessen Haltemulde, sprang zur Tür, riss sie auf und stand mit zwei Schritten im Sekretariat. Ihm gegenüber saß verschreckt, unglücklich und mit offenem Mund seine Sekretärin und hielt den Hörer ihres Telefons in der Hand. Zu seiner Linken standen drei junge

Herrschaften, deren Gesichter er irgendwoher kannte. Er holte tief Luft und unterdrückte den Zorn, der Künstler und Wissenschaftler überfällt, wenn man sie ablenkt, während sie eine hoffnungsvolle Idee verfolgen und fast erwischt haben:

„Also, meine Damen und Herren, womit kann ich Ihnen helfen?"

Er hatte sich wieder gefangen. Nicht so seine Sekretärin, die allerdings ganz kleinlaut sprach.

„Herr – Herr Professor – die Vorlesung."

„Welche Vorlesung?"

„Rechtsphilosophie", äußerte einer der drei jungen Menschen. „In H 17."

Das war die Nummer eines Hörsaals. Ihm dämmerte Furchterregendes.

„Ja, ah, Herr Professor – heut ist doch Mittwoch."

Seine Sekretärin hielt noch immer den Hörer in der Hand. Rechtsphilosophie, Vorlesung, H 17, Mittwoch – das passte alles erschreckend gut zusammen. Und dies schon seit etwa einer Viertelstunde, denn die Vorlesung begann um sechzehn Uhr fünfzehn.

„Ich komme sofort."

Er wandte sich an die Studenten.

„Sagen Sie das bitte im Hörsaal. Ich bin gleich da."

Er sah genau, dass die drei innerlich grinsten, und argwöhnte, dass in ihren Blicken nicht nur Belustigung lag, sondern auch Triumph. Er sah noch einmal zu Frau Birmele, die den Hörer weiter umklammert hielt, und drehte sich auf dem Absatz um.

*

Im Hörsaal schritt er eiligen Fußes durch ein lärmendes, vielstimmiges Schwatzen, das immer leiser wurde, je näher er dem Rednerpult kam. Dort angekommen ließ er ein schweres Buch auf das Pult fallen, und akustisch war dieser Knall der Schlusspunkt des Lärms im Publikum. Er holte ein kleines Mikrofon aus einer Schublade, das man sich um den Hals hängen konnte, nestelte an dem Trageriemen herum, fluchte lautlos, hängte sich das Mikrofon um, schaltete es ein, hörte ein Knacken in den Lautsprechern und räusperte sich, was in der Stille tonverstärkt überdeutlich zu hören war.

Seine Zuhörer bestanden aus Studenten des ersten Semesters, aus Kindern, die es vermutlich nur deshalb in seiner Vorlesung hielt, weil sie bei ihm am Ende des Semesters eine Klausur für ihren Grundlagenschein schreiben mussten und er kein Skript herausgab; da machte er sich keine Illusionen. Überhaupt machte er sich keine Illusionen über die Studierenden, die da vor ihm saßen und neugierig und schadenfroh guckten und die wie üblich die ersten zehn Reihen freigelassen hatten, um sich erst auf den mittleren und hinteren Bänken zu drängeln und einen möglichst großen Abstand zu ihm zu haben. Es würde ihnen allerdings, wie sie wissen mussten, nichts nützen, denn er hatte wie stets vor, dozierend die Gänge an den Sitzreihen vorbei abzuschreiten und mitunter sogar Fragen an das Publikum zu richten, die verlässlich von immer denselben Hörern beantwortet wurden, oder besser gesagt: Sie versuchten es.

Wenn er so an seinen Studenten vorbeischritt, sah er, wie sie plötzlich geschäftig in ihren Mappen kramten, ihre Schnürsenkel festzogen und die Schuhe auf sicheren Sitz prüften oder in einem rechtsphilosophischen Lehrwerk lasen, das sie wahrscheinlich einzig zu diesem Zweck mitgebracht hatten: um seinen Blicken ausweichen zu können. Nein, er machte sich keine Illusionen. Nicht über seine Studenten, nicht über seine Kollegen und nicht über den Universitätsbetrieb als solchen. Welch beseligende Zeiten mussten es gewesen sein damals, als ein Hegel lehrte, ein Kant oder ein Fichte, und gar damals in den oberitalienischen Städten, Bologna zumal, als die Rechtswissenschaft wieder erwachte nach einem halben Jahrtausend seit ihrer Vollendung unter dem römischen Kaiser Justinian. Für eine Sekunde zeichneten seine Gedanken ein Bild von sich selbst, in einem Laubengang stehend mit schwarzem Gewand, umlagert von Schülern, die gelehrig zu ihm aufsahen, um mit ihren Augen und Ohren jedes seiner Worte und jede seiner Gesten aufzufangen, lernbegierig, dankbar und folgsam.

Er warf einen Blick auf die Szene, die sich ihm real darbot, und gab einen Brummlaut von sich. Er hatte keine Notizen dabei, er brauchte sie nicht. Er brauchte auch keine Technik, keinen jener rhetorischen Geschmacksverstärker, die seine Kollegen vermehrt benutzten, Computer, Projektoren, Bildchen und Filmchen. Selbst das dicke Buch, das er dabei hatte, diente ausschließlich dazu, es zu Beginn der Vorlesung knallend aufs Pult fallen zu lassen und immer dann versonnen darin zu blättern, wenn ihm das Publikum zu laut wurde; es handelte sich um eine Gesamtausgabe der Josephs-Romane von Thomas Mann.

Nachdem er geseufzt hatte, verschränkte er die Arme, was erneut ein hartes Knacken in den Lautsprechern auslöste und einige Damen zusammenzucken ließ. Er stellte sich neben das Pult und fragte:

„Was ist das Recht?“

Dann schritt er langsam auf sein Publikum zu und beobachtete ihre orientierungslosen Blicke, ihre einsetzende Geschäftigkeit, ein jeder hoffend, dass es nicht ihn treffen werde, und in ihm sammelten sich Mitleid und eine Art seelischer Antimaterie dessen, was man berufliche Erfüllung nennt. Er hatte vor, ein Mitglied der studentischen Delegation zu befragen, die vorhin bei ihm im Sekretariat gestanden hatte. Doch siehe, da ging in der zweiten der besetzten Reihen ein Arm hoch, dessen Besitzer nicht zu jener Delegation gehört hatte, den er aber schwer übergehen konnte. Er sagte „bitte“ und wies mit seiner Rechten gewährend auf den Freiwilligen. Der sagte laut:

„Recht ist die Einschränkung der Freiheit eines jeden auf die Bedingung ihrer Zusammenstimmung mit der Freiheit von jedermann, insofern diese nach einem allgemeinen Gesetz möglich ist.“

Prollius schwieg einen Moment. Das war wörtlich und bis auf den letzten Buchstaben druckreif die Definition des Rechts durch Immanuel Kant. Vielleicht gab es doch noch so etwas wie Hoffnung. Er hob in höchster Anerkennung die Augenbrauen und senkte die Mundwinkel. Erst nach langen Sekunden des Schweigens wagte er eine Nachfrage:

„Vorzüglich. Sie zitieren Wort für Wort die Definition des Rechts, die uns Kant ins Stammbuch der Rechtswissenschaft geschrieben hat. Allerdings ist seine Formulierung und Wortwahl für heutige Ohren stark gewöhnungsbedürftig. Können Sie das Zitat so umformulieren, dass es für uns Menschen des einundzwanzigsten Jahrhunderts verständlicher wird?"

Thomas freute sich still, dass er sich auf diese Vorlesungsstunde goldrichtig vorbereitet hatte, und sagte laut:

„Recht ist die Beschränkung der Freiheit des Einzelnen zugunsten seiner Mitbürger nach allgemein geltenden Regeln, um die Freiheit eines jeden bestmöglich zu gewährleisten und mit der Freiheit der anderen zu vereinbaren."

Unordnung und frühes Leid

Wo zur Hölle war die Reutebachgasse? Thomas tigerte seit zehn Minuten von hier nach da, ohne den erlösenden Straßennamen zu lesen und ohne das Gefühl zu haben, auf dem richtigen Weg zu sein. Patrick hatte ihm diesen Weg beschrieben, mit der Straßenbahnhaltestelle als Ausgangspunkt, aber schon beim zweiten Abbiegen fand Thomas die Beschreibung sehr unjuristisch, das heißt mehrdeutig. Da er Patrick aber versichert hatte, alles verstanden zu haben, wollte er die Schmach eines Anrufs nicht auf sich nehmen; noch nicht. Er suchte ein Haus, in dem Mitstudenten eine Dachwohnung belegten und heute zu einer Einweihungsparty eingeladen hatten. Er blieb stehen und konzentrierte sich auf die Abendgeräusche, um irgendwo Partylärm zu erlauschen als akustischen Orientierungspunkt. Aber da war nichts. Noch einmal versuchte er im Geiste, den Weg abzugehen und mit Patricks Beschreibung zu vergleichen: von der Haltestelle Richtung Norden, dann ...

„Hey Tom, die Reutebachgasse is in der anderen Richtung."

Die Stimme kam von unten. Dort hatte etwas Niedriges, Rollendes aus schneller Fahrt gestoppt. Jonas sah ihn aus dem Sitz seines Liegefahrrads heraus treu an und hatte einen Sturzhelm auf.

„Das hatte ich befürchtet. Sag mal, wie siehst du denn aus – und was ist das für eine Hämorridenschaukel?"

„Hey ein Superrad, bist viel schneller als mit 'nem Normalrad und sitzt besser – und is gesünder!"

Das Wort „Normalrad" war eine Bereicherung des Wortschatzes, die Jonas dem Verkäufer dieses Geräts verdanken musste.

„Und von wem haste das Ding?"

„Von dem Freund der Medizinstudentin aus meiner WG."

„Ich denke auf die bist du selbst scharf?"

Unter dem Sturzhelm machten sich gelinde Anzeichen der Verstörung bemerkbar, doch wies Jonas diese Unterstellung selbstverständlich als „völligen Quatsch“ zurück, der nur von Patrick stammen könne.

„Okay, dann zeig mal, wo's zur Party geht.“

Und sie setzten sich in Bewegung, wobei Jonas langsam fuhr und Thomas ihn mit einer Hand stützte.

*

Am Zaun standen schon mehrere Räder wie Pferde vor einem Saloon. Aus dem geöffneten Dachfenster plapperten Stimmen, klapperte ein Salatbesteck und drangen die Basslaute von Dr. Albans *Sing Hallelujah*.

„Hallelujah“, sagte Thomas, „wir sind da.“

„Aaah!“ rief es neben ihm, und es schepperte durchdringend, als Jonas umfiel.

„Scheiße, Jonas, sorry, alles klar?“

Thomas griff dem Havaristen unter den Arm und hielt das Rad an der Sitzlehne fest.

„Mann, kannst doch nicht einfach loslassen“, Jonas stützte sich vom Boden hoch; „mit dem Absteigen läuft's sowieso noch nicht rund.“

„Du, zum Glück hast'n Sturzhelm auf“, und dabei musste selbst Jonas lachen.

*

Der Gastgeber war ein Sportsmann, dessen Freundin in der Küchentür stand und sich mit Patrick unterhielt. Patrick tippte auf seinem Telefon herum. Die Küche war voll, während sich im Wohnzimmer nur einige Luftschlangen aufhielten. Thomas händigte dem Sportsmann eine Flasche Grauburgunder aus, den er als Eintrittskarte mitgebracht hatte. Jonas hatte Salz und Brot dabei und wuschelte sich durch die Haare, nachdem er auf Anregung von Thomas den Helm abgenommen hatte. Patrick rief „Hallo, hallo, da ist ja auch unser Rechtsphilosoph; mit meinem Lieblings-Beifahrer im Schlepptau!“, und er stellte sie der Freundin des Gastgebers vor. Sie war die Eva, die ihnen nach der ersten BGB-Vorlesung vor dem Kaffeeautomaten begegnet war und die tatsächlich Eva hieß. „Hocherfreut" war namentlich Jonas und bemerkte sofort, dass sie, Eva, nun ja doch noch berichten könne, was so laufe zwischen dem Professor Zerrer oder seinen Kollegen und sonstwem. Eva riss die Augenbrauen hoch, legte den rechten Zeigefinger auf ihre schönen Lippen und flüsterte:

„Schschsch! Das ist alles *top secret!* Zerrer hat seine Leute überall, über seine Hiwis auch unter Studenten – und wer über ihn Gerüchte verbreitet, hat für den kleinen Schein ganz schlechte Karten."

Jonas war im ersten Moment zusammengezuckt und sah Eva jetzt mit großen Augen an.

„Is 'ne Verarschung Jonas, mach dir keine Sorgen", Patrick klappte sein Telefon zu und schob es in die Hosentasche. Evas fürsorgliches Lächeln bestätigte das.

„Hat ja auch keiner geglaubt", meinte Jonas mit Geringschätzung. Doch sein Blick hellte sich sofort wieder auf, als er anfügte:

„Dann kannst ja erzählen, was läuft."

„Wahrscheinlich gar nichts – außer wilden Spekulationen."

„Oooch", machte Patrick, „jetzt sind wir aber enttäuscht. Und so'n klitzekleines Spekulatiönchen willste uns auch nicht verraten?", und er sah Eva an wie ein Adam, der um die Frucht vom Baum der Erkenntnis bittet. Sie verschränkte einmal mehr die Arme unter der Brust und lenkte die Aufmerksamkeit so einerseits vom Thema ab und andererseits auf das Thema hin.

„Also gut, damit ihr Frieden gebt; und damit eure Phantasie etwas zu tun hat." Pause. „Zerrer wird nachgesagt, dass er für Sex Noten anhebt und Hiwi-Verträge vergibt."

Sie ließ ihren Oberkörper, die verschränkten Arme und alles übrige zusammen mit ihrem Blick zwischen den Zuhörern hin- und herschwingen und zeigte ein Lächeln, das soviel hieß wie: und? Was sagt ihr dazu?

„Ja, was sagt man dazu“, überlegte Patrick. „Eigentlich keine dumme Idee …“

Eva verdrehte die Augen, und Jonas empörte sich, indem er seinen Sturzhelm schüttelte und für mehrere Sekunden expressiv ein R rollte. Aus der hinteren Reihe griff Thomas ein:

„Hierzu folgender Witz: Was stand auf dem Praktikantenzeugnis von Monica Lewinski?“

„Moni was?“, fragte Eva.

„Die Praktikantin im Weißen Haus, mit der Bill Clinton …“

„Angeblich keinen Sex hatte, sondern …“

„Ja, ja. Also was stand auf dem Zeugnis?“

Patrick gönnte Thomas die Pointe.

„Schriftliche Leistung: exzellent. Mündlich: befriedigend.“

„Wo ist die Chauvi-Kasse?“, rief Eva.

„Gibt's da 'ne Flatrate?“, erkundigte sich Patrick. Thomas zwängte sich an zwei anderen Gästen vorbei in die Küche.

*

Er stand seit einer Viertelstunde an derselben Stelle neben dem Mülleimer und fest eingemauert zwischen zwei Gruppen, deren Mitglieder ihm überwiegend den Rücken zukehrten. Er hatte sich ein Tannenzäpfle geholt, was ein Bier war; in diesem Fall ein warmes Bier. Eva war zu ihrem Freund gegangen und strich ihm über die ausgeprägte Brustmuskulatur. Patrick versuchte Jonas zu zeigen, wie man eine Bierflasche mit einem Feuerzeug öffnet. Thomas nuckelte an seinem Tannenzäpfle und prüfte mit dem linken Fuß mehrfach den Pedalmechanismus zum Öffnen des Mülleimers.

Neben ihm kam infolge personeller Veränderungen etwas Bewegung in die Gesprächsrunde. Als sich die Reihen wieder geschlossen hatten, hätte alles so sein können wie vorher. Aber in diesem Moment schlich auf unsichtbarem Pfad ein weiteres Mal die Ahnung eines Dufts in seine Nase und löste in den Neuronen und Synapsen seines Gehirns die Blitzsalven aus, die schon auf der Wanderung der Erstsemester oben im Schwarzwald seine Geistestätigkeit vorübergehend ausgeschaltet hatten. Sein Herz begann, das Blut im Hochleistungsmodus durch die Adern zu scheuchen, und er war sicher, dass seine Körpertemperatur um mindestens einen halben Grad stieg.

Er stellte das Bier auf den Mülleimer und reckte sich, um die Gesichter der Neuzugänge zu sehen. Das war nicht leicht, denn die unmittelbar neben ihm stehenden Gäste verstellten sein Blickfeld. Er hörte nur Gesprächsfetzen, in denen ihm eine Stimme und ein kurzes Lachen bekannt vorkamen und mit ihren Schwingungen sein Inneres weiter in Bewegung setzten und aufheizten wie Mikrowellen. Dann machte es neben ihm „hey!“ sowie „huch!“, als Jonas auf das Öffnungspedal des Mülleimers trat. Dessen Deckel klappte mit Schwung auf und schleuderte das Tannenzäpfle in den Flur. Die Bierflasche machte nach ihrem ersten Bodenkontakt noch einen Salto und versprudelte das warme Pils großzügig über zwei Paar Schuhe, ein Telefon, die Beine der Umstehenden und den Laminatboden.

„Shit!“, sagte Patrick und hob die weiterhin schäumende und tropfende Flasche auf.

„Oh, oh!“, sagte Jonas.

Thomas wollte helfen, übernahm die Flasche und stellte sie in die Spüle, wohin man ihm den Weg bereitwillig freigab. Eva kam mit einem Feudel, den sie in die Bierlache warf. Der Zwischenfall brachte insgesamt Unruhe in die Gesellschaft. Als sich Thomas an der Spüle umdrehte, hörte er undeutlich Stimmen im Treppenhaus hallen und ein kurzes Lachen, das er jetzt kannte und das den kürzestmöglichen Weg in sein seelisches Zentrum nahm. Als er aus der Küche trat, schloss der Sportsmann gerade die Wohnungstür. Eva ging mit dem Feudel an ihm vorbei.

„Wer war das?“, fragte Thomas das Hausherrchen.

„Das Bier? Keine Ahnung, irgendein Künstler in der Küche.“

„Ne, ich meine die, die gerade weg sind.“

„Er meint die hübsche Dunkelhaarige“, Eva kam mit einem Lappen zurück, warf ihn auf den Boden und ließ ihn mit ihrem rechten Fuß dort kreisen, wo sie gefeudelt hatte. Das Hausherrchen sagte „oho“ und dann:

„Auch keine Ahnung. Aber bei uns im Semester.“

Patrick war plötzlich ebenfalls da und sagte:

„Was hören meine entzündeten Ohren?“

Thomas äußerte „ja Quatsch“ und merkte, dass ihm die Sache aus dem Ruder zu laufen drohte. Jonas kam mit zwei Tannenzäpfle aus der Küche, gab Thomas eins und fragte:

„Welche Dunkelhaarige?“

Dann setzte er ein Feuerzeug an den Kronkorken jener Flasche, die er in der Hand hielt. Thomas sagte sehr schnell hintereinander „nein, nein, nein, nein, nein!“.

Zu seinem Erstaunen sagte jetzt auch Patrick „nein, nein, nein!“. Dann hörte man das Krachen zersplitternden Plastiks, als Jonas den Boden des Feuerzeugs herausbrach. Das Benzin spritzte über seine Hand und auf das T-Shirt, das sich über die Brust des Hausherrchens spannte. Der fragte:

„Sag mal, du hast nicht zufällig mit dieser fliegenden Bierflasche zu tun gehabt?“

„Die hab ich nicht angefasst!“, antwortete Jonas wahrheitsgemäß und wischte die Hand an der Jeans ab.

„Habt ihr'n Flaschenöffner?“, wollte Thomas wissen und war froh, dass seine Ausgangsfrage keine Rolle mehr spielte. Das Hausherrchen holte einen Öffner. Unterdessen öffnete Patrick die Flaschen mit seinem Feuerzeug. Und Thomas hörte, wie vor seinem inneren Ohr mehrfach die Worte „die hübsche Dunkelhaarige“ wiederholt wurden.

*

Der Rest der Party verging für Thomas wie im Flug, aber im Blindflug. Er befüllte seinen Magen in regelmäßigen Abständen mit Bier. Zwischendrin verabreichte er sich gummiartige Käsewürfel, denen man die industrielle Fertigung ansah, qualitätsähnliche Weintrauben, und er ging stündlich auf die Toilette. Das letzte Mal tat er das um drei Uhr morgens. Dabei sah er lange in den schadhaften Spiegel über dem Waschbecken und machte sich mit dem Gesicht vertraut, das dort in einem erbarmungslosen Neonlicht zu sehen war. Er lehnte sich über das Waschbecken und kam seinem Gegenüber bis auf wenige Millimeter nahe. Sein Blick drang in die eigenen Augen. Er vertiefte sich in die Sprenkel, die in seiner Iris eingeschlossen waren wie Pflanzen in dunklem Bernstein. Er blickte dem anderen punktgenau in die Schwärze der Pupillen, in denen sich seine Züge noch einmal en miniature spiegelten. Sein Blick wanderte über die Nase, fand jeden Mitesser als fettig-schmutzigen Punkt und studierte die feinsten Tröpfchen aus Schweiß und Fett, die aus den Kratern der Poren traten. Was soll das Ganze?, wollte er wissen. „Kannst du mir das sagen?", fragten seine Lippen laut den Jungen im Spiegel, der die Frage zeitgleich erwiderte. „Nein", sagte der Junge, und Thomas sprach mit. Dann erlahmte sein metaphysisches Interesse, und er wischte sich mit einem Handtuch über das Gesicht.

Als er die Tür des Badezimmers öffnete, stieß er sie Jonas in den Rücken, der sich mit einer jungen Frau unterhielt. Mit einem Laut, der Thomas an Wildesel erinnerte, sprang Jonas nach vorn und wurde von seiner Gesprächspartnerin aufgefangen. Die war tatsächlich schon eine Frau, dem Alter der anderen weiblichen Gäste klar entwachsen und daher an diesem Ort bemerkenswert. Nachdem Jonas deutlich „Au-a!" gesagt hatte, entschuldigte sich Thomas mit der Glaubwürdigkeit eines Betrunkenen und erwiderte die interessierte visuelle Musterung, der ihn die Gesprächspartnerin von Jonas unterzog. Er fragte zu seinem eigenen Erstaunen vergleichsweise geistreich:

„Stimmt was nicht mit meiner Kleidung?"

„Das T-Shirt passt farblich nicht zu deinen Haaren, und Hemden mit Kragen stehen dir besser als die ohne, aber sonst ist alles okay."

Mir steht bis auf weiteres überhaupt nichts, dachte Thomas. Laut äußerte er indes, wobei seine Aussprache eine leichte Schlangenlinie fuhr:

„Ja danke, danke für die Tipps. Wusste ich nicht. Das nächste Mal halt ich mich dran. Aber welche Farbe passt denn zu meinem Haar?"

„Weiß, Schwarz, intensive Farben, zum Beispiel Azurblau oder Smaragdgrün. Jedenfalls nicht Gelb, Orange oder Rosa."

Jonas fragte:

„Was ist mit Braun?"

„Eher nicht. Ein kräftiges Dunkelbraun vielleicht, Beige auf keinen Fall."

„Und Sie sind ..."

„Du."

„Wieso ich?"

„Ich meine, du kannst mich duzen."

„Tu ich das nicht?"

„Nein."

Thomas schlingerte geistig herum und verfluchte den Alkohol, der die Impulse in den Synapsen seines Gehirns wie Kleister behinderte und in die Irre leitete. Er atmete schwer und rang sich ab:

„Arbeiten Sie, Quatsch du in der Herrenabteilung von Breuninger oder, oder in irgendeinem Klamottenladen oder was?"

Ihr Lächeln legte die Jahre zwischen sie, die sie ihm voraushatte.

„Ich bin Journalistin. Im Moment hauptsächlich für die *Südbadische.* Das mit den Farben ist weibliche Allgemeinbildung. Du hast dunkle Haare und Augen, aber eher helle Haut, und bist daher das, was man Wintertyp nennt; und dem stehen vor allem intensive Farben, aber keine warmen."

Etwas an dieser Frau reizte ihn – soweit ihn noch etwas reizen konnte. Vielleicht, dass sie ihm überlegen war. Aber was hatte sie hier verloren? Was wollte eine Journalistin unter Erstsemestern?

„Eva hat mich eingeladen", sagte sie.

Was hatte sie mit Eva zu tun?

„Wir kennen uns, weil sie ein Praktikum bei der *Südbadischen* gemacht hat. Sie spielt mit dem Gedanken, später journalistisch tätig zu sein."

Das war möglich, ja.

„Und ich bin furchtbar neugierig auf alles, was mit dem Studentenleben zu tun hat. Wir arbeiten gerade an einer Serie: ‚Studieren, wo andere Urlaub machen. Arbeit und Leben der Studenten in unserer Stadt.' Da brauche ich Infos aus erster Hand. Du siehst übrigens nicht gut aus."

Thomas merkte, dass er ins Schwanken geriet. Neue Alkoholmoleküle waren vom Magen ins Blut gelangt. Nein, er fühlte sich nicht besonders. Er hielt sich hinter seinem Rücken an der Klinke der Badezimmertür fest und stabilisierte seinen Stand mit gespreizten Beinen. Da drückte jemand von innen die Klinke herunter, und Thomas rutschte ab und stürzte neben der Tür in ein kniehohes Regal mit Stiefeln und Schuhen. Leder, Stoff und Gummi dämpften den Sturz. Isabell Böhnke platzte ein Lachen heraus. Sie stellte ihr Glas mit einer kurzen Bewegung auf ein anderes Regal und beugte sich zu Thomas hinunter, um ihm aufzuhelfen. Die Tür zum Badezimmer öffnete sich, und Jonas streckte vorsichtig den Kopf heraus. Zaghaft drehte er sich nach links und rechts, wo er mit einem Blick auf seinen Freund Thomas und auf die Journalistin Isabell Böhnke verharrte.

„Alles in Ordnung?", erkundigte er sich in größtmöglicher Unschuld. Thomas drehte seine Nase aus einem Laufschuh, in dem er noch „Made in China" hatte lesen können. Er hob seinen Arm, der bis zum Ellbogen in einem Damenstiefel steckte. Sein Magen sandte unmissverständliche Signale, er fühlte sich elend.

Isabell Böhnke und Jonas griffen ihm unter die Arme, was ihm zuwider war.

„Geht schon, geht schon", wehrte er sich, „ich bin nicht besoffen, sondern Opfer eines, eines" – er drehte sich zu Jonas – „Türklinkenanschlags."

Er stand wieder gerade, nötigte seine Mundwinkel zu einem Lächeln und hob zurückweisend die Hände mit den Handflächen nach außen auf Brusthöhe.

„Besten Dank."

„Das war ein gekonnter Sturz", äußerte Isabell Böhnke anerkennend und nahm sich wieder ihr Bier. Jonas pflichtete bei, um etwas Nettes zu sagen. Thomas bekundete, dass er dafür auch lange und hart geübt habe. Außerdem wolle er heim.

„Nicht weil mich Jonas gefoult hat, sondern weil ich hundemüde bin."

„Ja, ich bleibe auch nicht mehr lang", hakte sich Isabell Böhnke verbal unter, „wo musst du hin?"

„In die Wiehre."

„Ich nach Günterstal. Teilen wir uns ein Taxi?"

„Okay", gab er zurück, ohne zu überlegen; seine Intuition hatte gesprochen. Jonas wollte noch bleiben. Er hatte ein Gespräch mit einem Kommilitonen angefangen, von dem er wusste, dass er zur Clique einer scheuen Kommilitonin gehörte. Und die war ganz nach dem Geschmack von Jonas, aber selbstverständlich entweder vergeben oder keusch oder sonst unerreichbar.

*

Es hatte angefangen zu regnen, einen feinen, stillen Regen, den man nur dort hörte, wo sich das Wasser auf Dachziegeln und Fenstersimsen, auf Bäumen und Laternen zu dicken Tropfen gesammelt hatte, die dann behäbig der Schwerkraft folgten. Sie fielen auf Vordächer, Gehwege und Autos, wo sie mit einem satten „Plock" aufschlugen und zerplatzten. Isabell Böhnke und Thomas standen im Hauseingang neben den Briefkästen und warteten auf das Taxi.

*

Ein einzelner Wischerarm musste die Frontscheibe von den Tröpfchen, Sprühnebeln und winzigen Rinnsalen freischieben und vollführte dabei jedes Mal etwa auf der Mitte des Weges einen Schlenker, um auf beiden Seiten in die Ecken zu kommen. Isabell Böhnke saß vorn, Thomas saß hinter ihr. Sie hörten das Wasser aus den Pfützen von innen gegen die Kotflügel prasseln und wie der Motor die Tonlage änderte, wenn die Automatik den Gang wechselte. Die Straßen waren leer. Alle drei Insassen des Wagens schwiegen. Isabell Böhnke hatte beim Einsteigen nur ihre Adresse genannt und Thomas angesehen. Er hatte das so stehen lassen; sie auch. Sie fuhren jetzt neben den metallen und dunkel glänzenden

Schienen der Straßenbahn auf einer Straße, auf der er sich entscheiden musste. Wenn ihn der Taxifahrer ohne Umweg absetzen sollte, musste er jetzt etwas sagen. Er betrachtete, wie die Tropfen auf der Seitenscheibe vom Fahrtwind zum Scheibenrand getrieben wurden auf zitternder, ungerader Bahn. Und er spürte ihre Hand an seinem Fußgelenk und seiner Wade. Er lehnte seinen Kopf an die Scheibe und ließ die Kälte in seine Stirn dringen. Seine Arme hingen herunter. Mit den Fingern der rechten Hand fuhr er zwischen ihre Finger.

Ashaia

Es gibt ein Gefühl, das ist außerordentlich, aber im übrigen unbestimmt. Das innere Befinden hat den Mantel des Alltags abgeworfen, doch was es darunter trägt, ist nicht klar zu erkennen. Womöglich gar nichts. Der Mensch weiß, dass er etwas Besonderes fühlt, weiß indes nicht, ob ihn die Ursache zur Freude berechtigt oder Bedrückung verlangt; so, wie Nacktheit in der Zivilisation eindeutig ein Ausnahmezustand ist, dessen emotionale Folgen jedoch sehr davon abhängen, ob man sich im Sommer an einem einsamen Strand aufhält oder bei Regen durch eine Einkaufsstraße läuft. Thomas fühlte sich wie ein Nackter, für den noch zu entscheiden war, wo er sich wiederfinden werde.

Er stand vor dem Schwarzen Brett des Lehrstuhls von Prollius vor der juristischen Bibliothek, Seminar genannt, und hatte den Blick auf eine Stellenanzeige gerichtet; Prollius suchte studentische Hilfskräfte. Seine Gedanken wechselten aber mit sehr enger Taktung an einen anderen Ort und in eine andere Zeit. Er sah das Schlafzimmer vor sich und das Bad, das große gerahmte Poster über dem Bett, das Waschbecken und die Toilette. Das Poster zeigte ein Bild von Lyonel Feininger, eine Kathedrale, schwarz und hoch, abstrahiert und weitflächig. Als sie ihm das flache quadratische Päckchen gab, hatte sie gefragt:

„Kannst du damit umgehen?"

Er erinnerte sich an das Ticken des Heizkörpers, nachdem sie die Heizung angestellt hatte. Er sah die winzigen Knoten vor sich, aus denen der Teppichboden bestand, mit feiner, sand- und pfefferartiger Musterung. Er hörte noch einmal die langsamen Tropfen draußen auf dem Blech des Fenstersimses und neben sich ihren ruhigen Atem; später, als sie schlief. Er hieb sich innerlich mit einer prankengleichen Hand freundschaftlich auf die Schulter: Hey! Das war ein *One night stand* – wie er sich für echte Männer von Zeit zu Zeit gehört. Und du bist doch ein echter Mann. Also was ist los mit dir? Er wusste es nicht.

„Guten Tag."

Neben ihm hatte jemand „guten Tag" gesagt. Er drehte den Kopf. Dort stand Prollius. Die hellbraunen Augen des Professors fixierten ihn mit Interesse und einem Sympathievorschuss.

„Sie stehen hier so, als seien die Anschläge am Schwarzen Brett mit kyrillischen Buchstaben geschrieben. Kann ich Ihnen weiterhelfen?"

Er hatte zuzugeben, dass er verwirrt war und verlegen.

„Ich – ich – hier ist wohl eine Stelle ausgeschrieben."

„Sogar mehrere. Für Sie dürften aber nur die SHK-Stellen in Frage kommen; ‚SHK' heißt ‚studentische Hilfskraft'. Verzeihen Sie, wenn ich das so sage, aber ich erinnere mich, Sie in der Vorlesung Rechtsphilosophie gesehen zu haben. Und da Sie dann wohl zum ersten Semester gehören, wäre sogar eine SHK-Stelle ein gewisser Vorgriff; üblicherweise bewerben sich Studenten erst ab dem zweiten Semester – und selbst dann macht die Verwaltung noch Scherereien, weil es recht früh ist. Aber ich habe Ihre Wortbeiträge in bester Erinnerung. Daher erlaube ich mir, Sie zu einer Bewerbung zu ermuntern, wenn Sie die Stelle interessiert."

Diese Worte lösten in Thomas ein Wohlgefühl aus, das vom Zwerchfell an aufwärts stieg.

„Ja, danke, ja, ich schau mal; mal sehen, ja wirklich, vielen Dank, mach ich gern."

„Was machen Sie gern?"

„Äh – die Anzeige hier; Ausschreibung meine ich, durchlesen und dann schauen, ob – ob ich mich bewerben soll."

„Also von mir aus sollen Sie sich bewerben. Aber ich dränge Sie selbstverständlich zu nichts, um Gottes willen."

„Okay – okay, mach ich gern", er tippte auf den Aushang, „hört sich gut an, wirklich vielen Dank."

„Keine Ursache."

Das Haupt des Professors war in väterliches Verständnis gehüllt. Er hob seine Aktentasche an und bedeutete mit einem Blick, dass ihr Inhalt ihn zur Pflicht rief.

„Ein Termin beim Dekan. Sie entschuldigen mich."

„Äh ja – ja, natürlich."

Und der Professor schritt gemessen zum Treppenhaus.

Thomas stand still und sah wieder auf das Schwarze Brett. In seinen Nervenbahnen liefen widersprüchlichste Impulse von oben nach unten und zurück, kollidierten, überlagerten sich, lähmten ihn. In seinem Hirn erzeugten die Neuronen surreale Bilder. Ein alter Grieche mit Denkerstirn und weißem Gewand saß auf dem geschlossenen Deckel der Toilette, die er letzte Nacht benutzt hatte. In der einen Hand hielt er ein zusammengerolltes Pergament, in der anderen ein Kondom, das er zum Mund führte und wie einen Luftballon aufblies. Aus großen Augen blickte er zu Thomas. Dann knotete er den Ballon zu, hängte das zusammengerollte Pergament mit jenem Faden an den Ballon, der die Rolle zusammenhielt, setzte dieses Gebinde vor sich in die Luft und ließ es entschweben, obwohl das natürlich physikalisch unmöglich war. Den Ballon trug es durch das Badezimmer – ihr Badezimmer – auf das Fenster zu. Es öffnete sich und gab die Sicht frei auf Wiesen und Wald im Mittelgebirge. In der Ferne, oben auf der Wiese stand ein Tempel, weiß und grau; ihm schwebte der kleine Ballon entgegen.

Da flog aus dem Nebel eine Meise heran, machte einen Looping, stach ihren Schnabel in den Ballon, schnappte sich mit ihren winzigen Krallen das Pergament am Faden und verschwand mit einem kunstvollen Trillern, das man nicht hören, aber am Schnäbelchen sehen konnte. Selbstverständlich war auch dies alles schon deshalb unmöglich, weil die Meise für den Transport des Pergaments viel zu klein war.

„Hi."

Dieses Mal hatte es neben ihm „hi" gesagt. Möglicherweise. Aber bevor er zur Seite sehen konnte, um sich zu vergewissern, nahm er Spuren eines feinen Geruches wahr, eines Dufts, wie man ihn in dieser Form in keiner Parfümerie kaufen kann. Nichts hätte ihn wacher machen können. Jetzt drehte er sich nach links. Dort stand – niemand. Er stierte in die Luft. Fünf Sekunden lang. Dann hörte er hinter sich ein vergnügtes, mädchenhaftes Lachen. Er drehte sich um. Sie hieß Ashaia, wie er allerdings erst in einer Woche erfahren würde. Sie hielt eine Aktentasche in ihren Armen und lehnte an einem Tisch.

„Du hast etwas verlangsamte Reaktionen, kann das sein?“, wollte sie wissen.

Er nickte. Sie nickte auch:

„Und zwar wirklich total verlangsamt. Autofahren solltest du in dem Zustand nicht.“

Er nickte wieder. Sie auch.

„Aber es ist gerade etwas besser geworden. Nur das Sprachzentrum kommt noch nicht nach.“

Er wollte nicht schon wieder nicken, tat es aber doch und grinste minderbemittelt. Er verfluchte sich, sagte: „Bist du auch Juristin?“, und verfluchte sich erneut. Dieses Mal nickte sie. Sie hatte halblanges kastanienbraunes Haar, mittelbraune Augen und einen Mund, der elegant zwischen sinnlicher Fülle und vornehmer Zurückhaltung balancierte und am liebsten lachte. Ihre Augenbrauen hatten die Farbe der Haare in etwas dunklerem Ton und bildeten zwei kleine Bögen über den Augen. Die schauten lediglich interessiert, und dennoch strahlten sie. Sie sagte:

„Ich glaube, jetzt wird das mit der Reaktionsverzögerung wieder schlimmer. – Darf ich mal an das Schwarze Brett?“

Weil er es nun schon so gut konnte, beschränkte sich Thomas darauf zu nicken. Sie sagte:

„Du müsstest dann allerdings einen Schritt zur Seite gehen.“

Das tat er. Sie trat vor, und der Duft war wieder da. Er merkte, wie er anfing, schwerer zu atmen, und konnte nichts dagegen tun. Sie las die Stellenanzeige und fragte, als sie fertig war, mit einem neutralen Blick zu ihm:

„Alles in Ordnung?“

Da konnte er wieder nicken. Immerhin sagte er noch:

„Ja, nur ganz leichte Kreislaufprobleme. Vom Leistungssport, glaub ich. Sagt der Arzt.“

Das beeindruckte sie bedauerlicherweise nicht.

„Siehst gar nicht wie ein Sportler aus.“

Sie trat einen Schritt zurück und sagte freundlich:

„Das Schwarze Brett gehört wieder dir.“

Daraufhin nahm sie sein Nicken zum Teil vorweg, zum Teil ahmte sie es nach, und mit diesem Synchronnicken verabschiedeten sie sich voneinander.

Unter Professoren

Ole Seierling war Professor für Bürgerliches Recht und Gesellschaftsrecht und Dekan der juristischen Fakultät. Er saß am Kopfende eines langen Tisches, der kein Tisch war, sondern viele aneinandergestellte Tische. Am anderen Ende saß ihm gegenüber eine hübsche Studentin, der Platz neben ihr war frei. Sie vertrat die Fachschaft. Rechts neben Seierling saß der Fakultätsassistent Daniel Bauer mit einem Aufnahmegerät und vielen Formularen und Blättern vor sich, auf denen er geschäftig Eintragungen machte. Die von Seierling aus gesehen rechte Seite des Tisches besetzten zwei Frauen und zwei Männer. Die Männer waren Manfred Hauptmann und Jens Drib, der Hauptassistent von Prollius. Die Frauen waren die Professorin Kruse und die Professorin Brauner, beide aus dem Zivilrecht.

Professorin Kruse stand kurz vor der Pensionierung und litt praktisch Zeit ihres Professorenlebens darunter, dass sie es nie über ihre C3-Stelle hinaus auf eine C4-Stelle geschafft hatte (heute eine W3-Stelle), also auf eine ordentliche Professur – obgleich sie von Anfang an Anlass zu den schönsten Hoffnungen gegeben und sie auch nicht enttäuscht hatte. Nun war es längst zu spät für den entscheidenden Ruf. Seit vielen Jahren war es zu spät. Man hatte ihren wissenschaftlichen Leistungen die gebührende Anerkennung versagt. Sie war gescheitert. Dieses Wissen machte sie zugleich hart und mürbe, das heißt ungenießbar.

Hinzu kam, dass ihr im Privaten ebenfalls keine Erfüllung beschieden war. Sie galt als alte Jungfer, und diese Vermutung traf zu. So hatte sie ihr ganzes Leben der Wissenschaft geopfert und tat es noch. Unverdrossen und unerbittlich schrieb sie Aufsatz um Aufsatz, Anmerkung um Anmerkung, stets im Vollbesitz der Erkenntnis, stets schonungslos die Finger in zahlreiche dogmatische Wunden legend, wobei sie gerne zurückgriff auf ihre Dissertation – ja, schon ihre Dissertation! – zur „Anspruchskonkurrenz im deutschen

Zivilrecht“ und auf weitere grundlegende Werke aus ihrer spitzen Feder.

Im Umgang mit ihren Mitarbeitern war sie fröhlich, wenn sie sich in den dicken Lehrbüchern und Kommentaren „der Herren Ordinarien“ zitiert gefunden hatte, kämpferisch, wenn die Zitate ablehnend waren, und mürrisch, wenn man sie nicht zitiert hatte. Sie neigte zu aggressiven Ausfällen und war rasch beleidigt. Die akademische Welt empfand sie als ungerecht und überwiegend feindlich – und konnte doch nicht von ihr lassen. So lebte sie im tragischen Dauerzustand einer tiefen, doch abgewiesenen Liebe.

Ihr Auftreten war im allgemeinen kauzig-resolut. Kauzig, weil sie zu allem Überfluss mit zwei körperlichen Mängeln geschlagen war, einer Versteifung des rechten Beines, das sie nachziehen musste und das beim Setzen wie Sich-Erheben Umstände machte, und einer Warze an der oberen Lippe, die sie unbewusst zu kaschieren suchte, indem sie die Unterlippe über die Oberlippe schob – was ihr einen trotzigen, widerständigen Ausdruck verlieh, wenig geistreich wirkte und in sonderbarem Kontrast stand zu den klaren, druckreifen und entlarvenden Sätzen, die sie sprach. Die sie auch heute sprechen würde in diesem Fakultätsrat, der unter anderem über ein windiges Vorhaben ihres verehrten C4-Kollegen Bock zu befinden hatte. Der saß ihr gegenüber und wollte einen Mediziner habilitieren lassen, was sie sofort durchschaut hatte als den Versuch, die Ehrendoktorwürde einer medizinischen Fakultät zu erhalten. Die Herren Ordinarien waren leicht zu durchschauen. Bock ganz besonders, wiewohl er sich für ausgesucht clever hielt.

Zu ihrer Rechten saß Amy Brauner, Inhaberin eines Lehrstuhls für Bürgerliches Recht und internationales Familienrecht, Frauenbeauftragte der Fakultät und in ihrer Eigenschaft als W3-Professorin gerade als Frau Gegenstand bitterster Missgunst ihrer Kollegin Kruse. Dabei hatte auch sie es alles andere als einfach gehabt als Frau im wissenschaftlichen Betrieb. Nur zu deutlich erinnerte sie sich an ihren Habilitationsvortrag über „heimliche Vaterschaftstests vor Gericht“, in dem sie solche Tests als kategorisch unzulässige

Beweismittel eingestuft und gefordert hatte, sie unter Strafe zu stellen. Denn es verletze die Würde der Frau, sie mit dem Verdacht unehrlichen Verhaltens zu überziehen, und gefährde den Familienfrieden – und damit am Ende auch das innere Gleichgewicht des vielleicht (und vielleicht nicht) betrogenen Mannes.

Und da hatte sie die geschlossenen Reihen und vereinten Kräfte des akademischen Patriarchats kennengelernt! Während Habilitanden männlichen Geschlechts, da war sie sicher, nach ihren Vorträgen lediglich mit gutem Willen und wenigen Fragen pro forma rechnen mussten, waren gegen ihre Darlegungen sofort Einwände erhoben worden: Welchen Schaden der Familienfrieden nehme, wenn ein zweifelnder Mann seine Zweifel diskret zum Schweigen bringe, statt sie an seiner Liebe zu Frau und Kind nagen zu lassen? Welchen Wert der Familienfrieden habe gegenüber dem Recht jedes Menschen zu wissen, von wem er abstamme und wer von ihm abstamme – ein Recht, das in seiner Menschenwürde angelegt sei? Und ob die Gefährdung des Familienfriedens nicht auch einer Frau zuzurechnen sei, die ihrem Partner ein Kind unterschieben und ihrem Kind seinen Vater verheimlichen wolle? Ferner, warum man in dieser Lage dem Mann eine Strafe androhen sollte, der mit einem vertraulichen und dem einzig möglichen Mittel versuche, Klarheit zu gewinnen?

Solche und manch ähnliche Fragen hatten sie ihr entgegengeschleudert, die Herren Professoren, die Männerbündler, die Machos. Frei von jeglichem Wissen von den Widrigkeiten eines Lebens als Frau und natürlich auch ohne jene Lebenserfahrung, die ihnen gesagt hätte, dass die Mütter der Kuckuckskinder doch immer erst durch die Lieblosigkeit ihrer Partner in die Arme eines anderen getrieben worden waren.

Im übrigen vermochte sie zwar keine Ereignisse oder Maßnahmen zu nennen, durch die sie zurückgesetzt worden wäre. Beinahe im Gegenteil hatte ihr akademischer Lehrer, ein gütiger Alter, sie gefördert und ihr geholfen, und auch während Studium und Referendariat hatte es keine Note gegeben, die sie gegenüber gleich befähigten Männern zurückgesetzt hätte. Und doch. Und doch lebte sie in dem sicheren Wissen darum, dass man als Frau an der Universität deutlich stärker zu strampeln hatte, um nach oben zu kommen. Und sah man es etwa nicht an der geringen Zahl der Frauen in den Professoren-Kollegien? Hier zum Beispiel? Sie war neben der verhärmten, im Grunde gescheiterten Kruse die einzige! Überhaupt Kruse: Gab es einen schlagenderen Beweis dafür, dass die *old boys* im deutschen Zivilrecht noch immer das Heft des Patriarchats fest in den Händen hielten und jede Frau unten zu halten versuchten, die sie als intellektuell überlegen fürchteten? Sie selbst war die hart erkämpfte Ausnahme.

Ihr Lebensgefährte war nicht ganz ihrer Ansicht, weil er ebenfalls eine Professur anstrebte, im Öffentlichen Recht, und bislang keinen Erfolg gehabt hatte, obwohl seine Noten und Schriften über jeden Zweifel an seiner Eignung erhaben waren. Und er hatte diese Leistungen nicht, wie sie, mithilfe eines Habilitationsstipendiums ausschließlich für weibliche Nachwuchswissenschaftler erreicht, sondern seiner Beschäftigung als Assistent an einem Lehrstuhl abgetrotzt. Auf eine Stelle, hatte er gesagt, bewarben sich in seinem Fach bis zu achtzig Privatdozenten. Da sei es kein Wunder, wenn ein Ruf auf sich warten lasse. Und unter den achtzig seien nur sieben Frauen, was es noch weniger verwunderlich mache, wenn ihr Geschlecht bei den Rufen selten vertreten sei. Übrigens nicht einmal so selten, da Bewerbungen von Frauen besonders wohlwollend behandelt würden und die Verantwortlichen, Minister oder Rektoren, recht hartnäckig nachfragten, wenn auf einer Berufungsliste keine Frau auftauchte, sobald sich auch nur eine der sieben beworben hatte.

Doch so gern sie ihren Lebensgefährten hatte, seiner Schlussfolgerung konnte sie sich selbstverständlich nicht anschließen: Frauen würden an den Universitäten nicht diskriminiert, sondern bevorzugt, und dass es noch vergleichsweise wenige Professorinnen gebe, liege daran, dass wenige Frauen Lust hätten, die Beschwernisse, Unwägbarkeiten sowie die Kargheit und schiere Länge des Weges zum Professorenamt auf sich zu nehmen; wo sich doch mit gleicher Qualifikation überall anders wesentlich schneller entweder mehr Geld verdienen ließ, in der Wirtschaft und in den Großkanzleien, oder größere Sicherheit zu erlangen war bei familienfreundlichen Arbeitszeiten, und zwar in der Justiz. Nein, das konnte nicht stimmen. Denn sie wusste doch, dass es anders war, weil sie das alles, die klammheimliche und indirekte Diskriminierung miterlebt hatte – irgendwie. Ein Stück weit würde sie es auch heute erleben. Denn wen wollte der alte Bock zur Habilitation tragen? Den Doktor Fresenius, wieder einen Mann!

Auf der anderen Seite des Tisches saßen Prollius, Bentin, Zerrer und Bock. Letzterer trug einen dunkelgrauen Flanellanzug mit Kreidestreifen und Weste, an der eine goldene Uhrenkette hing. Die Weste wölbte sich über einen halbkugelförmigen Bauch, der sich aber im Rahmen dessen hielt, was ihm für einen Ordinarius seines Alters vertretbar erschien. Auf dem gestärkten weißen Kragen saß der Kopf; nur ein kleiner Fettwulst des Halses quoll über den Kragen. Seine Lippen waren ungewöhnlich voll, die Nase war klein. Bock näherte sich der Emeritierung, wie in seinem Fall der professorale Ruhestand noch hieß nach altem Recht und guter Tradition. In seinem Selbstverständnis verkörperte er das Erbe der deutschen Strafrechtsdogmatik und war einer der letzten, die noch stringent denken konnten.

In seinem Fall kam hinzu, dass er Schüler eines Strafrechtsgelehrten war, der nach dem Krieg von großem Einfluss gewesen war und in einem Schulenstreit nach allgemeiner Überzeugung einen epochalen Sieg errungen hatte in Form eines höchstrichterlichen Urteils, das ihm recht gab. Bei genauerer Betrachtung, das wusste Bock, hatte sich sein Lehrer die vermeintlich bahnbrechende Idee bei einem verstorbenen Kollegen aus einer älteren Schrift geborgt, und sie hatte in der Rechtsprechung vor allem deshalb Erfolg gehabt, weil sich der Gesetzgeber jahrzehntelang vor einer Entscheidung gedrückt hatte. Aber das war ihm, Bock, gleichgültig. Viel wichtiger war, dass dieser Mann, sein Lehrer, fortan als entscheidender Impulsgeber und Neuerer galt und dass er, Bock, von diesem Glanz den einen oder anderen Strahl in Richtung seines eigenen Hauptes zu lenken vermochte. Und das war doch, was zählte: Renommee, Reputation, der bedeutende Lehrer, die bedeutende Fakultät, auf den Strafrechtslehrertagungen neben den richtigen Leuten sitzen, am Tische derer, die den Ton vorgaben.

Bock strich sich mit der flachen Hand über den kahlen Kopf. Seine eng beieinander liegenden Augen musterten die Gegenseite. Zuerst, als er hereingekommen war, hatte er sich unbedacht nach dort drüben gesetzt, neben den jungen Drib und die olle Kruse. Doch dann hatte er gesehen, wie sich vis-à-vis nacheinander Prollius, Bentin und Zerrer niederließen, nachdem sie ihn begrüßt hatten, und da war ihm klar geworden, auf welche Seite er gehörte. Rasch hatte er sich umgesetzt; gerade noch rechtzeitig, bevor die Braunersche eingetreten war und das Elend auf der anderen Seite komplett gemacht hatte.

Die Tür flog auf, und herein stürmte ein sehr junger Mann dunkelsten Typs, unübersehbar mit dem, was man einen Migrationshintergrund nennt. Er rief „'Schuldigung, tut mir echt leid, die Straßenbahn hatte Verspätung!".

Seierling hob seinen Blick von der schönen königsblauen Handschrift, mit der er sich gerade eine Notiz fertigte, und gewährte dem Neuankömmling seine Aufmerksamkeit. Er legte den schwarzen, platinverzierten Kugelschreiber aufs Papier und bemühte ein Lächeln.

„Herr Palavi, nehme ich an. Machen Sie sich keine Sorgen. Es ist erst vierzehn Uhr vierzehn, und unser Fakultätsrat beginnt – wie für akademische Veranstaltungen üblich – cum tempore."

Er war sich sicher, dass Herr Palavi nicht wusste, was *cum tempore* hieß; daher hatte er diese Worte gewählt. Nach einem Moment, in dem Herr Palavi Gelegenheit hatte, sein Unverständnis mimisch zum Ausdruck zu bringen, schob Seierling nach:

„Das heißt um Viertel nach."

Er lächelte sein Opfer noch einen Augenblick an, dann nahm er erneut den schweren Kugelschreiber, senkte den Blick und setzte seine Notiz fort.

„Hi Damian", sagte Eva und freute sich, nicht mehr allein zu sein. „Setz dich."

„Hey, danke", flüsterte Damian, zog die silbernglänzende Daunenjacke aus und setzte sich: „Hey, was geht denn hier ab. Steht doch vierzehn Uhr auf der Einladung."

„Ja, aber das heißt bei den Vorlesungen doch auch Viertel nach. Und hier eben auch."

„Ey, so'n Quatsch, oder?"

„Vor allem", flüsterte Eva, „heißt es manchmal auch nicht Viertel nach. Bei den Magisterprüfungen zum Beispiel, hat mir 'ne Freundin gesagt."

Damian faltete die Hände, spannte seinen beträchtlichen Bizeps an, ließ die Finger durchdringend knacken und genoss, wie sich die Professorin Brauner entsetzt schüttelte. Die Professorin Kruse machte „uuuh!".

Jens Drib lachte. Er hatte bislang ohne Unterbrechung konzentriert stenografiert; allerdings nicht den Smalltalk der Anwesenden, sondern eine Revisionsbegründung für einen Anwalt beim Bundesgerichtshof in Karlsruhe, die heute bis vierundzwanzig Uhr eingereicht werden musste, die er daher handschriftlich oder als Diktat bis achtzehn Uhr nach Karlsruhe an eine der Sekretärinnen dieses Anwalts zu übermitteln hatte und die er bis zum Ende dieser Sitzung abgeschlossen haben würde. Die Argumentation hatte er sich gestern Nacht im Kopf zurechtgelegt und die Belege heute Mittag herausgesucht. Jetzt wusste er sie auswendig.

Die Zeit drängte, dies war einzugestehen, aber wann tat sie das nicht, und er hatte zwar schon manche Frist bis auf die letzte Minute ausgeschöpft, aber noch keine versäumt. Und er wusste, dass sein Anwalt in Karlsruhe die Revisionsbegründung nicht mehr lesen wollte, weil der Anwalt wusste, dass sie keinen Fehler enthalten und für den Mandanten das Optimum des argumentativ Möglichen sein würde. Es ging um den Rang einer Vormerkung im Grundbuch. Kreuzlangweilig, könnte man meinen, aber wenn man einmal, wie

Jens Drib, eingehend darüber nachdachte – hochinteressant! Sein Kugelschreiber, Werbegeschenk eines Baumarktes, raste übers Papier, Briefpapier aus einem IBIS-Hotel, gefolgt von seinen Falkenaugen, während seine Ohren das Knacken der Fingerknochen von Damian Palavi hörten und sein Mund lachte. Daran änderte sich auch nichts, als Seierling jetzt mit seinem schwarz glänzenden Schreibgerät gegen ein Wasserglas schlug und um Aufmerksamkeit bat.

„So, sehr geehrte Frau Kollegin Kruse, sehr geehrte Frau Kollegin Brauner, sehr geehrte Frau" – er blickte auf ein Papier – „Flügel, meine Herren, ich begrüße sie zu unserem ersten Fakultätsrat in diesem Semester und stelle fest, dass sie alle form- und fristgerecht geladen worden sind, dass der Fakultätsrat vollständig versammelt ist ..."

„Nein", unterbrach Daniel Bauer, „es fehlt entschuldigt der Vertreter des nichtwissenschaftlichen Bereichs, Herr Schmidt, der Facility-Manager dieses Gebäudes."

„Der was?", fragte Seierling doppelt indigniert, da er unterbrochen wurde und man ihm ein bekloptes englisches Fremdwort an den Kopf warf, das kein Mensch verstand.

„Der Hausmeister", half Jens Drib aus, derweil sein Kugelschreiber über die Bögen flog, auf den Millimeter verfolgt von seinem Falkenblick.

„Wie kommt der denn in unseren Fakultätsrat?", wollte Seierling wissen. „Der gehört doch gar nicht zur Fakultät, sondern ..."

„Doch", bemerkte Daniel Bauer beflissen, „seit der letzten Reform des Hochschulgesetzes in Verbindung mit einer Änderung der Grundordnung unserer Universität sowie ..."

„Schon gut", Seierling hob die Hand, an der ein Siegelring glänzte, „ich glaube Ihnen. Und was ist mit Herrn Schmidt?"

„Burnout", sagte Daniel Bauer und guckte treu.

Seierling dachte an den Mann mit dem grauen Kittel, den er ab und zu im Hörsaalgebäude umherschlurfen sah und der ihm schon einmal erklärt hatte, warum er die defekte Neonröhre über dem Schwarzen Brett des Dekanats wegen Ersatzteilmangels nicht wechseln könne und warum er für die Akkus der tragbaren Mikrofone in den Hörsälen nicht zuständig sei.

„Nun gut", sagte Seierling, „dann wünschen wir Herrn Schmidt gute Besserung, und ich stelle fest, dass wir jedenfalls problemlos beschlussfähig sind."

Daniel Bauer nickte eifrig und machte eine Notiz. Seierling winkelte die Arme an und legte sie auf den Tisch, was aus den Ärmeln seines dunkelblauen Nadelstreifenanzugs die Klappmanschetten des weißen Hemdes heraustreten ließ zusamt den silbernen Manschettenknöpfen.

„Und damit haben wir unseren ersten Tagesordnungspunkt auch schon abgearbeitet: die Begrüßung."

Er lächelte. Dann ging er Punkt für Punkt der Tagesordnung durch, unterstützt von Daniel Bauer und einer dicken Unterschriftenmappe, in der sich zu jedem Tagesordnungspunkt allerlei Papiere, Tischvorlagen und Notizen befanden. Es ging um eine Berufungskommission, die es einzusetzen galt, um die Öffnungszeiten der Bibliothek, um eine Ergänzung der Promotionsordnung und um manches andere, was die anderen Teilnehmer ebenso langweilte wie den Dekan. Denn das alles war längst vorbesprochen in etlichen Telefonaten, Kungelrunden und nicht zuletzt im Professorium, der informellen Versammlung der Professoren, die dem Fakultätsrat einige Tage vorausging.

Einzig als es um die Verwendung der Studiengebühren ging, die „Studienbeiträge" hießen, also um Geld, das die Studenten der Universität bezahlten, wagte Eva, von Damian mit „ey genau" sekundiert, Bedenken zu äußern erstens hinsichtlich der Höhe der Beiträge, welche die Fakultät innerhalb eines bestimmten Rahmens selbst festsetzen durfte, und zweitens hinsichtlich des Planes, mit dem Geld unter anderem einen Hörsaal neu zu bestuhlen sowie Lehraufträge zu finanzieren für die Arbeitsgemeinschaften im Grundstudium. Der Dekan hielt ihr in aller Freundschaft und jovial entgegen, dass man zum einen, was die Beitragshöhe betreffe, doch in diesem universitären, Forschung und Lehre verpflichteten Gremium keine Politik machen wolle und daher die Höhe der Beiträge am besten bei dem belassen möge, was auch die anderen Fakultäten erhoben.

„Ey, das ist doch auch Politik!", warf an dieser Stelle Damian ein, und Jens Drib lachte, derweil er die Rechtsprechung des Bundesgerichtshofes zu Sinn und Zweck des Paragrafen achthundertdreiundachtzig Absatz drei BGB niederstenografierte. Zum zweiten, so Seierling, was die Verwendung für neue Stühle und für die Lehraufträge betreffe, gebe er nachdrücklich die Schwierigkeiten zu bedenken, in welche die Fakultät geriete, wenn sie die Mittel nicht wie vorgeschlagen verwenden dürfte. Denn dann könne man sie gar nicht verwenden, auf andere Ideen sei man in diesen Fällen partout nicht gekommen und habe sie auch jetzt nicht. Bleibe aber ein Teil der Beiträge unverbraucht, so werde die Universitätsleitung alsbald fragen, ob die juristische Fakultät denn überhaupt so viel Geld brauche, und werde versuchen, jenen Beitragsteil in andere Fakultäten zu schieben. Das gelte es um jeden Preis zu verhindern. Und ob denn etwa die Studierenden bessere Verwendungsvorschläge hätten?

„Nein, natürlich nicht", sagte Eva; „denn wir sind ja dafür, die Beitragshöhe zu senken!"

„Insoweit muss ich auf meine früheren Ausführungen verweisen", antwortete Seierling und schritt zur Abstimmung. Eva, Damian und Jens Drib wurden überstimmt. Letzterer hatte bei der Abstimmung zwar die freie linke Hand gehoben, doch nicht den Blick.

„Wir kommen zum Tagesordnungspunkt zehn und damit zum Habilitationsverfahren Fresenius. Herr Kollege Bock, ich vermute, Sie wünschen das Wort."

„Ganz recht, Spektabilität", näselte der Angesprochene mit öliger Stimme; er sprach immer so. Und obwohl er Seierling für einen aufgeblasenen Schwätzer hielt, wäre es ihm nicht eingefallen, ihn während dessen Amtszeit als Dekan anders anzusprechen als mit „Spektabilität", dem verstaubten Amtstitel der Dekane.

„Erlauben Sie mir zunächst kurze Bemerkungen zum persönlichen Hintergrund. Er ist zwar für unsere Entscheidung ohne Belang, aber in den mündlichen Prüfungen des Staatsexamens sehen wir uns ja auch in den Akten an, was das für Leute sind, die da als Kandidaten vor uns sitzen. – Doktor Fresenius stammt aus einer alten Familie des Hamburger Großbürgertums, die überwiegend Juristen und Mediziner hervorgebracht hat. An unseren Universitätsort hat es ihn schon für sein Studium verschlagen, das zunächst ein Studium der Rechtswissenschaft gewesen ist; einige Kollegen – so auch ich – kennen ihn von damals als wachen und fleißigen Übungsteilnehmer. Er hat allerdings nur zwei Semester bei uns studiert, dann ist er an die medizinische Fakultät gewechselt. Mit durchschlagendem Erfolg; er hat exzellente Examensergebnisse vorzuweisen und wurde von den Kollegen *summa cum laude* promoviert."

Bei dem Wort „Kollegen" räusperte sich Hauptmann vernehmlich und blätterte im aktuellen Heft des *Archivs für öffentliches Recht,* so dass ihn der durchdringende Blick von Bock nicht traf. Der fuhr fort:

„Doktor Fresenius bietet gemeinsam mit mir jedes Sommersemester eine Lehrveranstaltung an mit dem Titel ‚Gerichtsmedizin für Juristen', die von den Studenten hervorragend evaluiert worden ist. Er tut dies unentgeltlich aus dem altruistischen Motiv heraus, den jungen Jura-Studenten, zu denen er selbst einmal zählte, Anschauung aus der forensischen Praxis zu geben. In den letzten Jahren ist ihm zudem die gigantische Anstrengung geglückt, neben seiner Tätigkeit als Arzt eine beeindruckende Schrift über ein medizinrechtliches Thema zu verfassen, deren Entstehung ich gleichsam die Bahn abstecken und ein Ziel geben durfte und die unserer Fakultät als Habilitationsschrift Ehre machen und unsere traditionell guten Verbindungen zu den Kollegen der Medizin weiter festigen wird.

Ohne der Entscheidung des Fakultätsrats und des Habilitationsausschusses vorgreifen zu wollen habe ich bereits ein Erstgutachten entworfen, das Ihnen alle Einzelheiten nennt und den wissenschaftlichen Rang des Werkes nachweist. Ich habe es dabei und lasse es gerne herumgehen. Ich bin sicher, dass die Schrift vom Schiller Wolfram Verlag, also dem renommiertesten rechtswissenschaftlichen Verlag, in bester

Ausstattung verlegt werden kann. Kurzum: Es sind nicht nur alle Anforderungen erfüllt, die wir an eine Habilitationsleistung stellen, sondern Doktor Fresenius ist ein Mann, dessen Habilitation der Fakultät Ehre machen wird, so dass es sich nachgerade aufdrängt, ihn zu habilitieren."

Während seiner Rede hatte Bock den Kopf und sein enges Augenpaar nach links und rechts in die Runde gewandt und mit beiden Händen offen, werbend und zugleich bestimmend gestikuliert. Jetzt legte er die Hände übereinander, lehnte sich zurück und sah zu Seierling. Der hatte ausdruckslos zugehört, bedankte sich nun bei Bock für die Einführung und erkundigte sich bei den anderen, ob es Fragen gebe. Die gab es. Hauptmann meldete sich:

„Na, Herr Kollege Bock, dat is ja offenbar 'n Prachtkerl, Ihr Doktor Fressenius. Nur damit ichiss richtig verstehe: Sie ham den Mann jetzt also schon seit'n paar Jahren wie'n Habilitanden betreut und ihn diese große Schrift anfertigen lassen im Jottvertraun darauf, dat dat mit der Habil alles null problemo is, sozusagen, obwohl der Doktor Fressenius ja jewissermaßen nich unser jeborner Habilitand is, nich wahr."

Bocks Augen schienen noch enger zusammenzurücken, und ein senkrechtes Fältchen zeigte sich über der Wurzel seiner kurzen Nase. Nach einem Blick zum Dekan und dessen auffordender Geste ölte er los:

„Ja, lieber Herr Kollege Hauptmann, da heben Sie noch einmal einen wichtigen Punkt hervor. In der Tat hat Herr Fresenius gut drei Jahre in die Ausarbeitung seiner Schrift investiert, nicht zuletzt um den Qualitätsstandards zu genügen, die ich immer wieder unerbittlich eingefordert habe. Nur mit dieser großen Anstrengung ist es ihm gelungen, ein Werk abzuliefern, das methodisch wie inhaltlich unser Habilitationsniveau klar erreicht. Es wäre für diesen hoffnungsvollen jungen Mann, der unserer Rechtswissenschaft so zugetan ist, nicht weniger als eine persönliche Katastrophe, wenn seine Herkulesarbeit und deren brillantes Ergebnis umsonst gewesen wären. Aber das erwähne ich nur nebenbei, denn ich halte diese Eventualität für praktisch vernachlässigbar, wir wären ja – verzeihen Sie – dumm. Und darüber muss man sich auch klar sein: Wenn wir tatsächlich, ich phantasiere jetzt, so dumm wären, dann wird sich eine andere juristische Fakultät diese Chance sicher nicht entgehen lassen."

Bock wusste, dass Fresenius keine drei, sondern nur eineinhalb Jahre an seiner Schrift gesessen hatte, aber solche Arbeitszeiten waren nie sicher nachweisbar. Ebensowenig war nachweisbar, dass die Schrift gedanklich von ihm, Bock stammte; bis in die Formulierung einzelner Sätze hinein. Er war zufrieden mit sich, da er die kritische Frage in einen Anlass verwandelt hatte, zwei weitere Argumente vorzubringen. Hauptmann schien allerdings nicht zufrieden:

„Ja, aber hamse dem Mann klarjemacht, dat sein Projekt nich grade 'n Selbstläufer wird?"

Seierling schaltete sich ein:

„Verzeihung, wir wollen uns an die Rednerliste halten. Mir liegt als nächstes eine Wortmeldung von Frau Flügel vor. Bitte."

Eva sprach mit sicherer Stimme, obwohl sich ihr Blutfluss beschleunigt und ihre Wangen gerötet hatten:

„Ist der Herr Fresenius nicht einer von den Ärzten, die in den Impfskandal am Klinikum verwickelt sind?"

Seierling erteilte Bock mit einer Geste das Wort. Bock atmete tief ein, so dass sich die Uhrenkette auf seinem Bauch hob und im Neonlicht der Deckenleuchten dunkelgold glänzte.

„Frau ..."

„Flügel."

„Frau Flügel – schon das Wort ‚Impfskandal' wird ausschließlich von der Presse verwendet. Es gibt derzeit keinen Beleg dafür, dass die Impfreaktionen jener drei Testpersonen auf ein pflichtwidriges Verhalten des medizinischen Personals zurückzuführen wären. Und jedenfalls trüge Herr Doktor Fresenius dafür keine Verantwortung. Er war an dem Test nur am Rande beteiligt und hat ausschließlich nach den Weisungen seines Chefs gehandelt. Ich bin sicher, dass sich dieser sogenannte Impfskandal bei weiterer Prüfung in

Luft auflöst und nicht die geringste Gefahr für den Ruf unserer Fakultät besteht, wenn wir Doktor Fresenius eine Lehrbefugnis verleihen."

„Ihr Wort in Gottes Ohr", bemerkte Hauptmann, überlagert von Seierlings deutlichen Worten:

„Der nächste Redner ist Herr Doktor Drib."

Jens Drib setzte seinen Kugelschreiber ab und drückte ein paar Mal in schneller Folge dessen Knopf. Mit der anderen Hand griff er sich ins Haar, als wolle er ein Büschel ausreißen, lachte und sagte, während er aufsah:

„Nur eine ganz kurze Frage, Herr Professor Bock. Wie heißt denn die Habilitationsschrift, und wovon handelt sie?"

Als er die Frage gestellt hatte, richtete er den Blick wieder auf die Papiere vor ihm, überflog eine Zeile, nickte stumm und begann nach einigen weiteren Klicks mit dem Kugelschreiber erneut, das Briefpapier des IBIS-Hotels mit stenografischen Zeichen zu füllen. Bock ließ seine Kieferknochen hervortreten und hob nach einer Geste des Dekans an:

„Die Schrift hat wie bereits gesagt ein medizinrechtliches Thema, Herr Doktor Drib. Möglicherweise haben Sie das vorhin überhört, weil Sie – wie jetzt auch – mit Ihren Notizen beschäftigt waren."

Jens Drib schüttelte den Kopf, ohne von seiner Niederschrift abzusetzen.

„Wie dem auch sei", näselte Bock mit einem gezwungenen Lächeln, „die Arbeit hat noch keinen festen Titel. Vorschläge für einen solchen und detaillierte Erläuterungen zum Inhalt und zum Gang der Darstellung finden Sie natürlich, ich darf erneut darauf hinweisen, in meinem Gutachtenentwurf. Sehr knapp, womöglich unzulässig knapp zusammengefasst geht es um die ärztliche Aufklärungspflicht, die Einwilligung des Patienten und den Begriff der Körperverletzung" – hier warf Hauptmann ein: „Och, die ollen Kamellen!" – „also um Themen sowohl aus dem Allgemeinen wie aus dem Besonderen Teil des Strafrechts. Es handelt sich demnach keinesfalls um eine Schmalspur-Habilitation, wie wir sie allerdings auch schon haben durchgehen lassen. Herr Kollege Hauptmann, ich denke insbesondere an Ihren

Habilitanden Wichtelpütz und seine Arbeit über Artikel zweiundzwanzig des Grundgesetzes, der bekanntlich lautet: ‚Die Bundesflagge ist schwarz-rot-gold.'"

„Is jetzt Artikel zweiundzwanzig Absatz zwei, Herr Kollege", erwiderte Hauptmann. „Aber dat war nich Schmalspur. Der Wichtelpütz hat dat alles janz penibel aufjearbeitet, mit jeschichtlichen Bezügen, Rechtsvergleich und dat alles. Außerdem hatte er schon 'ne riesige Diss abgeliefert, wissen se doch, und da habich dem Jungen natürlich jesacht: Jung, bei der Habil bitte vierhundert Seiten weniger, wer soll dat alles lesen!"

Prollius guckte leidend, Bentin schmunzelte, Zerrer hatte sich gemeldet:

„Spektabilität, liebe Kollegen" – „Und Kolleginnen!", rief die Professorin Brauner – „habe ich das richtig verstanden, Herr Bock, ihr Schützling vertritt unter anderem und entgegen dem Bundesgerichtshof wieder die These, dass die ärztliche Heilbehandlung grundsätzlich schon tatbestandlich keine Körperverletzung sei?"

„Auch, ja", antwortete Bock ölig, „aber das ist nicht der Schwerpunkt der Arbeit."

„Gut", fuhr Zerrer fort, „denn ich bin zwar nicht vom Fach, meine aber sagen zu können, dass man mit dieser These wissenschaftlich keinen Blumentopf mehr gewinnt – höchstens einen Ehrendoktor von einer medizinischen Fakultät."

An dieser Stelle zuckte Bock leicht zusammen und stellte sich bei den Herren Seierling und Bentin ein dezentes Grinsen ein, während die Professorin Kruse ein meckerndes Lachen ertönen ließ, sich auf den Schenkel, dann auf den Tisch schlug und schneidend ausrief:

„Und außerdem fehlt es in den Fällen einer mangelhaften Aufklärung des Patienten für § 823 BGB regelmäßig schon an der Kausalität, denn denken Sie einmal an die Variante eines rechtmäßigen Alternativverhaltens; das habe ich sehr klar schon vor zehn Jahren in einem Aufsatz in der JZ nachgewiesen!"

Die JZ war die *Juristenzeitung* und eine der angesehensten juristischen Fachzeitschriften. Seierling schlug mit seinem schweren schwarzen Kugelschreiber an das Wasserglas, um für Ruhe zu sorgen. Zerrer war noch nicht zu Ende:

„Aber was mich stärker interessiert, das ist die Rechtslage gemäß unserer Habilitationsordnung. Nach meiner Erinnerung verlangt sie grundsätzlich ein abgeschlossenes Studium der Rechtswissenschaft."

„Betonung auf ‚grundsätzlich', Herr Kollege, wenn ich dazu in meiner Eigenschaft als Dekan gleich etwas sagen darf", schaltete sich Seierling ein. Er hatte diesen Punkt gestern Abend ausführlich am Telefon mit Bock besprochen, den er zwar nicht mochte, dessen Unterstützung er aber brauchen würde, wenn es demnächst darum ging, in der strafrechtlichen Abteilung eine Assistentenstelle zu streichen.

„Unsere Habilitationsordnung vom sechzehnten Mai zweitausendvier erlaubt in Paragraf zwei die Habilitation originär fachfremder Wissenschaftler, wenn sie erstens im Inland einen Doktorgrad erworben haben ..."

„Europarechtlich wahrscheinlich unzulässig", raunte Hauptmann zu Jens Drib, der gerade an einer verfassungskonformen Auslegung feilte, aber als Antwort die Unterlippe vorstülpte und den Kopf wiegte, während sein Falkenblick ungestört dem dahineilenden Kugelschreiber folgte.

„... zweitens", Seierling sprach lauter, „eine herausragende Arbeit auf rechtswissenschaftlichem Gebiet vorlegen und drittens die Gewähr bieten, über diese Arbeit hinaus die juristischen Grundlagen zu beherrschen; wobei wir uns damals einig waren, als wir die Ordnung geschrieben haben, dass damit in etwa der Stoff des Grundstudiums gemeint ist. Im Falle von Herrn Doktor Fresenius könnte man diese Bedingung als dadurch erfüllt erachten, dass er immerhin die beiden ersten Semester des rechtswissenschaftlichen Studiums sogar hier bei uns absolviert hat und, wenn ich richtig informiert bin, bei Herrn Kollegen Bock bereits ein Seminar besucht und noch zwei weitere Seminare besuchen will, je eines im Zivil- und im Öffentlichen Recht."

Die Professorin Brauner erhielt das Wort:

„Verzeihen Sie, Spektabilität, aber das ist doch absurd. Da hat dieser Herr Fresenius als Bubi mal ein paar Vorlesungen gehört und eine Strafrechtsklausur geschrieben vor X Jahren, und jetzt soll er nach drei Seminaren die Grundlagen unserer Wissenschaft und unseres Rechts beherrschen? Nach drei Seminaren, in denen er wahrscheinlich kaum etwas verstanden hat? Das sollte sich mal eine Frau erlauben! Verzeihung, aber das ist wirklich absurd."

„Selbstverständlich, Frau Kollegin, setzt unsere Habilitationsordnung zudem voraus, dass sich ein Kollege bereit findet, den fachfremden Aspiranten zu betreuen und seine Arbeit zu begutachten, und dass sich ein weiterer Kollege erbietet, ein Zweitgutachten zu schreiben. Die Betreuungs- wie die Gutachterfrage müssen also geklärt sein, bevor wir einen Externen zur Habilitation zulassen. Sie brauchen sich also nicht zu sorgen, dass eine weitere Arbeitslast auf noch unbekannte Schultern zu legen wäre, zumal da wir für Doktor Fresenius bereits einen Zweitgutachter hätten."

„So, wen denn?", fragte Hauptmann mit spitzem Mund.

„Mich", erwiderte Seierling, was jetzt kaum noch überraschte.

„Spektabilität", hub die Professorin Brauner erneut an, „möglicherweise habe ich mich unklar ausgedrückt", und es erfüllte sie mit tiefer Genugtuung, dem aufgeblasenen Seierling eins vor den Latz zu knallen, „aber das ist mir schnurz. Was ich sage, ist: Der Fresenius hat juristisch keinen Schimmer. Und solche Leute sollten wir nicht habilitieren. Ganz abgesehen davon bin ich ohnehin dafür, mal wieder eine Frau zu habilitieren."

„Das wissen wir", sprach Prollius gedämpft, und Bentin fragte in würdevoll gedehnten Worten:

„Haben Sie denn eine geeignete Kandidatin?", worauf die Professorin Brauner retournierte:

„Nein, Herr Kollege Bentin, aber ich bin auch erst seit einem Jahr an dieser Fakultät. Und Sie sprechen dankenswerterweise ein wichtiges Problem an, nämlich dass wir uns auch bei der Förderung unseres eigenen wissenschaftlichen

Nachwuchses, bei unseren eigenen Leuten nicht nur auf die Herren der Schöpfung konzentrieren dürfen."

Triumphierend verschränkte sie die Arme und lehnte sich zurück.

„Macht auch keiner", sagte Hauptmann und biss in eine Aachener Printe. Die hatte er sich mitgebracht, weil sein Mittagessen aufgrund einer Magister-Prüfung ausgefallen war.

„Liebe Kolleginnen, liebe Kollegen", säuselte Seierling, „darf ich die Diskussion wieder vorsichtig auf unseren Tagesordnungspunkt lenken, die Habilitation von Herrn Doktor Fresenius."

Dann machte er erneut Ausführungen zu dessen insgesamt doch brauchbaren und gewiss dank der Seminare noch besser werdenden juristischen Kenntnissen und gab das Wort an Zerrer. Der ließ sich erstaunlicherweise herbei, diese Ausführungen trotz Bedenken im Ergebnis zu stützen. Erstaunen erregte das indes nur bei seinem öffentlichrechtlichen Kollegen Hauptmann sowie bei den beiden Professorinnen. Prollius, Bentin und Bock wussten, dass Seierling mit Zerrer ebenso telefoniert hatte wie mit ihnen und dass er sich am Ende hatte breitschlagen lassen – vor allem mit Blick auf die Mittel für eine weitere studentische Hilfskraft, die Zerrer beim Rektor beantragt hatte und vor deren Bewilligung man den Dekan anhören würde. Außerdem hatte Seierling eine dunkle Andeutung gemacht betreffend Gerüchte über Zerrers Verhältnis zu einigen Studentinnen. Gerüchte, die selbstverständlich falsch seien, zu deren Abwehr man doch aber besser zusammenhalte. Zerrer hatte sich die Andeutungen schneidend verbeten. Aber gesessen hatten sie doch, und das wusste Seierling.

Bentin hatte er nicht kaufen müssen, denn sie waren nicht nur Mitglieder desselben Golfclubs, sondern konnten schon immer gut miteinander aufgrund der gleichen norddeutschen Abkunft, der gleichen Überzeugung von der Höherwertigkeit des Zivilrechts gegenüber den anderen Rechtsgebieten und aufgrund gleicher Anschauungen zu dem, was man als Gentleman anziehen konnte und was nicht.

Prollius schließlich hatte Seierling mit der Peitsche getrieben, dass im Strafrecht eine Assistentenstelle gestrichen werden müsse, und mit dem Zuckerbrot gelockt, Doktor Fresenius vorab unter der Hand zu verpflichten, als Privatdozent im übernächsten Semester die Anfängerübung im Strafrecht durchzuführen, die sonst bei Prollius gelandet wäre. Mit seinem Assistenten Drib hatte Prollius immerhin ausmachen können, dass der sich der Stimme enthielt. Dasselbe taten Eva und Damian, die studentische Belange nicht berührt sahen und im übrigen eingestanden, den Fall nicht vollständig zu überblicken. Und so hieß es am Ende fünf zu drei für den Doktor Fresenius. Nur die beiden Professorinnen und Hauptmann stimmten gegen ihn, letzterer kauend und mit den Worten „dat wird uns nochma beschäftjen", während die Professorin Brauner „absurd!" rief und die Professorin Kruse hervorstieß:

„Eine Eselei ersten Ranges, aber allerersten Ranges!"

Seierling schlug erneut an sein Glas, machte sich zufrieden eine königsblaue Notiz und schloss die Sitzung, nachdem zum Tagesordnungspunkt „Verschiedenes" niemand das Wort gewünscht hatte. Es war kurz vor vier.

Sie nannten ihn Goethe. Er sah so ähnlich aus wie das Jahrtausendgenie, und man konnte den Verdacht haben, dass er die Parallelen im Äußeren und im Habitus bewusst betonte. Sobald Manfred Hauptmann aber sprach – denn er war es –, verflog Goethes Geist. Denn Hauptmann verbreitete sich nicht nur in rheinischem Singsang, sondern auch mit überwiegend sehr bodenständiger Diktion. Er war aber keineswegs anspruchslos oder schwer von Begriff, worauf hinzuweisen er sich hin und wieder selbst genötigt sah – mit der Ergänzung: „auch wennet manchmal so aussieht".

Hauptmanns Vorlesungen begannen, wie er zu sagen pflegte, c. m. t., *cum maiore tempore,* denn er kam stets mindestens zehn Minuten zu spät. So auch heute. Seine weißen Locken wallten und wippten dynamisch, als er zügigen Schrittes zum Dozentenpult lief, einen Stoß mit Mappen, Zetteln und Büchern unter dem Arm. Er musterte das klapprige, von Wasserflecken und angetrocknetem Kreidestaub bedeckte Pult mit angewidertem Blick und warf seinen Papier- und Bücherstoß auf einen Tisch. Dann griff er sich das kabellose Mikrofon, das auf dem Pult bereitgelegen hatte. Er hängte es sich aber nicht um, sondern schaltete es nur ein, nahm es in die Faust, ging zwei Schritte vor und sagte über die Lautsprecher so laut, dass alle zusammenzuckten:

„Sooo!"

Dann schwieg er eine Weile, bis sich der Schreck gesetzt hatte. Es folgte die Vorlesung:

„Heute sprechich mit Ihnen über die Menschenwürde. Die is nämlich janz schön komplex."

Und dann erzählte Hauptmann von der Philosophenschule der Stoa in der Antike und vom frühen Christentum, in denen sich die Idee von einem universalen Achtungsanspruch jedes einzelnen Menschen herausgebildet hatte. Er berichtete von der Renaissance und der Aufklärung, denn dort war diese Idee eine rechtliche Größe geworden. Und er schilderte in entsetzlicher Farbigkeit und Akkuratesse den

Zivilisationsausfall im deutschen Nazireich. Er hatte die Schöpfer des Grundgesetzes dazu bewogen, die Würde des Menschen gleich im allerersten Satz des allerersten Artikels für unantastbar zu erklären und im nächsten Satz alle staatliche Gewalt darauf zu verpflichten, sie zu achten und zu schützen. Außerdem hatte man diese Grundsätze im Artikel 79 des Grundgesetzes mit einer Ewigkcitsgarantie ausgestattet: Keine noch so große Mehrheit in Bundestag und Bundesrat, nicht einmal der einstimmige Wille sämtlicher Abgeordneter und Ländervertreter konnte diese Grundsätze beseitigen. Dazu hätte man das Grundgesetz ganz abschaffen müssen, und das war nur im Rahmen von Revolution und Staatsstreich denkbar oder wenn sich die Deutschen auf anderem Wege eine neue Verfassung gaben.

„Und trotzdem, obwohl dat alles so einfach klingt, is die Menschenwürde 'ne extrem intrikate Anjelegnheit. Et jeht schon damit los, ob sie'n Grundrecht is, also sowat wie das Recht auf Leben und die Unverletzlichkeit der Wohnung."

Und Hauptmann berichtete von einer Ansicht, die dies verneine und die Menschenwürde ausschließlich als Staatsprinzip betrachte, das allen Grundrechten vorausliege. Das Bundesverfassungsgericht hingegen und die meisten Autoren verständen sie zugleich als das oberste Verfassungsprinzip und als ein subjektives Grundrecht. Ankommen könne es auf den Unterschied für die Klagebefugnis des einzelnen Bürgers. Denn er habe nur die Möglichkeit, sich dagegen zu wehren, dass eines seiner Grundrechte verletzt werde; nicht jedoch dagegen, dass die öffentliche Gewalt ein Staats- oder Verfassungsprinzip missachte.

„Am Ende isset aber wohl trotzdem ejal, ob se nu auch noch'n Grundrecht is. Denn ich kann mir keine Verletzung der Menschenwürde vorstell'n, die janz ohne Beeinträchtigung von 'nem Grundrecht über die Bühne jeht. Wenn ich zum Beispiel sage, dat im Klingelpütz – also dat is im Jefängnis –, wenn ich da zum Beispiel sage, dat et nich jeht wegen der Menschenwürde, dat janz viele von denen in einer Zelle hocken mittem Lokus ohne Wand und Tür, einfach so im Raum; wenn ich da sage: Verletzung der Menschenwürde, dann is dat zugleich 'ne unzulässige Freiheitsbeschränkung – weil's ja im Klingelpütz is und natürlich nur solche Maßnahmen in ein Grundrecht eingreifen dürfen, die unsere Menschenwürde achten."

Noch deutlich vertrackter, umstrittener und „herrlich politisch" werde es indes, wenn man versuche, den Schutzbereich der Menschenwürdegarantie abzustecken und zu bestimmen, welche Maßnahmen ein Eingriff in diesen Schutzbereich seien. So, in diesen beiden gedanklichen Schritten habe man nämlich zu überlegen, „genau wie bei den normalen Grundrechten, ob se nu eins is oder nich".

Aber, so sprach der Professor und streckte den rechten Zeigefinger Richtung Deckenbeleuchtung, ganz anders als bei den Grundrechten sei der Gedankengang damit bei der Menschenwürde auch schon beendet:

„Denn entweder 's is kein Eingriff, dann isset jut. Oder 's is 'n Eingriff; dann is die Maßnahme rechtswidrig, und aus der Tanz. Weilse bei der Menschenwürde 'n Eingriff nich, dat heißt nie rechtfertigen können. Sie is eben unantastbar."

Und obwohl dies schon wieder einfach klinge, werde es tatsächlich viel kniffliger als bei den gewöhnlichen Grundrechten, weil der Begriff der Menschenwürde zwar sehr schön, aber auch wolkig sei. Da meldete sich ein Student, und nachdem Hauptmann einen Anflug von Ärger gespürt hatte, weil man seinen Monolog unterbrach, ergriff ihn sofort wieder die väterliche Milde, die sein Verhältnis zu den Studenten beherrschte, und er sagte tatsächlich:

„Ja, mein Sohn?"

Derjenige, der sich gemeldet hatte, wurde nun rot. Es war Jonas. Seine Gesichtsverfärbung lag möglicherweise auch an der Frage, die er stellen wollte und jetzt auch stellte:

„Herr Professor, ich habe gelesen, auch das Zwergenwerfen und die Flatratebordelle verletzen die Menschenwürde. Das macht aber beides nicht der Staat. Sie haben bisher nur von staatlichen Maßnahmen gesprochen. Ist ..."

„Aaah, Sie sind'n cleveres Kerlchen. Aber ich sach Ihnen gleich, dat mit dem Zwergenweitwurf oder wie es hieß, dat is schon wieder umstritten. Außer'm Verwaltungsgericht Neustadt, dat den Fall entschieden hat, sagen die meisten, dat et keine Verletzung der Menschenwürde is, weil die Kleinwüchsigen ja einverstanden sind. Was allerdings auch fürs Bordell gilt, und da sieht man's überwiegend anders. Also auch wieder komplex, die Sache mit der Zustimmung. Aber wat se eigentlich jefragt ham, da gibt's 'ne Regel, und die gilt überhaupt für alle Grundrechte. Meine Damen, meine Herren, hörnse mal zu, dat is wichtig:

Die Grundrechte gelten unmittelbar nur jegn den Staat, dat heißt Polizei, Behörden und so fort. Aber mittelbar geltense auch zwischen den Bürgern. Mittelbar heißt, dat man sie berücksichtigen muss, wenn man die normalen Gesetze anwendet und auslegt, die zwischen den Bürgern gelten, zum Beispiel dat BGB; dat kennse doch schon. Und da steh'n oft janz vage Begriffe drin: Man kann aus nem *wichtgen Grund* die Wohnung kündigen, Verträge sind nichtig, wennse jegn die *juten Sitten* verstoßen, und all sowat. Und da könnmer jetzt zum Beispiel sagen: Die Verträge im Flatrate-Bordell verstoßen jegn die juten Sitten – nich, weil dat mit den Damen 'ne schlüpfrige Sache is, sondern weil's deren Menschenwürde verletzt; kommich noch zu. Mittelbare Drittwirkung der Grundrechte nennt man dat. Die Dritten, dat sind dabei die andern Bürger. Aber jetzt muss ich euch noch wat zum Schutzbereich und zu den Eingriffen erzählen."

Und dann erzählte Hauptmann: Es werde schon gestritten, ab und bis wann jemand Träger der Menschenwürde sei. Sehr konservative Geister und die katholische Amtskirche hielten schon eine befruchtete Eizelle ab dem Moment der Befruchtung für einen vollwertigen Menschen und mithin für einen Träger der Menschenwürde. Folge solle dann sein, dass schon mit diesem frühest denkbaren Zeitpunkt jede Handlung verboten sei, welche die weitere Entwicklung der Zelle manipuliere oder beende.

„Was auch deshalb bemerkenswert ist", dozierte Hauptmann, „weil so kein Unterschied mehr bestände zwischen dem Recht auf Leben, Artikel zwei Absatz zwei Grundgesetz, und der Menschenwürde; obwohl sich alle einig sind, dattet den Unterschied gibt. Denken Sie nur daran, dat der finale Rettungsschuss zulässig ist, also dat jezielte Erschießen vonen Entführer, um die Geisel zu schützen."

Weiter referierte Hauptmann, dass die herrschende Ansicht („den Begriff kennse ja wohl schon") annehme, erst mit der Nidation werde die befruchtete Eizelle zum würdefähigen Menschen, das heißt mit ihrer Einnistung in die Gebärmutter. Davor solle die Menschenwürde aber schon „Vorwirkungen" entfalten; allerdings nicht als subjektives Recht des Embryos, das von einem Vertreter geltend gemacht werden könnte, sondern lediglich als ein Gut, das bei Eingriffen, also der Embryonenforschung, zu einer Abwägung zwinge. Auch sie sei im Streit. Er spiele wie gesagt bei der Embryonenforschung eine Rolle, genauer bei der Stammzellenforschung. In Deutschland gingen die meisten davon aus, dass von Verfassungs wegen auch die sogenannte verbrauchende Stammzellenforschung zulässig sei („‚verbrauchend' heißt, dat die Zellen dabei jetötet werden. Is en Euphemismus"). Ebenso sehe man es für das therapeutische Klonen, also Vervielfältigen der Zelle. Anders aber für das reproduktive Klonen, „Stichwort Dolly. Dat warn jeklontes Schaf. Is bereits verstorben".

„Wo ist der Unterschied?", erkühnte sich ein Hörer in akustischer Reichweite des Dozenten zu fragen.

„Ja, da frag'n se wat", Hauptmann schien auf diese Frage gewartet zu haben; „der Unterschied is tatsächlich bloß die Absicht. Beim therapeutischen Klonen wollnse Jewebe erzeugen, dat ihr Patient braucht, wat weiß ich, vielleicht 'ne bestimmte Knorpelmasse. Beim reproduktiven Klonen hamse gar keinen Patienten und woll'n sich einen machen. – Übrigens gilt dat mit dem etwas laxeren Stammzellenschutz nur für das Verfassungsrecht und die Menschenwürdegarantie. Im einfachen Gesetzesrecht, also in Gesetzen vom Bundestag, kann der Gesetzgeber, dat sind die Leute im Bundestag, natürlich sagen, dat die Stammzellenforschung verboten is. Und im Embryonenschutzgesetz hamses auch so ähnlich jemacht."

Ein weiteres Mal reckte sich eine Hand in die Höhe. Hauptmann sah sie erst nicht, wollte sie vielleicht auch nicht sehen, wurde dann aber von anderen Studenten mit deutenden Fingern auf die Meldung aufmerksam gemacht. Wieder lösten sich seine gespannten Züge in väterliche Milde, als er Jonas mit gewährender Geste aufforderte, sich zu äußern.

„Herr Professor, Sie sprechen von einem Embryonenschutzgesetz; gilt das denn auch bei Abtreibungen?"

Hauptmanns Augenbrauen schnellten hoch, seine Augen rissen auf, sein freier Arm flog nach vorn und die Hand griff in die Luft, als schwebte dort der Stein der Weisen:

„Ahaaa, da denkt jemand mit, so jefälltet mir!"

Und dann beschrieb und erläuterte Hauptmann das Kuriosum, dass in Deutschland ein Embryo in der Tat außerhalb eines Mutterleibes besser geschützt sei als darin. Denn während Embryonen im Reagenzglas von dem besagten Embryonenschutzgesetz, wie es sein Name besage, jedem Zugriff entzogen würden, der nicht ihrer Erhaltung diene, könne der Embryo im Mutterleib abgetrieben werden; innerhalb der ersten zwölf Wochen auf schlichten Wunsch der Schwangeren (und nach einer Beratung) und während der gesamten Schwangerschaft, wenn sie Folge einer Vergewaltigung gewesen sei oder wenn sie die Gefahr einer „schwerwiegenden Beeinträchtigung des körperlichen oder seelischen Gesundheitszustandes" der Schwangeren mit sich bringe. Hauptmann machte mimisch keinen Hehl aus seiner Geringschätzung dieser umständlichen Formulierung. Und er informierte seine Hörer darüber, dass man diese zweite Variante „medizinisch-soziale" Indikation nenne.

„Jetzt fragense vielleicht: wieso ‚sozial'? Is janz einfach; weil nämlich die Frauen, die sich früher, als dat noch anders jeregelt war, auf die soziale Indikation berufen haben, also darauf, dat se für'n Kind kein Jeld ham, weil man für die jetzt annimmt, dat dat Kind ihre seelische Jesundheit schwerwiegend beeinträchtigt. Ich will dat jetzt nich weiter ausführen, aber wenn man mal ehrlich is, dann is dat ne Fortsetzung der Fristenlösung mit anderen Mitteln. Ne Fortsetzung mit Frist bis zur Jeburt, dat heißt ohne Frist, und mit rechtlich komfortablerem Ergebnis. Denn wennse ne Indikation ham, is die Abtreibung jerechtfertigt und muss von der Kasse bezahlt werden. Hamse nur Frist und Beratung, bleibt die Abtreibung rechtswidrig und wird bloß nicht bestraft. Und Sie müssen selbst zahlen. Diese etwas merkwürdje Rechtslage verdanken wir dem Bundesverfassungsgericht, dat wollte dat unbedingt so habn. Kann ich jetzt auch nich vertiefen, dat solln Ihnen die Kollegen vom Strafrecht beipuhlen."

Sodann fasste Hauptmann noch einmal zusammen, dass man die Menschenwürde überwiegend erst einer befruchteten Eizelle zuerkenne, die sich in die Gebärmutter eingenistet habe, dass aber der Embryo, also mindestens eine befruchtete Eizelle, auch schon zuvor von Verfassungs wegen einen gewissen Schutz genieße, den der Gesetzgeber im Embryonenschutzgesetz noch einmal ausgebaut habe.

„Und nach der Pause, die wir jetzt machen, kommen wir wieder zu den ausjewachsnen Menschen."

Die Eifrigsten blieben im Hörsaal und tippten das in ihre Notebooks, was der Meister ihrer Ansicht nach gesagt hatte. Andere ließen sich von der Pause nicht in dem Plausch stören, den sie zu Beginn der Vorlesung angefangen hatten. Hauptmann zog ein blaues, mit seinen Initialen besticktes Taschentuch aus der Hosentasche und wischte sich weiße Speichelablagerungen aus den Mundwinkeln. Er verließ den Hörsaal durch eine der hinteren Türen, um sich von seiner Sekretärin einen Tee servieren zu lassen – in seinem Büro, hoch oben in dem Gebäude, in dem auch der Hörsaal lag, mit Blick über den Westen der Stadt und in die Ferne. Die meisten Studenten zog es in die Cafeteria.

*

Dort stellte sich Patrick in die Schlange vor dem Kaffeeautomaten. Jonas schloss sich an, Thomas sagte „bringst mir einen mit?" und schlenderte zur Toilette, Jonas nickte.

„Na, Jonas, du läufst heute ja zur Spitzenform auf", freundschaftliche Frotzelei und Anerkennung mischten sich in Patricks Stimme, während er in seinem dicken ledernen Geldbeutel nach den richtigen Münzen suchte.

„Und du hast noch immer nicht kapiert, dass man an diesem Automaten jetzt mit der Mensacard bezahlen muss. Mich interessiert das Thema halt, und es ist doch auch interessant, objektiv, findste nicht?"

*

Thomas stand am Pissoir und las die Sprüche, die mit Edding an die Wand geschrieben waren. „Am Morgen nen Joint und der Tag ist dein Freund", stand da zum Beispiel sowie „Lieber Sex in der Wüste als Sand im Bett".

„Ah", sagte es neben ihm, „ham wir uns schon so früh am Tag einen runtergeholt."

Thomas erlebte in einer Zehntelsekunde, wie sich in seinem Inneren Heiß und Kalt abwechselten, während er sich äußerlich keinen Millimeter bewegte. Ohne dass er die Person links von sich ansah, verlieh er ihr das Prädikat „Riesena..." und blickte dann an sich herunter. Dort war allerdings nichts Auffälliges zu bemerken; vor allem kein – was er befürchtet hatte – Papiertuchfetzen, wie er manchmal nach der Selbstbefriedigung am Penis kleben blieb. Er hörte die Spülung neben sich und sah, als er den Kopf drehte, ein Grinsen, das die Worte sprach:

„War'n Scherz."

Dann legte sich ihm kurz eine Hand auf die Schulter, bevor der andere zum Waschbecken ging. Es war Evas Freund. Groß, muskulös, wirres dunkelblondes Haar, Jeans im Extremely-used-Look, Adidas-Trainingsjacke plus Daunenweste und fleischige Lippen.

Als er aus der Tür des Herren-WCs trat, liefen ihm zwei Mädchen über den Weg, die auf der Damentoilette Lippenstift und Rouge aufgefrischt hatten. Am Kaffeeautomaten hatte es Patrick an die Spitze der Schlange geschafft. Er hielt seine Geldbörse an den Kartenleser und tippte auf einigen Tasten herum. Ein dumpfes Dröhnen und hohes mechanisches Kreischen signalisierten, dass der Automat seine Arbeit aufnahm. Patrick drehte sich um, als Thomas dazustieß. Hinter ihm ließ der Automat einen Plastikbecher in die dafür vorgesehene Halterung fallen. Indes nicht ganz; angetrockneter Milchschaum oder Zufall oder beides bewirkte, dass der Becher auf einer Seite auf halbem Weg hängenblieb. Das fiel zunächst nicht auf, weil Patrick folgendermaßen ein Schwätzchen begann:

„Du, Tom, was ist eigentlich mit dieser Journalisten-Tusse, die dich da auf dieser Party vor zwei Wochen abgeschleppt hat?"

„Sie mich?"

„Ja klar. Habich doch'n Auge für."

„Hey, Patrick", funkte Jonas dazwischen, „apropos Auge …"

„Ne, lass mal, Jonas, da soll Tom jetzt schon selbst ganz unverfälscht losplaudern …"

Hinter ihm, worauf Jonas hatte hinweisen wollen, lief der Kaffee aus dem Automaten. Jedoch nur zur Hälfte in den Becher, weil der schief hing, und im übrigen auf den Becherrand. Von dort verteilte er sich über die gesamte Außenfläche des Bechers und tropfte auf das Plastikgitter, das den Abfluss bedeckte.

„Na, Tom, bist so still, ist doch sonst nicht deine Art", und Patrick schob seinen Geldbeutel in die Gesäßtasche.

Thomas sah jetzt, was am Kaffeeautomaten vor sich ging. Er spitzte den Mund und deutete hinter Patrick, während er ihm freundlich in die Augen blickte. Patricks Stirn fältelte sich, er drehte sich in die angezeigte Richtung und äußerte spontan „heilige Scheiße!" sowie „verfluchter Mist!". Daraufhin trat er kräftig gegen den Automaten. Dies hatte zur Folge, dass der halbgefüllte Becher nach vorne aus der Halterung flog, Patrick auf die Schuhe. Das wiederum quittierte Patrick mit „verdammte *Kacke*" und sprang zurück, Thomas auf die Füße. Der gestattete sich einen lauten Schrei, da Patricks Körpergewicht in Verbindung mit der robusten Qualität seiner Schuhe eine mehr als nur unerhebliche Beeinträchtigung seines körperlichen Wohlbefindens verursachte. Patrick drehte sich wie von der Tarantel gestochen um, allerdings ohne die Füße zu bewegen, die sich in seinen Schuhen und mit deren Absätzen noch tiefer in die weichen Sneaker von Thomas drückten. Das folgende Jaulen seines Freundes veranlasste Patrick aber zu sofortiger Reaktion, und zwar indem er schrie:

„*Was ist denn?*“

Thomas ging langsam, stumm und mit schmerzverzerrtem Gesicht in die Knie.

„Ich glaube, du stehst auf seinem Fuß“, meinte Jonas.

„Oh Gott“, Patrick sprang nach vorne in die Kaffeepfütze, drehte sich mit dem ganzen Körper um und fasste Thomas bei den Schultern; „’Schuldigung! Ent – schul – di – gung! Tut mir leid, tut mir leid, tut mir leid – Tom! Sag doch was!“

Thomas leistete dieser Aufforderung halbwegs Folge, indem er dumpf stöhnte. Patrick und Jonas griffen ihm unter die Arme und halfen ihm auf eine Bank.

„Uuuh“, gab Thomas nunmehr von sich und knetete mit beiden Händen an seinen Schuhen herum.

„Alles okay?“, erkundigte sich Patrick hoffnungsvoll, doch mit anhaltend schlechtem Gewissen.

„Ja“, erwiderte Thomas knapp und machte ein Gesicht, das eher zur Länge der Antwort passte als zu ihrem Inhalt.

„Na prima!“, sagte Patrick, klopfte Thomas auf die Schulter und schickte hinterher: „Ich probier’s noch mal mit ’nem Kaffee.“ Und er näherte sich erneut dem Automaten, vor dem die Kassiererin der Cafeteria gerade den Kaffee aufgewischt hatte in Verbindung mit einigen Bemerkungen zur heutigen Studentengeneration.

Die Schlange hatte sich aufgelöst, da hinter Patrick ohnehin nur noch zwei Kommilitonen angestanden hatten. Patrick hielt wieder seinen Geldbeutel mit der Mensakarte an die Kartenlesefläche, wählte mit einem Tastendruck seinen gewöhnlichen Kaffee und sah im Display, wie sich das Guthaben auf der Karte um zwei Euro verringerte. Dann ging wieder das Höllengeräusch des Mahlwerks los, stockte, und dann stand auf dem Display: „Fehler 12. Keine Ausgabe möglich“. Die Anzeige blinkte. Patrick hob seine rechte Hand mit der Handfläche nach oben und öffnete den Mund, so als wollte er den Automaten fragen, ob dieser womöglich beabsichtige, ihn zu verarschen?

„Pause is um", bemerkte im Vorübergehen die Kommilitonin Eva, und mit einem kurzen Blick auf seine Uhr stellte Patrick fest, dass sie recht hatte. Jonas und Thomas bewegten sich bereits wieder Richtung Hörsaal. Thomas ging langsam und vorsichtig, wie wenn man über einen zugefrorenen See läuft und dem Eis noch nicht traut. Patrick schloss auf. Kurz vor der Tür überholte sie Ashaia, drehte sich kurz um und sagte zu Thomas „gute Besserung" sowie „wir werden vielleicht Kollegen!", bevor sie mit zügigen Schritten in der Marschkolonne vor ihnen verschwand.

„So, so", Patrick manövrierte sich neben Thomas, „kombiniere: Die hübsche Dunkelhaarige ist Ashaia. Geschmacklich sehr gut vertretbar", fügte er hinzu und legte seinen Arm auf Thomas' Schultern.

Thomas schüttelte den Kopf. Aber er fühlte sich wie ein Alchimist, dem jemand verraten hatte, wie sich Gold herstellen lässt, und er dachte: Sie heißt also *Ashaia.* Dass sie vielleicht Kollegen würden, hatte er überhört.

*

Hauptmann kam nur geringfügig zu spät; bei den Pausen nahm er es mit der Zeit etwas genauer. Er setzte seine Vorlesung ohne Überleitung fort und kümmerte sich nicht darum, dass einige Hörer noch auf dem Weg zu ihren Plätzen waren und andere mit ihren Nachbarn konversierten. Von Zeit zu Zeit nahm er die vornehm geballte Faust vor den Mund, wenn er nämlich etwas aufstoßen musste infolge zu eiligen Tee- und Gebäckkonsums; die Krümel klebten noch an seiner Anzughose.

Er berichtete nun von einzelnen Schlussfolgerungen, die man aus dem absoluten Achtungsanspruch der Menschenwürde zog. Da war zum einen der Anspruch jedes einzelnen auf das Existenzminimum. Es umfasse nicht nur ein materielles Minimum, um die physischen Grundbedürfnisse zu decken: Kleidung, Nahrung, Wohnung. Nein, es habe auch einen ideellen Teil, „hat dat Bundesverfassungsgericht im Hartz-vier-Urteil wieder klipp und klar jesacht". Der Mensch lebe nicht vom Brot allein, sondern er habe auch ein Bedürfnis nach sozialer, kultureller und politischer Beteiligung am Geschehen, „Teilhabe sacht man heute dazu". Die koste Geld, und das müsse bei der finanziellen Bemessung des Existenzminimums berücksichtigt werden, „dat heißt auch bei den Regelsätzen von Hartz vier. Und daran seh'nse wieder, dat der Begriff der Menschenwürde von dem Menschenbild abhängt, dat sich ne Jesellschaft macht. Für uns is der Mensch eben kein *homo oeconomicus*, komplett aufs Materielle fixiert, sondern 'nen Geisteswesen, dat seinen Geist nich nur in den Dienst der physischen Grundbedürfnisse stellt oder für die Jagd nach dem schnellen Vergnügen mobilisiert. Ausjenommen Jura-Studenten."

Die Würde des Menschen verbiete ferner einen manipulativen Zugriff auf den Körper, um an das Denken oder Wissen einer Person heranzukommen.

„Dat sin so die Sachen, die se von James Bond kennen: Wahrheitsserum, Jehirnwäsche. Auch der Lügendetektor is deshalb bei uns nicht erlaubt, um was zu ermitteln, selbst wenn ihn zum Beispiel im Strafprozess ein Beschuldigter unbedingt will, um sich zu entlasten. Ich jestehe, dat mich dat nich voll überzeugt. Aber dat soll'n Ihnen wieder die Kollegen vom Strafrecht erklären."

Dann erläuterte Hauptmann das Zusammenspiel des Menschenwürde-Artikels und jenes Artikels zwei Absatz eins. Der garantierte die allgemeine Handlungsfreiheit der Bürger mit einer Formulierung, „die sich nachem ziemlichen Psychogequatsche anhör'n würde, wennse nich inner Verfassung stände. Und zwar hamse da et Recht auf die ‚freie Entfaltung Ihrer Persönlichkeit'". Die Gerichte hätten das mit der Menschenwürde zusammengerührt und daraus ein neues Recht geknetet, nämlich das sogenannte allgemeine Persönlichkeitsrecht. Das geistere seither durch die Rechtsordnung und tauche mal hier und mal dort wieder auf, um neue Ansprüche oder Regeln zu begründen. Ein Beispiel sei der Schutz der Intimsphäre. „Der Polizei ist es deshalb verboten, mit 'nem Richtmikrofon oder Ähnlichem abzuhören, was Eheleute im Schlafzimmer flüstern. Auch dat sogenannte Recht auf informationelle Selbstbestimmung is ne Mixerfindung aus Menschenwürde und allgemeiner Handlungsfreiheit. Von diesem Recht kommt dat janze Datenschutzjedöns. Völlig hypertroph, wenn man mich fragt. Macht man aber nich. ‚Hypertroph' heißt übrigens wasserkopfartig."

Nach einer Pause:

„So und jetzt kommwer mal zu den heiklen Fällen."

Es wurde stiller im Saal. Dann stellte Hauptmann fest, dass die Vorlesungszeit nur noch gut fünf Minuten betrug.

„Dann beschränk ich mich mal darauf, Ihnen die Fälle und Fallprobleme aufzuzählen, Sie überlegen sich zu Haus ne Antwort, ich mach dat auch, und nächstes Mal schaunwer, ob's die gleichen Antworten sind."

Der erste Fall war die sogenannte Rettungsfolter, „'n furchtbaret Wort": Ein Terrorist hat eine Zeitbombe gelegt, man fasst ihn, aber er weigert sich zu sagen, wo die Bombe ist und wie man sie entschärft:

„Darf die Polizei den Terroristen so lange fies piesacken, bissers Maul aufmacht? Also Wahrheitsserum, Daumenschrauben, Schüsschen ins Bein un solche Scherze? Nach der UN-Folterkonvention wär dat Folter, un die is nach dieser Konvention ebenso verboten wie nach unserem Grundgesetz – Stichwort Menschenwürde. Problem: Wat is eigentlich mit der Würde derer, die sich ahnungslos in der Nähe der Bombe aufhalten und zerfetzt und verkrüppelt werden, wennse hochjeht?

Sie können den Fall auch so abwandeln, dat die Würde eines unschuldigen Dritten noch deutlicher zu exakt derselben Zeit verletzt wird. Stell'nse sich vor, der Terrorist hat 'nen Politiker entführt und innen Erdloch jesperrt, wo der Knabe kein Licht hat, kein Wasser, keine Nahrung und dafür die Jesellschaft von Ratten. Nu schnappense wieder den Terroristen, un der will wieder nich sagen, wo se hinmüssen. Sie erinnern sich: Artikel eins verpflichtet den Staat nich nur, die Würde des Menschen zu achten, sondern verpflichtet ihn auch dazu, sie aktiv zu schützen, wennse bedroht wird. In meinem Beispiel wird die Würde des Entführten nicht nur bedroht, sondern bereits verletzt, als die Polizei den Terroristen schnappt, und nur mit den Infos vom Terroristen kann et jelingen, dem ein Ende zu setzen. Wessen Würde zählt mehr: die det Opfers oder die det Terroristen? Hinweis: Die Antwort is nich so einfach, wiese jetzt denken. ‚Würdekollisionen' nennen einige Kollegen solche Fälle. Und die meisten sagen, dat die Polizei den Terroristen hübsch in Ruhe lassen muss. Ja, da guckense.

'N ähnlicher Fall is Paragraf vierzehn Absatz drei Luftsicherheitsgesetz, den es nicht besonders lange jejeben hat, bevor er vom Verfassungsgericht kassiert wurde. Er hatte es erlaubt, Flugzeuge abzuschießen, wenn die von Terroristen jekapert warn und die Gefahr bestand, dat die so wat vorhaben wie den elften September auf Deutsch. Also Tötung aller Insassen des Flugzeugs, vor allem der unschuldigen Passagiere, um die Menschen zu retten, die sonst – wohl gemerkt: zusätzlich – am Boden dran glauben müssten. Hat dat Verfassungsgericht kassiert da Verletzung der Menschenwürde der Insassen. Frage: War dat richtig? Und wie isses in sonem Fall eigentlich im Strafrecht? Da müsste der nämlich auch mit Ihnen besprochen werden."

Alsdann kam Hauptmann zu seinem letzten Problemfall, von dem er gestand, dass er ihn besonders interessiere, „weilet 'ne allgemeine Problematik is. Et jeht dabei um die Zustimmung in etwaige Würdeverletzungen. Hammer vorhin schon erwähnt, Beispiele Zwergenweitwurf und Flatratebordell. Gesetzt, dat die Zwerge beziehungsweise die Damen, vielleicht auch Herren in dem Bordell dat janze wirklich aus freien Stücken machen; zwar det Jeldes wegen, aber nich weil ihnen sonst Schläge vom Luden drohen oder so."

„Vom was?", rief jemand dazwischen.

„Na, vom Zuhälter. Also wenn der die Damen oder Herren oder Zwerge oder wen auch immer bedroht, isset natürlich wat anderes. Ne, unser Fall ist der freiwillgen Handelns. Muss der Staat dann dafür sorgen, dat dat trotzdem nich jeht? Musser die Damen und Zwerge sozusagen vor sich selbst schützen – zum Beispiel indem er solche Veranstaltungen verbietet oder dem Bordell die Konzession entzieht?“

„Die ham ne Konzession?“, fragte Jonas ungläubig und halblaut, und da er in Hauptmanns Nähe saß und der die Intervention gehört hatte, bekamen Jonas und das gesamte Auditorium sogar eine Antwort:

„Aber ja, dat is alles ordentlich jeregelt bei uns. Dat is’n Jewerbe wie andere auch. Hier in dieser Stadt gibtet derzeit knapp sechzig Bordell-Konzessionen, übers janze Stadtgebiet verteilt. Wieviele Wohnungen tatsächlich noch dafür jenutzt werden, weiß ich nich.“

Daraufhin klackte es in der Stille, als der große Zeiger der Wanduhr auf die Zwölf sprang.

„Also, Kinder, denktma drüber nach. Wir sehen uns nächste Woche.“

Und Hauptmann wandte sich mit entspanntem Ausdruck und nach einer angedeuteten Verneigung dem Dozentenpult zu, um sich wieder in den Besitz seiner Unterlagen zu bringen. Im Hörsaal hob ein Universitätsapplaus an; ein Applaus, der dadurch entstand, dass man mit der Hand oder den Knöcheln der Finger auf die kleinen hölzernen Schreibpulte klopfte, die jeder Hörer vor sich hoch- und herunterklappen konnte.

„Und jetzt will ich endlich meinen Kaffee, Geisteswesen hin oder her“, Patrick schob sich mit Nachdruck durch die Sitzreihe dem Gang entgegen. Jonas beendete seine Mitschrift, und Thomas saß noch einen Augenblick auf seinem Platz, bevor er aufstand und sich der Herde anschloss.

Der Besucher

Sie hatte ihrem Freund gesagt, sie wolle heute Abend noch etwas zu den Grundrechten lesen, zur Berufsfreiheit und zur Drei-Stufen-Theorie, sowie telefonieren, und jedenfalls dies zweite hatte er seufzend hingenommen. Als sie sich vorhin vor der Bibliothek verabschiedeten, hatte sie ihm noch aufgegeben, im Baumarkt Dübel zu kaufen, mit denen er in ihrer Wohnung ein Bild aufhängen sollte: den Farbdruck eines Gemäldes von Tamara de Lempicka, einer polnischen Avantgardemalerin vor allem der zwanziger Jahre. Das Bild war ein Selbstportrait und zeigte die Malerin in ihrem offenen Sportwagen mit wehendem Schal. Es sollte über der Schlafcouch hängen. Auf dieser Couch lag sie jetzt und ließ ihren dämmrigen Blick durch das Zimmer wandern.

Sie bewohnte ein Appartement mit nur einem Zimmer, ein Studio, das erst vor kurzem fertiggestellt worden war; im Treppenhaus fehlten noch immer die Lampen. Als „Studentenappartement" hatten Investor und Makler die Wohnung beworben, wohl wissend, dass kein Student mit durchschnittlichem Budget die Miete bezahlen konnte. Man rechnete auf die Eltern, vor allem die Väter der Studenten. Ganz besonders auf jene Väter, die ihrem Abkömmling das Appartement gleich kauften, um so Angenehmes mit Nützlichem zu verbinden, nämlich das Wohnen des Abkömmlings mit einer Kapitalanlage. Was ihr Vater getan hatte. Sie revanchierte sich mit großer Zielstrebigkeit. Auch heute Abend, dachte sie. Das Licht der Straßenlaterne fiel durch die Jalousie in Streifen auf ihr Gesicht und ihre Augen.

Sie wartete auf ihn. Er besuchte sie jede Woche. Wahrscheinlich mochte er sie. Sie mochte ihn nicht allzu sehr. Aber er war nicht unwichtig. Und zugegeben, ohne Moralgesumse und Gespieße zugegeben: Wenn sie dabei die Augen schloss und daran dachte, wer er war, und ein bisschen die Fantasie spielen ließ – dann hatte sie jedes Mal einen zünftigen Orgasmus. Und warum nicht? Stand hier irgendwo ein Schild „Orgasmus verboten"? Oder „Geschlechtsverkehr mit reiferen Herren ist unanständig"? Im Gegenteil schenkte sie einem Mann in vorgerückten Jahren noch einmal knackigen Sex, das war eigentlich eine gute Tat. Dass er seine Frau betrog, fiel nicht in ihren Verantwortungskreis, und dass gerade Juristen darauf achten mussten, Verantwortungskreise gegeneinander abzugrenzen, hatte sie erst heute Vormittag wieder in einer Vorlesung zum Allgemeinen Teil des Strafrechts gehört.

Sie betrog ihren Freund, wohl wahr. Aber das war eine rein formale Betrachtung, und rein formale Betrachtungen waren unter Juristen verpönt; auch das hatte sie heute Vormittag gehört. Inhaltlich-materiell, hieß mit dem Herzen blieb sie ihrem Kerl sturztreu, und er hatte im Bett keinen Mangel zu leiden, nein umgekehrt: Diese Affäre hier lastete sie nicht aus, sondern machte mit dem welken Fleisch ihres Besuchers verstärkten Appetit auf die Segnungen dessen, was Kurzhanteln und Situps einem jungen Männerkörper Gutes tun können. Und nicht zuletzt hatte er von ihrer Aktivität fast den gleichen Nutzen wie sie, da sie auch für ihn von ihrem Besucher als Gegenleistung das Privileg verlangt hatte, für dessen Klausuren und Hausarbeiten eine Bestehensgarantie zu bekommen. Sie strich über ihren Unterbauch und nahm von dem Beistelltisch das Ikea-Weinglas mit kühlem Grauburgunder und setzte es an ihre Lippen.

*

Sie hörte ein Auto einparken. Sie tippte, dass er es war. Der Motor erstarb. Eine Tür ging auf. In demselben Moment klopfte es. Sie hielt mit dem Ansatz eines Erschreckens inne; dann stellte sie das Glas ab und stand auf.

Sie sah durch den Spion, aber im Treppenhaus war es dunkel. Sie öffnete. Er stand vor ihr wie frisch vom Bügel.

„Hast du dich hochgebeamt oder so?", fragte sie und war leicht verwirrt. Unten ertönte ein Summer, und man hörte das Klacken, als die Haustür aufging.

„Ge-was? Wieso? Die Haustür war nicht richtig zu."

„Aber du bist doch erst vor ein paar Sekunden aus dem Auto."

Von unten arbeiteten sich sportliche Schritte die Stufen empor.

„Was? Quatsch. Ich hab vor fast zehn Minuten geparkt. Glaubst du ich bin so blöd und stelle meinen Wagen direkt vor deine Tür? Und jetzt wäre es freundlich, wenn ich hereinkommen könnte."

Sie ließ ihn ein. Als sie die Tür schloss, sah sie in dem Licht aus ihrer Wohnung einen Mann in Tarnjacke um die Ecke biegen und zügig-federnd auf die nächste Treppe zugehen. Einen Stock höher ging eine Tür auf. Ihre Tür drückte sie ins Schloss.

Er hatte seinen Mantel, einen Trenchcoat, schon an die Garderobe gehängt und im Zimmer das große Licht angemacht.

„Ist dir die Stehlampe zu dunkel?", fragte sie, als sie neben ihm stand.

„Ich will mir doch nichts entgehen lassen", schmunzelte er auf sie herab. Diese Haltung passte allerdings nicht zu ihm. Er war von Hause aus verklemmt, und wenn er von Mensch zu Mensch versuchte, James Bond zu imitieren, dann wurde das eine schlechte Imitation.

„Willst du was trinken?"

Sie ging Richtung Küche.

„Einen Martini, wenn du hast."

„Aber keinen Martini-Cocktail, Mister Bond?"

Er zeigte Stirnfalten:

„Was soll das sein?"

„Gin mit einem Schuss Wermut und einer Olive. Mister Bond hat früher noch einen Schuss Wodka dazu bevorzugt; scheint sich aber gerade zu ändern."

„Willst du mich umbringen?"

„Nein", antwortete sie wahrheitsgemäß; „du hast trotzdem die Wahl zwischen Martini Bianco und Martini D'oro.

„Bianco."

Eis klimperte, man hörte den Schraubverschluss, das Knacken des Eises, als der Martini dazukam, und die Kühlschranktür. Sie kam zurück.

„Du hast ja wirklich alles“, sagte eine schlechte James-Bond-Imitation und strich ihr mit der Außenseite der Finger über die Wange. Sie hielt ihm das Glas hin. Er nahm es. Sie legte sich auf das Sofa und griff nach ihrem Wein.

„Cheers“, sie hielt das Glas in seine Richtung. Wortlos hielt er den Martini etwas höher und nickte verhalten.

*

Er schnarchte laut, sein Mund stand offen. Die Stehlampe war heruntergedimmt und wärmte den Raum mit ockerfarbenem Licht. Unten neben dem Sofa tickte ihr Wecker. Über einem Stuhl hingen sein Anzug und der Rest seiner Kleidung sauber gefaltet. Auf dem anderen Stuhl, dem Tisch und dem Boden lagen ihre Sachen und zusammengeknüllte Tempos. Die Seidenstrümpfe hatte sie noch an. Sie wollte das Laken zurückschlagen und aufstehen. Ein Geräusch im Treppenhaus hielt sie zurück. Irgendwo oben öffnete sich eine Tür, und jemand betrat den Hausflur. Dann wurde die Tür mit Wucht zugezogen. Sonst war alles still. Kurz darauf hörte man schnelle Schritte auf den Stufen. Als die Schritte ihre Etage erreichten, setzten sie einige Augenblicke aus. Ihr war, als könnte sie ein stoßweises Atmen hören; aber das musste Einbildung sein. Dann sprangen die Schritte die nächste Treppe hinunter. Nach einer Weile hörte sie den dumpfen Schlag der Haustür, wieder etwas später den Schlag einer Autotür. Dann hörte man das Motorengeräusch, einen Gasstoß, ein kurzes Reifenquietschen und ein Beschleunigungsgeräusch, das sich schnell entfernte.

Pizza rustica

Die Studenten nannten ihn den Bayern. Diese Namensgebung traf auch zu: Er war in Niederbayern geboren, genauer im Klinikum Sankt Elisabeth zu Straubing, und seine Familie stammte aus Eggmühl, dem Dorf, bei dem Napoleon Bonaparte am zweiundzwanzigsten April des Jahres achtzehnhundertundneun zusammen mit bayerischen Truppen ein österreichisches Heer unter dem Erzherzog Karl quasi im Vorbeimarsch geschlagen hatte, wobei der Ort von den Franzosen gestürmt worden war. Nun, davon hatte man sich in Eggmühl nicht kleinkriegen lassen, und auch er selbst war auf dem sichersten Weg zu beweisen, dass noch der ländlichste Raum und die schlichtesten Verhältnisse im Stande waren, Männer für die ersten Reihen der akademischen Garde zu stellen.

Er hieß Matthäus mit Vornamen und dann *Pantalon genannt Hirnigl.* Dieser Nachname war ein Glücksfall. Zunächst, weil er sich so andersartig und umständlich zusammensetzte. Wer wusste denn noch, dass es solche – wie man sagte – Genanntnamen gab, die auf allen behördlichen Schriftstücken vollständig anzugeben und keineswegs exzentrische Erfindungen waren? In seinem Fall verdankte sich der Name seiner agrarischen Herkunft; dem Umstand, dass einer der Vorväter den Hirnigl-Hof bezogen hatte und, wie ortsüblich, durch den Namen des Hofes zu seinem Rufnamen gekommen war. Dies war der zweite Pluspunkt: die Verwurzelung des Namens im Ländlichen, in der Scholle; das Bodenständige, Heimatgebundene des Namens. Und drittens war auch der ursprüngliche Familienname *Pantalon* als Wert zu buchen, leitete er sich doch ab von dem Märtyrer Pantaleon, den sein Heiligen-Kalender am siebenundzwanzigsten Juli ins Gedenken der Gläubigen rief und dessen griechischer Name unter anderem „der Löwe“ hieß – was er als passend empfand, fühlte er doch in sich die Kraft, Erhabenheit und Souveränität dieses Königs der Tiere.

Dies passte zu seinen Perspektiven: Er war Assistent des Professors Seierling und stand kurz vor der Habilitation. Seierling hatte ihn von einer bayerischen Fakultät mitgebracht, als er einem Ruf hierher, ins Badische gefolgt war. Mit Seierling verband ihn eine Anschauung der Welt, die zuvörderst zwischen gutem Altem und schlechtem Neuem unterschied. Zudem teilten sie die Überzeugung, dass ihre Disziplin, das Zivilrecht, noch immer überwiegend dem guten Alten zuzurechnen sei. Ferner waren sie gewiss, dass man, um es zu beherrschen, mehr Wissen brauchte, einen weiteren Überblick und größere Geisteskraft als für die anderen Rechtsgebiete.

Jetzt saß Matthäus Pantalon genannt Hirnigl an seinem heimischen Schreibtisch und feilte an einem Leserbrief, den er der *Südbadischen Zeitung* zu schicken gedachte. Es hatte nämlich die Zeitungsmeldung sein barock-katholisches Gemüt empört, dass der Vertreter einer sogenannten *Kirche von unten* vom hiesigen Bischof verlange, als Dienstwagen nicht länger einen Siebener BMW mit Zwölfzylindermotor zu fahren, sondern einen Wagen, der bescheidener und umweltfreundlicher sei. Hierfür hatte der Assistent kein Verständnis. „Auch ein Kirchenfürst ist ein Fürst!", schrieb er und hatte vor, dem Text die Überschrift zu geben: „Wer es schwer hat, der soll es auch gut haben." In der Hoffnung, die besseren Leser würden das Zitat erkennen. Doch nun sah er auf die Ziffern seiner goldenen Armbanduhr.

*

Damian schlug das Lenkrad nach links ein und zog mit der Rechten die Handbremse. Das ließ das Heck des kleinen Fiats auf dem Eis und festgefrorenen Schnee der Straße ausbrechen und herumschwingen, so dass der Wagen praktisch auf der Stelle eine Einhundertundachtzig-Grad-Drehung machte – genau in die Parklücke hinein, die Damian anvisiert hatte. Er sprang aus dem Auto und griff sich vom Beifahrersitz eine grüne Styroporbox, auf der „Billy's Pizzablitz" zu lesen war. Dann trat er die Tür zu und ging schnellsten

Schrittes zu dem Eingang eines trostlosen Wohnblocks. Dort suchte er einen Klingelknopf und fand ihn. „Dr. Pantalon gen. Hirnigl“ stand in dem kleinen Feld unter dem Klingelknopf in winziger Schrift, da dieser Eintrag zwei Zeilen benötigte. Es dauerte eine Weile, und Damian wollte gerade erneut klingeln, als es dissonant und schräg brummte als Zeichen dessen, dass die Tür entriegelt war. Damian stieß sie auf und hechtete die Stufen hoch, noch bevor es im Treppenhaus flackernd hell geworden war.

Im vierten Stock erwartete ihn eine halbgeöffnete Tür und sonst nichts. Er näherte sich diesem Eingang, klopfte auf die Tür und sagte laut:

„Äh, Billy's Pizzablitz hier, 'n Abend, Ihre Bestellung isch da, *vom Ofen in die Wohnung …*“

Er ließ diesen Slogan ausklingen, und tatsächlich öffnete sich jetzt die Tür vollständig und machte den Blick frei auf Dr. Matthäus Pantalon genannt Hirnigl. Er stand dort in einem hellbraunen Bademantel aus Frottee. Die Füße steckten in Hausschuhen aus dem gleichen Material. Der Assistent war nicht geradezu dick, doch gut genährt und hatte insgesamt abgerundete Formen. Einzelne Muskelstränge traten nicht hervor, selbst wenn er sie anspannte. Das brauchte ihn nicht zu stören – wenngleich es dies mitunter tat –, denn er war ein Arbeiter des Kopfes, und dort schwoll immerhin die Stirnader an, wenn er sich erregte. Der Kopf saß auf einem kurzen Hals und zeigte ein schön im Fleische stehendes Gesicht mit kleinen Augen und sinnlichem Mund. Er war bis über die halben Ohren umgeben von vollem, ordentlich frisiertem, wiewohl sportlich geföhntem und gewelltem Haar der Farbe Dunkelblond. Kräftige Kotelettenstummel gaben der Frisur optisch Halt und dokumentierten über die Dichte des Bartwuchses Manneskraft. Sie richtete ihm auch das Kreuz auf, wenn er stand oder sich fortbewegte. So wie jetzt, da er von Damian zwei flache Kartons entgegennahm nebst einem Plastikteller, der mit Alufolie abgedeckt war.

„Zweimal Pizza rustica“, sagte Damian, „einmal groß, einmal klein, und einmal Tiramisu. Macht dann –“

„Stimmt so“, unterbrach Matthäus Pantalon genannt Hirnigl, überreichte einen Zwanzig-Euro-Schein und trat schon in die Wohnung zurück, als ihn Damian gewissermaßen zurückrief:

„Äh, sorry, ne, stimmt nisch. Pizza rustica groß sind zehn Euro, klein sieben, Tiramisu macht vier Euro plus zweifünfzig Nachtzuschlag …“

„Hier“, der Assistent hielt ihm noch einen Fünf-Euro-Schein hin und vermittelte den Eindruck, diesen Pizzaboten möglichst rasch wieder loswerden zu wollen. Wahrscheinlich, dachte Damian, hat er mich als Jurastudenten erkannt. Er nahm den Schein, sagte aber zugleich:

„… plus zweifünfzig Entfernungspauschale wegen Anfahrt über …“

„Zefix!“

„… zehn Kilometer. Macht …“

„Burli, was dauert’s denn so lang?“, ließ sich da eine zarte Stimme fragend vernehmen, und Damian sah für einen Moment ein Mädel im Negligé über den Flur der Wohnung huschen. Er kannte sie aus den Vorlesungen. Eine Mitstudentin.

„Haserl, bleib im Zimmer!“, rief der Assistent Pantalon genannt Hirnigl unwirsch über seine Schulter und sah Damian mit dem Zorn desjenigen an, dem man wider seinen Willen ein Geheimnis gelüftet hat. Damian schloss seine Rechnung indes ab, ohne auch nur einen einzigen Gesichtsmuskel mehr einzusetzen, als dafür zwingend erforderlich war:

„Macht sechsundzwanzig Euro.“

Sein Gegenüber bemühte sich gleichfalls, die Form zu wahren, tauschte den Fünf- gegen einen Zehn-Euro-Schein, gab ihn Damian und sagte erneut:

„Stimmt so.“

Und dabei kniff er verschwörerisch ein Auge zu, vielmehr: wollte das tun, denn da er in dieser mimischen Kurzbotschaft keine Übung hatte, kniff er fast die gesamte Gesichtshälfte zusammen, riss zugleich die zugehörige Hälfte des Mundes auf und sah so insgesamt eher einem Patienten mit Schlaganfall ähnlich denn einem Verschwörer.

Damian nickte, zwang sich, weiterhin ausdruckslos zu schauen, hielt kurz das Geld hoch, sagte bemüht freundlich „vielen Dank" sowie „schönen Abend noch" und trabte die Treppe hinab. Als er die Tür des Fiats hinter sich zugeschlagen hatte, atmete er einmal kräftig durch und sagte: „krass!" Dann startete er den Motor und parkte mit durchdrehenden Vorderrädern aus.

Vier Stockwerke höher schlurfte der Assistent Pantalon genannt Hirnigl in die Küche seines Appartements und warf die Pizzakartons und den Plastikteller mit Tiramisu auf den kleinen Esstisch. An ihm saß die junge Frau, die Damian über den Flur hatte huschen sehen, und zupfte ihr Negligé zurecht.

„Burli, bist mir bös?", fragte sie bayerisch gefärbt und schuldbewusst in der Art eines Kindes, das verbotswidrig Schokolade genascht hat.

„Haserl, ich hab dir gesagt, bleib im Zimmer. Dieser Pizzabote war möglicherweise ein Jurastudent."

„Freilich", gab die Elfe im Negligé zurück, „des war der Dami. Damian. Unser Fachschaftssprecher."

„Kruzitürken!", Pantalon genannt Hirnigl hieb auf den Tisch, dass es krachte. „Haserl, ich hab hier einen Ruf zu verlieren. Einen guten Ruf!"

„Aber Burli ..."

„Nix Burli, Zefix, Haserl! I moans ernst! Nur weilst aus Planegg kimmst, brauchst net glauben, dass dir ois erlaubn derfst!"

„Mei, Burli ..."

Er war nun auch noch zornig auf sich selbst, weil er sich von seiner Erregung zurück in den Dialekt seiner Heimat hatte ziehen lassen, den er seit dem Beginn seiner Assistententätigkeit vollständig abgelegt hatte. Haben wollte. Doch als er nun eine Träne aus den Augen seiner Gespielin rollen sah, rief er sich wieder zur Vernunft. Er konnte es sich nicht leisten, die junge Dame vor den Kopf zu stoßen.

„Geh, Haserl, war net so gemeint. Komm, lass uns essen", und er öffnete einen Pizzakarton und strich der Elfe die Träne von der Wange.

*

Nachdem sie gegessen und später auch den zweiten Teil ihres Abendprogramms absolviert hatten, schlich sich Matthäus Pantalon genannt Hirnigl wieder an seinen Schreibtisch im anderen Zimmer. Seine kleine Studentin schlief bereits einen satten, erschöpften und zufriedenen Schlaf. Er beugte sich erneut über den Entwurf seines Leserbriefs.

Das Institut

Das Institut! Da stand es hinter einer wuchernden Hecke, ein bisschen wie das Dornröschen-Schloss – und das Haus von Norman Bates in Hitchcocks *Psycho*. Die Professoren und ihre Mitarbeiter waren zwar überwiegend in jenem großen Klotz untergebracht, in dem sich auch die Hörsäle befanden, doch hatten einige aus Raumnot ihren Sitz in umliegenden Gebäuden. So auch Prollius. Sein *Institut für Strafrecht und Rechtsphilosophie* residierte in dieser Villa, vor deren Gartentor Thomas stand. Sie stammte aus der zweiten Hälfte des neunzehnten Jahrhunderts, trug an den Straßenfronten den Anspruch des Hochherrschaftlichen zur Schau, litt aber seit Jahrzehnten unter einem Mangel an baulicher Pflege und hatte daher eine atmosphärische Ausdünstung von Verfall und Vergänglichkeit. Der Baustil war klassizistisch mit historistischen Spuren der italienischen Renaissance. Die Hauptfront, die auf Thomas herabsah, trug einen kleinen eckigen Balkon, von dem aus ein Herrscher seinem Volk hätte zuwinken können, der aber jetzt nur noch von der Sekretärin für Sonnenbäder genutzt wurde, wenn ihr Chef nicht da war.

Thomas drückte das schwere schmiedeeiserne Gartentor auf, das stimmungsbildlich zutreffend in seinen Angeln quietschte. Er trat auf die schadhaften Fliesen, die zum Eingang führten, und schloss das Tor hinter sich mit eisern-endgültigem Geräusch. Er hatte es geschafft! Prollius hatte ihn als studentische Hilfskraft eingestellt. Als große Ausnahme, wie er mehrfach betonte, da Thomas noch im allerersten Semester war, „also ein juristischer Säugling. Aber Sie schreien schon so geistreich und gucken so wach, dass ich es mal versuchen will – und auch die Verwaltung davon überzeugt habe“, hatte ihm Prollius am Telefon mitgeteilt am Tag nach seinem Bewerbungsgespräch, gestern. Heute wollte ihm Jens Drib, der Assistent, das Institut zeigen und die anderen Mitarbeiter vorstellen.

Er ging zu der Treppe, die zum Hauseingang führte. Über dem Eingang hing eine ebenfalls schmiedeeiserne, angerostete Laterne, in der denkbar stilwidrig eine Energiesparlampe ihren Dienst versah. Für einen Hort geistiger Höchstleistung vielleicht das falsche Signal, dachte Thomas und stieg die Stufen hinauf. Die Hauswand war bis auf die Höhe der Tür von wuchernden Pflanzen verdeckt, von Sträuchern und wildem Wein. Dahinter waren links der Tür noch Reste einer schwarzen Schrift zu erkennen. Thomas zog einiges Gestrüpp und Blätter beiseite und entzifferte: *„Hans Edinger. Rechtsanwalt"*.

„Ein jüdischer Anwalt", hörte er über sich, „der vor den Nazis fliehen musste; seine Spur verliert sich 1942 in Amsterdam."

Jens Drib hing weit aus dem großen Fenster über der Tür und strahlte große Energie und Zuversicht aus.

„Ich komme runter", sagte er noch, bevor er blitzartig wieder aus dem Fenster verschwand und den geöffneten Fensterflügel schloss. Und schon hörte Thomas im Treppenhaus dumpfes Getrappel. Sehen konnte er zunächst nichts, denn die Tür bestand aus dickem, massivem Eichenholz, und das Fenster in ihrer Mitte war mit butzenscheibenähnlichem Glas versehen, durch das man allenfalls Umrisse erkannte. Ein solcher tauchte jetzt auf, und die Tür schwang mit einem Geräusch auf, das wie eine Variante des Quietschens vom Gartentor klang. Jens Drib trat vor, blockierte die zurückschwingende Tür mit einem rückwärtigen Ausfallschritt, bot zugleich die rechte Hand zur Begrüßung an und sagte:

„Herr Kröger, kommen Sie herein!"

Das tat Thomas. Sie standen auf einem mosaikartig geschmückten Boden am Fuße einer Treppe und vor einer großen alten Glastür aus weiß lackiertem Holz und vielen Scheiben.

„Hier unten", erläuterte Jens Drib, „befindet sich die Bibliothek des Instituts mit dem Arbeitszimmer der Bibliothekarin, einem Arbeitszimmer für Mitarbeiter und dem Raum mit unserem Kopierer; den werden Sie sicher bald kennenlernen“, und dabei blinzelte er von der eigenen Ironie amüsiert, doch wohlwollend. „Im Moment ist hier unten niemand, ich würde sagen, wir gehen gleich rauf“, und er stieg los, indem er jeweils zwei Stufen auf einmal nahm.

Die Treppe war aus hartem Holz gebaut und knatschte bei jedem Schritt altehrwürdig und gediegen. Die Wände des Treppenhauses waren entlang der Treppe brusthoch mit einer dunklen Ledertapete bespannt, darüber weiß tapeziert und gestrichen, doch war das Weiß längst schmutzig und das Leder abgestoßen und eingerissen.

Oben betraten sie das Parkett eines Treppenabsatzes, von dem die Treppe weiter unter das Dach führte. Linkerhand das große Fenster, aus dem sich Jens Drib gelehnt hatte, rechts eine weitere große Glastür. Jens Drib holte einen Schlüsselbund heraus, griff zielstrebig einen Schlüssel, der aussah wie die anderen, und öffnete mit ihm die Tür. Hinter ihr lief das Parkett weiter in einen Gang, von dem kleinere weiße Glastüren abgingen. Außerdem standen dort erste Möbelstücke, deren Zugehörigkeit zum Standardmobiliar der öffentlichen Verwaltung um so stärker ins Auge stach, da sie sich in so großbürgerlich vornehmen Räumen befanden.

Auch das Parkett ließ sich bei jedem Schritt mit einem aristokratischen Knatschen vernehmen, als Jens Drib den Neuen ins Sekretariat führte. An einem DIN-genormten Schreibtisch in der Farbe von Umweltschutzpapier erhob sich Frau Birmele, die „Mutter der Kompanie“, wie Jens Drib sie vorstellte; eine Bezeichnung, die ihr augenscheinlich gefiel. Hinter ihr hingen an einer Wand zwei Fotos von André Rieu und eines von ihrem Chef, Prollius, eine Porträtaufnahme, die ein Mitarbeiter der Uni-Pressestelle gemacht hatte, als Prollius zum ordentlichen Professor ernannt worden war. Links von Frau Birmele hingen Postkarten aus aller Welt von Institutsmitarbeitern und -gästen.

Bei der Begrüßung hatte Frau Birmele zwei Kopfhörerstöpsel aus ihren Ohren genommen, deren Haltebügel wie bei dem Stethoskop eines Arztes auf Hals und Brust lag und über die Frau Birmele ein aufgezeichnetes Diktat abhörte und tippte. Jetzt entschuldigte sie sich, sie müsse unverzüglich weitertippen, da „der Chef" gesagt habe, es sei nicht eilig. Denn dies sei das sicherste Anzeichen dafür, dass ihm demnächst einfallen werde, wie dringend er den Text tatsächlich benötige, und dass er dann fuchsteufelswild werde, wenn sie ihn noch nicht fertig habe. Das Telefon klingelte.

„Das ist er!", flüsterte Frau Birmele wie ein Klosterschüler im Schlafsaal, nachdem sie auf das Display geschaut hatte. Sie hob ab:

„Ja, Herr Professor? – Jawohl Herr Professor. – Fast fertig, Herr Professor! – Selbstverständlich. Noch heute Nachmittag. – Aber das verstehe ich doch, natürlich, Herr Professor. Guhut!" Und mit dem Lächeln, mit dem sie die letzten Worte gesprochen hatte, legte sie auf. Sie flüsterte:

„Genau wie vermutet. Tut mir leid, Herr Kröger. Ihnen einen guten Start bei uns! Und Jens, geben Sie ihm 'nen netten Arbeitsplatz"; sie redete die Mitarbeiter, die ihr vertraut waren, mit einer Kombination aus Vornamen und „Sie" an. „Bei Ashaia ist doch jetzt der Platz frei, auf dem Karo gesessen hat. Genau, guckt euch das mal an. Und hier", sie zog eine Schublade auf, „der Herr Kröger sieht etwas blutleer aus, hier, nehmen Sie den mal mit", und sie reichte Thomas einen Müsliriegel aus dem Reformhaus. Dann setzte sie sich wieder die Ohrstöpsel ein und machte eine abwehrende Handbewegung, als Thomas den Riegel dankend zurückreichen wollte.

Er war innerlich aus den Gleisen gesprungen, als die Sekretärin den Namen *Ashaia* ausgesprochen hatte – inmitten eines Satzes, in dem es darum gegangen war, wer in den Büros sein Zimmergenosse werden würde. Jetzt holperte er über den Schotter des Gleisbetts und die Schwellen und versuchte Spur zu halten sowie Jens Drib körperlich und geistig zu folgen.

„Kommen Sie", sagte der, „schau'n wir uns die anderen Büros und Mitarbeiter an", und er marschierte zügig los. Gleich neben dem Sekretariat streckte er den Arm zu einer Tür, ohne sie zu berühren – so als ginge sonst eine Alarmanlage los. Leise sagte er:

„Professor Prollius; da gucken wir nachher nochmal vorbei."

Hinter einer weiteren Tür wurden ihm zwei wissenschaftliche Mitarbeiter vorgestellt, die er noch nie gesehen hatte und deren Namen er sich mit Gewalt zu merken versuchte, aber schon beim Verlassen des Raumes wieder vergessen hatte. Als nächstes öffnete Jens Drib eine Tür mit einem *Star Trek*-Aufkleber; Captain James T. Kirk war darauf zu sehen, darunter der Satz: „Beam me up, Scotty". In dem kleinen Büro war Ashaia gerade dabei, eine Taschenbuchausgabe des Strafgesetzbuches und einen Schnellhefter mit Noten in ihrer Aktentasche zu verstauen.

Sie sah kurz zur Tür und sagte „hi", während sie die Schnallen schloss; „bin grad auf dem Sprung, is ne Probe, Unichor, muss ich pünktlich sein, tut mir leid", äußerte sie, zog ihre Jacke vom Stuhl und klemmte sich die Aktentasche unter den Arm.

„Ah, Sie kennen sich schon", Jens Drib blickte hin und her.

„Aus den Vorlesungen", Thomas nickte, „sind im gleichen Semester."

„Ja, Frau Hansen haben wir auch mit Ausnahmegenehmigung eingestellt. Sie ist mir in meiner Grundrechte-AG überaus positiv aufgefallen."

Jens Drib hielt wie James eine der Arbeitsgemeinschaften ab, die Hauptmanns Vorlesung begleiteten. Jetzt musterte er das Zimmer mit raschen Blicken, ließ ein aufmunterndes „Na ja, na ja!" vernehmen im Sinne von „ist doch gar nicht so schlecht" und schritt dann zu einem Schreibtischstuhl. Er umfasste die Oberkante der Rückenlehne, so als wolle er dem Stuhl die Schultern massieren.

„Ja, das wird Ihr Arbeitsplatz, wenn Sie einverstanden sind."

Thomas versuchte, den Aufruhr in seinen Eingeweiden unter Kontrolle zu bringen. Sein Bauch fing an zu glucksen und auf gesteigerte Aktivität hindeutende Quietschgeräusche hören zu lassen. Um sie zu übertönen und Zeit zu gewinnen, ging er betont und mit schwerem Schritt auf dem knarzenden Parkett herum. An den hohen Wänden hing fast nichts mit Ausnahme eines Farbdruckes. Er zeigte ein Gemälde Edward Hoppers, ein Segelboot auf dem Meer. Die Schreibtische standen sich gegenüber, Kante an Kante.

„Okay“, Thomas war bei Jens Drib angekommen, „ist doch nett hier, klar setz ich mich gern dazu.“

„Wunderbar“, sagte Jens Drib mit etwas gewöhnungsbedürftiger Betonung auf der letzten Silbe. „Jetzt schauen wir noch, ob Professor Prollius Zeit hat.“

Sie verließen das kleine Büro, Jens Drib zeigte noch den Gang hinunter mit den Worten „da hocke ich“, klopfte an die gegenüberliegende Tür, was von der anderen Seite den Ruf „besetzt!“ zur Folge hatte, sagte „oh!“ sowie „das ist die Toilette“ und ging dann in preußischem Marschtempo zurück zum Arbeitszimmer des Institutsdirektors.

Aus diesem Arbeitszimmer war derweil hellichte Empörung zu vernehmen:

„Das ist doch unmöglich! Ja, ist das zu glauben? Dieser elende Parvenü!“

Nach kurzer Pause:

„Ich fasse es nicht – was für ein Kretin!“

Und einen langen, stillen Moment später, sehr gefasst:

„Den *bringe ich um.*“

Thomas und Jens Drib sahen sich an. Jens Drib spitzte den Mund, und seine Augen fixierten die Tür. Stille. Dann kam von drinnen ein scharfer Knall. Jens Drib stieß die Tür auf und schritt entschlossen voran, Thomas hinterher.

Robespierre saß kerzengerade hinter den weiten Flächen seines Schreibtisches, stierte schnurgeradeaus und presste zwischen seinen Handflächen etwa auf Brusthöhe den soeben in neuer Auflage erschienenen ersten Band des Leipziger Kommentars zum Strafgesetzbuch zusammen, den er mit aller Gewalt zugeschlagen haben musste.

„Verzeihung“, Jens Drib stieß ein Lachen aus, das für sich selbst um Entschuldigung bat, „Pardon sozusagen, dass wir gewissermaßen hereinplatzen.“

Robespierres Augenstrahl gliss weiterhin streng horizontal und geradeaus durch den Raum.

„Er hat mich genau drei Mal zitiert. Und selbstverständlich ablehnend."

Der Kommentarband begann leicht zu zittern, da die Schwerkraft die Oberarmmuskulatur des Professors zunehmend beanspruchte. Dann knallte Prollius das Buch mit der rechten Hand und voller Wucht auf den Tisch.

„Genau *drei Mal.* Ablehnend."

Sein Blick traf Jens Drib. Der lächelte gequält und deplatziert, und auf seiner Stirn erschien eine senkrechte Falte. Sein Vorgesetzter erwartete keine Antwort:

„Drei Mal. Mich! MI – HI – HICH!", rief er und schlug sich dazu rhythmisch auf die Brust. „Mich, der ich ein eintausendeinhundertundsechsundzwanzig Seiten starkes Lehrbuch des Allgemeinen Teils geschrieben habe, und zwar nicht irgendeines, sondern das einzige, das diese Materie rechtsphilosophisch erfasst und durchdringt, ja, ich möchte fast sagen: das einzige, das rechtsphilosophisch gültig, ach was: *zulässig* ist. MICH, den Verfasser einer Habilitationsschrift zur allgemeinen Verbrechenslehre, die seinerzeit zum *Juristischen Buch des Jahres* gewählt worden ist, die den Förderpreis der Salzgitter-AG zur Unterstützung des wissenschaftlichen Nachwuchses gewonnen hat und von der sogar Hommel in seiner Rezension in der JZ *wörtlich* schrieb: ‚An diesem mutigen Entwurf kommt man nicht mehr vorbei.' Und jetzt kommt dieser, dieser – Herr Kolleeege von dieser *Provinzfakultät* ganz problemlos an ihr vorbei, ja er geruht geradezu, sie praktisch nicht zur Kenntnis zu nehmen! MI – HI – HICH praktisch nicht zur Kenntnis zu nehmen!"

„Außer ablehnend."

Thomas wurde sofort von zwei Blicken getroffen, einem warnenden und einem vernichtenden. Erneut Stille.

„Ganz recht", Prollius atmete schwer und mit äußerster Selbstdisziplin; „außer ablehnend."

Er wurde etwas kleiner, als die Spannung aus seinem Oberkörper wich. Sein Kopf senkte sich leicht Richtung Tischplatte.

„Außer ablehnend."

„Ja, das ist in der Tat bestürzend, sozusagen unerhört", Jens Drib rollte mit den Augen, während sein Blick rastlos über den Perserteppich wanderte, der auf dem Parkettboden des hohen und großen Raumes von der Tür zum Schreibtisch lief. Er rieb die Hände ineinander, suchte nach Worten, fand aber nur verlegene Heiterkeit und sagte „so was" und „kurios!". Sein Vorgesetzter hatte sich unterdessen etwas gefasst. Er sog langgezogen, kraftvoll und mit angewiderter Miene Luft ein und schob den Kommentarband mit beiden Armen von sich weg.

„Nun gut, Doktor Drib", sagte er, da es seine Angewohnheit war, promovierten Mitarbeitern bei jeder Anrede ihren Titel zu kredenzen. „Vergessen wir diesen durchaus mittelmäßigen Großkommentator, der John Locke wahrscheinlich für den Bruder von Jim Knopf oder den Adoptivsohn von Lukas dem Lokomotivführer hält, und wenden wir uns Erfreulicherem zu. Zum Beispiel Ihnen, Herr Kröger", und Prollius erhob sich, umrundete den Schreibtisch, strich seine Haare zurück, reichte Thomas die Hand und sagte mit warmer Stimme und milder Freude:

„Schön, dass Sie jetzt bei uns anfangen. Es war gar nicht so einfach, die Verwaltung davon zu überzeugen. Aber wo ein Wille ist, findet sich ein Weg."

Währenddessen schüttelte er ausgiebig die Hand, die Thomas ihm gegeben hatte – mit schlechtem Gewissen, denn sie war infolge seiner Aufregung auf der Innenseite feucht und kalt.

„Ich arbeite gerade an einem Artikel", erzählte Prollius, während er die Hand von Thomas wieder losließ und die eigene unmerklich am Hosenbein abwischte, „für das Magazin *Cato,* kennen Sie bestimmt."

Beide Mitarbeiter bestätigten durch Nicken, dass ihnen jenes Magazin geläufig war, das sich selbst als ein solches „für die politische Debatte und Streitkultur" bezeichnete und der politischen Hemisphäre rechts der Mitte zuzuordnen war.

„Der Chefredakteur hat mich um einen rechtspolitischen Beitrag zu den neuen Antiterrorgesetzen gebeten, und dieser

Bitte komme ich gerne nach. Wissen Sie, es wird dazu solch ein Unsinn geschrieben. Diese Gesetze sind zwar handwerklich erbärmlich und konzeptionell grundfalsch, aber das Zentrale ist doch, dass wir jetzt tatsächlich handeln müssen; jetzt, da Deutschland ins Visier des internationalen islamistischen Terrorismus gekommen ist und wir bislang nichts Besseres zu tun haben, als islamistische Hassprediger unter Berufung auf Religions- und Meinungsfreiheit unbehelligt diese ganzen türkischen Buben und Kopftuchmädchen indoktrinieren zu lassen."

Prollius verschränkte die Arme.

„Und die Herren Altachtundsechziger, heute in bestbezahlten Positionen im einst so beschimpften ‚System' – selbstverständlich ohne Luhmann auch nur gelesen, geschweige denn verstanden zu haben –, diese Apo-Opas keifen schon los, wenn man über neue Sicherheitsgesetze auch nur nachdenkt. Und inszenieren sich als Neuauflage des Kreisauer Kreises. Die wollen jetzt den Widerstand nachholen, zu dem ihre Väter zu feige waren und zu dem sie selbst in einem Gestapo-Staat ebenfalls zu feige wären. Ohne zu merken, dass wir eben nicht in einem Gestapo-Staat leben, sondern in einer bewunderns- und vor allem schützenswerten Demokratie. Sie glauben gar nicht, wie ich dieses selbstgerechte, pflichtvergessene, geistig tieffliegende Gesocks gefressen habe", stieß Prollius hervor – wiewohl Jens Drib und Thomas dies ohne jeden Abstrich glaubten.

„Wissen Sie was, Doktor Drib, wie ich den Beitrag betiteln werde? Die Überschrift wird lauten: *Der Staat schützt das Recht.*"

„Oho", stellte Jens Drib fest, allerdings mit besorgtem Unterton. Ein bekannter nationalsozialistischer Jurist, Carl Schmitt, hatte in den dreißiger Jahren einen ebenfalls bekannten Aufsatz geschrieben mit dem Titel „Der Führer schützt das Recht". Die Parallele würde ins Auge springen.

„Ja, Doktor Drib, da werden natürlich einige fauchen und trampeln und schreien und skandalisieren – ich freue mich fast darauf. Denn wissen Sie was: Stimmt es etwa nicht? Schützt der Staat das Recht etwa nicht? Doch allerdings.

Und das ist diesen linken Gutmenschen, diesen weichgespülten Möchtegernintellektuellen gerade jetzt noch einmal unmissverständlich mitzuteilen. Der Staat schützt das Recht, und Sie und ich wissen: Es ist sogar ausschließlich der Staat, der es schützt, wenn es hart auf hart kommt, *ausschließlich der Staat.* Da sollen mir diese scheinheiligen Erzbedenkenträger erst noch das Gegenteil beweisen. – Sagen Sie nichts, Doktor Drib!", sprach Prollius, als Jens Drib zu einer fraglos bremsenden Erwiderung ansetzte, „mein Entschluss steht felsenfest. Aber ich spreche den Text noch einmal mit Ihnen durch. – So, Herr Kröger, in medias res nennt man einen solchen Start. Für Sie habe ich auch gleich eine kleine Aufgabe. Kopieren Sie mir doch bitte das Urteil des Bundesverfassungsgerichts zum Luftsicherheitsgesetz, Sie wissen schon, da ging's um den Abschuss von Passagiermaschinen, und alle Anmerkungen dazu. Und die Urteile zur Rasterfahndung, zum Großen Lauschangriff und zur Online-Durchsuchung, jeweils wieder mit allen Anmerkungen. Schon jetzt meinen verbindlichen Dank. Und nun lassen Sie sich von Doktor Drib das Institut zeigen."

Zu Jens Drib gewandt fügte er hinzu:

„Was machen eigentlich die Druckfahnen meines Beitrages für die Festschrift Hommel?"

„Äh", machte Jens Drib und griff sich in den Schopf, den er kurz darauf schüttelte, als müsse er wach werden; „äh, die sind praktisch fertig, sehe ich noch einmal durch, haben Sie in einer halben Stunde auf dem Tisch."

„Schön."

Damit war die Audienz beendet. Jens Drib legte Thomas die Hand auf die Schulter und bugsierte ihn zur Tür, während Prollius zurück an seinen Schreibtisch schritt.

Draußen trafen sie auf Frau Birmele, die gerade die Post geholt hatte. Sie war beunruhigt, weil sie den verbalen Ausbruch ihres Chefs mitbekommen hatte – und aus einem weiteren Grund:

„Oh, Jens, die Handwerker! Im Keller bauen sie uns doch irgendetwas fürs Internet ein, und jetzt riecht's da unten so verbrannt. Hoffentlich machen die nicht unser Archiv kaputt, die ganzen Akten. Und der Folterstuhl! Nachher versengen sie uns den. Könnten Sie bitte, bitte nach dem Rechten sehen; auf mich hören die doch nicht."

Womit sie wahrscheinlich recht hatte. Aber Thomas dachte vor allem: Folterstuhl? Jens Drib sagte:

„Ja, natürlich, ich schau mal."

„Ich auch!", und Thomas trottete Jens Drib hinterher, der schon ins Treppenhaus lief.

Die Kellertür befand sich im Erdgeschoss unter der Treppe. Sie stand offen, und heraus drangen das Kreischen einer elektrischen Metallsäge, Hammerschläge und Brandgeruch.

„Da unten lagern wir alte Akten", erläuterte Jens Drib und stieg hinab.

Thomas kam sich vor wie auf einem Weg in die Unterwelt, und das einzige, was der Kellertür fehlte, war die Inschrift, die in Dantes *Göttlicher Komödie* über dem Tor der Hölle steht: *Ihr, die Ihr hier eintretet: lasst alle Hoffnung fahren.* Die Treppe war lang und endete an einem Gang, der um mehrere Ecken führte und von dem zahlreiche Türen abgingen. Soweit sie offenstanden, sah man im schwachen Licht der Deckenlampen altes und abstruses Gerümpel, von ausrangierten Schreibtischlampen aus den sechziger Jahren über Fahrradleichen bis hin zu den modrigen Aktenordnern, die offenbar Teil des sogenannten Archivs waren; indes ohne erkennbare Ordnung. Jens Drib watschelte zügig und mit vereinzelten Blicken links und rechts dem Lärm und dem Brandgeruch nach. Sie kamen an eine Biegung. Auf der linken Seite stand eine große Tür offen und gab den Blick frei auf eine Szene, die Thomas im ersten Augenblick an eine mittelalterliche Burgschmiede denken ließ.

In dem Kellergewölbe flogen und stieben orangefarbene Funken. Zwei Männer arbeiteten an einer Werkbank und an einem Kasten, groß wie eine Telefonzelle, der senkrecht daneben stand. In eine Pause des Kreischens und Hämmerns hinein rief Jens Drib frohgemut „guten Tag!" und schritt näher; Thomas folgte.

„Tach", meinte der Mann an der Säge und guckte herüber.

„Wir wollen nur einmal schauen“, schloss Jens Drib jovial und mit überdeutlicher hochdeutscher Aussprache an, „ob bei Ihnen alles in Ordnung ist!“, und er rieb sich die Hände und spähte zur Untermalung herum, in die Ecken der Decke, auf den Kasten und den Handwerkern ins Gesicht.

Von denen sagte der Mann mit dem Hammer und mit hörbarer Verwurzelung in der Region:

„Was soll denn nit stimme?“, und aus seinem Ton war trotz der gemütlichen badischen Färbung ein gewisser Missklang herauszuhören.

„Ja nein“, beeilte sich Jens Drib die Kluft zwischen Universität und Handwerk zu überbrücken, „Sie machen hier doch einen super Job“, und er sprach die letzte Silbe so aus wie „tschop“; „wir sind sehr froh, endlich …“

„Was isch dennu?“, fragte der Mann mit dem Hammer dazwischen, wobei er das „isch“ stark betonte und sich am Satzende in höchste Tonlagen schwang – so als wolle er anfangen zu singen. Zugleich machte er mit einem Hammerschlag auf die Werkbank deutlich, dass man die Grenzen seiner Geduld bereits erreicht hatte. Jens Drib erkannte den Ernst der Lage:

„Ja. Wooo – ist denn wohl dieser Stuhl. Dieser schwere, schwarze Stuhl – haben Sie den gesehen?“

„Haja, da ischer doch!“, sagte der Hammer-Mann und schwenkte sein Werkzeug in Richtung des Lattengitterverschlages, der eine Seite des Raumes abschloss. Jens Drib drehte sich um, rief „wunderbar!“ mit Betonung auf der letzten Silbe, stieß die Tür des Verschlages auf und winkte Thomas, während hinter ihnen erneut das Kreischen und Hämmern begann.

Es war in der Tat ein großer, schwerer und schwarzer Stuhl, aus dickem Holz und Leder gebaut. Er stand auf Balken und hatte sicher das Gewicht einer Waschmaschine. Was die Blicke auf sich zog, war jedoch folgendes. Auf den Armlehnen und an den vorderen Beinen befanden sich Ledermanschetten, die fraglos dazu gedient hatten, den Sitzenden zu fixieren. Und die Sitzfläche hatte in ihrer Mitte ein kreisrundes, tellergroßes Loch; dort, wo Anal- und Genitalbereich des Sitzenden zu verorten waren. Jens Drib rieb sich wieder die Hände und schrie gegen die Säge an:

„Der Folterstuhl, wie wir ihn spaßeshalber nennen. Keiner weiß genau, wer ihn hergebracht hat. Und keiner weiß genau, wozu er gut gewesen ist. Jedenfalls isser museal."

Thomas nickte und besah sich das Gerät von allen Seiten. Als die Säge aussetzte und auch der Hammer schwieg, ergänzte Jens Drib:

„Ein beliebter Sammelplatz bei den Partys, die wir hier unten feiern", und dabei blinzelte er und lachte und schlug Thomas auf die Schulter.

Schuss

Wiesen und Wege waren weiß bestäubt, und in der Dezemberluft trieben Millionen kleinster Schneeflocken auf der Suche nach einem Ort, an dem sie sich niederlassen konnten. Sie waren einem Himmel entschwebt, der überall nur eine Farbe hatte: ein angegrautes Pastellweiß ohne Tiefe und Höhe – wie eine Kulissenwand. Die Welt war ein Kammerspiel. Auf der Bühne ein Tal im Mittelgebirge, darin ein Schienenstrang, darauf ein Zug. Die Strecke folgte dem Verlauf des Tales und schwang sich sanft wie ein stilsicherer Skifahrer um manchen Fels und Bergvorsprung herum.

Im Zug war es voll, warm und feucht, die Menschen dampften. Sie hatten Skier im Arm, dicke Jacken und zum Teil Skischuhe an, standen gedrängt und schwatzten, während sich der Zug, eine Regionalbahn, kreischend in eine Kurve legte. Das Tempo war gemächlich, und es ging stetig bergan. Patrick, Jonas und Thomas standen neben einer Waggontür, die Kommilitonin Eva hatte sich dazugesellt; man hatte sich zufällig am Bahnhof getroffen. Es waren auch noch andere Studenten ihres Semesters im Zug. Einen, genauer *eine* ganz bestimmte Kommilitonin sah Thomas von seinem Standort aus durch eine Glasscheibe auf einem der blau bezogenen Sitze, und zwar die Tussi mit dem Muttermal. Sie ließ sich von den drei sehr jungen Männern unterhalten, denen die anderen Plätze der Vierersitzgruppe zugefallen waren und die äußerst bequeme Sitzpositionen eingenommen hatten. Auch dieses Trio gehörte zu ihrem Semester.

Mit von der Partie war ferner Daniel Bauer, der Fakultätsassistent. Er allerdings als jemand, der bereits das Erste Staatsexamen bestanden hatte. Ebenfalls nicht ihrem Semester angehörig war Sandy Meier, jene Studentin der Medizin, die in der Studentensiedlung in derselben Wohngemeinschaft wohnte wie Jonas. Sie saß in einem anderen Waggon im oberen Stock auf einem Platz der ersten Klasse und unterhielt sich lebhaft mit dem freundlichen Herrn, der ihr spontan den Aufpreis für diese Klasse bezahlt hatte. Das war der Doktor Fresenius: neununddreißig Jahre, erstes Grau im dunklen Haar, sportlich veranlagt und gebaut, markantes Kinn, gerade Nase, blaue Augen, Kenner und Liebhaber des weiblichen Geschlechts, beruflich erfolgreich und willens, noch wesentlich erfolgreicher zu werden. Noch einen Waggon weiter stand in einer Gruppe von Jurastudenten Ashaia und richtete hilfesuchend den Blick zum Himmel, das hieß an die Decke, nachdem sie zum wiederholten Male einen überaus humorvollen Spruch des Alphastudenten vernommen hatte, um den herum man sich gruppiert hatte und von dessen Wohlwollen die anderen männlichen Mitreisenden ihren Rang in der Gruppe abhängig machten. Daher lachten sie jetzt alle laut und auffällig, und einer versuchte, mit einem eigenen Wortbeitrag an den Witz des wichtigsten Mannes im Kreise anzuknüpfen und es ihm an Schlagfertigkeit und Lässigkeit gleichzutun.

Der Zug legte sich in eine neue Kurve. Einige Passagiere deuteten nach draußen und in die Höhe, und viele versuchten, dort hoch oben auf einem Felsen die Statue eines Hirsches zu erkennen, mit dem es irgendetwas Sagenhaftes auf sich hatte.

*

Die Pisten waren voll, die Lifte waren voll, und voll waren auch schon viele derer, die das Après-Ski-Angebot nutzten und an einer der Theken im Schnee standen; unter Lautsprechern, die Disko-Bässe und Karnevalslieder herausdröhnten. Es waren Menschen, die Wodka-Redbull tranken (Männer) oder Prosecco-Aperol (Frauen) und aus trüben Augen nach Schneehasen Ausschau hielten (Männer) oder nach einer solventen Bekanntschaft (Frauen), die einen Mangel an Jugend mit ihrer Kreditkarte ausgleichen konnte und für die eine Frau noch als jung galt, solange sie die Fünfzig nicht überschritten hatte.

Oben jedoch, nahe dem Gipfel, war es still. Die Sitzreihen des Sessellifts zogen ruhig ihre vorbestimmte Bahn Richtung

Bergstation. Nur an den Pylonen, an denen sie vorbeikamen, wurden sie sanft gerüttelt. Auch hier trudelten kleinste Schneeflocken durch die Luft und ließen sich auf den gut verpackten Reisenden nieder. Einer von ihnen war wieder Doktor Fresenius. Er sah nach unten auf das bunte Pistenvolk und ließ die Kanten seiner Skier gegeneinanderklacken, so dass der Pulverschnee, der sich auf den Skiern gesammelt hatte, herunterfiel und verwehte. Er hatte zwei Verabredungen. Die zweite hatte sich erst auf der Herfahrt ergeben, eine süße kleine Studentin, die ihm das Wasser im Munde zusammenlaufen ließ. Aber selbstredend würde er sich bei dieser Premierenverabredung vollständig beherrschen, denn das war der beste Weg zum Erfolg. Sie wollten sich um vier in einem Café an der Talstation treffen. Jetzt um eins hatte er seine erste Verabredung, derentwegen er hauptsächlich hergekommen war. Als Treffpunkt hatten sie eine Hütte an der Piste ausgemacht. Er war auf dem Weg dorthin.

Er war unangenehm gespannt auf die Begegnung. Der andere hatte ihn mit unterdrückter Nummer angerufen und auch im übrigen konspirativ getan. Es gehe um den Impfstoff, hatte er gesagt. Welchen Impfstoff?, hatte Fresenius gefragt. Das wisse er genau, hatte der andere geantwortet. Damit hatte er leider recht. Schon seit Wochen schwelte am Klinikum ein Impfskandal, ausgelöst durch einen Versuch an achtzig Studenten, die sich dazu freiwillig zur Verfügung gestellt hatten für ein Entgelt von je einhundert Euro. Drei von ihnen hatten danach schwerste Probleme bekommen, einen hatten sie nur mit Mühe retten können. Durchgeführt hatte den Versuch sein Chef, Professor Doktor Udo Charles Friedrich. Und er. Fresenius biss sich auf ein Stück eigenen Wangenfleisches, das er zwischen seine Zahnreihen gesaugt hatte.

Der Impfstoff war vollkommen unverdächtig gewesen. Es gab zwar öffentliche Bedenken gegenüber dem Verstärker, den er enthielt, *Squalen* hieß das Zeug; aber jeder Fachmann wusste, dass sie unbegründet waren. Erst recht konnte der Verstärker nicht für das Krankheitsbild verantwortlich sein, das die Geschädigten gezeigt hatten. Und der Hersteller war eine gute Bekannte, die Blauenberg AG, zu der das Klinikum und sein Chef beste Verbindungen unterhielten. Ein erfolgreiches, weltweit umtriebiges Pharmaunternehmen mit langer Tradition und hellster Zukunft. Sie wollten mit dem Impfstoff in das Geschäft einsteigen, das sich aus dem ergab, was man Globalisierung nannte; daraus, dass mit den Waren und Menschen auch die Krankheiten reisten. Er hatte keine Ahnung, was schiefgelaufen war. Ob überhaupt etwas schiefgelaufen war. Vielleicht hatten sich die drei Studenten sonstetwas sonstwo eingefangen – ohne den schwächsten Zusammenhang mit der Impfung.

Seine Sesselreihe näherte sich einem Pylon. Das Geräusch der schnell drehenden kleinen Räder und der Stahltrosse wurde lauter. Er betrachtete, wie die Räder die Trosse einzogen, in die Mangel nahmen und scheinbar weiterschoben – während ihm klar war, dass allein das riesige Antriebsrad in der Talstation Kraft auf die Trosse übertrug. Dann wurden er und seine Nebenmänner, Unbekannte, behutsam durchgeschüttelt, als sie den Pylon passierten. Einer der Reisegenossen musste niesen, und Fresenius sah, wie ein klarer Faden Nasenschleims durch den Schnauzbart des Betroffenen lief, bevor der ihn mit seinem Handschuh wegwischte. Unten sah er die Hütte, die als Treffpunkt vereinbart war. Sie erinnerte ihn an ein Blockhaus, wie er es aus Westernfilmen kannte. Vor der Sonnenterrasse, der die Sonne fehlte, standen und lagen paarweise Skier und Stöcke und einzelne Snowboards.

*

In der Hütte roch es nach warmem Essen: Spaghetti Bolognese mit viel Parmesan, Maultaschen und Schupfnudeln. Die Fenster waren beschlagen. An den Rahmen liefen winzige Rinnsale ab, auf den Fensterbänken hatten sich Pfützen gebildet. Vor den Fenstern hingen rot-weiß-karierte Vorhänge an eisernen Stangen. Tische und Stühle waren robust und skistiefelfest. Der Boden war hellbraun gefliest, nass und rutschig. In der Luft hingen Dünste und Gerüche nicht nur des Essens, sondern auch der Gäste; der Raum war gut gefüllt. Und es war laut. Geschwätz und trompetenhaftes Lachen mischten sich mit dem Geschepper, Geklapper und Geklirre von Besteck, Tellern und Gläsern. Dazwischen das Klacken der Skistiefel auf den Fliesen und das Schleifen und Gerumpel, wenn Tische und Stühle verschoben wurden.

Doktor Fresenius stand am Eingang und blickte suchend umher. Seine Verabredung hatte angekündigt, eine schwarze Mütze zu tragen sowie eine Jacke in den Tarnfarben eines Kampfanzuges. Und da erblickte er ihn auch schon, bei einem Fenster. Der andere blickte ihm in einer Art entgegen, dass Fresenius wusste: Dieser Mann hatte ihn zuerst gesehen und erkannt. Mit seinen klobigen Skistiefeln ging Fresenius zu ihm hin. Er achtete darauf, nicht auszurutschen. Am Tisch angekommen sagte er:

„Guten Tag."

„Guten Tag, Herr Doktor", antwortete der Mann mit der schwarzen Mütze und der Tarnjacke.

„Darf ich mich setzen?", und Fresenius markierte den letzten leeren Stuhl an dem Tisch mit einem Blick.

„Dazu habe ich den Platz freigehalten. Ich schlage allerdings vor, dass wir einen Ort aufsuchen, an dem man weder schreien muss noch so zahlreiche Mithörer hat – wenn ich meinen Grog ausgetrunken habe", und er führte sein Glas zum Mund.

*

Sie standen auf einer kleinen Lichtung, die eine Aussicht ins Tal freigab. Der andere war durch den Tiefschnee vorgefahren – auf einem Weg, den er offenbar kannte. Er fuhr exzellent. Jetzt saß er auf einer Bank, die er mit der schwarzen Mütze vom Schnee freigeschoben hatte. Fresenius stand neben der Bank. Es hatte aufgehört zu schneien, die Wolkenkissen gaben immer öfter den Himmel frei, und dann flutete die Sonne herunter und ließ die Welt erglitzern.

„Sie haben mir noch immer nicht Ihren Namen verraten", begann Fresenius die Unterredung.

„Den werden Sie auch nicht erfahren. Nennen Sie mich – nennen Sie mich einfach Robin."

Fresenius hatte sich noch nicht entschieden, ob er den Tarnjacken-Mann ganz ernst nehmen sollte. Dessen konspiratives Getue ging ihm etwas auf die Nerven, und wenn er nur seinen Blick zu beurteilen gehabt hätte, so wäre der wahrscheinlich als borniert zu bezeichnen gewesen. Aber das angekündigte Thema dieses Treffens war leider zu heikel, um auch nur irgendeine erlangbare Information unermittelt zu lassen.

Der Mann, der Robin genannt werden wollte, strich mit der flachen Hand über seine gelockten, widerständigen blonden Haare und ließ Gesicht und Haupt von der Sonne bescheinen.

„Sie haben die Charge AHBVB 586 AA verwendet, stimmt's?"

Robin sprach mit geschlossenen Augen. Seine Arme ließ er links und rechts nach hinten über die Lehne der Bank baumeln.

Fresenius nickte. Er war zwar etwas, aber nicht sehr beeindruckt, denn die Chargen-Nummer war kein Geheimnis und konnte von vielen am Klinikum ermittelt werden.

Robin, der die Augen noch immer geschlossen hielt, fragte erneut:

„Stimmt's?"

„Das ist richtig", sagte Fresenius laut. Ein schlichtes „Ja" hätte wie ein Eingeständnis geklungen. So klang er wie ein Prüfer, der die Antwort des Kandidaten akzeptiert.

Robin nickte und sagte mit weiterhin geschlossenen Augen zu sich selbst:

„Stimmt."

Dann sagte er:

„Ja, das war eine besondere Charge."

Stille. Fresenius rief seine ungeduldige Zwischenfrage zurück, bevor er sie ausgesprochen hatte, und kämpfte seinen Ärger nieder, den die selbstgefällige Geheimniskrämerei des anderen in ihm hochbrodeln ließ. Durch seine Nase stieß er den Atem aus, und die Atemluft wurde sofort zu Dampf. Robin öffnete die Augen und sah zu ihm auf.

„Diese Charge hatte ein Adjuvans", und er sprach das Wort „Adjuvans" sehr breit und betont aus, so als nehme er an und freue sich geradezu darauf, diesen Begriff erklären zu müssen.

„Dass der Impfstoff Squalen enthält, ist allgemein bekannt."

Fresenius bemühte sich nicht, die Geringschätzung in seinem Ton zu dämpfen.

Herr Robin hatte erneut die Augen geschlossen.

„Es war aber kein Squalen."

Fresenius spürte die Flamme eines Bunsenbrenners in seinen Eingeweiden, weiß und blau und ganz aufgedreht. Er riss den Gasschlauch vom Brenner, stellte das Gas ab und antwortete:

„Was sonst?"

Herr Robin blickte ins Tal:

„Das weiß ich noch nicht so genau. Sie nennen das Zeug *Ratrix.*"

Fresenius fühlte in sich ein weiteres Mal Ärger sieden und konnte ihn jetzt nicht mehr vollständig niederzwingen.

„Aha. Wer und was sind Sie überhaupt?"

Herr Robin sah auf die Mütze, die er mit seinen behandschuhten Händen knetete.

„Ich bin vieles." Pause. „Offiziell allerdings nichts."

Fresenius sah, wie die Kieferknochen seines Gesprächspartners mahlten.

„Ich bin Jurist", verkündete Herr Robin sodann und bewegte den Unterkiefer nach vorn. „Ein praktischer Jurist. Ich quatsche nicht nur über Gerechtigkeit, ich kämpfe auch dafür." Blick zu Fresenius: „Und von Ihrem Fach verstehe ich auch etwas. Von allem, was mit dem Leben zu tun hat. Und zwar auf akademischem Niveau!"

Diese letzten Worte schleuderte er Fresenius um die Ohren wie einen nassen Lappen. Der stufte Herrn Robin jetzt als nicht mehr ganz normal, aber gefährlich ein – obwohl er noch immer nicht wusste, was der andere wollte.

„Das klingt beeindruckend, Herr Robin, wirklich. Aber ich verstehe noch immer nicht, was mit dem Adjuvans gewesen sein soll."

„Blauenberg war nur an ganz bestimmten Testpersonen interessiert. Nur an denen mit der Blutgruppe Null, Rhesus negativ, Kell negativ. Davon hat es unter Ihren Testpersonen genau drei gegeben. Raten Sie, welche. Und man wollte auch nicht den eigentlichen Impfwirkstoff testen, sondern allein das Adjuvans, den Verstärker. Nur der ist neu. Wenn's geklappt hätte, könnte man mit ihm fast doppelt so viele Dosen aus der gleichen Menge Impfstoff herausholen. Kein schlechtes Geschäft", und Herr Robin sprach verschmitzt und voll künstlicher Anerkennung.

Fresenius schwankte zwischen einer Vorform des Entsetzens und Unglauben.

„Was haben die Blutgruppen mit dem Verstärker zu tun – wenn Sie verstehen, was ich meine?"

„Das tue ich", fauchte Herr Robin und schlug sich mit der Mütze aufs Knie; „ich bin Biologe!"

„Ich dachte Jurist."

„Auch."

Herr Robin zwang sich erneut zu einem entspannten Sonnenbad.

„Aber das spielt für Sie, Doktorchen, alles keine Rolle. Was hingegen für Sie eine Rolle spielt, ist dass es für *Ratrix* kaum vorklinische Tests gegeben hat und dass hierüber jene Behörde getäuscht worden ist, die den Impfversuch am Klinikum genehmigt hat. Mit anderen Worten spielt es für sie eine Rolle, dass Blauenberg am Klinikum einen kleinen Menschenversuch gestartet hat mit drei Opfern – und mit Ihrer Hilfe."

„Wer sagt mir, dass Sie keinen komplett durchgeknallten Mist erzählen? So hört es sich nämlich an."

Doktor Fresenius hatte fest vor, sich nicht einschüchtern zu lassen. Aber es machte ihm keinen Mut, als Herr Robin jetzt erstmals zu lächeln begann.

„Oh, liebes Doktorchen. Es gibt Beweise. Ich gebe zu, dass sie nicht gerichtlich verwertbar sind. Beweise sind es trotzdem; und medial verwertbar sind sie allemal. Sie haben seit heute morgen eine E-Mail mit Tondateien im Anhang. Die Aufnahmen sind illegal, aber höchst aufschlussreich. Und dass die drei Impfopfer die einzigen Testpersonen mit den besagten Blutgruppen sind, erschließt Ihnen ein Blick in die Akten. Wenn Sie's nicht schon wissen."

Er wusste es schon. Es hatte sich nur niemand einen Reim darauf machen können. Aber eines, und zwar das Wichtigste war weiterhin unklar:

„Was habe ich mit der ganzen Sache zu tun? Warum erzählen Sie mir diese Geschichte?"

„Es geht nicht darum, Doktorchen, was Sie *mit* der Sache zu tun haben, denn das ist bekannt: Sie haben die Versuche durchgeführt." Er lächelte in die Sonne. „Es geht darum, was Sie *bei* der Sache zu tun haben. Und das sage ich Ihnen jetzt. Sie haben die restlichen Ampullen aus der Charge AHBVB 586 AA zu sichern und biochemisch zu analysieren – um festzustellen, dass sie kein Squalen enthalten, sondern etwas anderes. Und das haben Sie dann zu veröffentlichen."

In der Mittagsstille hörte man nur den Schrei eines Vogels. Fresenius fühlte sich leicht betäubt wie früh am Morgen, wenn er abends ein Schlafmittel zu sich genommen hatte. In den Wassern seines Bewusstseins schwamm nur noch eine einzige Frage:

„Warum gehen Sie nicht zu meinem Chef?"

Aus Herrn Robin platzte ein Lachschwall, hässlich laut und als Dampfwolke sichtbar.

„Bei dem war ich schon. Er mag mich sogar; jedenfalls physisch", und erneut lachte er unschön und laut in die kalte Luft. „Das Problem ist nur, Doktorchen, dass der Herr Professor Doktor Friedrich von alldem wusste. Von Anfang an. Deswegen müssen Sie auch schon morgen die verbliebenen Ampullen an sich nehmen; sonst macht das irgendwann Ihr Chef, aber mit ganz anderer Absicht. Der Herr Professor Doktor Friedrich, Doktorchen, wird von der Blauenberg AG sehr gut bezahlt. Wirklich sehr gut."

„Und wer sagt Ihnen, dass ich mitspiele?"

„Sie, Doktorchen, Sie und Ihre Intelligenz sagen es mir! Hier und jetzt. Denn auch dieses unser Treffen ist beweismäßig gesichert“ – er tippte leicht auf eine Außentasche seiner Jacke – „und wenn Sie mit dem Wissen, das Sie jetzt haben, nichts unternehmen – tja, ich weiß nicht, ob das so gut wäre für Ihre Laufbahn. Mit der Habilitation bei den Juristen dürfte es jedenfalls eng werden.“

Fresenius machte einen Schritt auf Herrn Robin zu, ersichtlich schwer atmend. Der sagte mit fast hypnotischem Blick lediglich:

„Davon rate ich ab.“

Und seine Stimme war überzeugend ruhig und sonor. Nach einer kurzen Pause wurde er geschäftlich:

„Wir bleiben per E-Mail in Kontakt. Versuchen Sie aber bitte nicht herauszufinden, wer hinter meiner Adresse steht. Ich nutze den Account auch nur in Internet-Cafés.“

„Was haben Sie mit Friedrich gemacht?“

„Ist Ihnen das noch nicht aufgefallen?“, und Herr Robin gefiel sich von Neuem in der Rolle des Chefkonspirators. Seine Augen wurden enger, und die Pupille des linken rückte etwas näher zur Nase, so dass er leicht zu schielen begann. Fresenius überlegte und, ja, wenn er darüber nachdachte, dann war sein Chef in den letzten Tagen anders gewesen als früher; stiller, bedrückt, gereizt und noch schneller zu einem cholerischen Anfall neigend als ohnehin. Er hatte das auf die Arbeit zurückgeführt und auf die Belastung durch die schlechte Presse aufgrund ihrer Impfaffäre. Er gönnte Herrn Robin aber keinen Erfolg und sagte daher:

„Mir ist nichts aufgefallen.“

„Kann ich mir kaum vorstellen. Dem übrigen Personal des Instituts ist es nämlich aufgefallen“, und er grinste im vollen Genuss einer überlegenen Position.

„Also was?“, fragte Fresenius möglichst neutral.

„Nun … ich habe ihn dauerhaft daran erinnert, dass er ein schlimmer Junge ist.“

Herr Robin hatte an seinem orakelhaften Satz stille, doch sichtbare Freude.

„Heißt was?“

„Vielleicht finden Sie es noch selbst heraus. Sie sind eigentlich auch genau sein Typ", und an dieser Stelle platzte wieder ein unschöner Lachschwall in die Winterluft.

„Bitte?"

„Schluss jetzt, Doktorchen", Herr Robin stand auf und ging zu seinen Skiern. Ohne Fresenius zu beachten, setzte er seine Sonnenbrille auf, eine dunkelgrüne Pilotenbrille, klopfte sich mit den Stöcken den Schnee von den eckigen Sohlen und stieg in die Bindungen. Dann machte er mit den Skiern einen Sprung, so dass er Fresenius frontal gegenüberstand.

„Freiheit und Gerechtigkeit werden siegen. Mein Wahlspruch. Sie hören von mir."

Und damit sprang er hoch, drehte sich dabei und ging bei der Landung mit den Skiern zum Tal hin bereits in eine Schussfahrt über, der Fresenius weder folgen konnte noch wollte. Vielmehr ging er einen Schritt und setzte sich auf die Bank.

*

Thomas, Patrick und Jonas saßen an der Talstation auf der Terrasse eines Cafés und hatten die Beine ausgestreckt. Die Wolkendecke war endgültig aufgerissen, Sonne und Wärme strahlten vom Himmel. Patrick erklärte Eva sein neues Mobiltelefon, das nur noch ganz am Rande ein Gerät zum Telefonieren war und sonst fast alles konnte außer Abwaschen. Jonas konversierte mit Sandy Meier, seiner WG-Genossin, die sich von ihm einen Milchkaffee hatte bringen lassen. Thomas blätterte in einem Reclamheft mit Schillers Tell, seufzte, warf das Heft auf den Tisch und sagte:

„Dieser reaktionäre Kitsch ist unerträglich."

Er fand seinen Satz intellektuell ansprechend und ließ nun den Berghang auf sich wirken mit seinen schneebefrachteten, in der Sonne weiß strahlenden Tannen. Da sah er zwischen den Stämmen einen couragierten Skifahrer, der mit halsbrecherischem Tempo und kraftvollen Schwüngen talwärts wedelte auf einem Kurs, der insgesamt der Falllinie entsprach. Er machte irgendwie einen militärischen Eindruck und fuhr jedenfalls mit größter Entschlossenheit. Als er den Waldrand erreicht hatte, fuhr er Schuss, genau in Richtung ihres Cafés.

Thomas stieß Patrick an und zeigte auf den Heranrasenden. Auch Jonas und seine Konversationspartnerin sowie andere Gäste schauten neugierig in diese Richtung, da jener Skifahrer nicht nur Schuss fuhr, sondern dies auch durch den Tiefschnee auf einer Weide, an deren Zaun die planierte Piste endete. Ein imposantes Bild! Allerdings reichte der Schnee auf der Weide bis über die Oberkante des Zaunes, und daran lag es wahrscheinlich, dass der rasende Fahrer den Zaun nicht sah. Immerhin machte er noch einige bremsende Schwünge, weil er sein Tempo für den Sprung etwas drosseln wollte, den er fraglos auf die Piste hin plante; doch er blieb schnell und imposant. Bis zu dem Zaun. Dort hatte er nun erstmals an diesem Tag Pech, weil seine Skier unter der obersten schmalen Latte hindurchwollten, während für ihren Träger allein der Weg über die Latte hinweg in Betracht kam. Die Bindungen krachten ins Holz, und der rasende Tiefschneekönig wurde über die Piste katapultiert, wobei er zum Erstaunen der Zuschauer einen langgezogenen, jodelähnlichen Jubelschrei ausstieß.

Es gab auch Anlass zur Freude, denn er hatte jetzt wieder unerhörtes Glück: Er erwischte auf der Piste keinen der verdutzten Skifahrer, die für Ausweichmanöver keine Zeit gehabt hätten, und es ergab sich, dass in seiner Landezone Strohballen lagen als Bande für den Zieleinlauf eines Jugendrennens, das für den nächsten Tag geplant war. Man hörte einen dumpfen Schlag und sah, wie ein Strohballen weggeschleudert wurde, Halme in die Luft flogen und eine Staubwolke aufstieg. Es war einen Moment ruhig. Dann war erneut ein Schrei zu vernehmen aus den Tiefen eines Männerleibes, dieses Mal ein Zornesschrei. Und aus dem Stroh erhob sich der rasende Skifahrer, gekleidet in eine Tarnjacke und eine schwarze Mütze, in der mehrere Strohhalme steckten. Auch sonst hafteten ihm solche Halme an der Kleidung. Die Sonnenbrille, eine dunkelgrüne Pilotenbrille, hing ihm schief ins Gesicht, da der linke Bügel abgerissen war. Sonst war er offenbar wie durch ein Wunder unversehrt. Von Dankbarkeit indes keine Spur. Im Gegenteil knurrte er jetzt laut, schüttelte die Faust Richtung Zaun und stieß hervor:

„Illegal!"

Und während er zu seinen Skiern humpelte (denn es hatte ihm doch die Hüfte verstaucht), rief er:

„Illegal! Solche Zäune sind unzulässig, rechtswidrig! An einem Tiefschneegebiet neben der Piste, das muss sich doch selbst ein *Volltrottel* denken!"

Und es folgten noch allerlei mundartlich getönte Flüche, durchmischt mit einer Wiederholung dessen, dass der Unglückszaun evident illegal errichtet oder wenigstens nicht hinreichend kenntlich gemacht worden sei. Als er an seinen Skiern angekommen war und sie aus Holz und Schnee gezogen hatte, drehte er sich noch einmal zur Sonnenterrasse des Cafés um, schüttelte den Ski, den er in der Rechten hielt, und brüllte:

„Die kann man verklagen! Und das werde ich auch tun!"

Man sah noch, wie er offenbar mit einem Mobiltelefon Fotos vom Zaun und seiner Einschlagstelle machte. Dann schulterte er Skier und Stöcke, die ihm von den Handgelenken gebaumelt hatten, und stapfte zur Straße. Dabei grummelte er und sprach vernehmlich mit sich selbst, vor allem versicherte er sich mehrfach der Unzulässigkeit eines derart unerkennbaren, ungesicherten Zaunes und seines Willens, sich sein Recht zu verschaffen.

In dem Café und auf der Piste hatte niemand gewagt, ihm zu helfen. Patrick legte sein Telefon auf den Tisch und sagte:

„Nicht schlecht, Herr Specht."

Campusgirls

Das Linoleum war so grau und fantasielos wie seine Gedanken. Es schimmerte schwach vom Bohnerwachs vergangener Tage. Doktor Fresenius fragte sich, warum die Menschen an so vielen Dingen festhielten aus staubiger Gewohnheit, obwohl der praktische Nutzen oder ästhetische Wert kaum mehr einzusehen war. Zum Beispiel im Falle von Linoleum als Bodenbelag und Bohnerwachs, das den grauen Belag zwar erglänzen ließ, aber auch zu einer Rutschbahn machte und außerdem die Raumluft mit einem Geruch imprägnierte, der an Aktendeckel, Butterbrotpapier, dünnen Filterkaffee und unzuständige Beamte denken ließ. Er saß auch in einem Stuhl aus einer anderen Zeit, er schätzte späte sechziger Jahre. Das Kunstleder ließ sein Gesäß und die Unterseite seiner Schenkel dezent transpirieren, so dass dort die Flanellhose seines Anzugs an der Haut zu kleben begann. Wenn der Gang Fenster gehabt hätte, wären darin die Dächer der Altstadt erschienen. Auf ihnen schmolz Schnee und tropfte in den nassen, schwarzen Matsch auf den Straßen.

Herr Robin hatte recht gehabt. Der Impfstoff enthielt kein Squalen. Dafür hatte Fresenius zwei Substanzen isoliert, die es bislang noch in keinem Impfstoff gegeben hatte und deren Namen sich, als sie feststanden, wie Ringe aus hartem Metall um seine Brust gelegt hatten. Er hatte seine Tests wie ein Agent nachts gemacht in einem menschenleeren Labor im Scheine zweier Schreibtischlampen hinter verschlossener Tür, und er hatte hernach alle Spuren beseitigt, was nicht einfach gewesen war. Nach dem letzten Test hatte er mit dem Papier, auf dem die Ergebnisse standen, über zwei Stunden auf einem rollbaren Hocker mitten im Labor gesessen und sich mit den Füßen in Drehbewegungen versetzt, so ähnlich wie man ein Kind in den Schlaf wiegt – bis er in einem trancenahen Zustand war und Mikrogrammzahlen vor seinen Augen rotierten und Bilder auftauchten von Spritzen, fiebernden Studenten, von seinem Chef, der lachend in einem Cabrio mit roten Ledersitzen saß, und von einer zorngeballten Faust, erhoben von einem Mann mit schwarzer Mütze, Tarnjacke und Pilotenbrille.

Er hatte sich auch die Tondateien angehört, die Robin ihm geschickt hatte. Es waren Mitschnitte von zwei Gesprächen, offenbar beide mit einem versteckten Mikrofon gemacht. Das erste Gespräch war wohl eine Sitzung mit mehreren Teilnehmern gewesen, von denen drei unterscheidbar das Wort ergriffen, zwei Männer und eine Frau. Sie erörterten Tests mit einem Stoff, den sie *Ratrix* nannten und der zweifelsfrei einem Impfstoff beigemischt werden sollte. Ebenso zweifelsfrei sollten die Tests an Friedrichs Institut durchgeführt werden und verdeutlichte namentlich die Frau ihr besonderes Interesse an Probanden, die sie mit „Null negativ" bezeichnete. Ferner wies sie in einem sachlichen Satz darauf hin – und dabei war es im Hintergrund vollkommen still gewesen –, dass „alles Präklinische insoweit nicht zielführend" sei und dass man dies „mit dem Klinikum abgestimmt" habe. Dies gelte auch für „Inhalt und Anlagen des Genehmigungsantrags".

Das zweite Gespräch war eine Unterredung zwischen einer Frau und einem Mann. Die Frauenstimme war mit großer Wahrscheinlichkeit dieselbe, die schon in dem Sitzungsgespräch zu hören gewesen war. Die Männerstimme war die von Friedrich. Sie sprachen von Tests mit einem Impfstoff an Friedrichs Institut. Wiederum hieß es, dass „Präklinisches nicht zielführend" sei; ferner, dass dies „etwas Fantasie" erfordere für den Antrag auf eine behördliche Genehmigung der Tests. Und es ging unzweideutig aus einer Äußerung der Frau hervor, dass Friedrich dafür eine Gegenleistung erhalten sollte in Form eines Urlaubs oder einer Reise. Die Frau sprach davon, dass er „wie angedacht" „ein paar schöne Tage mit der Familie im *Parkpalace*" verbringen solle, und es kam noch der Zusatz „wie gehabt". Außerdem war von einer „runden Million" die Rede, die in ein neues Labor investiert werden sollte in Friedrichs Institut für Mikrobiologie.

Fresenius hatte seit seiner Analyse des Impfstoffs in dieser Angelegenheit nichts mehr unternommen, obwohl er wusste, dass er bald etwas unternehmen musste. Sehr bald. Er hatte bereits zwei E-Mails von Robin bekommen, in denen sich ihr Absender nach dem Stand der Dinge erkundigte.

Fresenius verfolgte mit einem Blick die dünne Naht, an der zwei Linoleumflächen aufeinandertrafen. Sie endete an einem Heizungsrohr. Er wartete auf seinen Habilvater in spe, den Professor Bock. Der Fakultätsrat hatte seine Habilitation genehmigt, und Bock wollte mit ihm das weitere Vorgehen besprechen. Der Bock war zwar ein ziemlich schleimiger Typ, aber ein guter Jurist und taktisch talentiert. Dass er ihr Projekt im Fakultätsrat durchgebracht hatte, war keine Selbstverständlichkeit gewesen und mehr als die halbe Miete. Seine Habilitationsschrift war zwar entgegen den Behauptungen Bocks noch nicht fertig, aber was noch fehlte, würde ihm sein Habilitationsvater genauso verlässlich ausarbeiten wie den Rest, den es schon gab. Mit seinem Chef war das Projekt abgestimmt – einschließlich der Gegenleistung, die sich Bock erhoffte. Alles lief wie am Schnürchen. Und nun diese verfluchte Impfstoffaffäre.

Er trat mit einem Absatz hart in das Linoleum, und der Knall ließ zwei Sekretärinnen erschreckt verstummen, die seit gut zehn Minuten neben einer Tür standen und parlierten. Zugleich ging eine andere Tür auf, und heraus traten zwei aparte, sehr junge Damen, offensichtlich Studentinnen. Sie wechselten Bemerkungen in halblautem Ton, die eine kicherte, und beide wirkten, als sei ihnen soeben Bemerkenswertes widerfahren. Doktor Fresenius meinte, die eine der beiden zu kennen. Er war sich aber nicht im klaren darüber, wo er sie einzuordnen hatte. Auf der Wange hatte sie eine handtellergroße Hyperpigmentierung, die eine hautärztliche Beobachtung angeraten erscheinen ließ. Beide Damen waren überwiegend blond; die eine aufgrund blonder Strähnen, die andere, die er zu kennen meinte, kraft ihrer Gene. Sie gingen zügig den Gang hinunter an ihm vorbei. Ihre kniehohen Stiefel trugen sie, wie es Mode war, über den engen Jeans. Ihre Handtaschen baumelten in den Armbeugen und schlugen bei manchem Schritt auf Schenkel und Gesäß. Die Tür, aus der sie getreten waren, führte ins Sekretariat des Lehrstuhls Zerrer.

Fresenius wühlte sich durch seine Erinnerungen, wobei ihm von allen Seiten Assoziationen über den Weg schossen und das Vorwärtskommen behinderten. Woher kannte er das Mädel? Er sah ein Treppenhaus, polierte weiße, schwarz gesprenkelte Stufen mit schwarzen Kanten, ein Geländer mit Stahldrähten in stählernen Rahmen, modernes Design. Dann sah er seinen Chef, wieder lachend, mit einem Weißweinglas in der Hand am Couchtisch seiner Wohnung, ein bezugsfrisches Penthouse-Appartement; Friedrich war Single. Vor dieses Bild schob sich das der blonden Studentin, ihr Gesicht, erst im Profil, dann von vorn und vor dem Hintergrund einer Tür. Dann hallte ihr Lachen durch seinen Schädel, das er gar nicht gehört hatte. Schließlich erschien Friedrich in der Tür seines Appartements und klopfte ihm zum Abschied auf die Schulter, den Mundwinkel lächelnd geöffnet. Danach hörte er „der Professor lässt bitten" und fand, dass dies mit seinen Gedanken nicht das Geringste zu tun habe. Als sich der Satz wiederholte, merkte Fresenius, dass er aus dem Munde einer Dame stammte, die ihm gegenüber eine Tür geöffnet hielt. Er schaltete sein Hirn auf die Außenwahrnehmung um. Er befahl sich ein Lächeln, schlug mit beiden Handflächen auf die Oberschenkel und stand mit einem Ruck auf.

Bocks Augen glänzten wie Öl in der Sonne, als er ihm eine ziemlich schlaffe Hand zum Gruße darbot.

„Mein lieber, verehrter Doktor Fresenius, ich freue mich außerordentlich, Sie zu sehen", näselte Bock; „oh, bitte nehmen Sie doch Platz", er streckte seinen Arm in Richtung eines Sessels und bewegte sich selbst zu einem baugleichen Fauteuil. An der Wand hing eine große, geschmacklos gerahmte Fotografie Franz von Liszts, eines berühmten Strafrechtslehrers der Jahrhundertwende, daneben eine solche von Hans Welzel, eines Strafrechtslehrers vor allem der Nachkriegszeit, der am Ende seiner Schaffenszeit dement geworden war, zuvor aber als Zentralfigur der strafrechtswissenschaftlichen Gemeinde gewirkt hatte und auch deren personelle Entwicklung zusammen mit einigen anderen steuernd in Händen gehalten hatte. Der Schreibtisch gehörte wahrscheinlich noch zur Erstausstattung des Büros, ebenso der Couchtisch. Auf ihm lag ein quadratisches Deckchen, darauf stand ein Glas mit Salzstangen.

„Bitte, greifen Sie zu!“, rief Bock, dann Richtung Sekretärin: „Fräulein Stengel!“ Dann wieder zu Fresenius: „Möchten Sie einen Kaffee oder Tee?“

„Danke, nichts; ich habe gerade einen Kaffee getrunken“, log Fresenius, da er das Ambiente als Grundlage einer Schätzung dafür nahm, welche Qualität des Kaffees zu erwarten sei. Bock eröffnete ihm alsdann en détail, welche Schlacht er, Bock, im Fakultätsrat erfolgreich zugunsten der Habilitation des Doktor Fresenius geschlagen hatte gegen den missgünstigen, starken, wenngleich undurchdachten Widerstand einiger Kollegen, vor allem Kolleginnen.

„Aber, mein lieber, verehrter Doktor Fresenius, wir“ – er meinte sich – „wir hatten die Sitzung in einer Reihe von Telefonaten sorgfältig vorbereitet, eine schlagkräftige Allianz gebildet, und meine Diskussionsbeiträge dürften auch noch das eine oder andere zum Erfolg beigetragen haben, wenn ich das in aller Demut sagen darf.“

„Wer hat sich noch für mich ausgesprochen?“

Und er erfuhr die Namen. Bei dem des Kollegen Zerrer wies Bock mit seinem Kahlschädel zur Wand und sagte:

„Sitzt gleich nebenan.“

„Und hat hübsche Studentinnen“, bemerkte Fresenius aus ihm selbst unbewusstem Grunde.

„Die haben wir alle, mein lieber Doktor Fresenius, wir alle“, ölte es aus dem Bockschen Munde mit dem Timbre eines Connaisseurs, der Laien erste Unterweisungen über den Quell eines großen Genusses erteilt.

„Ja“, sagte Fresenius nur und griff sich eine Salzstange.

„Der Kollege Zerrer“, und Bocks Stimme senkte sich, „steht freilich in dem Ruf, von diesen Angeboten auch Gebrauch zu machen. Aber das muss streng unter uns bleiben, und erwiesen ist nichts. Es hält sich nur das Gerücht, ein

Ondit sozusagen, dass er seine Studentinnen zuweilen auch zu Hause aufsucht. Aber erzählen Sie das bloß nicht weiter."

„Zu Hause?", fragte Fresenius abwesenden Geistes und drehte eine Salzstange zwischen den Fingern.

Im Rest des Gespräches wurde geklärt, was Fresenius nunmehr zu tun hatte und wie Bock daran mitwirken würde. Fresenius versicherte den Professor seiner tiefen Dankbarkeit und dessen, dass die medizinische Fakultät des Professors Engagement gewiss bleibend in Erinnerung behalten werde.

*

Als Fresenius nach der Unterredung statt den Fahrstuhl zu nehmen sinnend die Treppen des großen Hörsaalgebäudes hinabschritt, Stufe für Stufe und mit der Hand am Geländer, da drängte sich wenigstens eine Gewissheit aus dem Wust seiner Erinnerungen und Gedanken nach vorn. Und zwar die Gewissheit, schon einmal dort gewesen zu sein, wo die junge Dame wohnte; die Studentin, die er mit ihrer Kommilitonin aus Zerrers Sekretariat hatte kommen und den Gang an ihm vorbei laufen sehen.

Driving home for Christmas I, oder: mit heruntergelassener Hose

Professor Doktor Udo Charles Friedrich ließ seine Hand auf dem Wurzelholz des Schaltknaufs ruhen, obwohl es nichts zu schalten gab, weil sein Wagen ein Automatikgetriebe hatte. Daher hieß dieser Knauf in der Betriebsanleitung auch „Wählhebel". Er stand auf D wie *drive*, und das einzige, was Friedrich machen musste, war Gas geben, wenn die Ampel umsprang. Gas geben, um den verspoilerten Japaner zu seiner Rechten und alle Autos hinter sich zu lassen und zu spüren, wie ihn die Beschleunigung in das Nappaleder des angenehm beheizten Sitzes drückte. Alles hinter sich lassen. Es war heute der dreiundzwanzigste Dezember, und Friedrich fuhr zu seinem Bruder, um mit dessen Familie Weihnachten zu feiern.

Die Ampel sprang auf Rot-Gelb, und Friedrich trat das Gaspedal durch. Die kraftvoll gewölbte Motorhaube stieg samt dem vorderen Teil des Wagens weitere zwei bis drei Zentimeter empor, und unter ihr setzte zeitgleich, stark gedämpft und doch aggressiv das Hämmern eines Motors ein, eines Motors mit großem Hubraum und vielen Zylindern. In den Instrumenten sprangen alle Zeiger auf, doch noch ehe die große Nadel des Tachometers die Sechzig erreichte, wechselte die nächste Ampel in Sichtweite von Grün auf Gelb.

Mit einer halblauten Beleidigung der städtischen Verkehrsplaner begann Friedrich, die gut zwei Tonnen seines Wagens abzubremsen. Kurz bevor er stand, überholte ihn rechts der verspoilerte Japaner knapp, nur um dann mit einem Quietschen und Kreischen um so härter zum Stillstand zu kommen. Friedrich sah geradeaus und zu den Hängen, die sich in der Ferne bewaldet und mit Schnee bestäubt erhoben. Er stellte sich vor, dort oben alleine durch die Einsamkeit und Stille zu stapfen. Er wollte weg. Weg von den Menschen, aus den Tälern heraus, in die kalte, klare Luft. Er erinnerte sich an einen französischen Spielfilm mit dem Titel

Un air si pur, eine Luft so rein. Er handelte von der Gründung eines Lungensanatoriums in den Bergen und von den Lebensfäden, die dort zusammenliefen, sich kreuzten, verknäuelten und oft auch abrissen, indem ein Akteur verstarb. So auch der Gründer und Chefarzt des Sanatoriums, der vor einem Nebeneingang des prachtvollen Gebäudes erfror.

Die Ampel schaltete auf Rot-Gelb, und Friedrich gab wieder Gas. Wieder beschleunigte sein großer Wagen mit Macht und ließ alle anderen zurück. Die Nadeln kletterten nach oben, die Automatik wechselte die Gänge, das Motorengeräusch wurde zur Fanfare, die Straße war frei, Friedrich atmete ein und da – zuckte ein roter Blitz in den Wagen; aus dem Augenwinkel sah er noch den dunkelgrünen Kasten mit der orangefarbenen Linse.

„Gottverfluchte Scheiiiße!", schrie Professor Doktor Udo Charles Friedrich und trat das Gaspedal noch fester durch. „Scheiiiße!", schrie er noch einmal und brüllte einen Schrei ohne Worte hinterher. Die Tachonadel bewegte sich über die 100, er umklammerte das Lenkrad und presste den Fuß aufs Gaspedal. Sein Magen krampfte sich zusammen, er zog kräftig am Lenkrad wie ein Pilot beim Start, er wollte abheben. Da hörte er schwach, doch anschwellend ein Martinshorn, am Klinikum ein vertrauter Klang. Er sah in den Rückspiegel und sah, wie sich dort ein Polizeiwagen mit Blaulicht und Renngeschwindigkeit näherte.

„Oh Gott", sagte Friedrich und wechselte mit seinem rechten Fuß auf die Bremse. Der Polizeiwagen bremste zeitversetzt und so, dass er Friedrich noch überholte. Auch der verspoilerte Japaner rauschte kurz danach vorbei, die Insassen jubelten und gestikulierten. In der Heckscheibe des Polizeiwagens leuchtete sofort eine aus roten Leuchtdioden zusammengesetzte Schrift „Bitte folgen!", was Friedrich tat.

*

Die Polizisten waren Profis und fast freundlich, als sie merkten, dass Friedrich zitterte. Und als sie auf seiner Visitenkarte, die seinen Papieren stets beilag, den Professorentitel gelesen hatten und den Doktor medicinae, floss Nachsicht und Güte in ihre Worte.

„Hm. Hm. Nun, Herr Professor, Sie wissen, dass Sie deutlich zu schnell gefahren sind."

„Natürlich, natürlich, hören Sie, es tut mir furchtbar leid, ich war in Gedanken ganz woanders, wir haben im Moment unglaublichen Stress am Klinikum, ich habe einfach nicht aufgepasst, es kommt nicht mehr vor."

„Haben Sie auch das Geschwindigkeitsübertretungsmess- und Lichtbildgerät nicht bemerkt?", fragte der Polizist, der weniger Sterne auf den Schulterklappen hatte und jünger war.

„Das was?"

„Den Blitzer", sagte der ältere Polizist, der mehr Sterne auf den Schulterklappen hatte.

„Nein, äh – ja, doch, gewiss; ich war nur – es ist, verstehen Sie –", und in diesem Moment hörten alle drei einen langen, sich erst steigernden und dann wieder abschwellenden Furz, dessen Geräusch vom Nappaleder etwas gedämpft und modelliert wurde, doch unverkennbar blieb. Die beiden Polizisten sahen den Chefarzt unbewegt und möglichst neutral an, während Professor Friedrich ein Glanz von feinem Schweiß auf die Stirn trat.

„Haben Sie etwas getrunken, Herr Professor?", erkundigte sich der ältere Polizist.

„Nein, nein, woher denn", stotterte Friedrich, dessen Gedanken allerdings wie volltrunken durcheinander torkelten und der gerade bemerkte, dass seine darmseitige Entäußerung nicht nur aus Gasen bestanden hatte.

„Ihr Atem riecht aber deutlich nach Alkohol", sagte der ältere Polizist sachlich.

„Natürlich, ja, das ist dieses Erkältungszeug, das ich vorhin eingenommen habe, 'ne Art Hustensaft, die enthalten Alkohol, aber sonst habe ich wirklich nichts getrunken, wirklich nicht", und Friedrich diagnostizierte in einer Sekunde nüchternen Denkens, dass er jetzt möglicherweise hysterisch wurde. Der folgende Gesprächsbeitrag des älteren

Polizisten war nicht geeignet, diese Vermutung zu entkräften.

„Ich muss Sie dann aber doch bitten, mit uns auf die Wache zu kommen."

Der jüngere Polizist ergänzte:

„Wir haben leider keine Atemalkoholkonzentrationsmessgeräte dabei."

„Keine was?"

„Röhrchen zum Pusten", sagte der ältere Polizist. „Darf ich Sie dann bitten auszusteigen und sich hinten in den Streifenwagen zu setzen. Lassen Sie den Schlüssel stecken, wir nehmen Ihren Wagen mit."

Der jüngere Polizist nickte ernst und mit Nachdruck, beinahe enthemmt, wobei genauere Beobachtung ergab, dass hinter dem Ernst Vorfreude und Erregung pulsierten. Allerdings nicht lange, denn es sagte der ältere Polizist:

„Klimpel, Sie fahren den Streifenwagen, und ich kümmere mich um den Wagen des Professors."

*

Die Wache war in einer Villa des Jugendstils untergebracht mit hohen Räumen, Parkett und Stuck an den Decken. Die Ausstattung mit dem Behördenmobiliar indes sowie die vollkommen nüchterne Installation der zugehörigen Neonlampen, Lichtschalter und Türschilder nahmen den Räumen ihr Format und erzeugten das gewohnte Raumklima einer Polizeidienststelle; mit dem einzigen Unterschied, dass man zugleich das Gefühl hatte, am falschen Ort zu sein, weil sich Gebäude und Interieur widersprachen.

Unter normalen Umständen hätte Friedrich mehr als nur einen Gedanken dem Widerwillen gewidmet, den die Profanisierung und Bürokratisierung dieser Villa in ihm weckten. Jetzt aber stand er in einem länglichen Raum, früher vielleicht eine Küche, vor dem Schreibtisch des älteren Polizisten und überlegte, wie er um die Erlaubnis bitten konnte, seine Kleider zu wechseln, ohne preiszugeben, dass er seine Hose von innen verunreinigt hatte. Sein Gegenüber hackte gerade mit einer Schreibmaschine einige Buchstaben auf ein mehrlagiges Formular und sagte:

„So, Herr Professor, die Prüfung auf die Atemalkoholkonzentration war leider positiv. Wir möchten jetzt eine Blutprobe nehmen. Sind Sie einverstanden?"

Friedrich nickte schwach, schluckte und sagte:

„Herr Wachtmeister ..."

„Polizeihauptmeister."

„Herr – Herr Polizeihauptmeister, ich habe sehr geschwitzt. Dürfte ich mir etwas anderes anziehen? Sachen habe ich noch im Auto."

„Selbstverständlich. Ich lasse Ihren Koffer holen", und schon hatte er den weißgrauen, angeschmutzten Hörer seines Bürotelefons am Ohr, hatte zwei Tasten getippt und sprach nach kurzer Pause:

„Klimpel, bringen Sie uns bitte den Koffer des Professors aus seinem Wagen. Schlüssel hängt am Brett."

Er legte auf. Friedrich lächelte ausdruckslos.

„Danke. Und – und noch etwas. Ich würde gerne mal eine Toilette benutzen."

„Kein Problem, ist hier gleich gegenüber. – Ich lasse dann einen Arzt für die Blutprobe kommen."

*

Friedrich stand wieder in dem länglichen Raum. Vor ihm lag auf einem Tisch sein Koffer. Auf der Toilette hatte er sich mit Wasser, Seife und Papier gereinigt, sich aber nicht getraut, die stark in Mitleidenschaft gezogene Unterhose ins Klo zu werfen; aus Angst, es könnte verstopfen. Er hatte sie zusammengeknüllt, mit einem Tempo umwickelt und in die Innentasche seiner Jacke gestopft. Der Geruch drang nicht nach außen. Trotzdem hatte er jetzt ein neues Problem, nämlich keine Unterhose mehr an. Und rechts neben ihm stand – Doktor Fresenius. Friedrich wusste, dass Fresenius heute Dienst hatte, hätte aber nie damit gerechnet, dass sein Assistenzarzt auch Blutproben für die Polizei entnahm.

Eigentlich tat Fresenius das auch nicht. Und es war reiner Zufall gewesen, dass er die Anforderung eines Arztes für diese Blutprobe mitbekommen hatte, weil er gerade am Empfangstresen der Station gestanden hatte. Und auch das hätte nicht genügt, wenn nicht die Polizisten – ob nun aus Fürsorge oder Gehässigkeit – die Identität des Probanden mitgeteilt hätten und wenn nicht die Arzthelferin sie am Telefon laut wiederholt haben würde. Er hatte sich sofort den Hörer genommen, zugesagt, aufgelegt und die Arzthelferin auf strengstes Stillschweigen verpflichtet; wissend, dass sie nichts Eiligeres zu tun haben würde, als bei erstbester Gelegenheit zu tratschen. Er aber vermutete instinktiv, dass sein Chef größere Sorgen hatte als diese Polizeikontrolle.

Friedrich hätte grundsätzlich nur geringe Hemmungen gehabt, sich vor zwei anderen Männern nackt zu zeigen, Fresenius und diesen Polizisten eingeschlossen. Wahrscheinlich hätte es ihm sogar Spaß gemacht. Er hatte von Natur aus nichts zu verbergen, im Gegenteil, und außerdem war er Frauen wie Männern gleichermaßen zugetan. Aber hier hätten sich die beiden sofort gefragt, warum er keine Unterhose trug. Und dann gab es noch etwas, das es ihm völlig unmöglich machte, sich vor Publikum zu entblößen. Etwas, worüber er mit niemandem sprechen, das er niemandem erklären konnte.

„Verzeihen Sie", sagte er, „ich – ich würde es vorziehen, mich ohne Zuschauer umziehen zu können."

Er verzichtete auf eine besondere Begründung. Er versuchte, es so klingen zu lassen, dass der Wunsch für sich sprach. Das tat er offenbar.

„Gut, kein Problem", meinte der Polizeihauptmeister und widmete Fresenius einen Blick, der so viel hieß wie „der Herr Professor ist etwas neben der Spur" und der zugleich eine Aufforderung war, ihn beim Verlassen des Raumes zu begleiten. Was Fresenius tat.

Friedrich öffnete den Koffer. Er enthakte die beiden breiten Elastikbänder, die den Inhalt zusammenhielten, nahm ein Sakko heraus, legte es auf den Tisch und hatte nach kurzem Wühlen eine frische Unterhose in der Hand. Er zog seine Schuhe aus und löste seinen Gürtel.

Fresenius war dem Polizeihauptmeister in den Nebenraum gefolgt. Dort standen sie vor einer schmalen hohen Scheibe, und mit sehr gemischten Gefühlen sah Fresenius durch diese Scheibe seinen Chef. Sie entsprach nach Größe und Lage dem Spiegel, dem er in dem anderen Raum keine gesteigerte Aufmerksamkeit gewidmet hatte.

„Ich halte es doch für besser", sagte der Polizeihauptmeister ruhig, „wenn wir unseren Professor nicht ganz unbeobachtet lassen. Er macht einen desolaten Eindruck."

„Aber hat er kein Recht auf etwas Privatsphäre?"

„Nicht bei Suizidgefahr, solange ich für ihn verantwortlich bin."

Sie sahen, wie sich Friedrich den Gürtel löste und seine Hose heruntergleiten ließ. Sie sahen auf Professor Doktor Friedrichs Hinterteil. Und dort war etwas, das ins Auge sprang. Es weckte Neugierde und zugleich ein diffuses schlechtes Gewissen, auf diesen Anblick gestoßen zu sein; wie wenn man bei der Suche nach einer Rolle Tesafilm im Schreibtisch einer vertrauten Person verfängliche Fotos findet.

Sie sahen zweierlei. Knapp über seinem Hintern, auf dem Steißbein trug Friedrich eine Tätowierung: ein Herz. Ein Pfeil durchbohrte dieses Herz, aber nicht wie üblich von links nach rechts, sondern von oben nach unten, so dass die Spitze des Pfeils auf Friedrichs Anus zeigte. Fresenius wusste, dass die Tätowierung nicht alt sein konnte, denn er hatte dieses Stück Haut schon einmal untätowiert gesehen, als sich Friedrich irgendwann im Sommer mit knappem Polohemd und offenbar knappem Slip nach vorne gebeugt hatte, um einen Schnürsenkel zu binden.

Und noch etwas fiel ins Auge, und zwar der Rest einer Schrift, die jemand mit einem dicken schwarzen Stift auf des Professors Hintern angebracht haben musste. Sie war allerdings nicht mehr zu entziffern, jedenfalls nicht in der Kürze der Zeit. Ob nun durch Wasser und Seife oder durch Zeitablauf: Sie war unkenntlich geworden. Aber dass dort etwas quer über das Gesäß gestanden hatte, war noch zu sehen. Dann verschwand das ganze in einem schwarzen Slip.

Der Polizeihauptmeister sagte nichts, Fresenius auch nicht. Sie warteten, bis Friedrich wieder vollständig angezogen war, und begaben sich dann zur Tür des anderen Raumes. Sie öffnete sich. Friedrich schien sich wieder gefangen zu haben. Als ihm Fresenius Blut entnahm, sagte er „dumme Geschichte", und Fresenius versicherte ihm, dass für den gesamten Vorfall absolute Diskretion gewährleistet sei.

Allerdings erfuhr Isabell Böhnke noch am gleichen Abend auf einem nicht allzu weiten Umweg alles Wesentliche und auch die Details. Das aber wussten der Chefarzt und sein Assistent nicht, als sie sich auf der Wache verabschiedeten.

*

Eine weitere Viertelstunde später saß Professor Doktor Friedrich wieder hinter dem lederbezogenen Lenkrad seines Wagens und blickte in die Schneeflocken, die jetzt vom Himmel fielen. Sein Kopf war leer. Draußen setzte die Dämmerung ein.

*

Fresenius saß erneut in seinem Arbeitszimmer im Klinikum und ließ den Schneefall auf sich wirken, der vor seinem Fenster zu beobachten war. Feine Flocken waren es, die dicht an dicht zu Boden trudelten. Dort hatte sich schon eine dicke weiße Lage gebildet, die stetig wuchs. Der Schnee schluckte den Schall des Alltags; es war ruhig. Fresenius wusste nicht, was er von dem Auftritt seines Chefs halten sollte. Dass Friedrich durch den Wind gewesen war, hätte man sich vielleicht mit dem Blitzer-Vorfall und dem Alkoholverdacht erklären können. Aber kaum, wenn man ihn näher kannte. Dergleichen konnte ihn unter normalen Umständen nicht aus der Bahn werfen. Nein, er war insgesamt ein anderer. Und vollständig verwirrend waren die Bemalung und die Tätowierung seines Hinterns. Beides passte zu diesem Mann wie Reizwäsche zu einer orthodoxen Feministin.

Fresenius versuchte sich zu erinnern, wann die Grundstimmung seines Chefs umgeschwungen war. Wohl im November. Oder Anfang Dezember? Er bemühte sich, irgendeinen Vorfall, irgendein Ereignis mit diesem Umschwung in Verbindung zu bringen. Aber alles, was ihm einfiel, war dieses Gesicht über der Tarnjacke, diese Augen und die freche Bemerkung, dass der andere den Professor schon aufgesucht habe, verbunden mit dem subkutan widerwärtigen Hinweis, der Chefarzt habe ihn „physisch" sogar gemocht.

Fresenius sah auf seinen Schreibtisch. Dort lag das Papier mit den Ergebnissen seiner Tests der Impfstoffcharge. Zudem hatte er inzwischen die Akten gesichtet. In ihnen fand sich zu vorklinischen Tests mit *Ratrix* – nichts. Überhaupt fand sich nichts zu diesem Wirkstoff. Vielmehr erweckten die Akten den Anschein, als sei es um eine ziemlich belanglose Modifizierung des eigentlichen Impfwirkstoffs gegangen und nicht um den Verstärker. Und der hieß in den Akten ausschließlich „Squalen". Er musste mit Friedrich sprechen, es half nichts. Das wird, dachte er, einer meiner Vorsätze für das neue Jahr. Und zwar der, den ich als ersten umsetzen muss. Er blickte auf den Wandkalender. In spätestens zwei Wochen musste er Klarheit haben.

Er schüttelte seine Pilotenuhr unter der Hemdmanschette und dem Kittel hervor und las sie ab. In zehn Minuten endete sein Dienst. Dann begannen auch für ihn die Weihnachtstage. In der Tiefgarage stand sein Sportcoupé, im engen Kofferraum zwei Taschen bepackt mit Ski- und Freizeitkleidung und einem überaus teuren Weihnachtsgeschenk. Er fuhr erst zu seinen Eltern und dann, am zweiten Feiertag, in einen Skiort in der Schweiz. Dort würde er die Medizinstudentin treffen, mit der er seit einer Woche eine Affäre hatte. Der Gedanke daran verdrängte wie eine Einblendung im Fernsehen seine Sorgen und ließ ihn tief und laut durch geblähte Nasenflügel einatmen. Er fasste mit beiden Händen die Armlehnen seines Stuhls, stand auf, zog seine Hose zurecht, nahm das Papier vom Schreibtisch und knipste das Licht der Schreibtischlampe aus.

Driving home for Christmas II, oder: Taschenspiele

Feinster Schnee war in der Luft und glitzerte im Licht der Bahnsteiglampen. Jeder Luftzug wirbelte die Kristalle durcheinander, die sich nur langsam dem hart gefrorenen Boden näherten und sich dort zu einem weißen Sediment verbanden. Es war ein trockener Schnee, fast wie künstlicher Schnee im Theater, dem man nicht zutraute, einmal zu braunem Matsch zu werden und zu tauen.

Thomas saß auf seiner großen, prall gepackten Sporttasche auf dem Bahnsteig unter einem Dach, das den Schneestaub nicht daran hinderte, auch unter ihm die Luft mit dem Geruch des Winters zu füllen. Er hatte eine späte Bahnverbindung gewählt in der Hoffnung, dass die Züge dann weniger voll seien. Er hatte keine Reservierung, weil er das Geld sparen wollte. Vielleicht ein Fehler, wenn er einen Blick auf das Bataillon seiner mutmaßlichen Mitreisenden warf. Die standen oder saßen gedrängt hinter und neben ihm und beäugten einander vorbehaltsvoll und latent missgünstig im Vorgriff auf den Verteilungskampf, der sie im Zug erwartete. Man atmete Dampfwolken aus, bildete mit den behandschuhten Händen Fäuste, die gegeneinandergeschlagen wurden, und verlagerte das Körpergewicht abwechselnd auf das linke und das rechte Bein – was die Oberkörper in wiegende Bewegungen versetzte und dem kollektiven Warten eine ungeduldige Note gab, obwohl der Zug bislang als pünktlich angekündigt war.

Thomas hatte zwei Jacken an, Skisocken, eine lange Unterhose und eine Wollmütze. Das Land erlebte bereits seit vier Wochen einen ungewöhnlich schneereichen Winter; in einigen Städten wurde das Streusalz knapp. Die Bahn wurde von den Witterungsverhältnissen erwartungsgemäß überfordert, und es war erstaunlich, dass sein Intercity-Express in den Norden pünktlich sein sollte. Da schepperte über ihm eine erbarmungslos freundliche Stimme:

„Achtung – eine Durchsage für Reisende – an Gleis – vier!“

Der Satz war aus mehreren Einzelaufnahmen zusammengeschnitten wie ein Erpresserschreiben, für das der Täter jedes Wort einzeln aus einer Zeitung reißt und die Wörter dann zu Sätzen zusammenklebt. Offenbar hatte man alle Wörter und gängigen Wortverbindungen, die für die Durchsagen nötig werden konnten, von einer Dame vor einem Mikrofon sehr servicebewusst aussprechen lassen und gab es ein Programm, das die dabei aufgenommenen Sprachdateien auf Tastendruck zu ganzen Sätzen zusammenbaute. Denen war die Collagetechnik allerdings trotz aller Hingabe der Sprecherin anzuhören, weil ihnen jede durchgehende Melodie abging; sie waren akustisches Stückwerk. In diesem Duktus aus abgehackt und zusammengelötet, aus zu langsam und zu schnell tönte die maximal wohlwollende, vor Kundenorientierung triefende Frauenstimme nunmehr:

„Der – Intercityexpressnummer – acht – sechs – sieben – Hohenfels von – Basel – zurweiterfahrtnach – Hamburg-Altona – Abfahrtszeit – siebzehn – Uhr – zweiunddreißig – verspätetsichumvoraussichtlich – fünfzehn – bis – zwanzig – Minuten. Wir bitten um Ihr Verständnis!“

„Abgelehnt“, murmelte Thomas und stand auf, um sich durch Bewegung zu wärmen. Unter seinen prospektiven Mitreisenden gab es hie und da ein Scharren und Murren, doch die meisten litten still und ausdruckslos. Es waren überwiegend Studenten mit Rucksäcken und Taschen wie seiner. Patrick hatte es sich nicht nehmen lassen, die Heimreise mit dem Auto anzutreten; mit seinem Polo, Sommerreifen und zwei Passagieren, die ihm *mitfahrgelegenheit.de* vermittelt hatte und die Thomas nicht beneidete. Jonas war zwar auch mit dem Zug unterwegs, aber schon vor drei Tagen abgereist. Er wollte nicht in den vollsten Zügen sitzen. Außerdem trafen sich die Mitglieder des Spielmannszuges, in dem er als Schüler Dienst getan hatte, alljährlich am einundzwanzigsten Dezember zum sogenannten Abspielen, mit dem man das musikalische Jahr des Spielmannszuges beendete. Thomas sah nur flüchtig über die Menge der Wartenden, denn er hatte keine Lust, einen Kommilitonen zu entdecken und zu einem Gespräch genötigt zu sein. Da hörte er:

„Ey, bisdunich der Kumpel von Patrick?"

Thomas spürte, wie sein Inneres eine Grimasse schnitt, und drehte sich in die Richtung, aus der die Stimme gekommen war. Von dort grinste ihn ein Gesicht an, das er ganz sicher kannte und dem er unbedingt innerhalb der nächsten Millisekunden einen freundlichen Gesichtsausdruck zurücksenden musste, wenn er niemanden in Verlegenheit bringen wollte. Die Blitzrecherche nach dem passenden Namen verlief erfolglos, was aber unschädlich war, da der andere sofort sagte:

„Ich bin Damian!"

Im Kopf von Thomas vervollständigten sich optischer Eindruck und Erinnerung zu einem Gesamtbild: Damian hatte als mimischen Standard ein überbreites Grinsen am Leib, das kerngesunde weiße Zähne zeigte und von vollen Lippen umrahmt wurde. Er hatte eine dicke Nase, große, kakaobraune Augen, schwarze Haare und stammte über mehrere Ecken aus, wie er selbst sagte, Persien. Zusammen mit Eva vertrat er die Studenten im Fakultätsrat. Er war ein Gschaftlhuber und pflegte Kontakte zu allem und jedem. Für das Studium lautete seine Devise „Bestehen", und da es derzeit noch nichts zu bestehen gab, betrachtete er die Vorlesungen wie auch die Aufenthalte im juristischen Seminar zuvörderst als gesellschaftliche Ereignisse. Thomas seufzte innerlich und vermeldete nach außen gut gelaunt:

„Ja; Thomas – hi."

Er überlegte, Damian die Hand hinzustrecken, hätte sich dann aber verpflichtet gefühlt, den warmen Handschuh auszuziehen, und ließ es bleiben. Da zog sich Damian den rechten Handschuh aus und bot ihm grinsend die Hand an:

„Cool ey, du kennst ja sicher auch die Eva, mit der sitzich da im Fakrat", und sie schüttelten sich die Hände, nachdem Thomas schnell noch seinen Handschuh von der Hand gezogen hatte.

„Okay, klar, weiß Bescheid."

„Ey, und du fährscht heim oder was?"

Damian sprach in zweifacher Hinsicht regional gefärbt: mit einem Schuss Badisch, da er in der Nähe von Karlsruhe aufgewachsen war, und mit einem Spritzer der Sprache seiner Eltern, der sich vor allem im Sprechrhythmus bemerkbar machte sowie in der Neigung zu nuscheln.

„Genau. Nach Hamburg."

„Ja cool, ham wir bis Karlsruhe den gleichen Zug. Wenn er noch kommt. Scheiß Verspätung."

In diesem Moment hörte man wieder das Rauschen in dem Lautsprecher über ihnen und kurz darauf eine Stimme, diesmal allerdings den Live-Auftritt eines männlichen Mitglieds der Bahnbelegschaft:

„Aaachtung eine Durchsage für Gleis vier, aaan Gleis vier bitte mal herhörn; der Intercity-Express achthundertsiebenundsechzig nach Hamburg-Altona über Karlsruhe, Mannheim, Würzburg, Kassel-Wilhelmshöhe, Göttingen uuund Hannover fährt heute wegen eines Stellwerksfehlers abweichend aus Gleis acht. Ich wiederhole: eiiine wichtige Durchsage für Reisende an Gleis vier, aaan Gleis vier aufgepasst; der Intercity-Express …"

„Oah ne, ey", schimpfte Damian, „müssmer das ganze Zeug rüberschleppe", und Thomas registrierte mit spontanem Wohlwollen, dass Damian ihn von natürlicher Empathie durchdrungen in seine Beschwerde einbezogen hatte; und er hatte in der Tat eine verdammt schwere Tasche. Dann sagte Damian indes:

„Hey Tom, kannscht mir mal kurz helfe mit dem Zeug?"

Als Thomas seinen Blick dem Daumen Damians folgen ließ, erkannte er, was mit „dem Zeug" gemeint war. Und zwar ein Stapel aus Koffern, Taschen und einem Karton, der sich hinter Damian neben einer Sitzbank erhob.

„Also, hör mal Damian, ich muss auch noch die Tasche hier", Thomas zeigte unter sich …

„Ey, kein Problem", fiel ihm Damian ins Wort, der sich bereits seinem Gepäckstapel zugewandt hatte; „wir tragen zuerst den Kram hier rüber, schaffmer zu zweit, dann zurück und dann zu zweit deine Tasche. Hey, die isch so riesig, die kann keiner klaue."

Er hielt Thomas eine Tasche hin.

„Die hier, okay, und die weiße da und den Karton; mit dem aber vorsichtig, da isch ’n total teures Teil drin, so’n Kerzendrehding mit tausend Figuren …“

„Ne Weihnachtspyramide.“

„Was alles weischt …“

Thomas ließ sich beladen. Immerhin fragte er:

„Ziehst du um oder was?“

„Hanei, du, des isch halt Weihnachte. Da sin bei uns fuffzehn Leut daheim, glaubschtdes“, und er begann einen großen Koffer aus Hartplastik auf Rollen zu ziehen, auf dem Rücken eine Vuitton-Tasche nach Art eines Rucksacks getragen und in der Linken eine große reißfeste Papiertüte von H&M.

Das gesamte Heerlager auf dem Bahnsteig hatte sich in Bewegung gesetzt und strebte trichterförmig den Treppen zu. Thomas hatte sich die Taschen über die Schultern hängen lassen, trug mit beiden Armen den Karton und versuchte, ihn vor den Quetschbewegungen der Masse zu schützen. Die war von der Vorstellung beseelt, dass auf dem Marsch zum anderen Gleis die Ausgangspositionen für den Kampf um die Plätze im Zug neu verteilt würden, so dass man sich beeilte und auf andere nicht mehr jene volle Rücksicht nahm, die unter bequemeren Umständen sogar in Deutschland üblich ist.

Unten im Verbindungstunnel der Gleise hallten von Wänden und Decke Hunderte von Schritten mit dem harten Geräusch der Absätze auf Fliesen und dem Knirschen und Schmatzen der nassen Sohlen auf Sand und Granulat. Außerdem tönte aus den Lautsprechern eine Frauenstimme mit einer aufgezeichneten Ansage, die alle fünfzehn Minuten zu hören war:

„Achtung, ein Hinweis für Reisende: Bitte lassen Sie Koffer und Gepäck nie unbeaufsichtigt. Unbeaufsichtigte Gepäckstücke können vom Bahnpersonal unverzüglich sichergestellt und vernichtet werden. Dies dient der Sicherheit aller Reisenden. Wir bitten um Ihr Verständnis!“

Als sie auf dem Bahnsteig von Gleis acht angekommen waren, schnaufte Thomas:

„Du, Damian, bleib du mal hier, ich hol meine Tasche allein."

„Quatsch man, ich helf dir."

„Ne, bleib hier, damit jemand bei deinem Gepäck is."

„Die zwei Sekunden sind ja wohl nich's Problem", Damian hatte seine Lasten abgestellt und ging schon wieder zur Treppe.

Thomas sah keine Möglichkeit, ihn zurückzuhalten, sagte sich auch, dass zwei Sekunden doch wohl nicht das Problem sein könnten, und tat es ihm nach.

Der Bahnsteig an Gleis vier war leergefegt – bis auf drei Bahnmenschen in blauen Anoraks und Mützen, zwei Männer und eine Frau, die um etwas herumstanden. Das war die Tasche von Thomas, wie Thomas rasch erkannte. Einer der Männer hielt ein Walkie-Talkie ans Ohr, und die Frau rief, als sie Damian und Thomas sah:

„Nicht näherkommen bitte, bitte die Treppe zurück!", und sie begleitete diese Aufforderung mit eindeutigen Gesten. Der Mann mit dem Walkie-Talkie sprach ins Gerät:

„Groß, circa ein Meter zehn lang, grau, Aufschrift ‚Team einundzwanzig', mit Adressanhänger, Moment, ja da steht: ‚Thomas Kröger, leck mich am Arsch …'"

„Hey, das is meine Tasche!", rief Thomas Richtung Bahnmenschen, und Damian rief „ey genau!".

Der Walkie-Talkie-Mann sagte laut und bestimmt in sein Gerät:

„Entschuldigung, nein, hier steht wörtlich, ich wiederhole: wörtlich ‚leck mich am Arsch', in den Zeilen für Straße und Ort und …"

Die Bahnfrau musterte Thomas und Damian mit zusammengekniffenen Augen und hielt inne, während sich die beiden näherten und Thomas erneut vernehmlich beteuerte, dass es sich dort um seine Tasche handele. Jetzt guckten auch die beiden Bahnmänner herüber, und der Walkie-Talkie-Mann sagte in sein Gerät:

„Augenblick."

„Entschuldigen Sie“, begann Thomas, als er bei den dreien war, Damian neben sich, „wir ham nur sein Gepäck rübergebracht wegen der Gleisverlegung, das is meine Tasche, wirklich.“

„Junger Mann, Sie haben wohl nicht die Durchsagen gehört“, schnarrte der Walkie-Talkie-Mann, „es ist absolut untersagt, Gepäck ohne Aufsicht zu lassen. Zu Ihrer eigenen Sicherheit, Sie wissen doch, dass man aufpassen muss, Sie – Moment“, und er hielt sein Walkie-Talkie ans Ohr; „Gleis acht? – Ja. – Oh Gott.“ Und zu seinen Kollegen: „Sofort nach Gleis acht, steht ’n ganzer Taschenberg, arabischer Tätertyp mit Komplize …“

„Ja Scheiße!“, rief Damian, „das is mein Gepäck, ey lasst die Finger davon, sagen Sie das Ihrem anderen Typen, hey der Karton is supersensibel“, und er fixierte den Walkie-Talkie-Mann mit seinem Zeigefinger wie mit einer Pistole, während er bereits wieder im Rückwärtsgang auf dem Weg zur Treppe war.

Thomas hatte seinen Ausweis aus der Brieftasche gefingert und hielt ihn den Bahnmenschen hin, die sich aber schon nicht mehr für ihn interessierten und an ihm vorbei Damian hinterherschritten, wobei die Frau Thomas mit einem ergrimmten Blick verabschiedete und der Walkie-Talkie-Mann in sein Gerät sprach:

„Mach mal langsam, Gepäckbesitzer ist bei uns, kommen jetzt rüber – okay, bis gleich.“

*

Sie saßen zu zweit auf Thomas’ Tasche vor den Toilettentüren. Damians Gepäckberg hatten sie bis auf den Karton, der neben Damian stand, in einer Gepäckablage untergebracht.

„Mann, scheiß Terrorpanik“, sagte Damian; „hey, seh ich aus wie Al-Qaida oder was?“, und er stellte die Frage so, als hätte Thomas die zugehörige Behauptung aufgestellt.

„Tja, ’n exotischer Look reicht da offenbar aus; jedenfalls in den Augen der Mitbürger.“

Der Zug hatte ihren Abfahrtsbahnhof seit einer Dreiviertelstunde verlassen, war aber weit davon entfernt, die Verspätung mit ICE-mäßigem Tempo aufzuholen, sondern zuckelte wie eine Regionalbahn durch die Rheinebene und wurde jetzt sogar langsamer.

„Alter, isch hier ’n Bahnhof, den ich nit kenn“, formulierte Damian eine rhetorische Frage, da soeben eine Dame des Zugpersonals an ihnen vorbei und in ein Kabuff ging, an dessen Tür „Dienstabteil“ stand. Kurz darauf, der Zug stand unterdessen, gingen die Lautsprecher auf Sendung:

„Sehr geehrte Reisende, unser Zug ist auf freier Strecke zu stehen gekommen; dies ist noch nicht Baden-Baden!“

„Ne echt?“, fragte Damian erneut eher rhetorisch, während er durch das Fenster auf die zugeschneiten Wiesen blickte. Die Durchsage fuhr fort:

„Grund ist ein Oberleitungsschaden bei Rastatt sowie ein liegengebliebener Güterzug im Streckenabschnitt vor uns. Unsere Weiterfahrt verzögert sich um voraussichtlich fünfundzwanzig bis dreißig Minuten. Wir bitten die weitere Verzögerung zu entschuldigen.“

„Mann, so ein Dreck“, ereiferte sich Damian, „da is ja die Tram in Teheran pünktlicher!“

„Gibt’s da ne Tram?“

„Ey, is mir doch egal! Kannst mir mal sagen, wie ich das meiner Mama erklären soll?“, und er zog sein Mobiltelefon aus der Tasche; „kein Empfang. Spitze.“

„Ich hab Empfang“, stellte Thomas fest und bot sein Telefon an. Damian griff dankbar zu, sagte „danke Mann, super“, stutzte kurz, sagte „weiß die Nummer nicht“, und tippte parallel auf seinem eigenen Handy herum. Thomas zog einen MP3-Player aus seiner Jacke und stöpselte sich die Ohren zu.

*

An den Fenstern rauschte Rastatt vorbei. Damian sah auf seine Uhr und meinte:

„Zu Fuß wär nicht viel langsamer geworden.“

Thomas zog den Kopfhörer-Stöpsel aus seinem linken Ohr und sagte:

„Was?"

Da meldeten sich die Lautsprecher:

„Sehr geehrte Reisende, in Kürze erreichen wir Karlsruhe Hauptbahnhof. Bitte beachten Sie: Aufgrund eines Weichenschadens erhält unser Zug heute abweichend Einfahrt nach Gleis sieben. Ich wiederhole: Aufgrund eines Weichenschadens erhält unser Zug heute abweichend Einfahrt nach Gleis sieben. Unser Zug hat zur Zeit eine Verspätung von – neunundfünfzig Minuten. In Karlsruhe haben Sie noch Anschluss an IC sechshundertzweiundfünzig Mümmelmann zur Weiterfahrt nach …"

„Weichenschaden. Hey, die ham doch noch 'n ganz anderen Schaden", Damian stand auf; „Tom, ich bin froh, dass ich hier rauskomme. Mann, Weichenschaden, hey leck mich doch am Arsch."

*

Sie hatten Damians Gepäckladung auf dem Bahnsteig gestapelt. Thomas stand wieder in der Tür, Damian sagte vom Bahnsteig aus:

„Okay, vielen Dank, Mann! Auch fürs Telefon. Hast ja 'ne Flatrate, nehm ich an. Und frohe Weihnachten und guten Rutsch!"

Damian grinste wieder sein Markengrinsen und schlug lässig kraftvoll ein, als sie sich die Hand gaben. Dann meinte er noch:

„Und pass auf deine Tasche auf, sonst sprengen die das Teil. Also: ciao, Tom!"

Er wanderte zu einer Reihe kleiner Gepäckkarren und zog seinen Geldbeutel aus der Gesäßtasche. Thomas ging zu seiner Tasche zurück und hockte sich wieder hin, während neben ihm die Tür der Toilette von innen geöffnet wurde und ein Mitreisender heraustrat mit einer Geruchsschleppe, bei deren Wahrnehmung Thomas bemüht war, sich nichts anmerken zu lassen. Er holte wieder seinen MP3-Player aus der Jacke und wollte gerade das zweite Ohr zustöpseln, als ihn die Lautsprecher im Zug wie folgt informierten:

„Die Abfahrt unseres Zuges verzögert sich um unbestimmte Zeit, da die Ablösung des Triebwagenführers nicht rechtzeitig erschienen ist. Ich wiederhole: Die Abfahrt unseres Zuges ..."

Thomas überlegte, ob es sich bei dieser Durchsage vielleicht um einen Scherz handele; um feine, pointensichere, zugleich souveräne Selbstironie der Bahn. Doch ihr ICE blieb tatsächlich stehen, und der Lautsprecher schwieg. Etwa zehn Minuten lang. Dann meldete sich eine junge, unverbrauchte Frauenstimme mit provozierendem Optimismus:

„Sehr geehrte Reisende! Gleich geht es weiter – wir haben Nachricht, dass die Ablösung unseres Triebwagenführers bereits am Bahnhof eingetroffen ist. Übrigens: Es ist Abendbrotzeit. Ein Tisch ist für Sie im Speisewagen gedeckt, das ist der Wagen mit der Ordnungsnummer acht zwischen der ersten und der zweiten Wagenklasse, wo Sie das freundliche Team der Bahn gerne erwartet! Probieren Sie zum Beispiel ein leckeres Eisbein an Sauerkraut und Salzkartoffeln; dazu ein frisch gezapftes Pils oder ein Softdrink nach Ihrer Wahl für zusammen nur fünfzehn Euro neunundneunzig. Lassen Sie sich verwöhnen – wir freuen uns auf Ihren Besuch!"

Neben Thomas öffnete ein neuer Toilettenbesucher die Tür zum WC und mit ihr erneut ein Spektrum geruchlicher Aromen, die mit Eisbein und Sauerkraut allenfalls in einen mittelbaren Zusammenhang zu bringen waren. An seinen Schuhen klebte Schneematsch in passender Farbe, der sich in Brocken aus dem Profil löste und auf dem Boden neben Thomas zu schmelzen begann. Er stopfte sich den zweiten Kopfhörer-Stöpsel ins Ohr und schloss die Augen.

*

Der Zug schoss mit knapp zweihundertfünfzig Kilometern pro Stunde durch lange Tunnel und über Talbrücken. Thomas hatte einen regulären Sitzplatz gefunden und kaute auf einem der Müsliriegel herum, die ihm Frau Birmele von Zeit zu Zeit unnachgiebig zusteckte. Außerdem musste er auf die Toilette. Er steckte den MP3-Player in seine Hosentasche und stand auf. Nach fünf Schritten stand er vor einer Glasschiebetür, die den Anspruch hatte, sich mittels Bewegungsmelders vor heranschreitenden Reisenden automatisch zu öffnen – nun aber vor Thomas durchaus verschlossen blieb, obwohl er schon einen längeren Moment unmittelbar vor ihr stand. Er machte Winkbewegungen vor dem kleinen Fensterchen, das er für den Sensor hielt.

„Sie müssen einen Schritt zurückgehen!“, sagte hinter ihm jemand mit Autorität; der Schaffner.

Er ging einen Schritt zurück.

„Jetzt wieder winken.“

Er winkte.

„Da doch nicht; hier“, und er sah eine Hand vor seinem Bauch Auf- und Abbewegungen machen. Die Tür schob sich zur Seite.

„Na also!“

Thomas marschierte los und hatte schon die Klinke der Toilettentür in der Hand, als der Schaffner rief:

„Halt, Personalwechsel: den Fahrschein bitte!“

„Hab ich in der Jacke.“

Der Schaffner war ein Mann um die fünfzig und brauchte sich nichts sagen zu lassen:

„Der ist im gesamten Zug *stets* mitzuführen und dem Zugpersonal auf Verlangen vorzuzeigen. Wo sitzen Sie?“

Thomas zeigte hinter seinen Kontrahenten in das Großraumabteil:

„Da vorne.“

„Gut, dann warte ich hier.“

Thomas sah den Schaffner inklusive Bürstenfrisur und Stiernacken einen Moment an und akzeptierte, dass er der Schwächere war. Er formte den Mund zu einem stummen Pfeifen, ließ die Augenbrauen nach oben wandern und nickte eins, zwei Mal, als hätte er soeben sehr einleuchtende Dinge vernommen.

Alsbald stand er mit seiner Fahrkarte wieder vor der Glastür, aber sofort im richtigen Abstand, und machte unter den Augen des Schaffners gekonnt die erforderliche Winkbewegung – was ihm ein wohlwollendes Nicken eintrug. Er zeigte sein Online-Ticket vor, was das Wohlwollen sofort wieder beendete.

„Sie haben das Sichtcodefeld geknickt. Ich weiß nicht, ob wir das noch lesen können", warnte der Schaffner und schwang ein keulenartiges Gerät in Anschlag, das die Nase von Thomas nur knapp verfehlte. Der Schaffner nahm wie ein Weitsichtiger den Kopf etwas zurück, was seinen Stiernacken zu einem feisten Wulst werden ließ, und zielte mit einem Infrarotstrahl, den das Gerät aussandte, auf die Fahrkarte. Dann blitzte es.

„Hat noch geklappt", sagte der Schaffner, und Thomas konnte sich nicht helfen – aber er hörte in diesem Satz eine gewisse Enttäuschung mitschwingen.

„Die Bahncard bitte", legte der Schaffner nach.

Thomas hielt sie ihm hin, wobei es ihm nicht gelang, den Ansatz eines triumphierenden Lächelns vollständig zu unterdrücken. Er richtete sich innerlich auf einen Satz ein wie „nun werden Sie mal nicht unverschämt". Doch der Stiernacken war Profi genug, um mit dieser Niederlage souverän umzugehen, indem er die Karte wort- und blicklos entgegennahm. Er zog sie durch das Keulengerät, besah sich kurz das Ergebnis und reichte Thomas Ticket und Karte mit einem Blick zurück, der so viel hieß wie: Da haben wir aber noch einmal Glück gehabt!

„Danke", sagte Thomas, nahm beides an sich und ergriff im zweiten Versuch die Klinke der Toilettentür, während sich der Stiernacken aufrechten Ganges und gemächlichen Schrittes entfernte, wobei er die linke Hand in rhythmischen Abständen zur Faust ballte und wieder entspannte.

Thomas öffnete die Tür. Neben der Toilette stand eine dunkelblaue Sporttasche. Er blieb stehen. Die Tasche stand im Zentrum seines Blickfeldes. Das Bild wechselte zu einer Kameraaufnahme, die er im Internet gesehen hatte. Sie zeigte einen Zug an einem Bahnsteig; und zwar exakt in der Sekunde, in der in diesem Zug eine Bombe explodiert. Das Detonationszentrum ist weiß, ein großer Fleck aus grell blendendem Nichts, der Zug und Bahnsteig und alles ausleuchtet wie ein Blitz in der Nacht, obwohl es am helllichten Tag geschieht. Die Verwüstung und Zerstörung, das Aufplatzen des Wagens, der abgerissene Stahl und das Zerfetzen der Menschen, das Wegblasen von allem – es wird in diesem Bruchteil einer Sekunde vom Phosphorweiß der Explosion überblendet.

Dann sieht Thomas wieder die Tasche. Er hat die Türklinke noch in der Hand. In seinem Kopf schlägt er die Tür zu und rennt durch die Waggons, stumm, in Todesangst, immer weiter, nur weg, weg, weg, er springt über Gepäck, rempelt Kinder um, schlägt eine Oma nieder, tritt Türen ein, alles, alles, alles, nur weg! Er steht erstarrt. In seinen Ohren rauscht und pfeift der Zug, der wieder durch einen Tunnel jagt. Ein Tunnel würde die Wirkung der Explosion vervielfachen. Dort, im Zentrum der Welt und im Auge eines schrill heulenden Orkans steht die Tasche. Dunkelblau, unbewegt. In dieser Sekunde. In dieser Sekunde tippte ihm etwas auf die Schulter. Er zuckte epileptisch zusammen und drehte sich wild um die eigene Achse.

Vor ihm stand ein langer und breiter Kerl mit abgeklärtem Gesichtsausdruck. Es war Evas Freund. Er sagte:

„Alles klar?“

Thomas schüttelte den Kopf, was sofort in ein unkontrolliertes Zittern überging.

„Lässt mich trotzdem mal vorbei – will nur die Tasche holen“, sagte er mehr als Aussagesatz denn als Frage und schob Thomas mit sanftem Druck auf die Seite. Dann nahm er die Tasche und drängte sich wieder an Thomas vorbei. Er sagte nicht, wie die Tasche dorthin gekommen war. Er erklärte nicht, warum er sie erst jetzt wieder holte. Er ging einfach zurück in das Großraumabteil.

Friedrichs Appartement war ungemütlich und modern; eine Penthouse-Wohnung, die sich auf den beiden obersten Etagen eines neuen Wohnblocks ausbreitete. tete. In der oberen Etage befanden sich ein großes Schlafzimmer, ein Bad mit gigantischem Spiegel, ein Whirlpool, die Tür zu einer weitläufigen Dachterrasse sowie eine Galerie, auf der man über dem Wohnzimmer schwebte und auf dessen Sitzgruppe sah.

Dort unten saß auf einer langen schwarzen Ledercouch Doktor Fresenius. Hinter ihm hing an der weißen Wand ein Bild, Acryl auf Leinwand, zwei mal drei Meter, fotorealistisch gemalt, ein Blick in die Wartehalle eines beliebigen internationalen Flughafens. Vor ihm saß der Hausherr, sein Chef, Professor Doktor Udo Charles Friedrich, und ließ die Eiswürfel in seinem Whiskyglas klimpern, indem er es in kleinen Kreisen schwenkte. In dem Glas war allerdings kein Whisky, sondern Absinth. Fresenius trank Wasser. Zwischen ihnen lag das Papier mit den Ergebnissen der Tests, die Fresenius mit dem Impfstoff im Labor gemacht hatte.

Seit den Weihnachtstagen hatte sich die Lage zugespitzt. In der *Südbadischen* war ein neuer Artikel zum „Impfskandal" erschienen, und dieses Wort war mittlerweile im Stadtgespräch ein fester Begriff. Die radikalsten Verdächtigungen und Anschuldigungen las man in einem ortsansässigen Online-Medium, der *Bürgerstimme*. In dessen Artikeln, Blogs und Foren behaupteten anonyme Schreiber bereits, dass sich das Klinikum, insbesondere das Institut für Mikrobiologie, „das heißt sein sauberer Chef-Professor", von der Blauenberg-AG habe kaufen lassen, um „Menschenversuche" durchzuführen mit einem gefährlichen Impfstoff; „wie es in Deutschland seit Doktor Josef Mengele guter Tradition entspricht".

In der *Südbadischen* ging die zuständige Redakteurin Isabell Böhnke – sie schrieb inzwischen unter ihrem vollen Namen – zwar noch nicht so weit. Ihre Berichterstattung deutete aber zwischen den Zeilen unverhohlen in diese Richtung. Und sie verfügte über Informationen, die selbst mit exzellenten Kontakten in das Klinikum kaum zu erklären waren. Insbesondere kannte sie die verhängnisvolle Charge des Impfstoffs bis auf die letzte Ziffer und wusste, dass alle drei geschädigten Probanden mit dieser Charge geimpft worden waren. Des weiteren hatte die Journalistin die Aufmerksamkeit der Leser auf den Verstärker des Impfstoffs gelenkt. Es fiel Fresenius nicht schwer zu mutmaßen, wem sie ihr Wissen verdankte. Denn Robin hatte ihm in einer E-Mail mitgeteilt, dass er sich angesichts des „enttäuschenden Stillstands des Verfahrens“ gezwungen sehe, den Druck auf die Hauptbeteiligten zu erhöhen.

„Es muss etwas passieren“, Fresenius stellte sein Glas mit einem Klacken ab und umfasste mit beiden Händen seine Knie.

Friedrich nahm einen Schluck Absinth, schwenkte das Glas und fokussierte das Papier, das zwischen ihnen lag. Über die Weihnachtstage hatte er gehofft, es könnte sich alles durch Zeitablauf erledigen, vielleicht schon durch den Jahreswechsel, der das ganze alte Jahr auf die Schutthalde der Geschichte schieben würde. Aber es bedurfte keiner großen analytischen Gabe, um diese Hoffnung als absurd einzustufen. Er hatte auch gehofft, vergessen oder wenigstens verdrängen zu können, was ihm auf diesem Tisch geschehen war vor – vor ungefähr eineinhalb Monaten. Die schwarze Schrift war längst spurlos verschwunden, und das kleine Herz mit dem obszönen Pfeil ließ er sich von einem Spezialisten mit einem Laser entfernen; in einer Großstadt, in der ihn keiner kannte. Drei Sitzungen hatte er schon hinter sich. Etwas sah man zwar immer noch, aber es war von natürlicher Pigmentierung kaum zu unterscheiden. Doch was sich tief in seine Erinnerung gegraben hatte und nicht zuschütten ließ, das war der Abend, an dem ihm der Fremde dieses pervertierte Symbol der Liebe eintätowiert hatte.

Er hatte jemanden erwartet und daher auf das Klingeln hin den Knopf gedrückt, der die Haustür öffnete – ohne lange auf den kleinen Monitor zu sehen, der ihm das Bild einer Kamera neben dem Hauseingang übertrug, und ohne misstrauisch zu werden angesichts dessen, dass für den Moment auf jenem Monitor niemand zu sehen war. Er öffnete seine Wohnungstür, um das noch lampenlose Treppenhaus etwas zu beleuchten, und ging in die Küche, weil er ein paar Snacks in das Wohnzimmer bringen wollte, bevor sein Gast hereinkam. Er erwartete eine Dame seines Alters und in vergleichbarer Position, und zwar die Leiterin der Entwicklungsabteilung und des Zentrallabors der Blauenberg AG, die Chefchemikerin des Unternehmens, Frau Herlinde Noisette-Dutroux; eine Schweizerin aus dem frankophonen Teil des Landes. Sie wollten über den Impfversuch reden, über dessen Ergebnisse und eine etwaige Fortsetzung. Und über die Entlohnung. Aufgrund der Witterungs- und Straßenverhältnisse hatte Frau Noisette-Dutroux ihre Ankunftszeit mit einer halben Stunde Spiel angekündigt.

Er war nicht käuflich. Aber er arbeitete und engagierte sich nicht umsonst. Der Ärzte-Schwur des Hippokrates war schließlich kein Gelübde ewiger Armut. Er war auch deshalb nicht käuflich, weil er selbst die Versuche für sinnvoll hielt. Je wirkungsvoller der Impfstoff, desto weniger davon war erforderlich und desto leichter war es, die Menschheit damit zu versorgen. Dass es dieses Mal kaum vorklinische Tests, vor allem keine Tierversuche gegeben hatte, war rational zu begründen; denn die Blutgruppen von Mensch und Tier hatten mit Blick auf die Substanzen, um die es ging, zu wenig Ähnlichkeit. Und dass Blauenberg nicht die Absicht verfolgte, den Impfstoff auch nur in irgendein Land, und sei es das ärmste, umsonst zu liefern, und im Gegenteil entschlossen war, Entwicklungsländern keine Preisnachlässe zu gewähren – war das sein Problem? Er machte seine Arbeit, und die exzellent und dreizehn Stunden am Tag, mindestens. Er war einer jener Leistungsträger dieser Gesellschaft, von denen so viele schwatzten. Er war in der Mikrobiologie so etwas wie ein Fußballstar in der Bundesliga. Und so wollte er auch bezahlt werden. Mehr wollte er nicht. Heute Abend ging es um die Konditionen. Er war entspannt, allenfalls froh erregt in der Art, wie er es in seiner Kindheit kurz vor der Bescherung an Heiligabend gewesen war; denn er kannte seinen Wert und den seiner Arbeit.

Allein, als er die Schritte kurz vor der Wohnungstür gehört und „Kommen Sie nur herein!“ gerufen hatte und als er ins Wohnzimmer zurückkehrte, da war dort erst niemand – und dann hatte er einen Lappen vor dem Mund, getränkt mit Chloroform, und ein starker Arm legte sich wie eine Würgeschlange um seinen Oberkörper und seine Arme. Dann schaltete sich sein Bewusstsein aus.

*

Als es wieder hochfuhr, flackernd erst und dann vollständig, lief sein Blick über die dunkel-gläserne Platte des Wohnzimmertisches. Seine linke Gesichtshälfte lag auf dem Glas, aus dem Mundwinkel lief Speichel. Seine Arme und Beine waren mit Paketklebeband auf der Platte fixiert. Er hatte keine Hosen mehr an. Und dann hörte er die Stimme. Eine Männerstimme. Eigentlich sogar eine interessante Stimme, kernig, dominant. Sie sagte:

„So, Professörchen, jetzt darfst du auch wieder aufwachen.“

Er war noch zu benommen, um klar zu denken. In seinem Kopf mischten sich Szenen aus einem Pornofilm, den er gesehen hatte, mit Horrorvisionen, in denen er zerstückelt wurde. Sie gewannen die Überhand, und er spürte zum ersten Mal in seinem Leben entgrenzte, panische Angst. Er stöhnte unkontrolliert und laut. Die Stimme sagte:

„Aber, aber, Professörchen, nun bleib mal sachlich. Das waren doch, wenn ich es recht erinnere, deine Worte, als du vorgestern von einem SWR-Reporter zum Impfskandal interviewt worden bist.“

Und zugleich spürte und hörte er, wie der andere seinen linken Gluteus maximus tätschelte.

„Keine Sorge, mein Professörchen, ich bringe dich nicht um. Noch nicht“, fügte er in einer Stimmlage und Betonung hinzu, von denen unklar blieb, ob sie ernst oder gespielt waren. Dann spürte Friedrich wieder die tätschelnde Hand auf seinem Hintern und merkte, dass sie in einem Gummihandschuh steckte. Ihm wurde übel. Zugleich machte sich eine Erektion bemerkbar.

„Oho“, sagte der andere, „was haben wir denn da?“, und Friedrich öffnete den Mund, als sich die Gummihand um sein erhärtetes Geschlechtsteil schloss. „Das ist ja exquisit, Professörchen, dass du der Situation noch etwas Angenehmes abgewinnen kannst. Ich weiß übrigens, dass du auch mit Männern fickst. Nur deine feinen Freunde beim Golfen und im Rotary-Club, die wissen’s nicht. Deine Mitarbeiter im Klinikum auch nicht. Und deine Frauen haben genausowenig Ahnung, obwohl du nie Kondome benutzt. Aber weißt du was? Denen geben wir jetzt einen kleinen Tipp, etwas für Aufgeweckte, einen dezenten symbolischen Hinweis.“

Und dann hörte Friedrich das Geräusch eines Elektrogerätes. Er dachte: ein Tranchiermesser. Er schrie. Da endete das Geräusch. Er hörte, wie der andere aufstand, er hörte ein gedämpftes Gluckern und roch erneut Chloroform. Der andere sagte:

„Ich vergaß, Professörchen: keine große Operation ohne Narkose. Und keine ohne umfassende Aufklärung des Patienten über Sinn, Risiken und Heilungschancen. Was ich jetzt mache, ist Teil eines Versuchs. Du kennst dich doch aus mit Versuchen am lebenden Objekt. Dazu mache ich dich jetzt nämlich, zum Objekt. Du wirst gezeichnet mit einem Symbol für das, was du seit jeher in guter Gesellschaft vertuscht und verleugnest, und du wirst zum Träger des Rechtssatzes, den du mit deinen Menschenversuchen missachtest; in der Form, die er für dich zu haben scheint, wenn die Kasse stimmt. Und dann schau’n wir mal, wie dir das Ganze gefällt. Der Versuch besteht darin herauszufinden, ob Strafe den Menschen bessern und zurück auf den rechten Weg führen kann. Interessiert mich beruflich; ich bin Jurist. Der Versuch hat geklappt, wenn du als Folge dieser OP – oder sagen wir lieber: Behandlung – umkehrst, deine Sünden gestehst, bereust und wiedergutzumachen versuchst. Hast du das verstanden?“

Friedrich sagte nur:

„Ja."

„Gut."

Und schon während dieses Wort durch seine Ohrmuscheln wanderte, hatte er erneut den chloroformgetränkten Lappen vor Mund und Nase und verlor das Bewusstsein, bevor er etwas denken konnte. Das letzte, was er sah, war eine behaarte Hand und ein Ärmelstück mit Tarnmusterung.

*

Als er das nächste Mal erwachte, war er allein. Das Klebeband lag auf dem Boden. Er lag noch immer auf dem Tisch. Auf seinem Steißbein brannte die Haut. Sein Gesäß tat weh; nicht schlimm, aber so ähnlich wie damals, als es ihm sein Vater versohlt hatte, wenn er des Rauchens oder Trinkens überführt worden war.

Auf die Tür des Badezimmers war mit schwarzem Filzstift und tellergroß ein Symbol gemalt, genauer gesagt die Kombination zweier Symbole: des biologischen Zeichens für das männliche Geschlecht und, in der Mitte des Kreises, das Paragrafenzeichen der Juristen. Im Bad übergab er sich ins Waschbecken. Wegen des Chloroforms; und weil er in dem mannshohen Wandspiegel seinen Hintern gesehen hatte. Wenige Minuten später hatte es wieder geklingelt. Das war dann Frau Noisette-Dutroux.

Jetzt saß ihm sein Assistenzarzt Fresenius gegenüber und machte ein ernstes Gesicht. Noch immer lag zwischen ihnen der helle Bogen mit den Abkürzungen, Zahlen und Diagrammen, die Friedrich genauso gut verstand wie sein tüchtiger Assistenzarzt.

„Fresenius, was soll denn geschehen?"

„Herr Professor, wir – und vor allem Sie – haben hier", und er deutete auf das Papier, „ein Problem, und irgendjemand weiß das sehr genau."

„Wer soll das sein?"

„Sie kennen ihn."

Die Männer blickten sich mehrere Sekunden lang in die Augen. Friedrich verlor das Duell und ließ seine Augen über den Tisch schweifen.

„Woher wissen Sie das?"

„Weil er mir davon erzählt hat."

Fresenius wollte seinem Chef nicht auch noch die demütigende Beobachtung auf der Polizeiwache mitteilen. Friedrich stellte sein Glas ab.

„Und woher kennen Sie ihn?"

„Er hat mich zu einem Treffen bestellt. Er hatte Informationen, die es ratsam erscheinen ließen, auch hinzugehen. Er kannte die Charge des Impfstoffs mit *Ratrix* und wusste, dass sie ein neues Adjuvans enthielt. Er wusste auch, dass es für dieses Adjuvans keine nennenswerten präklinischen Tests gegeben hat. Er hat behauptet, Blauenberg habe Sie eingeweiht und bezahlt. Offenbar weiß er auch, wer bei Blauenberg Chef dieser Operation gewesen ist; oder Chefin. Mich hat er unter Druck gesetzt mit meiner Mitarbeit bei den Versuchen. Ich sollte den Impfstoff analysieren und dann an die Öffentlichkeit gehen."

„Wer weiß sonst noch davon?"

Friedrichs Frage kam wie aus der Pistole geschossen. Fresenius wartete kurz und zeigte mit einem Blick, dass er das hektische Misstrauen seines Chefs für unangebracht hielt.

„Von mir weiß es niemand. Aber Robin ..."

„Wer ist Robin?"

„Der Mann mit der Tarnjacke."

Friedrich nickte.

„Robin hat offenbar der *Südbadischen* etwas gesteckt, dieser Böhnke, weil ich nichts mehr unternommen habe. Und jetzt serviert sie die Geschichte Häppchen für Häppchen und schaut, was passiert."

„Wir dementieren ganz einfach. Und erstatten Anzeige wegen Verleumdung. Das müssten Sie doch sehr sachkundig tun können."

„Eine Verleumdung besteht darin, dass jemand wissentlich Unwahres behauptet. Das ist nicht unser Fall."

„Aber was sind die Beweise?“

„Am Institut ist dokumentiert, wer mit welcher Charge geimpft wurde. Den Impfstoff gibt es auch noch, und seine Zusammensetzung ist nachprüfbar diese da“, und Fresenius zeigte auf das Papier; „für sie muss es auch bei Blauenberg Beweise geben. Und für diese Substanzen fehlen die vorklinischen Tests und fehlt damit auch eine wirksame behördliche Genehmigung für die klinische Erprobung.“

„Die Dokumentation am Institut haben wir und können sie nachbearbeiten. Den Rest des Impfstoffes haben wir auch und können ihn vernichten. Das habe ich übrigens auch schon gemacht mit den Ampullen, die im Kühlschrank waren. Haben Sie noch welche?“

Fresenius nickte.

„Dann sollten Sie mit denen zügig genauso verfahren. Die Beweise bei Blauenberg weiß ich in guten Händen. Außerdem belasten sie uns nicht unmittelbar, weil sie nicht belegen, dass wir eingeweiht waren.“

„Da bin ich nicht so sicher. Irgendwie muss Robin an seine Informationen gekommen sein. Und wie ich ihn einschätze, hat er jeden Beweis gesichert. Von einer Besprechung wahrscheinlich bei Blauenberg hat er einen Mitschnitt; es geht um *Ratrix* und Tests an unserem Institut. Er hat auch das Gespräch mit mir heimlich aufgenommen.“

„Das dürfte Ihr Problem sein.“

„Da bin ich wieder nicht so sicher, weil darin auch von Ihnen die Rede ist und es so zumindest als Indiz in Ihre Richtung weist. Außerdem hat Robin noch den Mitschnitt eines Gesprächs zwischen Ihnen und einer Frau, die wohl auch in der Blauenberg-Besprechung zu hören ist und die Ihnen für Impfstoff-Tests eine Gegenleistung in Aussicht stellt. Außerdem erwähnt sie in beiden Mitschnitten, dass vorklinische Versuche für die fragliche Substanz als ‚nicht zielführend‘ unterblieben. Aber entscheidend ist doch: Wir müssen davon ausgehen, dass Robin Zugang oder exzellente Kontakte hat oder hatte zu Blauenberg *und* zum Klinikum und dass er seine Beweise gesichert hat: Fotos, Kopien, Proben, Aufnahmen, weiß der Himmel.“

Friedrich formte seinen Mund so, wie es selbstsichere Menschen tun, wenn sie skeptisch sind: Die Unterlippe schob den Rest des Mundes etwas nach oben, und die Haut darunter kräuselte sich:

„Mir hat er nichts vorgelegt oder auch nur angedeutet. Kontakte mag er haben und einige illegale Indizien; Beweise nicht unbedingt."

„Aber wollen Sie es darauf ankommen lassen? In einem Strafprozess mit öffentlicher Hauptverhandlung, in der dann plötzlich die Opfer zu Tätern werden – was allerdings niemanden wirklich überrascht, weil die Geschichte vom Impfskandal längst detailreich und glaubhaft in den Medien ausgebreitet worden ist und hervorragend zu Ihrem Sponsoring-Verhältnis mit Blauenberg passt?"

„Ich bin nicht käuflich!", rief Friedrich und klatschte mit beiden Händen auf seine Schenkel. Mehr als dieser Satz fiel ihm aber spontan nicht ein, und Fresenius sagte sofort:

„Mag sein. Aber falls Sie auch nur im weiteren Zusammenhang mit dieser Sache direkt oder indirekt irgendeinen Vorteil von Blauenberg bekommen haben sollten, würde ich davon ausgehen, dass Robin auch das mitbekommen hat. Ich weiß nicht genau, was seine Quelle ist; aber sie ist verdammt gut."

„Was denn für Vorteile, direkt oder indirekt?", hakte Friedrich nach.

Fresenius empfand eine Prise Mitleid mit seinem sich windenden Chef, ärgerte sich aber auch, dass er so uneinsichtig war.

„Zum Beispiel ein paar Tage im Parkpalace-Hotel."

Friedrich war kurz davor, weiter zu bocken und zu beißen. Aber bevor er das tat, ergänzte Fresenius in ganz ruhigen, freundlichen Worten:

„Und, Herr Professor, bitte bedenken Sie: Dieser Robin hat offenbar einen gewissen Dachschaden. Und er ist alles andere als harmlos; das wissen Sie doch aus eigenem Erleben. Ich weiß nicht, was passiert, wenn wir weiter dementieren und vertuschen."

Friedrich war jetzt ebenfalls ruhig. Er sagte:

„Fresenius, ich habe keine Ahnung, was für ein Schuldeingeständnis Sie sich vorstellen. Aber ich bin sicher, dass ich danach kaum noch Leiter der Uni-Klinik und des Instituts für Mikrobiologie wäre. Das ist eine Position, für die ich Jahrzehnte von morgens bis abends gearbeitet habe. Die lasse ich mir nicht von einem Geisteskranken wegnehmen, der von medizinischer Spitzenforschung so viel Ahnung hat wie der Papst vom Ficken. Und dieser Kerl hat keine schlagenden Beweise, wenn wir sie ihm nicht geben, glauben Sie mir. Wenn er sie hätte, wüssten wir längst davon, und zwar aus der Zeitung. Daher versucht er ja, uns zu erpressen. Meine Hotelrechnungen lassen Sie mal meine Sorge sein. Die aufgezeichneten Gespräche sind auch halb so wild. So etwas ist doch illegal und vor Gericht irrelevant. Das Wichtigste, die Existenz und Zusammensetzung von *Ratrix*, wird nicht mehr ermittelbar sein. Und dieser Psychopath, Robin oder wie auch immer, der gehört in die geschlossene Abteilung, und da bringen wir ihn auch hin. Sie haben doch Kontakt zu ihm. Machen Sie ein Treffen aus unter irgendeinem Vorwand, und dann lassen wir die Polizei zugreifen. Sie zeigen ihn an wegen versuchter Erpressung ..."

„Eher Nötigung."

„... oder das, mir egal, und dann wird dieser Herr aus dem Verkehr gezogen. Ich kenne alle Kollegen, die von den hiesigen Gerichten mit psychiatrischen Gutachten beauftragt werden; spätestens nach einem Gespräch mit mir werden die Herrn Robin dahin schicken, wo er hingehört. Glauben Sie mir. Lassen Sie sich nicht einschüchtern. Man kann jede Krise überstehen. Man muss nur durchhalten. Und gegenhalten."

Friedrich sprach zum Schluss eindringlich und in rascherem Tempo. Seine Augen waren geweitet, seine Hände zu Fäusten geballt. Fresenius wusste, dass er diesen Mann heute Abend nicht mehr davon überzeugen konnte, den Rückzug anzutreten. Er hatte sich sogar etwas anstecken lassen von dessen Kampfeswillen. Und er wusste natürlich nicht, was Robin außer den drei illegalen Gesprächsmitschnitten auf den Tisch legen konnte, wenn es darauf ankam. Wie beim Pokern.

Er hatte indes weiterhin seine Intuition, die ihm sagte, dass schon die drei Gesprächsmitschnitte für Friedrich tödlich werden konnten. Denn würde ein Strafgericht tatsächlich gehindert sein, sie zu berücksichtigen? Und waren sie nicht nach Inhalt und Stimmen klar genug? Ferner ahnte er, dass er mit in Friedrichs Boot sitzen würde, wenn es sank. Aber heute Abend konnte er den Bootsführer nicht zu einem Kurswechsel bringen. Nein, umgekehrt wurde jetzt er selbst eingespannt in den Plan, Robin unschädlich zu machen. Die Idee behagte ihm schon deshalb nicht, weil er durch ihre Ausführung voll in Robins Schusslinie geraten würde, während darin bislang nur Friedrich stand und Robin ihn, Fresenius, lediglich als Instrument einsetzen wollte, um Friedrich zu treffen.

Zudem bezweifelte er, dass es gelingen würde, Robin aus dem Verkehr zu ziehen. Der konnte sich auch unauffällig benehmen, und er würde bei einem Treffen keine Waffen, kein Rauschgift und keinen Drohbrief mit sich führen. Und sie müssten der Polizei sagen und glaubhaft machen, womit Robin sie nötige. Und Robin würde bei einer solchen offenen Kanonade mit allem Schießen, was er hatte. Fresenius war sich nicht sicher, wer dabei als letzter stehenbliebe.

„Gut“, er wischte sich über den Oberschenkel, als lägen Krümel darauf, „es ist später geworden, als mir lieb ist; ich werde daheim noch erwartet.“

„Aha“, sagte Friedrich.

„Was wir gegen Robin unternehmen können, besprechen wir demnächst. Mir war es wichtig, Ihre Einschätzung zu hören“, log Fresenius und stand auf.

Friedrich tat es ihm nach, sie gingen zur Tür. Fresenius hob seinen Mantel von der Garderobe und legte ihn über seinen Arm, Friedrich sagte:

„Kommen Sie gut heim. Wir werden diese Sache durchstehen, glauben Sie mir. Wir müssen den lieben Herrn Robin ausschalten, und das machen wir. Überlegen Sie sich was für ein Treffen mit ihm, bei dem dann die Handschellen klicken. Aber machen Sie nichts ohne Rücksprache.“

„Natürlich nicht.“

„Okay. Rufen Sie mich an, sobald Sie eine Idee haben. Und verschwenden Sie keine Zeit."

Sie gaben sich die Hand, begleitet von einem flüchtigen Blick. Friedrich öffnete die Tür, sagte erneut „kommen Sie gut heim" und, mit einem Smalltalk-Lächeln: „Mittlerweile gibt es hier sogar Licht." Und er zeigte auf die Lampe im Treppenhaus, die bereits brannte.

Als Fresenius die erste Treppe hinuntergestiegen war und gehört hatte, wie die Tür von Friedrichs Appartement ins Schloss gezogen worden war, ging in seiner rechten Brusttasche der Titelsong von *Magnum* los, der Fernsehserie aus den achtziger Jahren. Er zog sein Telefon heraus, sah „Anonymer Anruf" im Display, hielt das Gerät ans Ohr und sagte:

„Ja?"

Am anderen Ende war erst nichts zu hören und dann:

„Ich bin enttäuscht."

Fresenius zuckte zusammen, machte einen Schritt auf das Treppengeländer zu und presste unwillkürlich die Stirn zwischen zwei Metallstäbe des Geländers.

„Doktorchen, ist bei dir alles klar?", fragte Robin mit gespielter Sorge. Sie war Ausdruck der Lust an einem Gefühl der Allmacht und an dem kleinen Schock, den er beim Angerufenen voraussehbar ausgelöst hatte.

„Was willst du?", fragte Fresenius beherrscht und abweisend. Er hatte nicht vor, dem anderen die Freude entsetzten oder unterwürfigen Verhaltens zu machen.

„Dir sagen, dass ich enttäuscht bin. Du weißt längst alles, was du wissen musst. Aber statt die Verantwortlichen zu ihrer Verantwortung zu ziehen, rennst du zu deinem Chef, also einem korrupten Verbrecher, und hältst mit ihm Kriegsrat. *Ich bin enttäuscht.*"

„Wo bist du?"

„Ganz in deiner Nähe."

Das Licht ging aus. Fresenius drehte sich ruckartig um und merkte, wie sein Herz gegen den Brustkorb schlug. In einiger Entfernung glomm ein roter Punkt an der Wand. Das musste ein Lichtschalter sein. Fresenius hatte in diesem Moment Angst.

„Hast Angst, Doktorchen? – Dann mach doch das Licht wieder an. Hm?"

Fresenius schluckte. In seinen Ohren hörte er den Tinnitus, der ihn schon seit Jahren begleitete – ohne dass er ihn sonst noch wahrnahm. Er ging zwei Schritte auf das rote Glimmen zu und hörte überlaut das Geräusch seiner Absätze und das Schmatzen der Ledersohlen. Sein Herz schlug jetzt wie unter physischer Volllast, und er drehte den Kopf hin und her bei dem Versuch, im Dunkel des Treppenhauses etwas zu erkennen.

„Nur zu, Fresenius", sagte es aus seinem Telefon.

Er öffnete den Mund, seine Halsmuskeln spannten sich. Er nahm das Telefon vom Ohr, und dann ging er drei Schritte, er hörte nichts mehr, er streckte die Hand zu dem flackernden roten Pünktchen und – da! – blendete ihn weißes Licht! Eine Tür hatte sich geöffnet, genau vor ihm, ging weiter auf, er schrie, ohne dass er einen Laut von sich gab, die Tür war offen. Im Treppenhaus ging das Licht an.

Vor ihm stand Professor Doktor Fritz Zerrer. Mit Mantel und Mütze, geschniegelt und gebügelt wie stets, nur mit überraschtem Gesicht. Hinter ihm, halb verdeckt, doch gut erkennbar, die Studentin mit dem Muttermal, die kurz vor seinem letzten Besuch bei Bock mit einer Kommilitonin an ihm vorbeigelaufen war. Sie war reizend, aber sparsam, um nicht zu sagen unvollständig bekleidet. Fresenius wusste jetzt wieder, wo er sie schon einmal gesehen hatte: hier, in diesem Treppenhaus Ende September, als er mit anderen Mitarbeitern des Instituts bei Friedrich zu Gast gewesen war, um die Bewilligung eines Drittmittelantrags zu feiern.

Nach einem Moment gegenseitigen Anstaunens fragte Zerrer:

„Wer sind Sie?"

Er kannte Fresenius offenbar nur als Namen und Tagesordnungspunkt.

„Fresenius, Doktor Fresenius, Herr Professor, Mediziner, Habilitand Ihres Kollegen Bock."

Und da ihm weiter nichts einfiel, streckte er dem Professor seine Hand entgegen. Zerrer starrte einen Moment auf die Hand, aber da auch ihm nichts Besseres einfiel, ergriff er sie verzögert und sagte:

„Angenehm. Zerrer."

Und zugleich zog er mit der Linken hinter sich die Tür ins Schloss, was Fresenius die Versuchung ersparte, sein Augenmerk noch einmal der jungen Dame zuzuwenden. Fresenius stellte fest, dass ihm ein Schweißfilm auf der Stirn lag und dass er ein aufgeklapptes Mobiltelefon in der Hand hielt, auf dem noch eine Verbindung aktiv war. Und apropos aktiver Verbindung wurde ihm erst jetzt ganz klar, was er soeben gesehen hatte und was diese Szene bedeutete. Zerrer räusperte sich, quälte ein Lächeln in sein Gesicht und sagte ohne viel Aufhebens:

„Ich bin gerade dabei zu gehen."

„Ich – wollte nur zu dem Lichtschalter dort", Fresenius zeigte auf den Schalter neben der Tür und kam sich vor wie ein kleines Kind, das seinen Vater auf einen Bagger aufmerksam macht.

„Schön. Dann wünsche ich noch einen guten Abend."

Und Zerrer schritt zur Treppe und stieg sie hinab, ohne sich umzusehen, aber mit den leicht ungelenken Bewegungen eines Menschen, der sich beobachtet fühlt. Fresenius blickte ihm hinterher, bis der Linealscheitel unter dem Etagenboden verschwunden war. Als auch die Schritte leiser wurden, hielt Fresenius das Mobiltelefon wieder in sein Blickfeld. Auf dem Display stand „Verbindung aktiv". Er führte das Gerät an sein Ohr. In diesem Moment ging wieder das Licht aus. Fresenius machte einen Schritt nach vorn, drückte auf den Schalter und ging wieder Richtung Treppe, nachdem er noch einen kurzen Blick auf das Klingelschild an der Tür geworfen hatte.

„Eine bemerkenswerte Begegnung", äußerte Robin, der am Atemgeräusch festgestellt haben musste, dass Fresenius wieder gesprächsbereit war. Aber Fresenius merkte, dass die Allwissenheit und das Überlegene in Robins Stimme an dieser Stelle gespielt waren und dass er mit dem Intermezzo eigentlich nichts anfangen konnte. Fresenius hingegen ging jetzt davon aus, dass Zerrer erpressbar war. Er hatte sich den

Namen des Mädchens gemerkt, S. Brock, wusste, wie sie aussah, wo sie wohnte – und dass sie eine von Zerrers Studentinnen war, möglicherweise sogar eine studentische Hilfskraft. Aus diesem Wissen floss Fresenius ein Machtgefühl zu, das sich zwar nicht auf Robin bezog, doch auch ihm gegenüber psychologisch wirksam wurde.

„Also, mein lieber Robin, was willst du jetzt von mir?“, fragte Fresenius abgeklärt bis desinteressiert. Aus der kurzen Pause, die eintrat, schloss Fresenius, dass Robin mit diesem Ton nicht mehr gerechnet hatte.

„Oho, Doktorchen, was plusterst du dich auf. Ich will von dir, was ich schon im Dezember wollte: Gerechtigkeit. Damals hatte ich den Eindruck, du hättest das kapiert. Hast du wahrscheinlich auch. Aber nach deinem Kriegsrat mit diesem *korrupten Arschloch,* ja“, Robin lachte, „im wahrsten Sinne des Wortes, mit diesem korrupten Arschloch – da muss ich leider annehmen, dass du die Seiten gewechselt hast. Du bist ja sogar auf seinen lächerlichen Plan eingegangen, mich – es ist wirklich grandios bescheuert – mich bei einem Treffen irgendwie zu überrumpeln und in die Klapsmühle zu schieben. Freundchen, ich kann euch sagen: Das haben schon andere probiert und sind gescheitert. Die Beleidigung, die euer Plan für meine Person und meine geistigen Fähigkeiten bedeutet, übergehe ich vorläufig, weil sie mehr über eure geistigen Fähigkeiten sagt als über meine.“

Es war erst jetzt, dass Fresenius bewusst wurde: Robin hatte nicht nur beobachtet, dass er bei Friedrich war; sondern er hatte ihr Gespräch vollständig mitgehört. Irgendwie. Trotzdem behielt Fresenius zum eigenen Erstaunen seine neue Souveränität in dieser Angelegenheit und sagte:

„Tja, mein Junge, jetzt weiß ich aber noch immer nicht, warum du mich anrufst.“

„Um dich zu warnen. Und um dir noch eine Chance zu geben. Eine letzte.“

„Das ist furchtbar freundlich, aber ich stehe für eine Nötigung nicht zur Verfügung.“

„Ich nötige dich auch nicht. Denn ich stelle dir kein konkretes empfindliches Übel in Aussicht, falls du weiter schweigst. Du musst nur wissen – aber das brauche ich dir nicht zu sagen –, dass du dann nicht nur für mich zum Mittäter wirst. Ganz wie du willst, Doktorchen."

Dann ein leises Knacken – die Verbindung war beendet. Fresenius klappte sein Telefon mit einer mechanischen Bewegung zusammen und steckte es wieder in seine Brusttasche. Er überlegte. Erneut ging das Licht aus. Nachdenklich, aber ruhig schritt er ein weiteres Mal zum Schalter und rief das Licht zurück. Dann zog er seine Brieftasche aus dem Sakko, fingerte eine Visitenkarte von sich heraus und schrieb mit einem kleinen Kugelschreiber, den er stets bei sich trug, auf die Rückseite:

„Robin hört Ihre Whg. ab. Mglw. mit Wanze (hatte ja Zutritt). Auch beim Tel. beachten. Für Suche nach Wanze Spezialisten über Kripo erfragen. Gruß"

Die Karte ließ er beim Verlassen des Hauses in Friedrichs Briefkasten fallen. Auf der Straße sah er sich um, erwartungsgemäß ohne Befund. An seinem Wagen jedoch klebte ein Zettel mit dem Wort „Taxi" und einer Telefonnummer. Alle vier Reifen waren platt. Auf die Beifahrertür war ein Symbol gesprüht: das biologische Zeichen für das männliche Geschlecht, und in dem Kreis dieses Symbols ein Paragrafenzeichen. Der Pfeil des biologischen Symbols reichte bis zum Außenspiegel.

Fresenius atmete tief ein, nahm ein Taschentuch aus seinem Mantel, löste vorsichtig den Zettel von der Tür, verwahrte ihn vom Taschentuch umhüllt in seiner Manteltasche; und dann bestellte er sich mit der Nummer tatsächlich ein Taxi.

Der Plan

Der Assistent Matthäus Pantalon genannt Hirnigl schritt aufrecht und gleichwohl beschwingt über das Linoleum im vierten Stock des Hörsaal- und Institutsgebäudes der Juristen. Sein sportlich geföhntes und gewelltes Haar wippte im Takt seiner Schritte, und der Klang seiner Absätze auf dem Boden hallte um ihn herum und verbreitete eine Aura der Entschlossenheit. Sein Gang führte ihn zum Zimmer des Assistentenkollegen Grünthal. Es war nämlich das Folgende geschehen. Die Studierenden hatten die Lehrleistungen auch der Assistenten in den Arbeitsgemeinschaften evaluiert, das hieß auf Formularen bewertet mit Punkten und Kommentaren. Er selbst hatte respektable, ja hervorragende Ergebnisse bekommen, wenn auch samt einigen Kommentaren, die er der Jugend und dem Mangel an innerer Reife seiner Hörer zuschrieb. Hervorragend, ja, so durfte man seine Ergebnisse nennen. Wenn nur nicht die eines anderen noch weiter hervorragten: die des Assistenten Grünthal.

Er hatte eigentlich nichts gegen Grünthal; er war ihm nicht, wie man daheim sagte, zuwider. Sicher, der Grünthal war ein Snob, ein Gelackter, auch wenn er nicht gebügelt und gestriegelt und gegelt war wie einige ihrer Studenten. Aber diese äußere Andersartigkeit, das Gewählte von Kleidung, Accessoires und Habitus, das konnte ihm einerlei sein. Zumal der Grünthal im Öffentlichen Recht tätig war und damit, vom Zivilrecht aus betrachtet, in tiefer gelegenen Gefilden.

Auch die Gewandtheit des Assistentenkollegen gegenüber den Studierenden weiblichen Geschlechts und die dabei fakultätsnotorisch zu buchenden Erfolge durften ihn kalt lassen. Denn er hatte sich herkunftsbedingt dem Katholischen verschrieben und kam daher für ein derart loses Leben nicht in Betracht. Sein liebstes Haserl war etwas anderes, denn da verfolgte er ehrliche Absichten. Und soweit ihn darüber hinaus Phantasien quälten, so hatten unter denen schon bessere und glaubensfestere Männer gelitten. Nein, die Umtriebigkeit – dies war das richtige Wort – des Assistentenkollegen Grünthal konnte ihm eigentlich egal sein. Wie gesagt abgesehen von seinen Phantasien; und abgesehen vielleicht auch von einem unvernünftigen, gleichfalls aus evolutionsbiologischen Tiefen aufsteigenden Neid auf Zahl und Vielfalt der sexuellen Kontakte des anderen, aber all dies, ein für allemal, rückte Grünthal in der Hierarchie der Rechtswissenschaft und in der Fakultät nicht höher zu ihm herauf und ließ ihn nicht gefährlich werden.

Anders war dies jetzt mit den Ergebnissen ihrer Evaluation. Dass Grünthal noch einmal besser abgeschnitten hatte als er selbst, war kein Wunder. Denn die schmeichlerische, buhlende Art des Grünthal – nebenbei: nicht untypisch für einen Träger dieses Namens –, eine solche Art führte vorhersehbar dazu, dass ihm die Sympathien der Studenten zuströmten, die es nicht besser wussten. Und natürlich waren es solche einfachen, warmen, verstandesfreien Empfindungen, die auf die Bewertung der Dozenten entscheidenden Einfluss hatten. Zudem hatte Grünthal im Öffentlichen Recht ein leichtes Spiel. Er musste seinen Hörern lediglich die Grundrechtsdogmatik beibringen, später noch etwas Staatsorganisationsrecht, nun gut; aber das war viel weniger, viel schlichter als das Schuldrecht und der Allgemeine Teil des Zivilrechts, die er zu vermitteln hatte mit ihrer anspruchsvollen und feingeschliffenen Mechanik.

Es hätte ihn auch dies kalt lassen können, gewiss. Doch es gab einen Preis, eine vom Ministerium für Wissenschaft und Bildung (und einiges andere) ausgelobte Ehrung für diejenigen Assistenten im Lande mit den am besten evaluierten Lehrveranstaltungen. Für diesen Preis mussten die Fakultäten Vorschläge machen. Und ihre Fakultät schlug üblicherweise denjenigen vor, der in den studentischen Bewertungen im Durchschnitt die höchste Gesamtnote erreicht hatte. Das war dieses Mal Kollege Grünthal.

Um die Bedeutung dieses Umstandes voll zu ermessen, hatte man zu wissen, dass erstens jener „Preis für gute Lehre“, so hieß er, im Lebenslauf ein formidabler Eintrag war, wenn man sich nach der Habilitation auf Professorenstellen bewarb. Zweitens gab es für die Universitäten und Fakultäten ein informelles Rotations- und Proporzsystem, das faktisch darüber entschied, welche Vorschläge zum Zuge kamen. Und das war in diesem Jahr der Vorschlag ihrer Fakultät. Danach würden die hiesigen Assistenten mehrere Jahre keine Chance mehr haben; ungeachtet ihrer Evaluationsergebnisse. Ihre Zeit würde erst wieder kommen, wenn er, der Habilitand Pantalon genannt Hirnigl, hoffentlich kein Assistent mehr war, sondern Privatdozent und mindestens Vertreter eines Lehrstuhls. Daher galt es, jetzt zu handeln. Und daher war er auf dem Weg zu Grünthal. Er musste ihn dazu bewegen, die eigene Bewerbung für den „Preis für gute Lehre" zurückzuziehen.

Sein Schritt ging fest und doch federnd und schwingend über das graue Linoleum. Mit der gleichen Mischung aus dezentem Nachdruck und Schwung öffnete er die Glastür zu jenem Gang, an dem das Zimmer des Assistenten Grünthal lag.

*

Er hatte einzugestehen, dass seine Intervention nicht wesentlich erfolgreicher gewesen war als die Operationen der Österreicher Anno achtzehnhundertundneun bei Eggmühl; seiner schönen, fast täglich vermissten Heimat. Grünthal hatte sich renitent gezeigt und durchaus nicht einsehen wollen, dass man Evaluationsnoten im Öffentlichen Recht nicht ohne weiteres mit denen im Zivilrecht vergleichen konnte. Wenn man ehrlich war, kein überraschendes Resultat. Denn um den fraglichen Unterschied zu erfassen, war doch gerade jene geistige Begabung erforderlich, die Grünthal offenbar fehlte – sonst hätte er nicht bei Hauptmann im Öffentlichen Recht angeheuert, sondern bei einem der Lehrstühle im anspruchsvolleren Zivilrecht.

Eine verlorene Schlacht indes war noch kein verlorener Krieg – auch dies eine Lehre aus dem deutschen Kampf gegen Napoleon, der schließlich trotz aller seiner Siege, bei

Eggmühl und sonstwo, die Bühne der Geschichte als Verlierer verlassen hatte. Den „Preis für gute Lehre“ musste er abschreiben, das war wohl so. Aber er würde seinen ersten Ruf, seine erste Professorenstelle auch ohne ihn bekommen. Der Brief, den er jetzt schreiben wollte, war Teil des Angriffsplans. Sein Notebook war aufgeklappt und wartete mit einem blinkenden schwarzen Strich auf seine Befehle.

Er saß bequem in einem Schreibtischstuhl und ließ sich von dem bayerischen Staatswappen inspirieren, das er sich an die Tür gehängt hatte. An jener juristischen Fakultät nahe seiner Heimat, an der er selbst studiert und bei Seierling als Hilfskraft angefangen hatte, war in absehbarer Zeit ein Lehrstuhl für Bürgerliches Recht neu zu besetzen, auf den er mit seinem Profil – den Themen seiner Publikationen – faszinierend gut passen würde. Jedenfalls dann, wenn die Fakultät die Stelle wieder so ausschrieb, wie sie besetzt war. Und er hatte die verlässliche Information, dass sie dies in der Tat vorhatte. Sein Informant war ein Landsmann, Professor an jener Fakultät und im Öffentlichen Recht tätig. Er hatte ihn damals als Student in den Vorlesungen zum Öffentlichen Recht kennengelernt. Außerdem waren sie in derselben katholischen, farbentragenden, doch nicht schlagenden Verbindung.

Dieser Kollege würde für ihn ein gutes Wort einlegen, wenn er sich auf die Stelle bewarb. Und er würde sich bewerben. Seine Habilitationsschrift konnte er demnächst abgeben, und ab diesem Zeitpunkt war er in der Lage, sich zu bewerben, auch wenn der Abschluss des Verfahrens dann noch einige Monate auf sich warten ließ. Und wie zog es ihn nach Hause! Nichts gegen das sonnige Südbaden und seine geselligen Bewohner, und sicher war es richtig, dass Universitätsprofessoren in der Regel aus ihrer akademischen Heimat heraus mussten, wenn sie den ersten Ruf bekamen. Aber die akademische Heimat war etwas anderes als die tatsächliche, sozusagen biologische Heimat, und seine Heimat war noch einmal eine Klasse für sich, mit anderen Regionen in und außerhalb Deutschlands so wenig zu vergleichen wie Öffentliches Recht und Zivilrecht. Keiner verließ sie ohne

Not. Jeder, der von dort stammte und den es in eine andere Gegend verschlagen hatte, wollte zurück. Er, der Assistent, Habilitand und mit Gottes Hilfe demnächst Privatdozent Pantalon, vom Hofe der Hirnigls stammend, hatte seine Chance in naher Zukunft.

Die Unterstützung durch seinen Verbindungsbruder würde auf einer Do-ut-des-Vereinbarung beruhen – ohne Gegenleistung bewegte sich auch im akademischen Betrieb nicht viel. Der Verbindungsbruder stand mit einigen Professoren der hiesigen Fakultät auf freundschaftlichem Fuße, namentlich mit Bock und Bentin sowie mit seinem Chef, Seierling. Sein Plan ging dahin, einen Ruf hierher zu erhalten. Doch es gab ein Hemmnis: Es wurde bis auf weiteres keine Stelle frei. Selbst der Älteste, Hauptmann, hatte noch sieben Jahre.

Daher hatten sie auf dem letzten Jahrestreffen ihrer Verbindung bei einem Weißbier überlegt nachzuhelfen. Zielperson war Zerrer. Keiner mochte ihn. Und es gab einige glaubwürdige, wenngleich nicht öffentlich zitierbare Zeugen, über die man wusste, dass des Professors Verhältnis zu einigen seiner weiblichen Studenten kein Tageslicht vertrug. Das Ganze war nicht bloß moralisch zu verwerfen, sondern strafbar. Denn auch Liebesdienste waren ein Vorteil, dessen Einfordern, Annahme oder Vereinbarung als Bestechlichkeit zu würdigen war, wenn der Empfänger als Gegenleistung seine Amtspflichten verletzte. Dies tat Zerrer, wenn er die Studentinnen ungeachtet ihrer fachlichen Eignung als Hilfskräfte einstellte oder ihnen bessere Noten oder besondere Informationen gab. Wenn auch nur eines seiner Püppchen auspackte, war er geliefert. Und dann würde seine Stelle frei.

Leider fand sich dazu nur schwer eines der Mädchen bereit. Scham spielte eine Rolle, auch falsche Loyalität. Vor allem jedoch hatten sie zu beachten, dass sie sich durch ihr Verhalten selbst einer Bestechung schuldig machten – spiegelbildlich zur Bestechlichkeit des Professors. Doch gab es einen Weg, Zerrer zu überführen, den sein Verbindungsbruder und er sich bereits in vielen Einzelheiten ausgemalt hatten: Man musste Zerrer einen Lockvogel schicken, einen weiblichen Köder. Und ihm dann mit verstecktem Mikrofon, versteckter Kamera oder beidem zu Leibe rücken, diesem verklemmten Triebsklaven.

Das konnte aber weder sein Verbindungsbruder noch er selbst organisieren, denn der Zusammenhang mit den späteren Bewerbungen wäre zu deutlich, und für ihn als Assistenten dieser Fakultät käme es ohnehin dem akademischen Suizid nahe, einen ihrer Professoren bespitzeln zu lassen. Man liebte den Verrat, doch nicht den Verräter. Folglich musste diese Aufgabe ein anderer übernehmen. Jemand, der objektiv einen besseren Grund dafür hatte und subjektiv dumm genug war, sich tatsächlich auf diesen Grund zu berufen und tätig zu werden. Es kam nur eine Person in Betracht. Der Assistent und Habilitand Pantalon genannt Hirnigl begann zu tippen.

Morgestraich

Mit dem Basler Morgestraich verhält es sich wie folgt. Er ist der Beginn der Basler Fastnacht, eines Treibens, das den gleichen Ursprung hat wie der Münchner Fasching und der Kölner Karneval, aber eine signifikant andere Form. Die Basler Fastnacht ist ein Ergebnis protestantischen Denkens und alemannischen Brauchtums und entbehrt daher alles ostentativ Spaßige. Sie deshalb als freudlos zu bezeichnen, ginge zu weit. Vielmehr genießen ihre Teilnehmer verfeinerte, streng reglementierte, ja vertrackte Freuden vergleichbar einem entwöhnten Raucher, der einmal im Jahr eine Packung Zigaretten kauft, sorgfältig öffnet, Zigarette um Zigarette herausnimmt und beschnuppert – um sie dann in einem Freudenfeuer zu verbrennen.

Gut protestantisch fehlt der Basler Fastnacht jeder Bezug zum Fleischlichen. Schenkelschwingende Funkemariechen kennt sie ebensowenig wie gegrölte Frivolitäten oder exhibitionistische Dekolletés. Die Aktiven tragen eine Ganzkörperverkleidung einschließlich Kopf und Gesicht und haben nur Mund und Hände frei, um mit ihnen vorschriftsmäßig „pfeifen", das heißt in Piccolo-Flöten – kleine Querflöten – blasen, sowie trommeln zu können. Auf der anderen Seite sind Mund und Hände natürlich ebenfalls potentiell sündige Körperteile, und niemand führt darüber Buch, was die Verkleideten tun, wenn sie nicht musizieren.

Reglementiert ist auch die Verkleidung. Zwar ist den Aktiven gerade beim Morgestraich das Kostüm freigestellt, „Charivari" nennt sich das. Aber dies heißt mitnichten, dass nun der eine als Pirat, der andere wie Winnetou und ein Dritter als Eisbär erschiene. Es heißt lediglich, dass die Fastnachtler nicht einheitlich das Kostüm ihrer Clique tragen müssen, so heißt in Basel das Pendant zum Karnevalsverein.

Gänzlich unverkleidet sind die Zuschauer. Das einzige, was sie mit den Fastnachtlern gemeinsam tun können, ist in den Wirtschaften etwas trinken und die Fastnachtspeise verzehren, bestehend aus Mehlsuppe und Zwiebel- oder Käsewähe, eine Art Flammkuchen. Alkohol nimmt man dabei nur maßvoll zu sich, viele Fastnachtler verzichten ganz – was man verstehen muss angesichts des musikalischen Dauereinsatzes und angesichts dessen, dass sie an den Vormittagen wie gewohnt arbeiten. Alkoholisiertes Geschrei und alle sonstigen Zeichen der Betrunkenheit sind verpönt.

Es gibt Darbietungen von Musik und Gesang. Allerdings sind auch deren Formen und Instrumente durch Herkommen und Verordnungen geregelt. Das Publikum hört zu und schweigt. Wie im protestantischen Gottesdienst spielt das Wort eine wichtige Rolle: in den Liedern der Schnitzelbanksänger und in den Versen, die von den Cliquen beim Cortège, einem Umzug, auf Zetteln verteilt werden und die jeweils Ereignisse des letzten Jahres aufspießen wie in einer boshaften Predigt.

Die Maske des Fastnachtlers heißt „Larve". Zu bestimmten traditionellen Masken gehören ebenso traditionelle Kostüme, weswegen man in solchen Fällen die gesamte Verkleidung als Larve bezeichnet. Die beliebteste dieser Larven ist der Waggis. Die Waggis-Larve verballhornt Elsässer Tagelöhner und soll die Arbeitstracht Elsässer Gemüsebauern darstellen. Sie besteht aus einem blauen Hemd, einer weißen Hose, großen Holzschuhen und zuweilen aus einer Zipfelmütze. Gern trägt der Waggis eine Kokarde mit den französischen Farben, ein Einkaufsnetz mit Gemüse und einen knüppelgleichen Riesenknochen. Die Maske des Waggis zeichnet sich durch eine ballongroße rote Nase aus, was den verspotteten Tagelöhnern unmäßigen Alkoholgenuss unterstellen soll.

Der Morgestraich ist ein Ereignis um vier Uhr in der Früh. In der gesamten Basler Altstadt gehen auf einen Schlag die Lichter aus. Dann setzt auf ein kurzes Kommando hin ein dissonantes, rhythmisch-arhythmisches Pfeif-, also Flöten- und auch Trommelkonzert von allen Fastnachts-Cliquen ein. Und diese Cliquen beginnen in kleinen Formationen, durch die Altstadt zu ziehen. Vorn mit dabei ist ein von innen erleuchteter, aus transparentem Material gebauter, „Laterne" genannter Kasten, auf dessen leuchtende Flächen bunte Satirebilder gemalt sind. Kleinere Ausgaben dieser Laternen tragen die Pfeifer und Trommler auf ihren Köpfen. Und so ziehen die Formationen wie Glühwürmchen durch die Gassen der Altstadt hinunter zum weiten Marktplatz, wo sich ihre Wege kreuzen und verheddern, mischen, entwirren und vom Markt weg fortsetzen.

Während all dieser Zeit trommelt es auf hunderten von Trommeln in Rhythmen, doch ohne Takt, und türmen sich die Rhythmen unterschiedlicher Formationen wie Wellen, die sich begegnen, zu einem Crescendo auf und ebben wieder ab, um erneut anzufluten und sich zu überlagern. Und es pfeift aus hunderten kleiner Flöten in Tönen, doch ohne Melodie, und das Spiel der Formationen verbindet sich zu schrillen Dissonanzen, die den Winter und böse Geister vertreiben.

Die Zuschauer stehen in Mengen gedrängt zu tausenden auf dem Markt und in den Gassen und sehen dem Schauspiel zu unter einer Anspannung, die genau um vier Uhr ihren wohlig vibrierenden Höhepunkt erreicht, einige Minuten hält und dann in einen unauffälligen Sinkflug übergeht, während die Bilder und Sprüche auf den Laternen und Verkleidungen der Aufmerksamkeit neue Nahrung geben. Das ist der Morgestraich.

*

Auf dem Bahnsteig schob und drängte es, darüber hallte vielstimmige Heiterkeit. Es war ein Uhr dreißig in der Nacht, in einer Nacht von Sonntag auf Montag. Der Sonderzug fuhr in einer Viertelstunde. Er brachte sie Richtung Süden, Richtung Schweiz, in eine Stadt an der deutschen Grenze, in der heute das begann, was dort Fastnacht hieß und *Fasnet* gesprochen wurde.

Thomas stellte sich auf die Zehenspitzen und reckte sich. Er war mit Jonas und Patrick verabredet – und mit Eva, die Patrick ins Boot geholt hatte. Die beiden anderen hatten das mild erstaunt zur Kenntnis genommen und wussten nicht ganz, ob ihnen das ihre Männer-Unternehmung verwässern würde oder ob der Ausflug erst dadurch jenen Kitzel bekam, den er brauchte.

Das Publikum war sich offenbar bewusst, dass in der Fastnacht, die sie besuchten, die Zuschauer in Zivil zu erscheinen hatten. Was sich auf dem Bahnsteig drängte, umarmte, knuffte und schob, trug studentische Kleidung. Nur eine Gruppe von Studentinnen augenscheinlich rheinischer Provenienz hatte sich auf den vermeintlichen Karneval äußerlich vorbereitet mit roten Schminke-Herzen auf den Wangen, Glitzerstäubchen auf Haut und Haar, Lipgloss und noch etwas aufgekratzteren Stimmen als ringsum. Man würde sie dort, wo es hinging, so ähnlich behandeln wie amerikanische Touristen in einer Feierstunde zu Goethes zweihundertstem Todestag. Denn die Fasnet war dort wie berichtet eine protestantische, das heißt reglementierte Fröhlichkeit, und da man in protestantischen Landen gewohnt ist – im Gegensatz zur katholischen Lebenskunst –, Regeln auch zu beachten, war sie eine im Grunde tiefernste Angelegenheit.

Thomas schwenkte seinen Blick wie einen Suchscheinwerfer über das unruhige Reisevolk. Sein Lichtstrahl drang durch die Schwaden der Stimmung derer, die hier standen – eine erwartungsvolle Stimmung, das Bewusstsein des Außerplanmäßigen von Zug und Reisezeit, das Bewusstsein, etwas zu erleben, das man nicht beliebig, sondern nur jetzt, in diesen Stunden erleben konnte. Und das Gefühl, zu einer Eventelite zu gehören und zu einer ebenso urtümlichen wie schrägen Show zu fahren.

Und da stand auch schon Jonas. Ihm gegenüber betrachtete eine der Rheinländerinnen – hübsch, aber mittlerweile maximal desinteressiert – etwas, das Jonas in der Hand hielt und wortreich erläuterte, während er mit dem Zeigefinger der anderen Hand auf dem kleinen Gegenstand herumdeutete. Als er ihn schräg hielt, erkannte Thomas, dass es sich um eine Fasnet-Plakette handelte. Diese Anstecker aus schwerem Metall wurden von den Veranstaltern verkauft, um das Spektakel zu finanzieren. Bei den Fasnetumzügen tat man gut daran, eine zu tragen, andernfalls man als Schmarotzer betrachtet und von einigen Teilnehmern der Umzüge unter dem Schutz ihrer Masken auch so behandelt wurde. Bei der Eröffnung der Fasnet aber, beim Morgestraich, zu dem sie fuhren, drängten sich solche Zuschauermengen, dass Plakettenlose nicht auffielen. Außerdem konnte man die Plaketten am Zielort überall kaufen. Jonas hatte sie sich offenbar zuschicken lassen. Wahrscheinlich nahm er an, dass man ihn ohne nicht einreisen ließe.

Die Rheinländerin wandte sich jetzt ab, und ihr Gesicht leuchtete unter dem Glitzerstaub und den roten Herzen auf, als sie das Lied mitsang, das ihre Freundinnen angestimmt hatten und das davon handelte, wie eine junge Frau mit schneeweißem Busen, oho, oh, olalala, von einem kräftigen Burschen im Schlafe, oho, oh, olalala, zur Mutter gemacht worden war.

Jonas steckte Plakette und Zeigefinger wieder ein und sah sich um. Thomas sah er nicht. Dafür sah Thomas, wie aus den Schließfachreihen heraus Patrick und Eva in die Menge navigierten. Er konnte nicht erkennen, ob Patrick Eva an der Hand hinter sich herzog oder ob sie so dort ging. Thomas winkte. Einziges Ergebnis waren Unmutsäußerungen seiner Nachbarn aufgrund der ausladenden Armbewegung. Er sah noch, wie Patrick bei Jonas ankam, dann ließ er sich von seinen Zehenspitzen auf die Fußsohlen zurücksinken und bewegte sich in die gleiche Richtung.

*

Polternd schob sich ihr Zug am Bahnsteig entlang in jenen Basler Bahnhof, der noch auf bundesdeutschem Territorium lag, aber die Besucher auf Schweizer Territorium ausspuckte, wenn sie ihn verließen.

Aus den Türen quollen die Fastnachts-Touristen und strebten zu den Treppen. Eva stolperte auf den Metallstufen des Waggons und wäre auf den Bahnsteig gestürzt, hätte Patrick sie nicht aufgefangen. Von der eigenen Geistesgegenwart befriedigt setzte er sie ab. Sie legte sich kurz und wirkungsvoll die rechte Hand auf die Brust zum Zeichen dafür, dass sie sich erschrocken hatte, zog die Brauen hoch, schluckte und sagte: „Puh, danke!"

Thomas und Jonas waren schon auf der Treppe. Aus der Halle tönte lautes, erwartungsfreudiges Geschwätz. Sie gingen an den Grenzbeamten vorbei, die sich in ihrem Büro langweilten und jetzt lediglich nach wohlgeformten Mädchen Ausschau hielten. Eva zog ihre Blicke hinter sich her. Dann ließen sich die Vier mit den anderen Fastnachts-Touristen Richtung Innenstadt treiben.

*

Er blickte durch zwei Löcher. Wenn er den Kopf drehte, drehten sich die Löcher mit. Vor den Löchern breitete sich das Innere seiner Wohnung aus. Vor seiner Wohnung, unten auf der Straße, spülten unsichtbare Wellen die Fremden in die Altstadt. Er war eigentlich auch nicht von hier. Aber das Land war nach seinem Geschmack: unabhängig, unbeugsam, mit urdemokratischer Tradition, selbstbestimmt bis zum Kauzigen, eigensinnig, urig, authentisch, freiheitsliebend – ja, freiheitsliebend, das war das Wichtigste, die eigene Freiheit liebend, die der anderen achtend, aufstampfend und prinzipientreu die Freiheit achtend, das war es.

Er drehte den Kopf, und vor den Löchern, durch die er sah, wanderten ein Sofa und eine Ikea-Stehlampe vorbei, eine Yucca-Palme, ein Staubsauger, dann eine Yoga-Matte und schließlich der Sekretär: ein verehrungswürdiges Möbel aus den deutschen Gründerjahren, ein Erbstück von der Mutter, schweres schwarzes Holz, prunkende, stilgemischte Ornamentik auf überquellenden Zierleisten, wuchtige Füße, tresordicke Türen und Schubladenblenden, die massive Schreibfläche heruntergeklappt, an zwei Ketten hängend wie eine Zugbrücke, und auf dieser Platte lag, von ihrem einen Ende bis zum anderen – ein Knochen.

Er machte einige Schritte Richtung Sekretär mit seinen übergroßen Holzschuhen, das ergab ein schlurfendes Klack-Klack auf dem Parkett, bis er vor der Schreibplatte stand. Er hob die rechte Hand und strich mit dem Zeigefinger über den Knochen, von dem dicken, gespreizten, teils halbkugelförmigen Ende den Schaft entlang bis zum anderen Ende und zurück. Bestes Plastik. Eine 1a-Nachfertigung, und zwar in zehnfacher Vergrößerung, des Penisknochens eines Höhlenbären, des Ursus spelaeus. Er hatte ihn im naturkundlichen Museum gesehen, im Original, und in ihm hatte dieser Knochen sofort eine warme und stolze Empfindung ausgelöst. Der Bär war ein starkes, unabhängiges Tier, das sich von niemandem etwas sagen ließ, womöglich nicht einmal von seiner Bärin. Und dann ein Penisknochen, ein so ganz und gar männlich-aufrechtes Körperteil, das war schon etwas. Er hatte im Museum das Exponat zigfach fotografiert und heimlich vermessen und dann einem Betrieb den Auftrag zur Nachfertigung erteilt, der auf Theater-, Film- und Karnevalsrequisiten spezialisiert war. Nicht billig, aber jetzt lag es vor ihm, das stolze Ergebnis.

Er umfasste den Knochenschaft aus Kunststoff und wog das Prunkstück wohlwollend in seiner Hand. Auf und ab schwang vor den Löchern, durch die er sah, der große Penisknochen des unbändigen, ungebärdigen Ursus spelaeus, des Höhlenbären. Er spürte, wie es unter seiner blütenweißen Hose spannte und wie sein Herz schlug. Er schluckte. Dann ergriff er ein altes Einkaufsnetz mit angegammeltem Gemüse und wandte sich zur Tür.

*

Sie hatten einen Platz in der ersten Reihe erwischt, auf dem großen Markt unter einer Laterne. Es war fünf vor vier. Hinter ihnen drängten sich Tausende schwatzend aneinander. Patrick holte einen Flachmann aus der Innentasche seiner Jacke, gebürsteter Edelstahl, schraubte ihn auf und fragte:

„Möchte jemand?“

Thomas ließ nach einer Bedenksekunde ein gedehntes „Jaaa“ vernehmen im Sinne von „warum eigentlich nicht?“. Der Himbeerschnaps brannte ihm die Kehle hinunter und brachte seinen Magen zum Glühen. Jonas blickte sich ununterbrochen um, so als müsse er sich die Szene für eine Zeugenaussage merken. Eva nahm ebenfalls einen Schluck Himbeergeist und schüttelte sich. Dann begann der Lärmpegel ganz von allein zu sinken, Gespräche endeten, Frotzeleien blieben unerwidert, Fragen ungestellt; stattdessen atmeten die Menschen ein, rieben sich die Hände, blickten umeinander, schwiegen – warteten. Auf der Uhr von Thomas war es schon vier. Die letzten Flüsterer verstummten. Stille.

Und unvermittelt, erwartet und doch plötzlich, gingen alle Lichter aus. Die Laterne, in deren Lichtpyramide sie gestanden hatten, erlosch. Die Pupillen weiteten sich, die Augen suchten Orientierung an den Fassaden, die den Platz umgaben wie Masken mit schwarzen Augenlöchern und schwarzen Mündern. Die Kälte der Februarnacht drang im Schutze dieser Dunkelheit tiefer in die Kleidung. Thomas fröstelte.

Dann erhob sich das Pfeifen und Trommeln. Eigenwillig trommelten die Rhythmussalven durch die Nacht. Sie stockten, steigerten sich, brachen ab. Dann trommelte es wieder los, unbeirrt von allen anderen Trommeln, die sich genauso wenig von ihren Wirbeln, Schlägen und Stakkatos abbringen ließen. Darüber das hundertstimmige Pfeifen aus den Piccolo-Flöten, mal lieblich, dann aggressiv, schrill, gegen den melodischen Strich, dann wieder melodiös. Mal leiser, mal lauter, sich gegenseitig überpfeifend; ein Tinnituspfeifen in den Gehörgassen der Altstadt.

Die Pfeifen und Trommeln wanderten durch die Gassen in den Formationen der Cliquen. Man sah ihre Wege vom Marktplatz aus aufgrund der farbigen Laternen. Großen chinesischen Drachen ähnlich, in denen sich Menschen verbergen, bewegten sich die Formationen leuchtend und glimmend durch die Altstadt. Die Zuschauer starrten und horchten und froren.

*

Vor den Augenlöchern seiner Maske standen und gingen belustigte Menschen, einige in bunt-unsinniger Kleidung vom Kopf bis zu den Füßen, die meisten alltäglich gekleidet, nur durch eine farbige Plakette gekennzeichnet wie mit einer

Blume im Knopfloch. Es war laut, es schwatzte aus tausend Kehlen, jeder musste schreien, um sich zu verständigen. Er schlenderte durch die Gehenden und Stehenden. Gesichter drehten sich zu ihm und schmunzelten. Erkennen lag in dem Schmunzeln, stille Billigung und Bestätigung dessen, dass es mit ihm hier seine Richtigkeit hatte trotz alles Absonderlichen seiner Erscheinung. Manche Gesichter lachten auf, wenn die Blicke auf das fielen, was er in der Rechten trug, und Finger deuteten darauf. Doch auch darin lag Anerkennung, ein Daumen-hoch-Zeichen, das ihn in der Wahl seines Requisits bestätigte.

Durch die Augenlöcher seiner Maske musterte er die Menschen. Es würde eine Frau sein. Niemand sah seine Blicke, niemand seine Augen. In der Dunkelheit seiner Maske ließ er sie wandern. Eine heimliche, unerlaubte, pulsierende Freude war es, unbeobachtet zu spähen und so unter den Augen aller und doch unentdeckt das vorzubereiten, was kommen würde. Eine Tarnkappe, die unsichtbar macht, wäre keine größere Lust, denn nur unter seiner Maske wurde er gesehen und nicht bemerkt, war sichtbar und unsichtbar zugleich. Er hielt Ausschau. Es würde eine Frau sein.

*

Eva schob sich mit geschlossenen Augen und einem langgezogenen Laut des Behagens ein Stück Käsewähe in den Mund. Jonas, Thomas und Patrick sahen zu und nippten an ihrem Weißwein. Sie standen am Tresen einer Wirtschaft inmitten von urtümlichem Fachwerk und Fasnetbesuchern. Thomas nahm einen kräftigen Schluck, ließ seinen Blick kreisen und meinte:

„Ja, das war doch wirklich eine schräge Kiste."

Eva kaute und hielt ihre fettigen Finger etwas hilflos in die Luft. Jonas nickte und schien in Gedanken die Cliquen abzuzählen, die an ihnen vorbeimarschiert waren. Patrick reichte Eva ein Taschentuch.

*

Das Treiben vor den Gucklöchern seiner Maske hatte sich etwas ausgedünnt. Das feiernde Volk war in zahllose Wirtshäuser und Bars eingekehrt. In den Gassen war's übersichtlicher geworden. Eine Gruppe aktiver Fastnachtler kam ihm entgegen, zwei davon in der Verkleidung des Waggis, die schwangen ihm ihre Knochen-Knüppel entgegen. Er hob seinen Riesenknochen zur Erwiderung des Grußes und grinste hinter seiner Maske.

*

Eva drehte sich nach links und rechts, während sie an den Kostümierten, an den Fastnachtlern vorbei und um sie herum durch die Altstadt lief. Die Jungs gingen fünfzig Meter voraus. Sie war zurückgefallen, weil sie Fotos machte. Ihre Motive waren die Masken und Verkleidungen. Die meisten Fastnachtler stellten sich ihr bereitwillig in Positur, reckten die Attribute ihrer Larve oder was sie sonst mit sich führten in die Höhe, geschmeichelt und bezirzt von dem Interesse der jungen Frau, die sie anlachte. Sie beschleunigte ihren Schritt, um Anschluss an die Jungs zu gewinnen, weiterhin nach allen Seiten spähend. Und dort! Dort lief ja eine wahre Pracht von einem Waggis, mit einer roten Nase groß wie ein Kegel. Und erst der Knochen, den er in der Rechten hielt, als hätte er ihn im Museum aus einem Saurier-Skelett gestohlen. Sie steuerte an zwei Betrunkenen und einer Hexe vorbei Richtung Waggis.

*

Er schlenderte in einer Seitengasse nahe der Adresse, die er auswendig wusste. Er hatte ohne nachzudenken angenommen, dass sich alles fügen würde: Ort, Zeit und Gelegenheit. Doch jetzt streunte er schon lange durch das Gewusel und Treiben, und nichts fügte sich. Außerdem hatte er Hunger, vermaledeiten Kohldampf. Die anderen schoben sich Zwiebel- und Käsewähe ins Maul und löffelten Mehlsuppe, und er hatte nichts als einen angegammelten Kohlrabi und einige gummiweiche, verrunzelte Möhren in seinem Netz. Aber gerade stolze und freie Wesen brauchten ihre Nahrung, brauchten Energie, um das innere Feuer zu speisen, sonst war's nichts mit der ungebärdigen, wilden Freiheitsliebe. Oder hatte man zum Beispiel schon einmal einen Ursus spelaeus, einen Höhlenbären brüllen hören, sich aufrecken und Äste abreißen und Gegner verkloppen und die Bärin begatten gesehen, wenn er hundsgemeinen Kohldampf hatte an der Grenze zum Verrecken? Niemand hatte je einen solchen Höhlenbären gesehen, und er konnte die Bären verstehen. Verdrossen schwang er den langen Penisknochen und überlegte, ob wohl jener Höhlenbär, von dem der Knochen stammte, Hungers gestorben sei, jämmerlich eingegangen und vertrocknet mangels hinreichender Kalorienzufuhr. So trüb waren seine Gedanken, als – siehe! – ihn in dieser stillen Gasse eine Frau überholte, die so aussah, wie er es sich vorstellte.

*

Jetzt hatte sie den Pracht-Waggis erreicht, der in die falsche Richtung lief, und war mit drei weiten Schritten an ihm vorbei. Sie drehte sich um und hob die Kamera, um dem Waggis zu zeigen, was sie wollte.

*

Was wollte die Dame, ihn fotografieren? Fotografieren durfte sie ihn gern. Das war überhaupt das Genialste, was ihm passieren konnte, ein Bild als Bekennerschreiben, drastisch und deutlich, in zigtausendfacher Megapixelpräzision und doch anonym. Perfider hätte er selbst es sich nicht ausdenken können. Er stoppte, nickte und streckte den Knochen vor, ins Zentrum des Bildes.

*

Der Waggis ließ sich wie die anderen willig fotografieren und präsentierte stolz seinen Knochen. Sie ging noch einen Schritt zurück, beugte den Oberkörper nach hinten und hob den Sucher vors Auge. Sie sagte „jaaa" – und drückte den Auslöser. Es blitzte; so als hätte jemand in der Gasse ganz kurz das Licht an- und wieder ausgemacht. Grell strahlte das Weiß der Maske, und für einen Moment reflektierten hinter den schwarzen Gucklöchern die Pupillen und die Iriden zweier Augen das Licht.

*

So, Madame, jetzt hast du deinen Willen gehabt. Und gleich hab ich meinen. Sie lacht ihn an und sagt „Danke", vielleicht auch „Merci", und geht an ihm vorbei. Ich lass dich gehen. Aber nicht weit.

Er folgte ihr mit leichtem, federndem Schritt. Er ließ Knochen und Gemüsenetz lautlos auf den Boden sinken und ging schneller. Er zog zwei Gummihandschuhe aus seiner Tasche, AIDS-Handschuhe aus einem Erste-Hilfe-Kasten, und zog sie über. Er griff erneut in die Tasche und holte das breite Kreppklebeband heraus. Und da fügte sich's tatsächlich, hatte er es nicht gewusst, dort links war ein enger Gang, vielleicht in einen Hof, jedenfalls dunkel, und niemand kam ihnen entgegen. Er riss einen Streifen Klebeband ab und hielt ihn mit beiden Händen hoch. Noch ein schneller Schritt, und er war bei ihr.

*

Eva ging zügig. Sie hatte die anderen verloren, und sie wusste auch nicht mehr so recht, wo sie hier war. Außerdem war sie in dieser Gasse plötzlich allein, als wären alle anderen Fastnachts-Schwärmer vom Erdboden verschluckt – oder hätten sich versteckt. Wie ein kurzer Blitz zuckte Panik durch ihre Stimmung, und sie ging noch etwas schneller.

*

Mit Schwung führte er das Klebeband über ihren Kopf und presste es auf Mund und Wangen. Die dumme Gans schrak wie unter einem Stromstoß zusammen und stolperte. Er packte sie mit beiden Armen und riss sie in den Gang. Er hörte, wie sie schreien wollte und wie das Klebeband die Schreie erstickte. Er winkelte ihren Arm in den Polizeigriff und stellte ihr ein Bein. Sie ging zu Boden, Schreckenslaute drangen gedämpft durch das Klebeband. Er hockte sich auf sie, zwang ihre Arme zusammen, hielt sie mit stählernem Griff, fingerte zugleich an der Rolle mit dem Klebeband, bekam das Ende zu fassen, umwickelte ihre Handgelenke und fixierte sie auf dem Rücken. Dann drehte er sich um und fesselte die Fußgelenke zusammen, was leicht war, da sie ihre Beine merkwürdigerweise still hielt. Kopulationsstarre, Madame, nennt man das bei den Säuen, dachte er und spürte, wie seine weiße Hose spannte. Er drehte sich wieder um. Er griff von beiden Seiten unter sie und fasste die Gürtelschnalle.

*

Thomas sah, wie Patrick und Jonas zehn Meter vor ihm locker und langsam ihres gemeinsamen Weges gingen. Er hatte sich zurückfallen lassen, weil Eva fehlte. Das war nun etwas nervig und irgendwie typisch Frau, dass man ihretwegen aufgehalten wurde. Er sah sich um, suchte auf der Straße in den Rinnsalen des sich verlaufenden Fastnachts-Publikums die hübsche Eva und fand sie nicht.

*

Sie lag auf steinernen Bodenplatten im kalten Dreck und nahm wahr, wie er ihr ruckartig die Hose herunterriss. Der Schrecken versteinerte sie, und doch zitterte sie unkontrolliert. Aus ihrem Inneren quoll fast ohne Unterbrechung ein monotoner Schrei und erstickte in ihrem Mund zu einer Mischung aus Stöhnen und Brummen. Sie dachte nicht mehr, jeder Gedanke war schreckgelähmt. In ihrem Kopf, in ihrem ganzen Körper war nur ein einziges geschrienes, ersticktes „Nein!“. Nur diese vier Buchstaben brachte ihr Gehirn noch zustande.

Er ließ sie für einen Augenblick mit nacktem Ärschle liegen. Noch immer ein dralles Ärschle, zum Reinbeißen. Es musste der Gipfel des Geilen sein, sich diese Dame von hinten vorzuknöpfen, zünftig, kraftvoll, erbarmungslos. Und darauf mochte sie jetzt auch warten, schreckensstarr und womöglich mit einem unkontrollierten Kitzel in den Tiefen ihres Unterleibs, ein wenig roch es danach. Sollte sie ruhig, es geschah ihr recht. Nur war er kein dumpf-geiler Lustmolch, der nichts als eine Muschi wollte. Der Drang zu kopulieren dampfte ihm zwar aus allen Poren, aber den hatte er eisern im Griff. Wie den Knochen, den er jetzt holte. Hier ging es um etwas anderes. Er sah sich um. Noch immer niemand in der Gasse, nur an deren Ende zogen ein paar Angetrunkene vorbei. Es hatte sich alles gefügt, in ihm jubelte es. Jetzt, Madame, verschreckte Henne, kommt der Hauptteil, aber nicht, was du dummes Stück denkst. Da lag sie im Dunkeln mit weiß leuchtendem Hintern. Er knurrte unter der Anstrengung, die es ihn kostete, sich zu beherrschen. Er ließ sich neben ihr auf ein Knie sinken.

Sie hörte ihn, spürte ihn neben sich. Sie würgte, Hitze und Kälte jagten durch ihren Körper.

*

Thomas Atem ging schnell, da er gelaufen war, zu Patrick und Jonas.

„Wartet mal“, schnaufte er, „Eva ist weg.“

*

Er holte mit dem großen Knochen aus und – platsch! – klatschte der Qualitätskunststoff auf das nackte Gesäß. Und noch einmal: klatsch! Die Backen zuckten, er stöhnte. Und wieder: patsch! Sie war jetzt ganz still. Ja, da guckst du skrupelloses Stück, patsch! Nummer vier. Das Ärschle verfärbte sich etwas ins Rötliche hinein. Wehtun musste es schon, das gehörte dazu. Klatsch! Nummer fünf. Und noch zweimal ließ er den Plastikknochen auf den Hintern klatschen, dann legte er ihn auf die Seite. Und holte aus seiner Tasche einen daumendicken schwarzen, wasser- und wetterfesten Filzstift. Zog die Kappe ab. Setzte sich der Madame auf die Beine. Beugte sich über den Hintern und schrieb.

*

Sie liefen wie beim Fußball in einer Dreierkette die Straße in die Richtung, aus der sie gekommen waren. Patrick ging in der Straßenmitte, Jonas links, Thomas rechts. Es war Viertel nach fünf. Ihre Blicke inspizierten die Passanten – keine Eva.

„Vielleicht", rief Patrick, „ist sie in eine Seitenstraße abgebogen, weil sie unsere Route falsch eingeschätzt hat, da zum Beispiel", und er zeigte auf die Einmündung einer krummen Gasse. Noch bevor Thomas antworten konnte, sah er sie. Sie ging sehr langsam am Rinnstein entlang und blickte vor sich auf den Boden. An ihrem Handgelenk baumelte die Kamera.

Thomas rief „Eva!". Da blickte sie auf. Als sie ihn sah, leuchtete Freude aus ihrem Gesicht, und dann ließ sie ihre Augen nach oben rollen und öffnete leicht den Mund, wie man es tut um zu sagen: na also, na endlich; da seid ihr ja!

„Wir hatten dich schon vermisst", bemerkte Patrick, als er sie erreicht hatte.

„Das will ich hoffen!", sagte sie resolut.

„Ja, du warst plötzlich weg", Jonas nickte zu seinen Worten.

„Nein, ihr wart plötzlich weg", sie stemmte die Arme in die Hüfte; „schöne Kavaliere seid ihr."

Die Kavaliere nahmen sie in ihre Mitte.

„Ich habe noch ein Spitzenfoto gemacht", sagte sie und hängte sich bei Patrick ein.

„Kannst du uns nicht von dem ganzen Zeug 'ne CD brennen?"

„Hatte ich vor. Wenn ihr mich ab jetzt nicht mehr stehen lasst, mach ich's sogar."

„Abgemacht."

Sie flanierten über eine Rheinbrücke dem Bahnhof zu. In einer halben Stunde ging ein Zug.

*

Am übernächsten Tag wedelte Jonas in der Cafeteria mit einer *Südbadischen Zeitung*, als er sich zu seinen Freunden an den Tisch setzte. Er rutschte erregt in seinem Plastikstuhl herum und hatte zwei Mitteilungen zu machen. Die erste, seines Erachtens bei weitem wichtigere lautete, dass bei der Professorin Brauner eine Stelle als studentische Hilfskraft ausgeschrieben sei und er sich beworben habe, da ihm das Bürgerliche Recht „enorm" zusage und es reizvoll sei, in einem „Team" zu arbeiten, das von einer Frau geführt werde. Dies stieß bei Patrick auf Unverständnis, die Bewerbung als solche auf Desinteresse, während Thomas wenigstens „find ich gut" hören ließ und ihm ermutigend gegen die Schulter boxte. Allerdings ließ er es dabei bewenden und schien ebenfalls nicht geneigt, von Jonas die näheren Umstände der Bewerbung zu erfahren. Jonas seufzte und machte seine Mitteilung Nummer zwei, indem er die Zeitung aufschlug.

„Hier, unter *Aus aller Welt!*"

Die Freunde beugten sich über die Zeitung. Ein Artikel hatte die Überschrift *Übler Streich beim Morgestraich*. Darunter: *Fastnachtler misshandelt Frau – verrückter Bekennerbrief*. Sie lasen weiter:

Basel/dpa. Übel mitgespielt wurde in der Nacht zum Montag einer Frau beim traditionellen Basler Morgestraich. Ein Verkleideter knebelte und fesselte sie und zog ihr die Hose herunter. Dann schlug er ihr mit einem knüppelartigen Gegenstand mehrfach auf das Gesäß. Am Schluss schrieb er ihr mit schwarzem Filzstift etwas auf das nackte Gesäß und ließ sein Opfer so zurück. Anwohner fanden die Frau morgens um halb sieben, als sie zur Arbeit wollten. Sie erlitt einen leichten Schock, ist aber wieder wohlauf.

Noch unbestätigten Angaben zufolge handelt es sich bei ihr um die Chefchemikerin der Schweizer Blauenberg AG. Ob der Täter Schweizer ist, ließ die Kantonspolizei ausdrücklich offen. Dafür spreche zwar, dass er offenbar die traditionelle Waggis-Larve getragen habe; dies sei auf einem Foto zu sehen, das sein Opfer vor der Tat noch von ihm habe machen können. Dage-

gen spreche jedoch einmal ein recht wirres Bekennerschreiben, das noch am Montag bei einer Basler Tageszeitung eingegangen sei und in dem der Verfasser die Tat als „Schriftanschlag“ und sich selbst als Bundesbürger bezeichne. Näheres wolle die Polizei aus ermittlungstaktischen Gründen nicht mitteilen. Zum zweiten spreche auch das, was er auf das Gesäß des Opfers geschrieben habe, dafür, dass es sich um einen – so der Polizeisprecher wörtlich – „verrückten Deutschen“ handle. Den Wortlaut dieser Schrift wollte der Polizeisprecher mit Rücksicht auf die Intimsphäre des Opfers nicht mitteilen, da dieser Satz schließlich noch immer und gewiss noch für ein bis zwei Tage auf dem Gesäß des Opfers stehe. Es hält sich jedoch in gewöhnlich gut unterrichteten Kreisen der Kantonspolizei das Gerücht, der Täter habe in Großbuchstaben den ersten Satz des bundesdeutschen Grundgesetzes leicht abgewandelt zu: DIE WÜRDE DES MENSCHEN IST ANTASTBAR! Ferner habe er ein Symbol gemalt, das sich auch unter dem Bekennerschreiben finde, und zwar das biologische Symbol für das männliche Geschlecht verbunden mit einem Paragrafen-Zeichen.

Zwischenfall

Sie nannten ihn den Pedanten. Er war pedantisch von seinem Linealscheitel bis zur Sohle, die er wahrscheinlich mit einer Zahnbürste reinigte, oder noch eher: reinigen ließ. Sein Gang sah aus, als hätte ihm jemand ins Kreuz getreten, damit er gerade stehe. Die Schultern angezogen, den Kopf leicht nach vorne gereckt, die Arme in der Grundhaltung angewinkelt wie bei einem Känguru. In der Rechten ein Stück Kreide, in der Linken zusammengerollt ein DIN-A4-Blatt mit den Fundstellen der Entscheidungen, die er heute zu behandeln gedachte. Um den Hals hing ihm ein Mikrofon. Seine Bewegungen waren eckig; am markantesten war ein hühnerartiges Vor- und Zurückrucken des Kopfes, wenn er besonders eindringlich sprach. Dann dehnte er auch in ungewöhnlicher Weise einzelne Vokale, während er im übrigen eher schnell und beflissen sprach und lediglich längere Pausen einschob, wenn er etwas aus seiner Sicht Wichtiges geäußert hatte.

Er schrieb jeden Gliederungspunkt seiner Vorlesung an die Tafel in kleiner und deutlicher Schrift. Dem Vorschlag seiner Assistenten, auf Powerpoint umzusteigen, würde er demnächst folgen, denn er ging mit der Zeit. Vielleicht hatte er das bislang nur deshalb noch nicht getan, weil ihn Tafel und Kreide innerlich in seine Schulzeit zurückversetzten, in der er so oft an der Tafel gestanden und eine Antwort oder Lösung angeschrieben hatte – mit beinahe der gleichen Schrift wie heute und jedenfalls der gleichen Richtigkeit und Präzision. Da hatten sie dann gemault, seine lieben Mitschüler, weil schon wieder alles richtig war, auch das, was sie im Unterricht noch gar nicht behandelt hatten, und weil sie ihn als strebsamen Schüler und Außenseiter nicht mochten. Aber war es denn ein Verbrechen, sich nicht für Fußball zu interessieren, sondern für Latein, Geschichte und Mathematik? Und zu lernen, zu wissen und pünktlich zu sein, statt in jeder Freistunde ins Café zu rennen und Billard zu spielen? Nein. Und nun sah man, was sich auf lange Sicht auszahlte. –

Zerrer rückte sein Mikrofon zurecht, ruckte mit seinem Kopf vor und zurück und schritt zur Tafel.

Patrick saß ausnahmsweise weit vorn, weil Eva dort sitzen wollte. Wäre ein Geschlechtsgenosse in dieser Manier hinter einem Mädchen hergetrabt, hätte sich Patrick darüber wahrscheinlich mokiert. An sich selbst fiel es ihm nicht einmal auf. Er hatte sogar sein Wundertelefon nicht nur auf lautlos gestellt, sondern in die Jacke gesteckt und holte jetzt die Blätter aus seiner ledernen Aktenmappe, die nach Evas Angaben mit dieser Vorlesung zu tun hatten; der letzten Vorlesung zum Staatsorganisationsrecht im laufenden Semester. Sie hatte diese Blätter bereits vor sich liegen zusammen mit einer Taschenbuchausgabe des Grundgesetzes. Sie trug einen grauen Pullover, roch gut und drehte sich jetzt mit einem Blick zu ihm um, der eine ganz kurze, sehr angenehme Herz-Rhythmus-Störung verursachte.

*

Zerrer sprach von der Gesetzgebung des Bundes und davon, ob man sie um, wie er sagte, plebiszitäre Komponenten ergänzen könnte, wie es Gesetzesinitiativen der SPD, der FDP, der Grünen und der Linken schon mehrfach gewollt hatten. Er referierte die Ansicht eines „Wirrkopfes", der meinte, dies sei sogar ohne Verfassungsänderung möglich.

„Doch das, meine sehr geehrten Damen und Herren, ist *grundlegend falsch.*"

Eva fragte sich, wie etwas zugleich falsch sein könne und grundlegend, verfolgte den Gedanken aber nicht weiter, da etwas geschah. Es öffnete sich die Tür links vom Dozenten, und herein kam eine Kommilitonin mit blonden Strähnen im brünetten Haar, starkem Makeup, knapper Daunenjacke mit üppig-flauschigem Kunstfellbesatz, engen Jeans und hohen braunen Wildlederstiefeln. Sie querte den Saal wohl mit dem Ziel des mittleren Ganges, vom harten Geräusch ihrer Absätze untermalt. Dabei musste sie im Vergleich zu den vorderen Sitzreihen erhöht gehen, denn diese Sitzreihen waren gegenüber dem Niveau der Türen und des Dozentenpultes um eine Stufe abgesenkt. Die junge Dame genoss ihren Auftritt keineswegs, vielmehr schien er ihr unangenehm zu sein, und sie ging eilig. Offenbar zu eilig, denn auf der Höhe des Pultes geriet ihr ein Absatz auf einem feuchten Fleck ins Rutschen, gerade als sie die Stufe zu den Sitzreihen hinuntersteigen wollte. Der eine Stiefel hatte schon keinen Bodenkontakt mehr, der andere verlor ihn jetzt – so glitt sie aus und fiel hin, aufs Gesäß.

Der Sturz war weniger schmerzhaft als spektakulär, da ihr Hinterteil ihn gut verkraftete und andere Körperpartien nicht betroffen waren. Allerdings hatte sie den roten Quader aus dem Arm verloren, der eine Loseblattsammlung mit Gesetzestexten enthielt. Ferner war die Tasche, die sie über der Schulter getragen hatte, beim Aufprall aufgesprungen, und herausgerollt, -geflogen und -gehüpft war allerlei: Stifte einschließlich solcher für den kosmetischen Gebrauch, Textmarker, eine Flasche Evian mit leichtem Limonengeschmack, Pfefferminzpastillen, ein Stoß Papier, eine Bürste und ein dicker Schlüsselbund mit ungezählten Schlüsseln sowie einer kleinen Stoffente daran.

Das Publikum hatte den Sturz lautlos verfolgt und war auch jetzt still. Daher konnte man in den ersten Reihen noch hören, was die Kommilitonin jetzt unterdrückt zischte, als sie sich aufzurichten begann, umgeben vom Inhalt ihrer Tasche – und von Professor Zerrer, der keinen Meter entfernt bewegungslos an seinem Pult stand und den Vorgang mit ebenso stiller Aufmerksamkeit verfolgte wie seine Studenten. Und zwar zischte die Kommilitonin wörtlich:

„Helf mir doch!"

Darauf reagiert Zerrer sofort, indem er sagte:

„Es heißt ‚hilf'; natürlich helfe ich Ihnen", und er ging einen Schritt nach vorn, beugte sich hinunter, las einen Kajalstift auf und reichte ihn der Verunglückten.

Was Zerrer gesagt hatte, hörte man über das Mikrofon vermittelt in den Lautsprechern – wenn auch dezent, da er leise gesprochen hatte.

Der Schaden war schnell behoben, die Dame rasch wiederhergestellt, der Zwischenfall vorbei. Doch nicht erledigt.

Denn nicht nur Patrick und Eva dachten im weiteren Verlauf der Vorlesung wiederholt darüber nach, was es zu bedeuten habe, dass ihre Kommilitonin den Professor geduzt hatte – wenn auch nur mit einem einzigen Wort und grammatisch fehlerhaft. Patrick vermutete dahinter die Aufregung aufgrund des Sturzes. Eva sah sich in einer ganz anderen Vermutung bestätigt und beschloss, in der Pause einige zufällig sich ergebende Gespräche zu führen.

*

Thomas und Jonas beschlossen aufzustehen. Sie hatten bei Thomas übernachtet, weil es gestern in einer Weinstube um die Ecke sehr spät geworden war. Sie hatten einen schönen Anlass zur gehobenen Laune und zum Trinken gehabt – nicht dass sie ihn gebraucht haben würden –, denn Jonas war über das Sekretariat von Professorin Amy Brauner mitgeteilt worden, dass sich die Professorin entschieden habe, ihn als studentische Hilfskraft einzustellen.

Eine stille Kammer

Nacht hatte sich über die Stadt gesenkt und sie in dunkelstes Blau getaucht. Das Firmament war wolkenfrei. In seiner Tiefe leuchteten winzige Punkte, flackerten, wenn man genau hinsah; Sommersprossen der Finsternis. In einer Ecke, rechts oben, leuchtete die Scheibe des Mondes und färbte die Nacht um sich herum mit blassem, weißem Licht. Bald war Vollmond. In den Brunnen floss kaltes, frisches Wasser. Die Luft roch schon nach Frühling, dessen Boten in der Natur indes noch auf sich warten ließen.

Unter dem Dach eines hohen Hauses der Gründerzeit nahe dem schmalen und flachen Fluss saß Ashaia. Sie hockte auf ihrem Bett, einem breiten Bauernbett, das hieß einem kräftigen Holzkasten mit hohen Seitenteilen und noch höheren Wangen an Kopf- und Fußende. Das Holz war einfach, aber solide verarbeitet und farbig bemalt mit floralen Motiven. Federbett und Kopfkissen lagen auf einer dicken Federkernmatratze. Ashaia saß im Schneidersitz obenauf. Sie hatte ihr Notebook vor sich aufgeklappt und betrachtete den Bildschirm. Dort waren ihr Name und zwei Zahlen zu sehen: ihre Matrikel-Nummer – und ihr Ergebnis in der Übungsklausur, die sie alle in der Arbeitsgemeinschaft im Öffentlichen Recht hatten schreiben müssen, und zwar zur Problematik der sogenannten Rettungsfolter. Sie hatte zehn Punkte, *vollbefriedigend.*

Sie war aber nicht voll befriedigt, sondern innerlich ohne Richtung. Sie hatte für diese Klausur gelernt, aber ohne starken Antrieb. Sie hatte sich zum Lernen gezwungen mit der gleichen Disziplin, mit der sie vor zehn Jahren angefangen hatte, Geige zu lernen. Aber während diese Disziplin dort Früchte getragen hatte – wenn auch erst nach langer Zeit –, Früchte in Form einer glücklichen Freude am Spiel und am eigenen Können; während ihr beim Geigespielen von Anfang an das Ziel die Disziplin erträglich gemacht hatte, war sie sich beim Lernen für diese Klausur allein vorgekommen und von guten Geistern verlassen. Sie hatte gelernt, um das Lernen hinter sich zu bringen. Das Gelernte bedeutete ihr nichts.

Sie klickte auf die Schaltfläche „Abmelden“, überlegte kurz, ihre E-Mails abzurufen, entschied sich dagegen, klappte einfach den Rechner zu und ließ sich nach hinten in das Kopfkissen fallen. Die Decke war weiß und schmucklos. Sie stieß an eine Schräge, die rechts ihres Bettes endete. Sie bewohnte eine Dachkammer in einer Wohnung, die sie sich mit einer anderen Studentin teilte.

Ashaia stellte sich vor, in einer Klasse mit knapp dreißig Rabauken zu stehen, Geschrei von allen Seiten, ein Papierflieger durchquert den Luftraum von links nach rechts, aus der Gegenrichtung begegnet ihm mit deutlich höherer Geschwindigkeit eine Federtasche, aus der während des Fluges Stifte und ein Radiergummi schleudern. Unmittelbar vor ihr kreischt ein Mädchen, das von einer Mitschülerin an den Haaren gezogen wird. Gleich daneben pustet ein dicker Junge Papierkügelchen durch ein kleines Plastikrohr, das einmal ein Tintenkiller gewesen sein musste. Und sie soll Musikunterricht geben. Sie stellte fest, dass diese Aufgabe sie innerlich nicht zur Verzweiflung brachte. Ich hätte, überlegte sie, in meiner Klasse eine gute Musikanlage mit mindestens zwei Boxen. Ich würde Musik anmachen, in diesem Fall den Tanz der Zuckerfee aus Tschaikowskys Nussknacker-Suite.

Sie malte sich aus, wie das Pizzicato der Streicher beginnt und der dicke Junge das Plastikröhrchen festhält und lauscht – und nicht weiß, was der gezupfte Takt bedeuten soll, der so klingt, wie jemand geht, der sich in langen rhythmischen Schritten anschleicht. Dann die glockenhellen, zugleich verwunschenen Töne der Celesta, die wie Tropfen eines Zauberregens silbern aus dem Nichts um den Zuhörenden herum zu Boden fallen und ihn in ihre Klangwelt hüllen. Das Mädchen, das an den Haaren gezogen wird, hört auf zu kreischen, weil auch ihre Peinigerin aufhört zu ziehen. Beide hören, wie die verspielten Tropfen um sie herum fallen und sie mit ihrem hellen Klang in einen Bannkreis schließen.

Dann, nachdem die ersten Tropfen verklungen sind, die tief näselnde Bassklarinette, als Instrument exotisch wie die Celesta, doch musikalisch beinahe ihr Gegenteil. Nur fünf Töne, doch wie das Klangbild einer alten Hexe, die missmutig nach oben schaut, von wo die Tropfen fielen. Der letzte der fünf Töne unendlich gedehnt als Seufzer – und dann plitschen auch schon die nächsten Silbertropfen dieses Zauberregens. Jetzt sind alle Schüler in ihren Bewegungen erstarrt, gebannt. Sie schauen auf die großen Boxen, aus denen die Musik kommt. Da verstummen Pizzicato, Celesta und Klarinette für einen winzigen Moment. Und in die Stille hinein stößt ein Ruf der Streicher, ein einziger Ton, von allen zugleich mit Kraft angerissen, dann als Violinenklang im Raum schwebend, ein weißer Hochnebel, in den sofort wieder die Silbertropfen fallen und das Näseln der Hexe. Die Schüler verharren, lauschen mit offenen Ohren. Die Musik ist ihre Lehrerin.

Ashaia lachte und katapultierte sich aus ihrer Träumerei. Sie glaubte nicht, dass sich in der Wirklichkeit eines Schulalltags eine Horde von Chaoten mit dem Tanz der Zuckerfee zähmen ließe. Aber die Idee war schön. Und der Tanz der Zuckerfee war mit seinen zwei Minuten das wundersamste Musikstück, das sie kannte. Sie überlegte, ob es in der Juristerei je etwas würde geben können, das in ihr eine ähnliche Vielfalt von Gedanken und Empfindungen auslöste wie Musik. Und ob sie dort je eine Aufgabe fände, deren Sinn ihr so unmittelbar einleuchtete wie der des Unterrichts für Kinder.

Sie verschränkte die Arme unter dem Kopf und beobachtete, wie sich über ihr ein Mobile bewegte. Es bestand aus einer Mondsichel, einem Planeten Saturn, zwei Sternen, einem Engel und einem Ufo. Ihr erster Freund hatte es aus dünnstem Holz, Papier und vielen Farben gebastelt und ihr vor zwei Jahren zu Weihnachten geschenkt. Vor einem Jahr hatte er sich von ihr getrennt und hatte längst eine neue Freundin. Das Bild eines Mitstudenten und mittlerweile Hilfskraftkollegen huschte durch ihre Gedanken, Thomas, ein komischer Typ. Nicht dumm, nicht hässlich, aber unsicher. Nicht augenfällig unsicher, er stotterte und stolperte nicht. Aber er wusste nicht, was und wohin er wollte. Den Eindruck hatte sie. Als sie ihn vor dem Schwarzen Brett am Seminar das erste Mal bewusst getroffen hatte, war es ihr sogar so vorgekommen, als stehe er unter Medikamenteneinfluss. Aber gerade dadurch ganz niedlich. Und das andere, die elementare Unsicherheit, auch das hatte noch etwas, das ihr sympathisch war. Er war jemand, der suchte. Und sie hatte das Gefühl, er suchte das Richtige.

*

Thomas schüttelte den Kopf. Hinter seiner Matrikel-Nummer und seinem Namen stand „1 P. (mangelhaft)".

„Das kann doch nicht sein", sagte er, um Ruhe bemüht, doch hörbar verzweifelt.

„Mensch Tom", sagte Jonas in tröstendem Ton. Ihm hatte der Bildschirm neun Punkte gegeben, Patrick vier und Eva vierzehn. Alle saßen oder standen sie um den Tisch herum in Evas Wohnung, die sie derzeit alleine bewohnte. Ihr gut trainierter Freund war mit zwei Kumpanen zu einer Radtour aufgebrochen, die sie erst übermorgen zurück in ihren Studienort bringen würde. Patrick machte einen Rettungsversuch und gab zu bedenken:

„Vielleicht ein Irrtum oder technischer Fehler."

„Das könnte sein!", Eva wollte ebenfalls helfen. Sie hatten alle gedacht, Thomas würde von ihnen das beste Ergebnis haben. Deshalb hatten sie seinen Eintrag in den Online-Resultaten erst ganz am Schluss abgerufen. Jetzt war die Lage um so schwieriger.

„Vielleicht wirklich ein Irrtum", probierte es Jonas noch einmal.

„Unwahrscheinlich", antwortete Thomas kontrolliert und fügte hinzu: „Aber ich werde mal nachfragen. Kostet ja nichts."

„Ist bestimmt ein Irrtum", meinte Eva, „kann doch gar nicht sein."

„Sorry, Tom, tut mir echt leid“, Patrick war kreuzunglücklich. „Hat jetzt keinen Sinn zu grübeln. Musste Montag klären. Is ja auch alles nicht so wild; war doch nur ’ne Übungsklausur. Komm Evchen, fahr das Ding runter. Wir trinken jetzt was, und dann ab auf die Piste.“

*

Die Schlafcouch stärkte ihr den Rücken und schwächte ihr Rückgrat. Sie hing kraftlos in einer Ecke der Couch, die Augen offen, doch leer. Auf dieser Couch geschah es gewöhnlich. Was geschah, hatte sich eingespielt. Routine erspart Fragen. Sie macht berechenbar und gibt Sicherheit. Sie trägt ihre Berechtigung in sich. Er war allerdings nicht routiniert, sondern phantasielos. Sie auch. Phantasie lässt Gedanken fliegen; sie sperrte ihre Gedanken ein, wenn er da war. Aber jetzt war die Gittertür offen, und sie kamen heraus, die Gedanken, und sahen sie an. Ihre Gesichter waren weiß wie der Mond, die Münder stumm. Sandra hatte ihr gesagt, sie solle daran denken, dass er Professor war und eine große Nummer, Sachverständiger in zahlreichen Gesetzgebungsverfahren, Gutachter sogar schon für den Bundespräsidenten, ein Experte von nationalem Rang. Und dennoch hatte sie Albträume. Schon mehrfach hatte die panische Angst sie geweckt. Die Abstände wurden kürzer.

Sie atmete in gleichmäßigen Zügen und geräuschlos. In der Wohnung war es still. Sie saß schon lange so. Als sie sich auf die Couch hatte fallen lassen, war es noch hell gewesen. Sie hätte auf ihre Uhr schauen können, sie trug sie am Handgelenk. Doch sie bewegte sich nicht. Der Gedanke war da, aber er blieb auf sich selbst beschränkt und hatte keine Folgen. Und dann verschwand er auch wieder.

In ihren Albträumen rannte sie auf der Flucht vor einer Maschine, einem roboterähnlichen Ding aus Brutalität und Stahl, rannte bis vor eine glatte schwarze Wand, die hinter einer Ecke unvermittelt die Straße versperrte – von der einen Häuserfront zur anderen, unübersteigbar. Kein Mensch war zu sehen. Die Fenster der Häuser waren leer. Die Türen waren zu. Sie versuchte nicht, sie zu öffnen. Sie näherte sich ihnen nicht. Sie blieb auf der Straße vor der schwarzen Wand und hörte hinter der Ecke die Maschine. Dann wachte sie auf. Manchmal versank sie auch in einem Boden aus Schlamm mitten in einem Wald. Tagsüber war alles in seiner üblichen Ordnung. Nur konzentrieren konnte sie sich nicht mehr. Und es kam vor, dass sie so in ihrem Sofa hing wie jetzt und sich selbst ein Rätsel war.

Was wollte sie eigentlich? Es war noch nichts, überhaupt nichts gegen ihren Willen geschehen. Aber was war schon ihr Wille. Sie hatte „ja" gesagt, und es war passiert. Danach hatte sie keinen Grund mehr, nein zu sagen. Das wäre inkonsequent gewesen. Das Dach war abgedeckt, das Haus bis zum Keller regennass. Nie würde sie das Feuchte, den Moder wieder aus den Wänden bekommen. Sie saß im Heizungskeller und fror. Sie hatte auch deshalb keinen Grund, nein zu sagen, weil das Arrangement mit Zerrer Vorteile bot: etwas Geld, die Infrastruktur des Lehrstuhls, sein Wohlwollen; die Garantie, mindestens das Grundstudium im Öffentlichen Recht in der Tasche zu haben.

Und es wäre ein Zeichen von Schwäche, jetzt nein zu sagen. Es hieße, dass sie sich schäme. Sich benutzt fühle. Das durfte sie nicht. Sie war eine erwachsene Frau im Jahre vierzig plus x nach sexueller Revolution und Emanzipation. Sie konnte mit jedem ins Bett, immer, überall, ohne dass es daran etwas auszusetzen gab. Skrupel waren unangebracht. Sandra würde sie auslachen. Er würde in seinen geschlossenen Lippen die Andeutung eines Lächelns spielen und sie wissen lassen: Ich habe dich trotzdem gehabt, und wie! Vielleicht würde er auch laut lachen.

Und wenn er es verriete, wenn Sandra es verriete, wenn es alle wüssten – wie würden die anderen sie ansehen? Sie hatte gedacht, es sei ein Aufstieg, eine Auszeichnung. Zuerst hatte sie auch gedacht, dass er sie tatsächlich interessanter finde als andere, sie sogar besonders mochte. Jetzt glaubte sie, dass sie für ihn nicht einmal ein Gesicht hatte. Titten, Arsch und Muschi; das war sie für ihn. Knackig, verfügbar. Wasser tropfte von der Decke, der Boden schwamm. Nasse Flecken an den Wänden, die Tapete löste sich ab. Die Bücher rochen nach Schimmel, Wasseräderchen liefen über die Tür, die Couch saugte sich voll, das Wasser lief zu der Stelle, an der ihr Körpergewicht ins Polster drückte, sie saß in einer Pfütze. Es musste eine Wohltat sein, dachte sie, wenn alles ein Ende hätte.

Aus dem Leben einer Frauenbeauftragten

Amy Brauner schloss mit zwei zackigen Ausschlägen des Füllfederhalters ihre Unterschrift ab, ließ die Tinte trocknen, betrachtete währenddessen ihren Namenszug mit Wohlgefallen und senkte dann den Deckel der Unterschriftenmappe auf das abgezeichnete Schriftstück. Es handelte sich um die Bewilligung des Ersatzes von Reise-, Unterkunfts- und Tagungskosten für einige Doktorandinnen, die aufgrund dieser Eigenschaft – der Verbindung von Doktorandenstatus und weiblichem Geschlecht – in den Genuss besonderer ideeller und materieller Unterstützung kamen. Die Herren Doktoranden der Fakultät benötigten dergleichen nicht, denn sie litten unter keiner geschlechtsbezogenen Diskriminierung und hatten es als geborene Dickhäuter und Problemlöser ohnehin leichter.

Sie erinnerte sich daran, wie sie damals, als sie an ihrer Dissertation schrieb, der Arbeitsdruck gequält hatte, trotz des Athene-Stipendiums für hochbegabte Wissenschaftlerinnen – und wie ihre männlichen Mitdoktoranden unverfroren jeden Samstag der Ersten Fußball-Bundesliga gewidmet hatten, wiewohl sie unter der Woche als Assistenten für ihren Lebensunterhalt arbeiten mussten. Sie dachten offenbar weniger tief, lasen weniger oder weniger gründlich, und die größte Ungerechtigkeit lag darin, dass sie sich das leisten konnten, weil niemand sie je in Ansehung ihres Geschlechts zurücksetzen würde. Sie hingegen, Amy Brauner, jetzt: Professorin Amy Brauner, hatte die Diskriminierung der Frauen in der Rechtswissenschaft an der eigenen Person erfahren: bei ihrem Habilitationsvortrag, an den sie sich erneut mit Empörung erinnerte.

Sie schob die Unterschriftenmappe beiseite und wandte sich ihrem Poststapel zu. Gerade als sie den obersten Brief mit ihren Fingern berührte, fiel ihr Blick auf die goldene, von einer feingliedrigen Kette am Platze gehaltene Armbanduhr, die ihr die Mutter zur Habilitation geschenkt hatte mit den stolzen und rührenden Worten, dass nunmehr *ihre*

Zeit gekommen sei. Es war fünf Uhr, der rechte Moment für ihren Jasmin-Tee und ein bis zwei Yoga-Übungen, für die sie im Garderobenschrank des Sekretariats eine Matte aus Naturkautschuk verwahrte.

*

Wie entspannt, gelöst und frei sie sich fühlte! Und wie ruhig und friedlich es war ohne Sekretärin im Vorzimmer und wenn sie das Telefon abgeschaltet hatte. Bevor sie wieder in ihrem großen, lederbespannten Schreibtischsessel Platz nahm, schwenkte ihr Blick huldvoll über das Interieur ihres Büros und über die Dächer vor ihren Fenstern.

Der oberste Brief trug als Absender einen Frauennamen, der ihr bekannt vorkam, ohne dass sie ihn sofort einem Vorgang zuordnen konnte. Mit einer Bewegung, die ihr jedes Mal ein kleines Vergnügen machte, riss sie den Brieföffner durchs Kuvert. Sie entfaltete den Briefbogen und las die Betreffzeile:

Ihr Schreiben an WISSENSCHAFT AKTUELL

Nun wusste sie wieder, worum es ging. In einer renommierten Zeitschrift für Hochschullehrer sowie Hochschullehrerinnen und Privatdozentinnen und Privatdozenten und alle, die es werden wollten, *WISSENSCHAFT AKTUELL,* war ein Porträt-Artikel erschienen über eine Habilitandin der hiesigen juristischen Fakultät, die gerade einen Nachwuchspreis für ihre Dissertation gewonnen und schon einen ersten Ruf erhalten hatte, noch bevor ihr Habilitationsverfahren abgeschlossen war – mit nur dreißig Jahren! Indes war in dem Artikel nicht nur von den akademischen Glanztaten dieser Wissenschaftlerin die Rede, sondern es wurde zweimal, am Anfang wie am Schluss, betont und mit einem Foto belegt, dass sie auch „verdammt gut“ beziehungsweise „sehr sympathisch und attraktiv“ aussehe.

Das war eine Frechheit sondergleichen. Hatte man etwa je von einem männlichen Forscherstar neben seinen wissenschaftlichen Erfolgen erwähnt, wie sein Äußeres zu bewerten sei? War dies überhaupt vorstellbar? Im Leben nicht!

Aber bei einer Frau, da sahen sich die Redakteure wahrscheinlich noch vor der Publikationsliste das Dekolleté an. „Hinter jeder erfolgreichen Frau steht ein Mann, der ihr auf den Arsch glotzt"; das hatte sie neulich irgendwo gelesen, und es traf den Nagel auf den Kopf. Das heißt den Mann. Die Männer. Aber in diesem Fall hatte sie interveniert und kraft ihres Amtes als Frauenbeauftragte dieser Fakultät einen Brief geschrieben an den Chefredakteur von *WISSENSCHAFT AKTUELL*, in Kopie an die Betroffene, das Opfer jener sexistischen Berichterstattung. Was sie in Händen hielt, war das Dankesschreiben der jungen Frau:

Sehr geehrte Frau Professorin Brauner,

die Kopie Ihres Briefes an „Wissenschaft aktuell" habe ich erhalten. Ich begreife nicht ganz, warum Sie diesen in jeder Hinsicht wohlwollenden, streckenweise begeisterten Artikel madig machen mussten. Er hat sämtliche meiner Lehr- und Forschungsleistungen umfassend gewürdigt und nur am Rande etwas zu meinem Aussehen gesagt. Und ich habe kein Problem damit, dass es sich um Komplimente gehandelt hat. Keineswegs fühle ich mich auf mein Äußeres reduziert oder gar zu einem „Sexualobjekt degradiert". Ehrlich gesagt sehe ich ganz gern gut aus und erkenne darin keinen Widerspruch zu meinen Examensnoten oder meiner wissenschaftlichen Laufbahn. Als ich den Artikel in „Wissenschaft aktuell" las, habe ich mich gefreut. Als ihr Brief kam, habe ich mich geärgert.

Mit verbindlichen Empfehlungen

…

P. S. Eine Kopie dieses Briefes geht an die Redaktion von „Wissenschaft aktuell".

Sie hielt den Briefbogen weiter zwischen Daumen und Zeigefinger, stülpte die geschlossenen Lippen nach außen und atmete durch die Nase. Was sagte man dazu! Dieses dumme Ding. Es begriff nicht, wie diese Männergesellschaft gewebt war. Es begriff nicht, dass es sich unterwarf. Und dann dieser grobe Undank. Sie atmete weiterhin durch die Nase, schwer und mit leicht pfeifendem Geräusch. In ihren Zorn mischte sich Niedergeschlagenheit. Es war nicht das erste Mal, dass sie erfahren musste, wie eine junge Frau vor den Normen des Patriarchats kapitulierte, ja sie sich zu eigen machte, und so mit dem Gegner paktierte, ohne zu erkennen, dass sie dabei am Schluss immer der Verlierer sein würde, das hieß die Verliererin. *Die Betrogene.*

Es war ein Gesamtbefund, vor dem sie und ihre feministischen Mit- und Vorkämpferinnen nur schwer die Augen verschließen konnten: Die nachrückende Generation ihres Geschlechts verspielte die Siege, die von der alten Garde in bitteren, Jahrzehnte währenden Schlachten erkämpft worden waren. Was die Mütter der feministischen Revolution im Sperrfeuer der Männer aufgebaut hatten, rissen diese unreifen Gänse mit ihren Hintern wieder ein, mit denen sie alleweil herumwackelten. Wie sie ja überhaupt ihre Körper mit einer Angriffslust und Enthemmung zu Markte trugen, dass jeder anständigen Frau das Blut in den Kopf schoss. Und wenn man ihnen zu helfen versuchte, so wie sie, Amy Brauner, als Frauenbeauftragte, dann – bekam man einen solchen Brief.

Zwei Atemzüge lang sank die Tragik des Geschehens auf den Grund ihres Herzens und bildete dort eine weitere Schicht seelischen Sediments. Dann drehte sie sich mit ihrem lederbespannten Schreibtischsessel einige Grade nach rechts, den entfalteten Briefbogen noch immer zwischen Daumen und Zeigefinger; und dort löste sie die Finger von dem Brief und ließ ihn in den Papierkorb fallen.

Als sie noch Assistentin gewesen war und die Habilitation anstrebte, hatte sie eine Mentorin gehabt, so nannte sich das, einen weiblichen Coach, von der Universität bezahlt exklusiv für Frauen, die eine wissenschaftliche Laufbahn beschreiten wollten. Diese Mentorin hatte ihr beigebracht, nach jedem Tiefschlag, in jeder Niederlage positive Gedanken zu mobilisieren: Erinnerungen an eigene Erfolge oder daran, wie andere sie unterstützt hatten. So hielt sie sich auch jetzt dazu an, die Geistestätigkeit auf erfreulichere Gegenstände als jenen Brief zu lenken, und so dachte sie an ein Telefonat, das sie gestern mit dem Rektor geführt hatte. Der hatte ihrer Fakultät ein beachtliches Angebot gemacht; ganz im Vertrauen, „ohne Papier“ und nur ihr und später noch dem Dekan gegenüber.

Es ging um den beklagenswerten Befund, dass unter den Professoren der juristischen Fakultät noch immer nur zwei Professorinnen zu finden waren, noch dazu eine auf einer Stelle minderer Güte. Das hatte die Fakultät bereits in mehreren Ranglisten empfindliche Platzverluste gekostet, da dort der Frauenanteil an der Professorenschaft ganz zu Recht als ein Gradmesser akademischer Güte berücksichtigt wurde. Diese Verluste hatten die Universitätsleitung auf den Plan gerufen, denn die hatte sich um das Wohlergehen ihrer Schäfchen, der Fakultäten zu sorgen und durfte nicht übersehen, dass schlechte Werte beim Frauenanteil in den Fakultäten zu einem schlechten Wert für die Gesamtuniversität führen mussten.

Der Rektor versuchte es mit Zuckerbot und Peitsche. Die Peitsche waren sogenannte Zielvereinbarungen, die er mit den Fakultäten zur Mittelverteilung schloss. Die Fakultäten buhlten um die Sach- und Personalmittel, die sie aus den Händen des Rektors und seines Kanzlers, des Chefs der Verwaltung erhielten. Ein gewisser Sockel war ihnen sicher. Aber er war nicht besonders groß, und wie groß er war, wusste niemand genau. Alles weitere – Mitarbeiterstellen, Räume, Geräte, Gelder für die Bibliotheken – hing davon ab, wie weit und überzeugend eine Fakultät den Schnabel aufsperrte. Wie loyal sie sich gegenüber dem Rektor verhielt. Welches Gewicht ihr in der Außenwirkung der Universität zufiel. Und jetzt eben auch, welche Zielvereinbarungen sie unterschrieb. Das waren Verträge zwischen der Hochschule und ihren Fakultäten, in denen die Hochschule materielle Zusagen machte für den Fall, dass eine Fakultät bestimmte Ziele erreichte: eine höhere Studentenzahl, eine Förderung durch die DFG oder andere externe Geldgeber, Drittmittelquote genannt, oder – einen gewissen Frauenanteil in der Professorenschaft.

Eine hierauf bezogene Zielvereinbarung hatte die juristische Fakultät bislang mit fadenscheiniger Begründung abgelehnt, nämlich mit der Behauptung, eine solche Verpflichtung verletze das Leistungsprinzip und sei angesichts der geringen Zahl weiblicher Bewerber kaum zu erfüllen. Doch jetzt hatte der Rektor am Telefon auch das Zuckerbrot ausgepackt: Er werde der juristischen Fakultät schlankweg zweihunderttausend Euro überweisen, wenn sie die nächste freie Professorenstelle mit einer Frau besetze.

Ihr Dekan hatte erneut eingewandt, eine solche Besetzung werde jenem Prinzip widersprechen, nach dem Beamtenstellen ausschließlich gemäß Eignung und Leistung zu vergeben seien. Und erneut hatte er darauf hingewiesen, dass die Frauenquote im Bewerberkreis keinesfalls größer sei als diejenige in der Professorenschaft. Ferner hatte er wenig taktvoll gemahnt, das Inaussichtstellen der „Frauenkopfprämie“ könne als Anschlag auf die Integrität der Verantwortlichen in den Berufungskommissionen und in der Fakultätsleitung erscheinen. Sogar das Wort „Bestechungsversuch“ war gefallen. Alles faulste Ausreden, wie der Rektor auch sogleich erkannt hatte. Sein Angebot stand weiterhin im Raum, und er und sie, Amy Brauner, wussten, dass es seine Wirkung früher oder später entfalten würde. Sie kannte ihre Kollegen zu gut um zu glauben, dass sie sich von der Verlockung neuer Zuwendungen dauerhaft unbeeindruckt zeigen könnten. Noch besser wäre es indes gewesen – und das hatte sie dem Rektor bereits gesagt –, das Geld nicht der Fakultät als Kollektiv in Aussicht zu stellen, sondern anteilig den einzelnen Professoren. Der Rektor dachte darüber nach. Und das war ebenso erbaulich und ermutigend wie die Anreizprämie, die es für die Berufung von Frauen schon jetzt gab.

Von diesen Gedanken gestärkt griff sie den nächsten Brief vom Stapel ihrer Post. Er trug keinen Absender. Sie ließ den Brieföffner mit rascher, erneut ein bescheidenes Vergnügen spendender Bewegung durch den Falz des Kuverts reißen und zog den gefalteten Briefbogen heraus. Als sie ihn entfaltet hatte, war zu lesen:

Sehr geehrte Frau Professorin Brauner,

ich wende mich an Sie in Ihrer Eigenschaft als Frauenbeauftragte und bitte um Nachsicht dafür, dass ich vorerst anonym bleiben will. Sie werden gleich verstehen, warum. Es geht um Ihren Kollegen Zerrer, den notgeilen Sack. Wie eigentlich alle wissen (oder mindestens vermuten), legt er reihenweise seine Studentinnen flach. Er bezahlt sie soweit erforderlich – nicht immer ist es das – zum Teil mit den üblichen Aufmerksamkeiten, einem teuren Abendessen, einer Nacht im Luxushotel u. ä., zum größten Teil aber mit Hilfskraftstellen an seinem Lehrstuhl und mit guten Noten. Seine Ehe stört ihn so wenig wie der Altersabstand zu den Studentinnen und das Ausbildungsverhältnis, in dem sie stehen. Ich habe mich gefragt, welche seelischen Folgen diese Übergriffe bei den Betroffenen haben. Jetzt weiß ich es. Wie ich zu dieser Überzeugung gelangt bin, darf genausowenig bekannt werden wie mein Name. Bitte glauben Sie mir. Und tun Sie etwas. Legen Sie diesem perversen Lüstling das Handwerk. Schicken Sie ihm einen Lockvogel, irgendeine gut gebaute junge Frau, die vorgeblich oder tatsächlich zu seinen Studentinnen gehört. Dann haben Sie eine sichere Zeugin. So geht es nicht weiter.

Mit frauensolidarischen Grüßen
Ihre

Anonyma

Amy Brauner hielt den Briefbogen mit beiden Händen fest, zwischen denen er still, doch sichtbar vibrierte. Zerrer! Sie hatte ihn nie gemocht. Und sie hatte ihn stets in dem latenten Verdacht gehabt, dass er gegenüber den jungen Frauen unter seinen Studierenden den gebotenen Abstand vermissen ließ. Das galt allerdings für alle Professoren. Und auch für die Herren Assistenten; eigentlich für jeden Mann. Aber für ihre lieben Kollegen ganz besonders. Und nun das. Nun hielt sie diese wenn auch anonyme, so doch gewiss glaubhafte Anschuldigung in Händen samt einer gar nicht so dummen Idee, wie man gegen diesen sauberen Staatsrechtslehrer gerichtsfeste Beweise erlangen konnte.

Sie sah ihn schon vor sich, diesen Streber und Pedanten mit seinem Linealscheitel und Schnauzer, wie er vor seinen Richtern stand, am besten Richterinnen – an manchen Gerichten lag der Frauenanteil bereits bei sechzig Prozent, Tendenz steigend –, und dann hieß es gewissermaßen: Hosen runter! Heraus mit der verschrumpelten, ungewaschenen Wahrheit. Ja, sie sah ihn schon vor sich.

Und sich selbst sah sie auch: wie sie als Zeugin nicht unwesentliche Beiträge liefern würde zur Decouvrierung dieses triebfixierten Biedermanns; wie ihre zentrale Rolle bei seiner Überführung zur Sprache kam und in den Zeitungen, im Internet, sogar im Fernsehen gewürdigt wurde und wie sie ihre Bedeutung bescheiden herunterspielte, doch ohne es zu versäumen, den Journalisten alle Informationen zuteil werden zu lassen, die man brauchte, um diese Bedeutung ganz zu erfassen.

Der Rektor würde ihr namens der gesamten Universität seine Anerkennung aussprechen. Und vielleicht würde er sogar, ihr Blutdruck stieg, bei den nächsten Hochschulwahlen, vielleicht, ihre Gedanken galoppierten, für das Amt des Prorektors – durfte sie so weit denken? Sie dachte so weit. Sie sah es an ihrer Tür stehen und auf ihren Briefen: Frau Prorektorin Prof. Dr. Amy Brauner. Unter ihren inneren Blicken sah sie die neidischen, zuweilen furchtsamen Mienen der Kollegen, sah die Bittsteller im Stühlchen auf der anderen Seite ihres Schreibtisches, denn jetzt hatte sie nun einmal ein Wörtchen mitzureden bei der einen oder anderen jener Fragen, für die sich die lieben Kollegen am stärksten interessierten: wer etwas aus den zentralen Mitteln bekam, insbesondere Leistungsprämien, welche Institute neu gegründet wurden … Es ließ sich an vieles denken.

Sie traute es dem Rektor zu, dass er ihre Fähigkeit zu führen und ihr politisches Talent erkannte. Dass er sah, wie ehrlich, fest und verlässlich ihre Überzeugungen waren, für die sie sich einsetzte zum Wohle aller. Denn was hatten die Herren Wissenschaftler davon, wenn die Universität in den Ranglisten abstürzte, weil sie ihre weiblichen Mitglieder unter dem Deckel hielt?

Überhaupt dachte sie an den Rektor. Er war keine Schönheit, das nicht. Aber reif, in seinen besten Jahren, sicher, väterlich, höflich, überaus zuvorkommend, intelligent, ja charmant. Und Rektor wurde nicht jeder. Er hatte sich durchsetzen müssen gegen starke Mitbewerber, hatte feindselige Gerüchte über sein Privatleben ebenso abgewettert wie kritische Artikel in der *Südbadischen*, die damals, vor der Rektorenwahl, einen anderen Favoriten auf den Schild gehoben hatte. Dazu sein grau meliertes kurzes Haar, die ruhige Stimme, der feste Händedruck, sein tiefer Blick aus den stahlblauen Augen, die Verantwortung, die Macht. Ja, sie mochte ihn. Jetzt hatte sie die Chance, mit Tatkraft in Erscheinung zu treten für eine gute Sache, für die Universität.

Ein Lockvogel also, das war wirklich eine brauchbare Idee. Eine seiner Studentinnen. Wie kam sie unauffällig mit denen in Kontakt? Das schien schwierig, war es aber nicht, wenn sie einen Mittler einschaltete. Sie hatte doch studentische Hilfskräfte! Ausschließlich junge Männer, denen es guttat, wenn sie lernten, unter einer Frau zu dienen. Und ihr tat es gut zu sehen, wie diese Kerle dazulernten und sie um Rat baten und es ihr recht zu machen versuchten. Außerdem hatten sie oft einen ansehnlichen, knackigen Hintern. Sie kicherte. Einen von denen konnte sie ins Vertrauen ziehen, und der würde ihr dann unter dem Siegel tiefster Verschwiegenheit eine Kommilitonin zuführen, die sie auf Zerrer ansetzen konnte. Sie wusste auch schon, an wen sie sich wenden würde. Während sie äußerlich ruhig blieb, als sie zum Telefon griff, schlug ihr Herz bis zum Hals.

3½ Wochen

Der Vorlesungsbetrieb hatte am Freitag geendet, und seit heute, Montag, war im Intranet sowie im Sekretariat des Lehrstuhls Hauptmann der Sachverhalt ihrer ersten Hausarbeit erhältlich, Bearbeitungszeit netto dreieinhalb Wochen.

Thomas sah zu, wie der Drucker die zugehörige PDF-Datei zu Papier brachte, und sah auf die Uhr: gleich eins, das hieß der halbe Tag schon wieder vertan, während die Kommilitonen im Seminar und in der Lehrbuchbibliothek regalweise Kommentare, Fachzeitschriften und sonstige Literatur zu ihrem Fall abgeräumt und in Beschlag genommen hatten. Ein schwacher Trost, dass es Patrick und Jonas wahrscheinlich ähnlich ging. Sie hatten gestern bis halb drei in der Nacht Sangria gebechert. Er nahm das Blatt mit dem Sachverhalt aus dem Drucker. Er war mit den anderen in der Mensa verabredet.

*

Die Mensa war ein denkmalgeschützter Bau von zweifelhafter Ästhetik. Der große Speisesaal kragte weit über den Eingang aus, so dass es ein wenig danach aussah, als wolle der Bau die Studenten verschlingen, die in langen Reihen vor und in den Eingängen standen. Reihen, die sich im Innern fast auf der gesamten Gebäudelänge fortsetzten bis hin zu den unterdimensionierten Kassen. An denen saßen dicke Frauen mit fleckigen Kitteln und fettigen Händen, auf dem Kopf ein Papierschiffchen wie bei McDonald's, und zogen die Plastikkarten der Kundschaft durch ihre Lesegeräte.

Thomas suchte seine beiden Freunde und fand sie vor dem Speiseplan, der an einer der Betonwände klebte. Es handelte sich um eine Tabelle, auf Umweltschutzpapier gedruckt, die jedem Wochentag drei Gerichte zuordnete. Unter dem Plan stand wild auf die Betonwand gesprüht: „Im Mogn kimmt eh ois zsam!“

„Ein Trost, fürwahr“, bemerkte Patrick und betrachtete die gesprühte Schrift. Als er Thomas sah, hellte sich sein Ausdruck auf: „Oh, Käpt'n Tom, alles klar?“

„Ja logisch. Bei euch etwa nicht?“

Alle grinsten wie nach einem schmutzigen Witz, und Patrick meinte Richtung Jonas:

„Wenn jemand nicht fit ist, dann höchstens Jonas, weil er die ganze Zeit den alkoholfreien Kinderpunsch gesoffen hat.“

„Stimmt doch gar nicht“, sagte Jonas, „nur dreimal. Außerdem kann man auch ohne Alkohol Spaß haben.“

„Genau; bloß nicht so schnell. – Was haben wir denn heute, lass mal sehen“, Thomas näherte sich dem Speiseplan. „Mmh, Steak haché mit Sauce Café de Paris an Salzkartoffeln und Bohnenmousse. Leider wissen wir ungefähr, was das real bedeutet.“

„Vor allem die Bohnenpampe“, seufzte Jonas.

„Der Vegetarier-Fraß und der Eintopf sind aber noch schlimmer. Also auf geht's“, und Patrick begann, sich in Richtung einer der Schlangen zu bewegen.

*

In dem großen Saal war es laut, warm und feucht wie in einem Tropenhaus. Die Schalensitze aus Plastik hatten zwar irgendwann einmal einen Design-Preis gewonnen, waren aber die Ursache dafür, dass ihnen die Klamotten am Leib klebten. Man musste fast schreien, um sich zu verständigen, und weil das alle taten, musste man wirklich schreien.

„Ey“, schrie Thomas, „habt ihr euch auch schon den Sachverhalt geholt?“

„Welchen Sachverhalt?“, fragte Patrick.

„Klar“, meinte hingegen Jonas, „und schon abgetippt. Ist maximal pervers, find' ich.“

Das deckte sich mit dem, was Thomas vor dem Seminar gehört hatte. Er zog den Text, den er sich ausgedruckt hatte, aus seiner Tasche und begann, ihn zu lesen. Er lautete wie folgt:

Prof. Hauptmann

Übung im Öffentlichen Recht für Anfänger
Erste (Ferien-)Hausarbeit

In einer deutschen Großstadt betreibt Geschäftsmann G den Stripclub *Mon chéri* für Frauen. Um seinen Umsatz zu steigern, organisiert er an jedem letzten Samstag im Monat eine neue Veranstaltung mit dem Titel „Shooting boys" und dem Slogan „Lassen Sie ihn kommen". Zutritt haben ausschließlich Frauen. Attraktion des Abends sind sogenannte Races (Rennen), bei denen Frauen aus dem Publikum auf einer Bühne Männer manuell befriedigen, die der Veranstalter stellt und die „Boys" genannt werden. Es treten zwei Frauen mit jeweils einem Boy gegeneinander an; gewonnen hat diejenige, deren Boy zuerst ejakuliert. Zulässig ist jedwede optische und mechanische Einwirkung auf den Boy. Unzulässig ist die Verwendung von Substanzen zur äußeren oder inneren Anwendung.

Die Siegerin bekommt eine Flasche Sekt. Die Boys bekommen pro Ejakulation 500 Euro. Das Geld erhalten sie in bar, indem es ihnen die Frau, welche die Ejakulation ausgelöst hat, als Scheinebündel in den Gürtel steckt; das einzige Kleidungsstück, das die Boys in diesem Moment tragen und an dem auf der Rückseite eine Plakette mit einer Nummer und einem (Fantasie-)Namen befestigt ist. Ejakulieren beide Boys zeitnah, so entscheidet ein Schiedsrichter anhand einer Zeitlupenaufzeichnung von den Geschlechtsteilen in Großaufnahme, die über eine Videoleinwand gezeigt wird. Einige dieser Aufzeichnungen finden den Weg ins Internet – ebenso wie Aufzeichnungen von der gesamten Veranstaltung, die mit Mobiltelefonen gemacht werden (andere Kameras sind beim Einlass für die Dauer der Veranstaltung abzugeben).

Der Veranstaltungsteil der Races beginnt mit dem Einzug der Boys, die dabei noch Slips tragen. Auf ihrem Weg durch das Publikum zur Bühne dürfen sie angefasst werden. Nicht erlaubt ist es dabei lediglich, den Slip herunterzuziehen. Das ist vielmehr die erste Handlung der Wettkämpferinnen in einem Race nach dem Startschuss, der mittels eines knallenden Sektkorkens gegeben wird. Nach dem Einzug der Boys kann sich jede Besucherin für ein Race in eine Liste eintragen und dabei auch vermerken, mit welchem Boy (Nummer oder Name) sie antreten möchte; Mehrfachnennungen sind zulässig, bei Wunschkonflikten entscheidet das Los.

Die Boys tragen auf dem Gesäß sowie auf Schenkeln und Armen Werbung für Getränke- und Zigarettenmarken. Sie stammen zu einem Großteil, doch nicht ausschließlich aus Osteuropa sowie aus Afrika. Die Boys aus Afrika erfreuen sich beim Publikum großer Beliebtheit und werden in der Werbung besonders herausgestellt. Es geht das Gerücht, dass G sie durch seine Leute in Süditalien und Griechenland rekrutieren lässt unter den jungen Männern, die über See illegal in die EU eingewandert sind. Den Männern werden dabei angeblich Arbeit und eine Aufenthaltserlaubnis in Deutschland versprochen.

Die Veranstaltung „Shooting boys" wird zum Publikumsmagneten und findet bald wöchentlich statt. Busladungen begeisterter Frauen aus ganz Deutschland und aus dem Ausland kommen jeden Samstag vor dem *Mon chéri* an und füllen G's Kasse. Allerdings kommt es nach zwei tragischen Vorfällen zu negativen Schlagzeilen: Ein Boy wird von seinem Bruder im Auftrag der Mutter erschossen, nachdem sie auf *youtube* Aufnahmen von ihrem Sohn gesehen hat. Vor Gericht sagt die Mutter aus, dazu habe sie ihren Sohn nicht geboren, und sie verabscheue die Dekadenz der westlichen Welt. Ein anderer Boy tötet sich selbst, ebenfalls nachdem er Bilder von sich im Internet gesehen hat. Er hinterlässt lediglich einen Zettel mit dem Wort „shame". Schlagzeilen macht außerdem eine Besucherin der „Shooting boys", die behauptet, von Boy Nr. 13 schwanger zu sein; sie habe einen Teil seines Ejakulates mit einem Glas aufgefangen und sich auf der Damentoilette mit einer Spritze (ohne Nadel) vaginal injiziert. Sie plane eine Klage auf Feststellung der Vaterschaft und auf Unterhalt für das Kind sowie vor- und nachgeburtlichen Unterhalt für sich selbst (§ 1615 l BGB).

Thomas machte den Versuch, die Lektüre zu unterbrechen, um sich auch geistig wieder seinen beiden Freunden hinzuzugesellen. Doch es gelang ihm nicht. Der Text sog seinen Blick Buchstaben für Buchstaben weiter. Jetzt wurde es juristisch:

Dies, der Unmut einiger Anwohner sowie verfassungsrechtliche Bedenken bewegen die Amtsleiterin der zuständigen Ordnungsbehörde, eine Untersagungsverfügung gegen G zu erlassen, die es ihm mit sofortiger Wirkung verbietet, die Veranstaltung „Shooting boys" oder eine inhaltsgleiche Veranstaltung durchzuführen. In der Begründung heißt es, G fehle insoweit die nach § 33a Gewerbeordnung erforderliche Erlaubnis. Auch wenn G diese Erlaubnis nachträglich beantrage, sei sie nach Absatz 2 Nummer 2 der Vorschrift zwingend zu versagen, weil die Veranstaltung „Shooting boys" den guten Sitten zuwiderlaufe. Sie verletze überdies die Menschenwürde der auftretenden Männer und gefährde mittelbar ihre körperliche Unversehrtheit. Zudem bestehe die Gefahr ungewollter Vaterschaften, die wiederum die Würde der Väter verletzten und dem Wohl der später geborenen Kinder schadeten. Die Verfügung ist formell rechtmäßig. Sie stützt sich auf eine landesrechtliche Vorschrift, die es erlaubt, kommerzielle Veranstaltungen zu verbieten, „welche die öffentliche Sicherheit und Ordnung gefährden".

G ist empört. Er wendet ein: Für seinen Stripclub habe er sehr wohl eine Erlaubnis nach § 33a Gewerbeordnung, und zwar bezüglich seiner Stripper. Zu ihnen seien auch die „Shooting boys" zu rechnen. Zudem träten sie alle freiwillig auf. Dass er auch nur einen von ihnen mit falschen Versprechungen nach Deutschland geholt habe, sei unbewiesen (was zutrifft) und eine Verleumdung. Und zu einem Auftritt habe er erst recht noch keinen gezwungen. Zudem entlohne er die Boys fürstlich; und das in der Hauptsache für einen Vorgang, für den ein Mann normalerweise dankbar sei und bei einer Prostituierten selbst Geld zu bezahlen hätte. Ferner hätten Männer von Natur aus ein geringes Schamgefühl. Das sei allgemein bekannt und erkenne man etwa daran, dass Männer in Diskotheken und auf Volksfesten normalerweise keine Einwände dagegen erhöben, wenn Frauen bei langen Schlangen vor der Damentoilette die Herrentoilette benützten. Entsprechendes beobachte man auf öffentlichen Toiletten, in Schwimmbädern und Fitnessstudios, wo Männer ebenfalls keine Einwände dagegen erhöben, dass weibliche Reinigungskräfte noch während des Betriebes auch auf den Herrentoiletten und in den Herrenumkleiden tätig würden.

Verfehlt sei es ferner, seiner Veranstaltung Rassismus zu unterstellen, weil er mit afrikanischen Männern werbe. Dies belege ein Wahlplakat der Grünen, die des Rassismus unverdächtig seien. Darauf sei ein nackter Afrikaner von hinten zu sehen. Vor ihm und von ihm verdeckt stehe oder sitze eine Frau, von der man nur die Arme und die Hände sehe, mit denen sie in den Hintern des Afrikaners greife und ihn in ihre Richtung ziehe. Darunter stehe: „Der einzige Grund, schwarz zu wählen". Dieses Plakat spiele offenbar auf besondere körperliche Qualitäten der Afrikaner an. Nichts anderes tue seine Werbung. Das Wahlplakat und seine Werbung machten den afrikanischen Männern ein Kompliment. Das sei das Gegenteil von Rassismus.

G klagt form- und fristgerecht gegen die Untersagungsverfügung. Mit Erfolg? Fertigen Sie für das Gericht ein Rechtsgutachten an!

Bearbeitungszeit: …

Thomas ließ den Bogen sinken.

„Das ist ja ultrapervers."

„Zeichma", Patrick kaute bereits auf einem Stück Hackbraten herum.

Thomas reichte ihm das Blatt. Außerdem bemerkte er in diesem Moment, dass man sich an zwei Nachbartischen gestikulierend über ein Papier beugte, das genauso aussah wie jenes, das er Patrick gegeben hatte. Und wieder stieg die sanfte Panik desjenigen in ihm auf, der bei einem sehr wichtigen Termin zu spät kommt. Er unterdrückte dieses Gefühl, indem er sich auf sein Tablett konzentrierte.

Es handelte sich um eine Kombination aus Teller und Tablett: ein Tablett, in das größere und kleinere Mulden für Hauptspeise, Beilagen, Nachtisch und Salat eingearbeitet waren und das dem Benutzer so noch einmal deutlich machte, dass er Teil einer Massenabfertigung war. Er durfte das Gefühl haben, unmittelbar vom Tablett zu essen. Es gelang dem Küchenpersonal auch stets, bei der Befüllung des Tabletts zu kleckern und Speisen zu vermischen. So zog sich vor Thomas eine hellbraune Soßenspur aus der Hauptmulde fürs Fleisch über den Bohnenbrei in einer Nebenmulde bis in den Obstquark des Desserts. Thomas spannte die Lippen, atmete tief ein und griff zur Gabel.

Patrick hatte schon nach wenigen Sätzen der Lektüre das Kauen eingestellt, doch ohne zu schlucken. Mit einer Aufmerksamkeit, die er sonst am ehesten den Spielergebnissen der Ersten Fußball-Bundesliga widmete, wanderten seine Augen von Zeile zu Zeile, von dem Papier angezogen wie Eisenspäne von einem Magneten. Als er ausgelesen hatte, fiel ihm zunächst ein, dass er noch einen Bissen Hackbraten im Mund hatte. Er schluckte, sah die anderen an und meinte:

„Und das soll sich Hauptmann ausgedacht haben?"

„Man munkelt", sagte Jonas, „dass es James gewesen ist."

„Ah", Patricks Blick klärte sich; „das kommt schon eher hin. Aber fies pervers, mein lieber Scholli."

„Aber hallo", Thomas piekte zwei Salatblätter auf die Gabel. „Ob es sowas irgendwo gibt?"

„Könnt schon sein."

„Und wenn's es noch nicht gibt, kommt jetzt vielleicht jemand auf die Idee."

„Lässt sich auch noch erweitern. Etwa mit der Variante ‚Doppel': Es kümmern sich jeweils zwei Frauen um einen Typen, wobei es ihnen überlassen bleibt, wie sie sich die Aufgaben teilen. Zum Beispiel: Die eine holt ihm einen runter, die andere zieht sich's Höschen in die Kniekehlen und wackelt mit dem Popo; und alle halbe Minute wechseln sie sich ab."

„Man könnte die Jungs auch in Altersklassen einteilen: U20, U30 und U40. Bei Nachmittagsveranstaltungen für Seniorinnen noch die Klasse Ü60. Und dann gibt's 'ne Bestenliste, für die es auf die Zeit ankommt, in der die Tussis ihren Typen abspritzen lassen, und für die höheren Altersklassen werden Bonusminuten abgezogen."

„Genau. Und zu jeder Altersklasse – vielleicht außer Ü60 – gibt's noch 'ne Kategorie ‚Nachschuss' für Races, in denen die Typen an demselben Abend schon einmal abgespritzt haben. Die Siegerin bekommt dann zwei Flaschen Schampus, und die Typen tausend Euro."

„Ja, der Sachverhalt ist ausbaufähig", Thomas wandte sich wieder seinem Hacksteak zu. Er hatte gerade seinen zweiten Bissen getan, als er bemerkte, dass an einer der riesigen Fensterfronten des Speisesaals außen Männer auf Leitern und auf einer Hebebühne standen und auf dem Glas herumschrubbten. Außerdem fiel ihm auf, dass auf der Glasfläche dicke schwarze Streifen verliefen, die sich noch an einigen Stellen zu großen, spiegelverkehrten Buchstaben verbanden.

„Was'n da los?", fragte er kauend und deutete mit der Gabel in die Richtung der Reinigungscrew. Zugleich versuchte er, die noch verbleibende Schrift von rechts nach links zu entziffern. Ein R machte er aus, ein D, vielleicht noch ein E …

Patrick und Jonas hatten sich umgedreht und besahen sich die Angelegenheit. Patrick meinte:

„Die machen halt das Graffiti weg. Is auch 'ne ziemliche Sauerei."

Jonas wusste mehr:

„Oh ja, das steht heute sogar in der *Südbadischen.* Letzte – ne, vorletzte Nacht hat ein Scherzkeks auf die gesamte Breite der Front und ziemlich hoch den gleichen Schwachsinn gesprüht, den schon dieser Psychopath in Basel der Frau auf den Hintern geschrieben hat, ‚die Menschenwürde ist verletzlich' oder so."

„DIE WÜRDE DES MENSCHEN IST ANTASTBAR", las Thomas jetzt ohne Probleme, da ihm die Vorlage bekannt war. „Ist ja komplett schräg."

Patrick schob sich schon wieder eine Gabel mit Hacksteak und Bohnenpüree in den Mund. Jonas hatte sich auch zurückgedreht.

„Find ich nicht so witzig, auch wenn's mit Jura zu tun hat. Kostet bestimmt Tausende, der Putztrupp da. Und so originell ist der Spruch auch wieder nicht, selbst wenn's sich ursprünglich ein Irrer ausgedacht hat."

„Und wenn", fragte Thomas nach einer Pause, „und wenn – es hier derselbe Typ war?"

„Ach, Quark", sagte Patrick leicht verärgert und blickte vor sich hin.

„Wieso?"

Patrick sah auf. Dann hob er seinen Löffel, von dem es weiß herunterkleckerte.

„Ich meine die Nachspeise."

Thomas brummte und verschränkte die Arme. Jonas meinte:

„Glaub' ich nicht, ist zu schwachsinnig. Jedenfalls 'ne Sauerei."

Dann löffelte er seinen Quark auf, leckte den Löffel ab und fragte:

„Woll'n wir uns die Hausarbeit morgen noch mal zusammen ansehen, und heute schaut jeder schon, was er rausbekommt?"

„Lieber übermorgen", Patrick legte seinen Löffel hin und griff zur Papierserviette. Er hatte heute Abend eine Verabredung, auf die er sich noch etwas vorbereiten musste und die insgesamt auch länger oder gar sehr lange dauern mochte. Thomas sah vor seinem inneren Auge Regale voller Bücher, fühlte erneut gelinde Panik aufsteigen und wunderte sich:

„Wie willst du bis morgen schon wissen, um welche Probleme es geht, ich meine vollständig betrachtet."

„Nimmst dir erst mal nur 'n Bengel-Skript oder eins von den Kurzlehrbüchern plus Kommentar und schaust, wie du's als Klausur lösen würdest. Außerdem geht es glaub ich zentral um das Menschenwürde-Thema; also nicht zehn kleine Probleme, sondern ein großes."

„Bengel" hieß ein bundesweit tätiges Repetitorium, ein Unternehmen, das Studenten entgeltlich Nachhilfe gab und vor allem auf die Klausuren des Staatsexamens vorbereitete. Das Repetitorium verkaufte auch Skripten, die ihren Lesern den Stoff mit der „Bengel-Methode" besonders wirkungsvoll nahezubringen trachteten. Sie bestand vorwiegend darin, alle drei bis vier Absätze das Wort „Bengel-Methode" im Fettdruck und mit einem Ausrufezeichen erscheinen zu lassen, gefolgt von einem Pfeil und einem didaktischen Hinweis, etwa: *Problem erkannt, Gefahr gebannt!* Thomas nickte; wissend, dass er zu dem, was Jonas vorschlug, nicht in der Lage war, sondern dass er sich in die erstbeste Unterfrage verbeißen würde, ohne an demselben Tag Zeit für den Rest zu haben – und mochte der noch so wichtig sein. Dann waren seine Gedanken schon wieder bei dem Graffiti-Anschlag auf die Mensa.

„Was steht'n eigentlich in der Zeitung zu dieser Sprayerei?"

Jonas nahm einen Schluck von seiner Bionade, dann sagte er:

„Dass es mysteriös ist, weil der Spruch derselbe ist wie der von der Morgestraich-Geschichte und weil die Schrift so groß und hoch ist. Muss jemand mit 'ner Leiter und viel Zeit gemacht haben, also nicht die typischen Graffiti-Kids. Und es hat wohl wieder, wie in Basel, einen Bekennerbrief gegeben, in dem von einem ‚Schriftanschlag' die Rede ist. Polizei sagt aber nicht, was sonst noch drinsteht. Aus ermittlungstaktischen Gründen, heißt es. – Weitere Fragen?"

Jonas hielt den Kopf auf die Seite geneigt und lächelte. Thomas brummte wieder nur, sah ins Leere und schüttelte andeutungsweise den Kopf.

*

Sie trafen sich am übernächsten Tag um fünf bei Jonas, weil er der einzige war, der ein aufgeräumtes Zimmer anbieten konnte. Als Thomas eintraf, sah er noch jene Medizinstudentin durch die Gemeinschaftsküche schweben, der Jonas mit einem scheuen Blick von unten nach oben und in großer

Verehrung zugetan war. Was mittlerweile bereits dazu geführt hatte, dass er ihr die Bremsen ihres Fahrrades vorne wie hinten erneuert, ein Regal montiert, einen Lattenrost transportiert, drei Computerprogramme installiert sowie eine Seminararbeit korrekturgelesen hatte. Patrick meinte, dass ihre Abmessungen diesen Aufwand eigentlich nicht rechtfertigten, aber Jonas sagte dazu nur „ach du!“.

Thomas fand sie ganz apart, war aber sicher, dass sie sich mindestens ebenso apart fand und durchaus dazu neigte, die Vorzüge ihrer Erscheinung gegenüber Mitmenschen männlichen Geschlechts zum eigenen Besten wirken zu lassen. Jetzt verschwand sie durch ihre Zimmertür und hinterließ die Spur eines orientalischen Dufts, der Thomas unbekannt war. Patrick hätte gewusst, um welches Eau de Toilette es sich handelte, und hätte bemerkt: „eher was für Damen mittleren bis vorgerückten Alters“. Er kam allerdings zwanzig Minuten zu spät und hatte keine Gelegenheit mehr, diese Aromen wahrzunehmen.

*

Jonas saß auf seinem Bett und nuckelte an einem Bier. Patrick hatte es sich auf dem Schreibtischstuhl bequem gemacht, ließ sich gemächlich von der einen Seite zur anderen drehen und lehnte sich tief zurück, so dass sein Blick die Decke getroffen hätte, wenn seine Augen offen gewesen wären. Seine Arme ruhten auf den Seitenlehnen, mit den Füßen hielt er breitbeinig Bodenkontakt. Seine Rechte umschloss ebenfalls ein Bier. Thomas saß an der Wand auf einem dicken Ikea-Teppich mit einem Kissen im Rücken und einem Bier neben sich. In der Linken hielt er einen Schreibblock und in der anderen Hand einen Kugelschreiber, den er über seine Notizen wandern ließ. Hie und da unterstrich er etwas oder zog einen Buchstaben nach.

Sie waren die Lösung der Hausarbeit durchgegangen und hatten festgestellt, dass es in der Tat hauptsächlich um das Problem der Menschenwürde ging und darum, ob sie auch angetastet werden könne, wenn ihr Träger der fraglichen

Behandlung zustimme. Patrick fand die Hausarbeit „locker“, Jonas fand sie „machbar“, und Thomas „nicht so einfach, wie ihr denkt“. Er sann auch jetzt noch über die Klage des Geschäftsmannes G nach, das war trotz des Biers an seiner Seite deutlich zu sehen. Um ihn feierabendlicher zu stimmen, erzählte Jonas von seiner Zeitungslektüre:

„Du Tom, die Polizei hat jetzt übrigens gesagt, was in dem Bekennerbrief steht.“

„Bekennerbrief?“, fragte Patrick.

„Der zum Graffiti an der Mensa.“

„Und was steht drin“, fragte Thomas ohne Fragezeichen, während seine Augen und sein Kugelschreiber weiter auf den Notizen klebten.

„Eine Vollmacht zur Beseitigung der Schrift bei Kostentragung durch das Studentenwerk Südbaden.“

Thomas schenkte seinem Freund einen tiefen und ernsten Blick und sagte mit ruhiger Stimme:

„A-ha.“

Patrick führte die Flasche zum Mund, und sein Gesicht zeigte tiefe Entspannung. Jonas sagte eifrig und vergnügt:

„War’n Scherz! Also es steht so ungefähr drin, dass hinter den Fassaden des scheinbar demokratischen, rechtsstaatlichen – und so weiter – Staates die Menschenwürde mit Füßen getreten werde. Außerdem, sinngemäß: Die Kleinen hängt man, die Großen lässt man laufen. Auch hier, in unserer Stadt. Aber damit sei jetzt in einem bedeutenden Fall Schluss; einem Fall, der die Stadt seit Monaten in Atem hält oder so. Und am Ende noch, dass Freiheit und Gerechtigkeit siegen werden, mit Ausrufezeichen. Ziemlich durchgeknallt der Kerl. Obwohl: Polizei sagt, sie wissen nicht, ob Mann oder Frau. Ich glaub’ aber, so was wie in Basel: Das macht nur ein Mann.“

Patrick hob den Kopf in die Vertikale:

„Die Tussi in Basel wurde aber nicht vergewaltigt.“

„Ja und?“, meinte Jonas. „So ein kranker Kram mit ’nem nackten Frauenhintern – das macht doch keine Frau.“

„Glaub' ich auch nicht“, sagte Thomas, der in der Tat seine Notizen auf die Beine sinken ließ. „Aber dann hatte ich doch recht, dass es derselbe Typ ist.“

„Weiß die Polizei nicht“, antwortete Jonas; „sagen, 's kann auch so eine Art Trittbrettfahrer sein. Oder mehrere. Jedenfalls haben die alle 'ne Schraube locker.“

Darin waren sie sich einig. Da ging die Tür nach einem Klopfen auf, das sozusagen nur der Vollständigkeit halber vorausgeschickt worden war, und die Medizinstudentin steckte ihren Kopf herein.

„Sorry, Jungs, bei mir ist grad so 'ne komische blaue Fehlermeldung auf'm Schirm. Hat einer von euch Ahnung von Computern?“

Jonas sprang auf.

*

Etwa zur gleichen Zeit saß dreieinhalb Kilometer entfernt Isabell Böhnke vor ihrem Notebook und fuhr sich mit dem Daumen über die Lippen. Für den Artikel, auf den ihr Rechner wartete, hatte sie ausnahmsweise keine Frist und daher auch keine Einfälle. Genauer gesagt hatte sie eine ganze Reihe von Einfällen, doch keine für diesen Artikel. Jedenfalls nicht für jene Sorte Artikel, die man jetzt von ihr erwartete. Man erwartete einen weiteren Artikel der Serie „Studieren, wo andere Urlaub machen. Arbeit und Leben der Studenten in unserer Stadt“. Sie verschränkte die Arme und stützte sich mit den Ellbogen auf den Tisch. Von diesem Studentenleben wusste sie mittlerweile einiges: von Eva, von Thomas, aus eigener Anschauung. Aber sie hatte keine Lust, wieder etwas zu tippen über Kneipen, Straußen, den Weihnachtsmarkt, die Zentralbibliothek oder die Mensafete. Auf dem Bildschirm erschien als Bildschirmschoner ein Foto von Franz Beckenbauer von der Weltmeisterschaft 1990, als er nach dem Sieg der deutschen Elf im Finale einsam und in Gedanken am Spielfeldrand entlanggegangen war mit überdimensionierter Pilotenbrille, gebräuntem Gesicht und dunklem, fein gekräuseltem Haar.

Sie kaute auf ihrer Unterlippe herum. Was sie interessierte, das waren die Geschichtchen, die sich die Herren Professoren mit ihren Studentinnen erlaubten. Jedenfalls dieser Zerrer. Sie gab zu: Sie mochte ihn nicht. Sie hatte ihn am *Dies academicus,* einer Universitätsfeier, kurz kennengelernt und lange beobachtet. Wahrscheinlich war ihr Eindruck dort bereits von den Berichten und Gerüchten vorbelastet, die ihr über Zerrer zugetragen worden waren. Aber selbst wenn ihr unmittelbarer Eindruck besser ausgefallen wäre, hätte sie über ihn im Ergebnis nicht besser gedacht – nach dem, was sie wusste. Sie hatte ihre Informationen von Eva. Eva hatte mit einer Kommilitonin gesprochen, die eine sehr gute Freundin hatte, die ihrerseits nach einigen Erdbeer-Daiquiris erzählt haben musste, dass sie mit Zerrer ins Bett ging. Und zwar als Gegenleistung für Noten, einen Vertrag als studentische Hilfskraft sowie Tipps zu Klausuren und Hausarbeiten. Und von einem weiteren Mädel aus dieser Clique hieß es, dass sie dasselbe tat.

Sie stand auf, ging an ein Schränkchen und entnahm ihm eine Flasche Himbeergeist. Sie schraubte den Verschluss ab, setzte an, nahm einen kurzen Schluck, den sie im Mund behielt, schraubte die Flasche wieder zu und stellte sie zurück. Sie spülte den Schnaps durch ihren Mund, indem sie die Wangen wie Ping-Pong-Schläger einsetzte. Zuerst brannte sich der Alkohol in die Schleimhäute. Dann machte der Speichel die Flüssigkeit mild, und das Himbeeraroma entfaltete sich. Sie schloss die Augen, genoss, schluckte und spürte mit Behagen die Wärme in ihrem Innern, die auf ihre Stimmung ausstrahlte.

Sie dachte an den jungen Thomas, mit dem sie im Bett gewesen war. Sehr wahrscheinlich sein erstes Mal. Er hatte das – natürlich – nicht gesagt und sich auch nicht allzu blöd angestellt. Aber auch nicht besonders routiniert. Und sein Verhalten im Bett war gar nicht das, was sie so sicher machte. Es war seine ganze Art. Von dem Moment an, in dem sie mit ihm gesprochen hatte, war er ihr als der typische Fall einer männlichen Jungfrau erschienen: nach außen eher streng und etwas arrogant, dahinter schüchtern und schnell eingeschnappt und sexuell offenbar interessiert, aber gegenüber den Frauen gleichen Alters zu plump, daher erfolglos, daher unsicher und daher noch erfolgloser. Sie wäre mit ihm nicht ungern noch ein paar Mal in die Kiste gestiegen, bis auf weiteres. Aber sie wusste, dass er wusste, dass sie ahnte, dass es sein erstes Mal gewesen war, und dieses Wissen würde er ihr nicht verzeihen. Anders wäre es nur, wenn er sich in sie verliebt hätte. Das schloss sie aus. Er hatte lediglich diese eine Erfahrung machen wollen.

Sie fuhr sich mit der Zunge in die Wangen und tastete nach letzten Spuren des Himbeergeistes. Auf dem Bildschirm sinnierte Franz Beckenbauer weiter vor sich hin. Draußen am Ufer des Baches sah man der Natur an, dass der Winter abgezogen war, auch wenn sich das Frühjahr noch nicht eingestellt hatte. Sie hätte gern über den Professor Zerrer geschrieben. Aber die Beweislage war noch zu dünn. Ihre Informantin war nur eine Zeugin vom Hörensagen. Sie konnte zwar Andeutungen machen nach dem Muster „man munkelt in Studentenkreisen …". Doch das hätte bei einem solchen Thema sofort juristische Schritte gegen die Zeitung zur Folge. Sie musste unmittelbaren Kontakt zu den betroffenen Studentinnen bekommen. Oder andere handfeste Beweise. Sie knurrte leise vor sich hin. Dann ging sie wieder an ihren Schreibtisch wie ein Tischler an die Werkbank. Ein Griff zur Maus verscheuchte Franz Beckenbauer und ließ eine weiße Fläche erscheinen, auf der links oben ein kleiner senkrechter Strich blinkte. Zum Klicken der Tasten wanderte der Strich nach rechts und hinterließ eine Reihe von Buchstaben. Sie bildeten hauptsächlich die Worte „Mensafete" und „Großereignis".

Im Keller

Über der Tür stand: *Ihr, die Ihr hier eintretet: lasst alle Hoffnung fahren.* Die Studenten der Arbeitsgemeinschaften, die Jens Drib leitete, hatten das Plakat gemalt und aufgehängt. Hinter der Tür ging es hinunter in einen Dunst aus Moder und Biergeruch.

Ihn durchzogen wie Silberadern die Düfte der Parfums, mit denen sich die Gäste besprüht hatten. Es herrschte ein vielfarbiges Dunkel, da die ohnehin schwachen Lampen mit buntem Seidenpapier umkleidet waren. Musik waberte durch die Gänge und wurde lauter, je näher man jenem großen Kellerraum kam, in dem vor einigen Monaten Jens Drib und Thomas die Arbeiter getroffen hatten. Dort stand auf einer Kiste eine professionelle, für diese Party gemietete Musikanlage und versorgte mehrere Boxen. Auf der Tanzfläche gab sich etwa eine halbe Arbeitsgemeinschaft den Klängen und den monotonen Schlägen der Bässe hin. Über ihnen huschten farbige Lichtflecken über die gewölbte Decke: grün, violett und gelb.

Das Ganze nannte sich Semesterabschlussparty. Organisatoren waren einige besonders gemeinwohlorientierte Teilnehmer der Dribschen Arbeitsgemeinschaften. Jens Drib selbst verstand sich als Schirmherr und hatte auch einen Planungsanstoß gegeben. Jetzt war er einer der Tänzer und bewegte sich in dem Aktionskreis einer Mittänzerin, die ihn schon nach mehr als nur einem Termin ihrer Arbeitsgemeinschaft in ein durchaus fachliches Gcspräch gezogen hatte.

Patrick zapfte Bier. Neben ihm standen Thomas und Eva. Eva hatte ihre beiden Kommilitonen ebenso wie Jonas mitgebracht, obwohl sie keine Arbeitsgemeinschaft bei Jens Drib belegten. Es störte niemanden, und Thomas war als Mitarbeiter der gastgebenden Einrichtung ohnehin zutrittsbefugt.

Jonas hatte sich in die Nähe des Mädchens manövriert, das Kira hieß und von ihrer besten Freundin, der Sandra, „Kiri" genannt wurde. Außerdem wusste er jetzt, dass ihr

Nachname Wadranski lautete. Er hatte Erkundigungen eingeholt. Er hatte eine Mission. Seine Chefin, Frau Professorin Amy Brauner, hatte ihn angerufen und in ihr Büro zitiert.

Sie wisse, hatte sie gesagt, dass er derzeit mit der degoutanten Hausarbeit des Kollegen Hauptmann beschäftigt sei. Jedoch vertrage die Angelegenheit, derentwegen sie ihn ins Vertrauen ziehe, keinen Aufschub. Er hatte ihr mehrfach beteuern müssen, dass alles, was sie ihm nun mitteilte und was sie ihm auftrug, striktester Diskretion unterliegen würde. Und was sie ihm mitgeteilt und aufgetragen hatte! Der Pedant, der saubere Professor Zerrer missbrauchte seine Stellung, um sich aus dem Kreise seiner Studentinnen Mätressen anzuwerben; unverdorbene, zutrauliche Mädchen, so alt wie Jonas, denen dieser Professor mit kleinen Geschenken, günstigen Noten und einer Anstellung als Hilfskraft den unschuldigen Kopf verdrehte, bar jedes pädagogischen Gewissens. Doch sie, die Professorin Amy Brauner, hatte einen Weg erdacht, auf dem man diesem Herren beikommen würde. Und er, Jonas, musste ihr helfen.

Er sollte ihr eine Studentin finden, die bereit war, sich Zerrer als Lockvogel anzudienen. Sie brauchte dazu gewisse äußere Qualitäten sowie innere Standfestigkeit, schauspielerisches Talent, Geistesgegenwart und Raffinesse, um dem Zielsubjekt gerichtlich verwertbare Äußerungen und Handlungen zu entlocken, ohne selbst Schaden zu nehmen. Geplant war, die Wohnung der Studentin – oder was Zerrer dafür halten sollte – mit einer Minikamera und Mikrofonen auszurüsten. Jonas gestand sich ein, die rechtlichen Implikationen eines solchen Vorgehens nicht voll zu überblicken. Doch das war ja auch nicht seine Aufgabe. Seine Aufgabe war – aufregend!

Er hatte lange überlegt, an welche Kommilitonin er sich wenden sollte. Dann war es ihm gleichsam vor die Füße gefallen, als er gestern zur Klärung seines Kopfes einen Spaziergang unternommen hatte: Kira! Sie kannte er seit seinem ersten Tag in dieser Stadt, nein, schon seit seiner ersten Fahrt in diese Stadt, und sie hatte ihn zwar nie in ihren engsten Freundeskreis aufgenommen, war ihm aber stets freundlich begegnet. Sie sah genau so aus, wie seine Chefin die Mädchen beschrieben hatte, die Zerrer gefielen. Und er traute ihr hinreichend kühles Blut zu, um als Agent provocateur tätig zu werden. Denn auch im Umgang mit ihm, Jonas, hatte sie sich selten zu Zeichen einer gesteigerten Anteilnahme hinreißen lassen. Darüberhinaus war ihm mehrfach aufgefallen, dass es Kira außerhalb von Lehrveranstaltungen in die Nähe von Assistenten und Professoren zog. Schon auf der Erstsemesterwanderung, später etwa in den Warteschlangen der Mensa. Und nicht zuletzt über ihre Freundin, Sandra, mit Nachnamen Brock, war sie wohl auch schon ein bis zweimal mit Zerrer ins Gespräch gekommen – ideale Voraussetzungen.

Jetzt stand sie neben ihm an einem Lattengitter, hinter dem jener verirrte, wiewohl in dieses Gewölbe passende, schwere schwarze Stuhl die Blicke auf sich zog, in dessen Sitzfläche ein tellergroßes Loch klaffte und an dessen Armlehnen und Beinen Ledermanschetten angebracht waren, um den Sitzenden zu fixieren. „Folterstuhl" hatte ihn Thomas genannt und berichtet, dass er nach Auskunft von Jens Drib bei den hier unten veranstalteten Partys ein Publikumsmagnet sei. Und das war er. Die Tür des Lattengitters stand offen, und um den Stuhl herum standen rund zehn Studenten mit Bierflaschen oder Bechern in der Hand und versuchten, sich durch die Musik hindurch zu verständigen. Dass dies mitunter misslang, störte sie nicht und war im Rahmen des partyüblichen Smalltalks zu verkraften. Der Folterstuhl befruchtete die Gespräche, indem er immer wieder Anspielungen, Vermutungen und Einfälle gestattete. Besonders hervorzutun verstand sich dabei Evas Freund mit seinen hantelgewohnten Armen und Schultern, dem kultiviert ungebändigten Haar und dem stets halb geöffneten Mund. Er lehnte an dem Stuhl und brachte immer wieder zwei Mädchen zum Lachen, die sich links und rechts von ihm positioniert hatten. Auch Damian lachte mit, der ihm gegenüberstand, sowie Daniel Bauer, der Fakultätsassistent, der mit Jens Drib befreundet war.

*

Er verstand es nicht! Jonas verstand es nicht. Er setzte seine Schritte grübelnd voreinander auf die Treppenstufen, über denen der Satz aus Dantes *Göttlicher Komödie* zu lesen war und die ihn jetzt zum zweiten Mal in den Keller der Institutsvilla führten. Im Garten hatte er gerade in sicherer Entfernung von allen anderen und mit gesenkter Stimme Kira Wadranski über das Treiben des Professors Zerrer aufgeklärt und sie in den Operationsplan gegen ihn eingeweiht.

Dass sie erstaunt, ungläubig und anfangs entsetzt sein würde, damit hatte er gerechnet – und sich geschickte, mehrmals durchdachte Formulierungen zurechtgelegt, mit denen er sie wieder beruhigen und für die Sache würde gewinnen können. Doch was war geschehen? Sie hatte schon bei seiner Schilderung der Zerrerschen Verfehlungen die Augen geschlossen und deutlicher geatmet. Als hätte er ihr mit jedem Satz eine weitere Last auf die Schultern gelegt, war sie in sich zusammengesunken. Ihre Hand hatte sich auf ihre Stirn gelegt und war über ihre geschlossenen Augen geglitten. Als er ihr berichtet hatte, welches Vorgehen gegen den verantwortungslosen Biedermann ins Auge gefasst worden war, sah sie ihn an. Ihre Augen waren reglos und leer. Und noch bevor er ihr den zentralen Platz in dem Plan hatte anbieten können, hatte sie langsam genickt, immer weiter genickt, und als er das Angebot dann ausgesprochen hatte, war sie bereits dabei, zur Villa zurückzugehen mit apathischen Schritten und starrem Blick. Wie unter einer Hypnose war sie den kurzen Weg getrottet, ohne auf seine eigentlich geschickten, jedenfalls mehrmals durchdachten Formulierungen zu reagieren. Auf der Treppe in den Keller hatte sie erst mit der Rechten, dann mit beiden Händen das Geländer umfasst, während er ratlos zurückgeblieben war. Jetzt ging er wieder dorthin, wo er Kira vorhin angesprochen hatte. Ihm fiel nichts anderes ein; sein Denken war blockiert.

Sie sah Bilder, deren Folge und Inhalt bewusster Steuerung entzogen waren. Sie zeigten Zerrers Schnauzbart, seine Zähne beim Lachen, seinen Oberkörper und sein Gesicht, wenn seine Stöße schneller wurden, seine mahlenden Kiefer und sein verkrampftes Zupacken, wenn sein Unterleib zu zucken begann. Ihre Umgebung nahm sie nur in groben Formen wahr, der Schall war gedämpft, so als hätte sie Stöpsel im Ohr. Ihre Bewegungen wurden von einem Teil des Gehirns gelenkt, der vom Rest ihres Denkens abgekoppelt war.

Das Lattengitter näherte sich, an dem sie heute Abend schon einmal gestanden hatte. Dahinter lehnten und standen noch immer dieselben Personen, in ihrem Zentrum der widerwärtige schwarze Stuhl und der Typ mit dem trainierten Oberkörper. Er sah sie an und lachte. Er redete gestenreich auf sein Publikum ein und hatte seine Bierflasche in eine der beiden vorderen Hosentaschen geschoben. Ihr Stoff spannte sich über den Flaschenbauch, während der Flaschenhals steil nach oben aus ihr herausragte.

Jetzt fasste er mit beiden Händen eine Armlehne des Stuhls, sah wieder zu Kira, redete, grinste, begeisterte sich und das umstehende Volk, und dann lösten sich er und ein anderer Kerl aus der Gruppe, kamen ihr in zwei Schritten entgegen, der eine umfasste ihren Oberkörper, der andere ihre Beine, sie wurde hochgehoben, die anderen johlten, alle Blicke trafen sie, der Stuhl kam näher, schwarz, sie wurde auf den Stuhl gesetzt, sie sah die Zähne in den lachenden Mündern, die Oberkörper und Gesichter, sie spürte die kreisrunde Öffnung unter Gesäß, Schenkel und Scham; die Ledermanschetten schlossen sich um ihre Arme und Beine.

Ihr Mund öffnete sich. Ihr Oberkörper knickte nach vorn. Zwei Pranken packten ihren Magen und pressten ihn zusammen. Was in ihm war, schoss durch Speiseröhre und Mund. Als sie zurücksank, fühlte sie noch, wie Flüssigkeit über ihr Kinn und aus ihrem Mundwinkel lief. Auch ein Geschmack von Saurem und Bitterem erreichte ihr Bewusstsein, bevor sie es verlor.

Variété

Das Theater lag gleich neben der Universitätsbibliothek. Der architektonische Kontrast der Gebäude ließ sich kaum schärfer denken: links acht dunkle Etagen Beton mit schmalen Fensterschlitzen, ein Hochbunker der siebziger Jahre, und rechts die helle, repräsentative, bürgerlich mit dem Jugendstil sympathisierende Front der größten städtischen Bühne. Die Fassade hatte in ihrer Mitte eine Wölbung nach vorn und öffnete sich dort mit fünf Türen zum Vorplatz, dessen Pflasterung von links und rechts um eine breite und kurze Treppe herum zum Theater anstieg und zu den Eingängen hinführte wie ein großer roter Teppich für alle Besucher.

Auf dem Platz bewegte sich eine Gruppe junger Menschen mit einem Professor im Zentrum auf das Theater zu. Es handelte sich um beinahe die gesamte Belegschaft des Instituts für Strafrecht und Rechtsphilosophie samt dessen Direktor in Verbindung mit Teilnehmern eines Seminars, das gestern und heute am Institut stattgefunden hatte. Mit ihm war auch die Vorlesungszeit zu Ende gegangen. Zum Abschluss, nach allen Referaten und aller Aufregung der Referenten, hatte Prollius einen gemeinsamen Besuch im Theater vorgeschlagen, und seine Mitarbeiter hatten durchgesetzt, dass man statt für die große Bühne Karten für das kleinere *Variété* erwarb, das in einem Seitenbau untergebracht war.

Für dessen Bühne stand heute Abend ein unpolitisches Kabarett auf dem Programm, ausgedacht und vorgetragen von Julius Kirchmann, einem im Studium gescheiterten Juristen, der sein Hobby – und vielleicht die Ursache seines Scheiterns – zum Broterwerb gemacht hatte. Sein Programm trug den Titel „Warum Jesus keinen Pflichtverteidiger hatte“, handelte ausweislich des Plakats von den juristischen Implikationen des Alltags und aktueller Ereignisse und wandte sich so an Normalbürger, die über Juristen lachen wollten, sowie an Juristen, die über sich selbst lachen wollten.

Die Gruppe um Robespierre wurde von Jens Drib zu einer Seitentreppe gelenkt, die zum Café des Theaters führte und damit auch zur Kleinbühne des *Variétés;* denn zu ihr gelangte man nur durch das Café. Thomas war insgesamt froh erregt. Er hatte in den Diskussionen des Seminars mit berechtigten Fragen und Beiträgen vorteilhaft in Erscheinung treten können – mit Ashaia im Publikum. Jetzt war die Veranstaltung zu Robespierres Zufriedenheit zu Ende gebracht, mit seiner Hausarbeit fühlte sich Thomas auf einem guten, ideenreichen Weg, und über dieser Befriedigung und Zuversicht lag nun der kleine Zauber eines Abends im Theater; ähnlich der allgemeinen Spannung im Zuschauerraum, wenn die Blicke und Scheinwerfer den Vorhang fixieren, kurz bevor er sich hebt.

Ashaia ging vor ihm, er hielt sich stets in ihrer Nähe. Er musste, es ging nicht anders, zu ihrem Gesicht sehen und auf ihre Stimme achten. Jede Neigung ihres Kopfes, jeder Gesichtsausdruck, am stärksten jedes Lachen von ihr überspülte sein Herz mit Seligkeit. Wenn sie ihn ansah, ging der Blickkontakt kaum über das Konventionelle hinaus. Aber er erkannte darin mehr, wollte mehr erkennen. Für ihn war ihr Blick zu tief, die entscheidende Hundertstelsekunde zu lang, zu erstaunt, um ein Jedermannsblick zu sein. Aber nichts davon würde sie zugeben, da war er sicher. Und so blieb ihm nur der Genuss des Blickes selbst, der Windhauch über das heimliche Glühen in ihm, der die Hitze durch den Körper wehte. Das war, was Verliebtsein heißt. Und er war sicher, dass sein Verliebtsein anders sei als das Verliebtsein seiner sieben Milliarden Mitmenschen. Dass nichts weiter als Zeit erforderlich sei, um daraus Liebe werden zu lassen. Romeo-und-Julia-Liebe, wahre Liebe. Keine seiner Überzeugungen war fester als diese. Liebe war das Einfachste. Und das Schwierigste würde es sein, Ashaia davon zu überzeugen. Auch weil er sich ihr gegenüber nichts zutrauen konnte; schließlich bestand theoretisch die Möglichkeit, dass sie rundheraus so etwas unüberlegt Falsches sagen würde wie „nein“ oder „ich dich aber nicht“ oder dergleichen, dessen Folgen nicht auszudenken gewesen wären. Und so zogen sie in einer Gruppe anderer Studenten plaudernd zu den Stufen einer langen Treppe, an deren Fuß Jens Drib stand und ihnen wie der Signalmatrose auf einem Segelschiff winkend den Weg wies.

*

Thomas saß eine Reihe hinter Ashaia. Neben ihm saßen ein Seminarist und Jens Drib. Der kleine Saal war vollständig belegt. Man unterhielt sich noch, einige mit einem Glas oder einer Flasche Bier aus dem Café in der Hand. Da wurde es dunkler, und zugleich betrat der Kabarettist die Bühne. Er trug Jeans, Sakko und Hemd, alles unauffällig geschmacklos, und Schuhe, die dazu passten. Die Haare fielen ihm natürlich und fein gelockt ums Haupt, das Gesicht hatte scharfe Züge und vom Leben eingegrabene Falten, die Augenfarbe war eher hell als dunkel, vermutlich grau, und die schmalen Lippen gaben einen Satz verbrauchter Zähne frei, wenn er sie, was von Zeit zu Zeit geschah, bleckte. Er war, wie Jens Drib in der Pause anmerkte, „gut drauf", klatschte in die Hände und rief:

„Meine Damen, meine Herren! Sie alle haben es vor wenigen Wochen in den Nachrichten gehört, zu Beginn dieser epochalen Kälte- und Schnee- und Eis- und Glatteis-Periode: Das Bundesamt für Zivilschutz und Bevölkerungsgedöns rät den Bürgern in dieser Situation zu – Hamsterkäufen!"

Er richtete sich hoch auf und hob beide Zeigefinger nach oben, seine Brauen waren schon dort.

„Sie haben das vollkommen zutreffend erfasst: zu Hamsterkäufen! Aber jetzt sagen Sie mir bitte, dass sich da jemand einen schlechten Scherz erlaubt hat. Das kann doch niemand seriös durchgerechnet haben", und an dieser Stelle schlug sich Herr Kirchmann mit der flachen Hand knallend vor die Stirn.

„Stellen Sie sich bitte vor: ein Achtzig-Millionen-Volk, das ergibt etwa vierzig Millionen Haushalte, wegen der ganzen Singles, folglich ebensoviele potentielle Käufer. Aber es gibt in der gesamten Bundesrepublik, ich habe das recherchiert", wobei er die Zähne komplett bleckte, „exakt zweitausendsiebenhundertdreiundsechzig Zoologie-Fachhandlungen. Das macht pro Zoologie-Fachhandlung wiederum *ex-akt* vierzehntausendvierhundertsiebenundsiebzig Komma null eins acht Käufer. So, und nun stellen Sie sich das wirklich vor, wie dann vor so einer anständigen, bescheidenen Zoologie-Fachhandlung" – er schluckte und schüttelte den Kopf, schwieg. Blickte zu Boden. Sah langsam wieder auf, die Augen von Entsetzen geweitet, die Pupillen irr, Kinn und Hände zitternd, die Stimme bebend: „wenn da dann vierzehntausendvierhundertsiebenundsiebzig Komma null eins acht Menschen stehen – und alle ... wollen ... *einen Hamster!* Wo soll'n die denn die Viecher herkriegen!", schrie er wütend und ballte die Hände zu Fäusten; „vierzig Millionen Hamster, da gibt's doch in den EU-Richtlinien für den artgerechten Tiertransport gar nicht so viele Vorschriften, wie Sie verletzen müssten, um die alle schnell genug zusammenzukarren. Abgesehen davon hat es nicht einmal in Gesamteuropa ausreichend Tiere, und auf Importen aus hamsterstarken Ländern wie China und Indien liegen abartige Dumpingzölle", er ließ die Arme sinken und schüttelte erneut den Kopf. Dann fuhr er sich mit der rechten Hand durchs Gelock, zog die Nase hoch und richtete den Blick geradlinig ins Publikum.

„Außerdem, meine Lieben, weiß man doch, wie's läuft. Man weiß es doch. Es kann mir doch" – er bleckte die Zähne – „KEI-NER erzählen, dass man nicht weiß, wie's läuft beim Haustierkauf. Erst, nicht wahr", und er lächelte ausgeprägt scheinheilig auf die Zuschauer vor ihm, „erst sind die Tiere" – er spitzte den Mund und wechselte in die Babysprache – „scho klein und scho nüdlich!", er streichelte ein imaginäres und unerhört niedliches Kätzchen oder Kaninchen; „ja!", er streichelte weltvergessen weiter. Plötzlich wechselte sein Ausdruck von Verklärung zu Grimm, und seine Sprache gewann einen bedrohlichen Unterton:

„Doch dann, meine Damen, meine Herren, dann beginnt das süße Tierchen zu wachsen, oh, zu wachsen, und wächst, und wächst", seine Arme formten die Wachstumssprünge bis ins Stadium des Shetlandponys, „und eines Tages", und Ekel verzerrte seine Züge, während die Stimme zu einer einzigen Drohung wurde und sein Mund die Wörter angewidert hervorkaute, „eines Tages hat man dann so einen *adipösen Riesenhamster* in der Küche stehen, und dann is Schluss mit niedlich, und die Kinder sagen ‚iiih', und alle stolpern drüber, und die Köddel sind dick wie Teewurst", er schüttelte sich ein weiteres Mal.

Sodann klarte seine Miene wieder auf, und mit geheucheltem Verständnis und aufgesetztem Lächeln fragte er ins Publikum:

„Und was geschieht dann, hm? Ja, das wissen Sie – na?"

Sein Ausdruck wechselte spontan ins Inquisitorische, als er unvermittelt eine Dame in der ersten Reihe fragte:

„Sind Sie betroffen? Nein? Ja, Sie gucken so betroffen. Na, dann nicht. – Okay, wo war ich stehengeblieben –", sein Blick schien den verlorenen Faden zu suchen; blieb offenbar an dem Blick eines Zuschauers hängen; verfolgte dessen Blick zu sich; schien eine Geste des Zuschauers deuten zu wollen. Wie um sich zu vergewissern, richtig verstanden zu haben, zeigte er dann mit dem Finger auf seine beiden Schuhe, mithin auf den Fleck, auf dem er stand, hob noch einmal fragend die Brauen, hatte dann endlich verstanden, lächelte wissend und sagte langsam sowie barmherzig:

„Uuuh, Sie belieben zu *scherzen*", und bei diesem letzten Wort bleckte er wieder die Zähne. „Aber keine Sorge, ich bin Routinier", was er genau so aussprach, wie es die Sprachgesetze des Deutschen befahlen, das heißt so wie „Scharnier" und „Kanonier". „Ich bin Routinier. Mich bringen Sie nicht aus dem Konzept. Ich bin ja schon draußen. Jahaa", schloss er den Exkurs mit belehrender Diktion und fügte sofort an: „Also die fetten Viecher werden allesamt ausgesetzt. Vorzugsweise an Autobahnparkplätzen. Malen Sie sich bitte aus, was es für den deutschen Kfz-Individual- sowie Güterkraftverkehr bedeutet, wenn binnen weniger Tage rund vierzig Millionen dickleibige Monsterhamster über die Autobahnen kriechen. Dagegen is'n Crash beim Wildwechsel wie wenn 'ne Fliege auf die Scheibe titscht. Da hilft auch kein Haustierwiderrufsgesetz, da ist dann sozusagen der Hamster am dampfen. Tja, meine Lieben, und das alles aufgrund der unbedachten Äußerung eines überforderten Bundesamtes, in dem man wahrscheinlich auch das Hamsterrad für einen Reservereifen hält. Aber sei's drum", er fuhr sich wieder durchs Haar und bleckte die Zähne, „Themenwechsel: Vorratskäufe von Lebensmitteln im Winter …"

*

In der Pause lehnte Thomas an der Bar und ließ sich von einem der Seminarteilnehmer in ein Gespräch ziehen, in dem der andere ihm erläuterte, dass er, der Seminarteilnehmer, Hegel besser verstanden habe, als Robespierre dies tue, weswegen seine Seminararbeit zusammen mit dem Referat als Note mindestens ein „Vollbefriedigend" verdiene. Thomas stützte sich mit dem Ellbogen auf die Bar und überlegte, ob er seinem Gesprächspartner mitteilen sollte, dass er ein Student des ersten Semesters war und auf die Notengebung nicht den geringsten Einfluss hatte. Sein Blick zuckte immer wieder an seinem Gegenüber vorbei zu Ashaia, die dahinter in einer Gruppe anderer Seminarteilnehmer stand, immer wieder lachte und einmal in demselben Moment zu ihm hinsah wie er zu ihr. Kurz danach glitt sein Blick etwas angetrunken ins Nichts, und als sich die Linse wieder scharf stellte, saßen Eva und Patrick im Fokus.

Sie hatten einen Zweiertisch am Fenster und waren von ihrem Gespräch in Beschlag genommen. Atypischerweise entdeckte Thomas kein Mobiltelefon auf dem Tisch, und noch atypischer war für eine solche Konstellation, dass Patrick über einen beachtlichen Zeitraum hinweg nicht sprach, sondern zuhörte, und dabei einen Gesichtsausdruck zeigte, der mit allem einverstanden schien. Sieh an, dachte Thomas und griff zu dem Pils, das neben ihm auf der Theke stand. Sein Gegenüber sagte gerade „mindestens zwölf".

Auf einer Empore des Cafés rückte Professor Doktor Fritz Zerrer seinen Stuhl so vom Geländer weg, dass man ihn von der Theke aus, wo Prollius stand, nur noch mit einem sehr zielgenauen Blick hätte erspähen können. Schon unter normalen Umständen würde er dieses Café als für ihn hochgradig unangebracht eingestuft haben, denn er war alles andere als ein Mann der Bohème, und die Preisklasse war auch die Untergrenze dessen, was zu ihm passte. Aber der Herr Doktor Fresenius, sein Gegenüber, hatte ihn hierher bestellt. Und nun hatten sie noch das ausgesuchte Glück, dass dort unten der Kollege Prollius und Scharen von Studenten herumturnten, die auch seine eigenen waren.

Hinzu kam der Grund dieses Treffens. Fresenius hatte ihn bereits am Telefon so scharf umrissen, dass sich bei Zerrer ein Magengrimmen einstellte, unangenehm bis schmerzhaft. Die Ausführungen, die Fresenius hier im Café gemacht hatte, waren nicht geeignet, diese Beschwerden zu lindern, nein gar nicht. Zerrer führte einen Zahnstocher durch seine Lippen, obschon er nichts gegessen hatte. Ein ungutes Gefühl hatte er schon an jenem Januartag gehabt, als ihm Fresenius im Treppenhaus vor Sandras Wohnung begegnet war. Ein groteskes Treffen und der Ursache nach unklar, denn er wusste bis jetzt nicht, was Fresenius an jenem Abend in dem Haus verloren und was ihn vor Sandras Tür geführt hatte. Aber vielleicht war die Zusammenkunft mit Fresenius am heutigen Abend die Erklärung.

Fresenius hatte ihn wissen lassen, dass ihm, Fresenius, Zerrers Verhältnis mit mindestens einer seiner Studentinnen samt Details bekannt sei. Und er hatte am Telefon angedeutet und soeben präzisiert, dass er dieses Wissen nur mit Rücksicht darauf für sich zu behalten gedenke, wie Zerrer auf seine Bitte reagiere; seine Bitte, für Fresenius ein Rechtsgutachten zu schreiben. Das ganze war demnach eine kleine Erpressung, und es lag nahe, dass Fresenius ihm schon damals vor Sandras Wohnung nachspioniert hatte.

Allerdings passte die Forderung nach einem Rechtsgutachten nicht in das Bild einer klassischen Chantage. Auch hatte Fresenius damals nicht den Eindruck eines sonderlich planvoll agierenden Täters hinterlassen; vielmehr hatte er einen heillos erschrockenen, verstörten Eindruck gemacht. Möglicherweise waren seine Nerven insgesamt ruiniert. Es mochte auch sein, dass er nicht richtig tickte. Jedoch erschien er heute gefasst und war das, was er sagte, inhaltlich stringent. Zudem zeichnete sich darin ein nachvollziehbarer Grund ab für nervliche Probleme, nämlich der öffentliche Druck aufgrund des Impfskandals.

Zerrer wechselte mit dem Zahnstocher in den anderen Mundwinkel. Fresenius wollte von ihm ein Gutachten, das ihn, Fresenius, im Impfskandal von jedem Verschulden freisprach. Fresenius hatte den Sachverhalt umfassend und eingehend geschildert. Er war bei den Impfversuchen im wesentlichen nur ausführendes Organ gewesen. Zerrer sah sich vor eine lösbare Aufgabe gestellt. Sie war nach diesem Sachverhalt so gut lösbar, dass Zerrer eigentlich nur über eine Frage nachdachte: Wieso wollte Fresenius überhaupt ein Gutachten? Und das führte sofort zu der Folgefrage: Hatte Fresenius womöglich doch etwas mehr gewusst, als er jetzt mitteilte, und wusste er gar heute, im nachhinein etwas, das die Angelegenheit auch für ihn brenzlig werden ließ? Er zog den Zahnstocher aus dem Mund und wandte sich an Fresenius:

„Sie wissen, dass ich dem Gutachten eine Schilderung des zugrundeliegenden Sachverhalts voranstellen muss – und dass Ihnen das schönste Gutachten nichts nützt, wenn sich dieser Sachverhalt später als falsch oder unvollständig erweist – ?“

Fresenius nickte.

Die Erhebung

Es waren bereits rund zwanzig Zentimeter. Der Boden der Altstadt wölbte sich, als gärte es darunter, ja, als ließen giftige Gase die Erde aufquellen. Was sich tatsächlich unterirdisch ausdehnte, war eine Schicht aus Keuper, ein Gestein, das bei Kontakt mit Wasser zu Gips wird – und dabei sein Volumen um sechzig Prozent vergrößert. Das Wasser kam von unten, Grundwasser, das unter hohem Druck stand. Das Aufsteigen ermöglichten ihm sieben Bohrungen im Garten des Rathauses. Sie sollten die Wärme anzapfen, die es tief unten in der Erde gibt, Erdwärme genannt, um mit ihr das Rathaus zu heizen. Und nun war aufgrund einer Undichtigkeit, wohl eine gewisse Schlamperei, nicht nur Wärme, sondern auch Wasser nach oben und in die Keuperschicht gelangt und wirkte dort höchst unheilvoll. Rechnerisch, sagten die Sachverständigen, habe diese Schicht das Potential, sich noch um mehrere Meter nach oben auszudehnen. Derzeit hob sich der Boden um monatlich einen Zentimeter. Dicke Risse liefen durch die Häuser. Baulich war die Stadt bis zum Zerreißen gespannt – und die Spannung wuchs täglich.

In den Nächten wachten die Menschen auf, weil es in den Balken der alten Häuser krachte, ja knallte, als schösse jemand mit einem Gewehr. Dann rissen Fasern des Holzes wie überspannte Muskeln. Es war, als hätten die sieben Bohrungen wie Nadelstiche einen Riesen geweckt, der unter der Stadt friedlich geschlummert hatte und sich jetzt übellaunig zu recken, zu strecken und zu erheben begann. Gern zog die Presse, namentlich die *Südbadische Zeitung,* Vergleiche zum Zauberlehrling, der die Geister, die er rief, nicht mehr los wird.

Das Rathaus, tragisches Epizentrum der Erhebung, hatte man schon in weiten Teilen wegen Baufälligkeit geräumt. Nur noch der Bürgermeister selbst und eine Rumpfcrew hielten aus. Der Bürgermeister war entschlossen, als Kapitän das Schiff wenn überhaupt, dann als letzter zu verlassen. Das hatte nebenbei den Vorteil, dass ihn die Presse in Ruhe ließ. Denn kaum ein Reporter traute sich, für ein Interview in sein Büro zu kommen, darin es alleweil knackte und knirschte und in dessen Decke ein zehn Zentimeter breiter Riss den Blick auf die Deckenfüllung freigab. Hunderte anderer Häuser waren betroffen, die Schäden hatten insgesamt einen mittleren zweistelligen Millionenbetrag erreicht. Und der Boden hob sich weiter, unerbittlich. Man verfüllte die Bohrlöcher mit Zement, um jene Kanäle zu verstopfen, in denen das Grundwasser aufstieg. Doch es schien, dass schon zu viel Wasser heraufgestiegen war oder dass es unter einem gigantischen Druck stand, den ein bisschen Zement nicht unterm Deckel zu halten vermochte.

Sie hatten einen Tisch etwas abseits gewählt. Die Menschen feierten den ersten Tag des Frühlings, indem die Straßencafés geöffnet hatten und stark bevölkert waren. Die meisten ihrer Gäste waren Katastrophentouristen, die sich den Stand der Erhebung neugierig ansahen und angeregt über die weitere Entwicklung spekulierten. Der Himmel strahlte hell und mit großem Wohlwollen für das Land, das er überspannte. Isabell Böhnke hatte ein sportlich tailliertes, kurzärmeliges Hemd an, rot-weiß kariert, und die Haare zum Pferdeschwanz gebunden. Kira Wadranski trug ein ähnliches, aber langärmeliges Hemd. Die Haare mit den blonden Strähnen fielen ihr glatt auf die Schultern. Der Kellner mit weißem Hemd und schwarzer Weste brachte einen Milchkaffee und einen Kakao, den er vor Isabell Böhnke abstellte.

Sie verdankte das Treffen Eva. Die hatte erlebt, wie dieses Mädchen, Kira Wadranski, auf einer studentischen Party eine Art Zusammenbruch erlitten hatte – auch wenn sie zunächst bemüht gewesen war, den Vorfall mit einem Magen-Darm-Virus zu erklären. Zudem war Kira Wadranski in Gegenwart einer gemeinsamen Bekannten bei einem Abendessen ohne das geringste warnende Zeichen zusammengesunken. Sie war von ihrem Stuhl gefallen, ihr Kreislauf hatte sich verabschiedet. Ein Teller, ein Glas mit Rotwein und die Salatschüssel waren ihr mit dem Tischtuch gefolgt. In der

Lache aus Spaghetti Bolognese, Wein und Salat war sie unter den Rufen und aufgerissenen Augen ihrer Freundinnen wieder zu sich gekommen. Bevor sie dann in Begleitung zum Badezimmer ging; bevor sie ihre Kreislaufschwäche benommen lächelnd mit ihren Tagen in Verbindung gebracht hatte sowie mit ihrem niedrigen Blutdruck; vor dem Einsetzen des Krisenmanagements und der Krisenbewältigung, am Boden liegend und mit halb geöffneten Augen hatte sie leise, kaum verständlich gesagt:

„Ich will nicht mehr ..."

Jene gemeinsame Bekannte von Kira und Eva hatte Kira nach Hause gebracht. Auf dem Weg hatte sie behutsam fragend und wartend erfahren, dass ihre Kommilitonin innerlich am Ende eines Abstiegs stand und nicht mehr weiter wusste. Und sie hatte erfahren, was die Ursache war. Dann hatte sich Kira, gedrängt von ihren Freundinnen, an den psychologischen Dienst der Universität gewandt. Zusammen mit Eva und mit einer Mitarbeiterin des psychologischen Dienstes hatte sie, Isabell Böhnke, Kira zwei Tage später davon überzeugt, dass ihr Ausweg auf einer Teilstrecke darin bestehen müsse, Zerrer ans Messer zu liefern. Und jetzt saßen sie hier in diesem Café und in diesem wundersamen Ort zwanzig Kilometer außerhalb der Universitätsstadt.

Kira Wadranski hob die Schale mit ihrem Milchkaffee langsam zum Mund, nippte, stellte sie wieder ab und hielt sie aber weiterhin mit ihren Händen umfasst. Isabell Böhnke betrachtete sie mit einem warmen, beschützenden Blick.

„Ich werde das jetzt", sagte Kira und stockte, „alles – von Anfang an erzählen. Okay?"

Skandalon

Dekan Ole Seierling hatte ein Haus, einen großen, dunkelblauen Wagen, eine Frau, eine Tochter, einen Sohn, einen Irish Setter und zwei Zeitungsabonnements: die *FAZ* und die *Südbadische Zeitung.* Letztere sah er praktisch nur auf die Veranstaltungshinweise und den Lokalteil hin durch, und zwar beim Frühstück. Mit dem war er gerade beschäftigt.

Heute war Samstag, und er hatte gute Laune, da morgen Sonntag sein würde. Er trug einen Morgenmantel. Seine Frau saß tagesfertig gekleidet auf ihrem Platz ihm gegenüber und fragte ihn, ob er noch Kaffee wolle. Das bejahte er und hielt ihr seine Tasse hin, nachdem er die *Südbadische* vom anderen Ende des breiten Tisches zu sich herangezogen hatte. Seine Frau nahm mit beiden Händen vorsichtig die hohe Kaffeekanne und näherte die Tülle der Tasse, die ihr Gatte unbewegt über den Konfitüreschalen und der Käseplatte in der Schwebe hielt. Da rann der erste Tropfen Kaffee durch die Tülle und plitschte in die Tasse wie im Schwimmbad ein Kind am Ende einer Rutschröhre ins Becken plumpst. Es folgte ein steter und ordentlicher Kaffeestrahl. Doch bevor er den Tassenboden erreichte, sank die Tasse samt Seierlings Arm auf die Käseplatte, und die dunkle und heiße Flüssigkeit traf die Hand des Dekans und den Käse.

Seierling gab einen durchdringenden Schmerzlaut von sich und riss die Hand zurück, indes sein Blick weiter auf der Titelseite der *Südbadischen Zeitung* haftete. Dort stand rechts unten in einem Kasten die Überschrift: *Sexskandal an der Uni.* Und darunter:

An der juristischen Fakultät der hiesigen Universität hat ein Professor offenbar schon seit Jahren Verhältnisse zu Studentinnen, denen er im Gegenzug für ihre sexuellen Dienstleistungen Stellen als Hilfskräfte gibt sowie Informationen zu Klausuren und Hausarbeiten. Außerdem bekommen sie bessere Noten. Die Universitätsleitung war gestern nicht für eine Stellungnahme zu erreichen. Mehr auf Seite 17 (Lokalteil).

Ohne auf seine Frau zu achten, die nach einem spitzen Schrei bemüht war, das Frühstücksensemble zu reinigen, blätterte Seierling konzentriert und mechanisch zum Lokalteil. Hand und Ärmel tropften von Kaffee, der beim Blättern eine Spur brauner Flecken in der Zeitung hinterließ. Wie Pilzbefall an Bäumen erschienen sie einer nach dem anderen, kreisrund mit ausgefransten Rändern. Er blätterte die Seite 15 um. Auf der dahinter liegenden Seite 17 hatte er in hohen Lettern zu lesen: *Sex für gute Noten.* Darunter: *Exklusiv in der SZ: Skandal an der juristischen Fakultät.* Der Vorspann lautete:

Jahrelang hat ein Professor der juristischen Fakultät Studentinnen aufgefordert, mit ihm Affären zu beginnen, und hat ihnen dafür Stellen angeboten und bessere Noten gegeben. Jetzt packt eine Betroffene aus – exklusiv in der Südbadischen Zeitung.

Der Artikel las sich so:

Anja Hensel (Name von der Redaktion geändert) ist 19 Jahre jung, sportlich, hübsch und studiert Jura im ersten Semester. Zusammen mit rund zweihundert Kommilitonen kam sie im letzten Oktober in unsere Stadt – voller Erwartungen, Pläne, Hoffnungen und voller Neugier. Das Jurastudium, sagt sie, war von Anfang an ihr Herzenswunsch; „anders als bei vielen anderen, die Jura aus Verlegenheit studieren, weil ihnen nichts Besseres einfällt. Ich wollte schon als Kind wissen: Was ist Recht, wie sorgt man für Gerechtigkeit? Auch die Uni hier war mein absoluter Traumkandidat; fachlich super – und eine so süße Stadt und tolle Gegend! Ich konnte es vor einem halben Jahr gar nicht erwarten, herzukommen und endlich anzufangen."

Heute befindet sich Anja Hensel in psychotherapeutischer Behandlung. Die junge Frau hatte einen Nervenzusammenbruch und braucht seither fast rund um die Uhr einen Menschen, der bei ihr ist und ihr ein Gefühl von Sicherheit und Geborgenheit gibt: „sonst bekomme ich Angstzustände und klappe wieder zusammen". Zweimal die Woche ist sie bei einem Therapeuten, der ihr, wie sie sagt, schon sehr geholfen habe, „damit umzugehen". Was dieses „damit" ist – darüber zu reden fällt ihr noch immer schwer, und man sieht, wie es in ihr arbeitet und wie sie um jedes Wort kämpft. „Aber es muss raus", sagt sie, „das weiß ich.

Und es hilft mir. Es hilft mir, dass die Heimlichkeit ein Ende hat. Und zu wissen, dass ich mich dadurch wehren kann.“

Vielleicht, überlegt sie, kann sie so auch anderen Mädchen Mut machen, denen es so gegangen ist wie ihr. Mut, das Schweigen zu brechen. Denn wahrscheinlich gibt es eine ganze Reihe solcher Mädchen. Schließlich lehrt und forscht Professor Z. bereits seit über zehn Jahren an der juristischen Fakultät. „Und er hat mehrfach erwähnt, dass ich nicht die Erste bin“, berichtet Anja.

Eine Freundin, die ebenfalls betroffen ist, hatte sie mit zu Professor Z. ins Büro genommen, irgendwann vor Weihnachten. „Wir hatten auf dem Weihnachtsmarkt schon etwas Glühwein getrunken und waren einfach gut drauf“, erinnert sich Anja. Sie wusste damals nicht, dass ihre Freundin zu dieser Zeit schon ein Verhältnis mit dem Professor hatte und sie, Anja, „mit ins Boot holen“ wollte, wie sie es dann formulierte.

„In seinem Büro ist eigentlich gar nichts passiert. Jedenfalls nicht mit mir.“ Anja erinnert sich an die Szene dennoch ganz deutlich, weil dann doch etwas passierte, womit sie nicht gerechnet hatte. Ihre Freundin hatte gesagt, sie könnten doch mal zusammen bei Professor Z. vorbeischauen, der sei nämlich außerhalb der Vorlesungen „total süß“. „Und dass er gute Tipps gibt, hat sie gesagt. Und als wir bei ihm im Büro standen und die Tür zu war, da geht meine Freundin zu ihm und küsst ihn. Auf den Mund. Ich war echt platt.“

Schon bei diesem Treffen sagt der Professor ihr, was seine Bedingungen sind – und macht ihr ein Angebot. Er macht es leicht verklausuliert und verblümt, aber eindeutig: eine Stelle als studentische Hilfskraft, Hilfe bei seinen Prüfungen, gute Noten – gegen Sex. „Ich war insgesamt völlig von der Rolle und hab erst mal nichts gesagt. Ich solle es mir einfach mal überlegen, hat er gesagt.“ Irgendwie habe sie sich auch geschmeichelt gefühlt, gibt sie zu. Und ihre Freundin habe sie pausenlos bearbeitet: dass sie sich diese Chance nicht entgehen lassen dürfe; dass er ein netter Kerl und dies alles doch nicht so schlimm sei. „Das haben vor dir schon so viele gemacht, und nicht nur hier, glaub mir“, sagte ihre Freundin. Die anderen Mädels täten’s an ihrer Stelle auch. „Die sind nur nicht so hübsch und sympathisch wie du und bekommen die Chance deshalb nicht“, hielt die Freundin ihr vor.

Später sei ihr klar geworden, warum ihre Freundin so heiß darauf war, sie „mit ins Boot“ zu holen. Es war ein Auftrag vom

Professor. Er wollte einen „flotten Dreier“. Zu dem sei es aber nie gekommen, beteuert Anja. Das war ihr dann doch zu viel. Aber auch sie wurde seine Geliebte.

Wie es dazu kam und was am ersten Abend geschah, lesen Sie nächste Woche exklusiv in ihrer SZ! (Der Beitrag wird fortgesetzt.)

Über dem Artikel stand „Isabell Böhnke“. Seierling ließ die Zeitung langsam auf den Tisch sinken und betrachtete den Artikel. Seine Frau schwieg. Er erinnerte sich an eine Klausur seines ersten Staatsexamens, eine Klausur im Strafrecht, in der er quälende Stunden lang nicht wusste, worum es im Schwerpunkt ging. Seine Gedanken waren damals von der einen Ecke des Kopfes in die andere gerast, hatten Purzelbäume geschlagen, waren von ihm im Kreis gehetzt worden, bis sie ermüdet zusammenbrachen und er vor seinen Gesetzestexten und seinem leeren Blatt gar nichts mehr dachte. Bis jetzt hatte er diesen Zustand nie wieder erlebt.

Das Läuten des Telefons ließ ihn aufschrecken und beruhigte ihn zugleich: Die Standard-Funktionen seines Gehirns arbeiteten noch. Müde blickte er seine Frau an. Sie erhob sich wortlos, strich sich fast verlegen über den Rock und ging zu der Ladestation, in der das Telefon steckte. Sie nahm es, meldete sich, horchte, ließ das Telefon sinken und bedeckte es mit der anderen Hand.

„Es ist der Rektor“, sagte sie.

Seierling nickte.

*

Die Professorin Amy Brauner bewohnte eine zimmerreiche, weitläufige Altbau-Etage in jenem Teil der Stadt, der sich Wiehre nannte. Sie fuhr einen betont umweltfreundlichen Kleinwagen mit einer Sonderlackierung in Orange, hielt sich eine Katze und einen Lebensgefährten, diesen allerdings in einer anderen Stadt, und las zwei Zeitungen, ohne sich durch ein Abonnement an sie zu binden: die *taz* und die *Südbadische Zeitung*. In der *Südbadischen* interessierte sie sich vornehmlich für die Veranstaltungshinweise und den Lokalteil;

sonntags blätterte sie aber auch durch den Rest und nahm jedenfalls zur Kenntnis, was auf der Seite *Aus aller Welt* zu sehen und zu lesen war. Heute indes war Samstag, vor ihr lag die Seite 17 des Lokalteils, und sie war nicht in der Stimmung, sich mit Anekdoten aus aller Welt zu befassen.

Vielmehr brodelte Ärger in ihr, ja, gerechter Zorn angesichts der – wie sie schon zweimal laut vor sich hingesprochen hatte – *Sauerei,* dass dem Kollegen Zerrer der Garaus ohne ihre Beteiligung geschweige denn Erwähnung gemacht worden war. Was nützte es, dass ihr die Ursache bekannt war: Ihr Mitarbeiter, dieser Jonas-Bubi hatte versagt. Was nützte es, dass sie einen erfolgversprechenden, alles andere als dummen Lockvogel-Plan erdacht hatte, wenn dieser naive Tollpatsch unfähig war, auch nur den ersten Teil davon umzusetzen? Jetzt würde man Zerrer ohne weiteres abservieren, und ihre Chance, sich für das Amt des Prorektors, sie meinte: der Prorektorin zu empfehlen, war vertan. Unwirsch stellte sie ihre Kaffeetasse so hart ab, dass der Inhalt heraus- und über ihre Hand schwappte. Sie stieß einen Zorneslaut aus und den Beginn eines Fluches, zog mit der anderen Hand ein Taschentuch aus der Hosentasche und hörte ein elektronisch-künstliches Miauen, was der Klingelton ihres Telefons war.

„Brauner“, meldete sie sich.

„Pantalon genannt Hirnigl hier. Guten Morgen, Frau Kollegin. Und: meinen aufrichtigen Glückwunsch!“

„Ich bin nicht Ihre Kollegin. Ich bin Professorin der Fakultät, der Sie als Assistent angehören.“

„Richtig“, der Anrufer räusperte sich, „richtig. Dennoch: meinen Glückwunsch!“

„Herr Doktor Pantalon, mir ist nicht ganz klar, was mir die Ehre Ihres Anrufs verschafft.“

„Oh, Frau Kollegin, ich meine: Frau Professor – oder Professorin? – Brauner, das können Sie heute sogar in der Zeitung lesen, in der *Südbadischen.* Sie liegt gerade vor mir.“

Sie schwieg. Der Anrufer hatte sich zwar eine lebhaftere Reaktion gewünscht, ließ sich aber nicht aus der Bahn werfen:

„Sie wissen doch sicher längst, dass Herr Zerrer überführt worden ist. Heute steht es auch in der Zeitung. Und dazu darf man Ihnen gratulieren!“

„Wieso?“

Eine Pause zeigte an, dass der Assistent Pantalon genannt Hirnigl nun vielleicht doch ansatzweise irritiert war. Noch einmal setzte er sich darüber hinweg:

„Aber Frau Kollegin, Verzeihung Professorin, Frau Professorin Brauner: Das wissen Sie doch besser als jeder andere. Und jede andere. Als alle anderen.“

„Doktor Pantalon, mir ist weiterhin nicht klar, wovon Sie sprechen und was Sie wollen.“

„Verstehe. Sie wollen das Ganze noch immer streng vertraulich behandeln. Sehr richtig; sehr verantwortungsbewusst. Aber schauen Sie, ich bin gut bekannt mit der Dame, die Ihnen jenen Brief geschrieben hat; den Brief zum Thema Zerrer und mit der Anregung, gegen ihn mit einem *Agent provocateur* vorzugehen, also hier einem weiblichen *Agent provocateur*, das heißt dann wohl, ja wie eigentlich? *Agente provocateuse?* Wie dem auch sei: Ich kenne die Briefschreiberin, daher ist mir klar, dass Ihnen, Frau Professorin, das Hauptverdienst an der Überführung Zerrers zufällt. Mich wundert nur, dass Sie Ihr Licht so unter den Scheffel stellen. Ich an Ihrer Stelle hätte die Journalisten offensiv mit den nötigen Hintergrundinformationen versorgt.“

„Ich muss Sie enttäuschen. Da der Brief anonym und ohne konkrete Angaben verfasst wurde, konnte ich nichts veranlassen. Wer die *SZ* und jene Studentin zusammengebracht hat, weiß ich nicht. Sagen Sie Ihrer Bekannten, dass ich für alle Sorgen weiblicher Universitätsangehöriger ein offenes Ohr habe und mich für sie einsetze, dass ich aber bei Beschwerden substantiierte Angaben brauche und am besten auch einen Namen – den ich selbstverständlich vertraulich behandle. Ist denn Ihre Bekannte selbst betroffen?“

Sie hörte ein unterdrücktes niederbayerisches Gekichere, ein Geräusch aus Kehle und Rachen, wie wenn jemand fortgesetzt die Buchstabenkombination aus c und h ausspricht:

„Ch, ch, ch, ch.“

„Pantalon?"

„Ch, ch, ch. Nein, die ist nicht selbst betroffen."

„Wer ist die Frau?"

„Ja, Frau Professorin Brauner; ch, ch, ch. Das kann ich Ihnen leider nicht sagen."

„Sie können mich mal."

Und bevor eine Antwort aus dem Gerät zu dringen vermochte, drückte sie die Taste mit dem roten, waagerecht liegenden Hörer. Sie hasste Pantalon. Sie hasste Zerrer. Sie hasste diesen Jonas-Bubi. Und ihr Lebensgefährte, der heute anreisen wollte, würde sich ebenfalls warm anziehen müssen.

Schon wieder ein Monat. Dreißigmal aufstehen und wissen, dass sie wahrscheinlich da sein wird, am Institut, auf der Straße, im Seminar. Da sein wird, ihn sehen wird, ansehen wird. Dreißigmal sie sehen und ansehen, in die Tiefe ihrer Augen sehen. Dreißigmal nichts sagen außer „hi", „hallo" oder Belanglosem zur Arbeit am Institut. Dreißigmal wissen – und doch unsicher sein. Jeder Tag Hoffnung und Gefängnis, die Sonne hinter dem Fenster und das Gitter davor. Und jeden Tag sagt der Wächter: vielleicht heute. Oder morgen.

Thomas schob mit seinem Schuh eine der Holzbänke ein Stück von sich weg. Draußen hatte das Frühjahr einen weiteren Etappensieg errungen. Nur wenige Wolkenstreifen hingen am Himmel, weiß und ungefährlich. Die Sonne hatte noch nichts von der zerstörerischen Brennkraft, vor der man sich im Sommer schützt. Selbst zur Mittagszeit spendete sie ausschließlich Wärme und Licht; hochwillkommene Wärme und helles Licht in kühler Luft. Wer den Blick durch die kleinen Sprossenfenster schickte, betrachtete Weinhänge mit sachter Steigung und kleinen, dunklen, knochig-knotigen Gewächsen, denen man das spätere Erzeugnis: den Wein noch nicht ansah. Dafür hatte man ihn im Glas. Denn die kleine Gesellschaft, zu der Thomas gehörte, hockte auf den Bänken und Schemeln einer Strauße oder, wie es amtlich hieß, Straußwirtschaft.

Das sind Wirtschaften, in denen Winzer und Weinbauern selbsterzeugten Wein und Schnaps ausschenken dürfen, ohne dafür eine Konzession zu benötigen. Sie dürfen aber nur an vier Monaten im Jahr öffnen, dürfen sonst keinen Alkohol ausschenken, nur kalte und einfach zubereitete warme Speisen anbieten, höchstens vierzig Sitzplätze haben und müssen just an jenem Ort gelegen sein, an dem der Wein gekeltert und der Schnaps gebrannt wird. Selbstverständlich ist all dies – und einiges mehr – in einer Verordnung niedergelegt, und zwar in den Paragrafen 5 bis 8a der Verordnung der Landesregierung zur Ausführung des Gaststättengesetzes; Paragrafen, die unter Experten im Verwaltungsrecht als ein Musterbeispiel gelungener Deregulierung gelten.

Unter den einfach zubereiteten warmen Speisen sind namentlich Brägele beliebt, die regionale Bezeichnung der Bratkartoffeln. Unter den kalten Speisen gilt dies für den Bibiliskäs, eine Art Frischkäse mit einer körnigen, wenn auch weichen Masse. Man serviert ihn gern mit etwas Schnittlauch, und bestellt wird er oft, statistisch wenig überraschend, mit Brägele.

Thomas schob seine Gabel in den Bibiliskäs, spießte eine Bratkartoffelscheibe auf und bestreute das ganze mit Salz. Draußen sah man die Zeichen des Neubeginns der Natur nach einem finsteren Winter, aber in ihm selbst mischte sich in die unwillkürliche Freude über dieses Ja zum Leben ein seelischer Erstickungsanfall. Er war hier mit der Belegschaft des Instituts auf einem gemeinsamen Ausflug, einem waschechten Betriebsausflug: mit Prollius, Frau Birmele, Jens Drib, zwei anderen Mitarbeitern, deren Namen er mittlerweile verlässlich kannte, doch stets verwechselte, sowie mit – Ashaia. Sie saß gegenüber, zwei Plätze weiter, und parlierte beschwingt mit ihrem Chef. Manchmal neigte sie den Kopf und ließ ihr Haar zur Seite fallen, so dass in ihrem Ohrläppchen ein kleiner silberner Knopf aufblitzte.

Thomas konnte in dem Zimmer, in dem ihre Schreibtische standen, nur eingeschränkt arbeiten. Er konnte mechanische Aufgaben erledigen, etwa das Suchen und Ausdrucken von Dokumenten aus dem Netz. Doch ein Nachdenken, ein denkendes Suchen nach Antworten auf juristische Fragen war ihm schwer möglich. Er hatte schon Schwierigkeiten, wenn er prüfen sollte, ob ein Autor, den Prollius zitierte, an einer bestimmten Stelle tatsächlich das sagte, was Prollius als seine Aussage behauptete. Denn Sachen von ihr lagen in Griffweite, profane Sachen, aber von ihr und in allernächster Nähe: ein Tintenfass für ihren antiquierten Kolbenfüller, eine Packung gelber Klebeblättchen, von ihr „Einmerker“ genannt, eine aufgerissene Rolle Pfefferminzdrops, ein Haargummi, manchmal ein Stapel mit Noten, manchmal ein Taschenbuch. Sie las ganz Unterschiedliches, eine Biografie von Mutter Teresa, das Buch eines Neurobiologen mit dem appellativen Titel „Lernen", einen Reiseführer für Indien und einen für Südschweden. An die Wand hatte sie ein weiteres kleines Bild gehängt, ein Foto eigener Produktion. Auf ihm waren afrikanische Kinder zu sehen in blauen Schuluniformen, die unter und in einem riesigen Baum kletterten, rangelten, schrien oder aufmerksam, abwartend und still in die Kamera blickten. Das und manches andere waren ihre Sachen, und in deren Nähe waren seine juristischen Gedanken wie Billardkugeln, die von den Löchern des flaschengrünen Tisches angezogen werden, um ohne Wiederkehr in ihnen zu verschwinden.

Mitunter war sie selbst da. Das ergab sich, oder sie hatte es irgendwie irgendwo angekündigt, und Thomas hatte davon Wind bekommen; denn dann war er zuverlässig zur gleichen Zeit am selben Ort. In solchen Fällen arbeitete er zunächst zu Hause alles aus, was gedanklich auszuarbeiten war, nahm das ganze in Stichwörtern und Kopien mit und beschränkte sich im Institut darauf, alles in die erforderliche Form zu bringen, während sie ihm eine halbe Stunde lang, ab und zu sogar länger, vollständig real, atmend und zuweilen summend gegenübersaß, einen Pfefferminzdrops lutschte und zum Beispiel fragte: „Wann hat eigentlich Frau Birmele Geburtstag?" Oder: „Du Thomas, spielst du ein Instrument?"

Wenn sie gegangen war, blieb ihr Geruch noch eine Weile im Raum, und Thomas ging dann mehrfach hinaus und wieder hinein, um jedes Mal erneut den Unterschied zu erschnuppern. Über drei Monate war es her, dass sie sich das erste Mal in ihrem gemeinsamen Arbeitszimmer getroffen hatten, und weit über drei Monate, dass dies im Hörsaal-Gebäude vor dem Schwarzen Brett geschehen war. In ihm lief seither eine sich selbst tragende Kettenreaktion wie in einem Reaktor. Und jetzt begann das Kühlwasser knapp zu werden. Die Reaktion hatte eine Intensität erreicht, deren Wärme der Alltag nicht mehr ableitete. In ihm wurde es enger und heißer.

Die Gespräche auf der kleinen Wanderung, die hinter ihnen lag, hatten sich hauptsächlich um zwei Themen gedreht: den Skandal um Zerrer – und um einen neuen „Schriftanschlag“, wie er in einem Bekennerschreiben an die *Südbadische Zeitung* ein weiteres Mal genannt worden war. Es hatte jemand über die gesamte Außenfront des Landgerichtsgebäudes eine Stoffbahn gespannt, etwa einen Meter hoch, von einem Fenster zu einem anderen, und auf dieser Stoffbahn hatte wiederum gestanden, dass die Würde des Menschen antastbar sei. Hinter diesem Satz war – ebenso wie auf dem Bekennerschreiben – jenes Symbol zu sehen, das aus einem Paragrafenzeichen bestand und aus dem biologischen Zeichen für das männliche Geschlecht. Es war nicht klar, ob der Täter die Stoffbahn von innen oder von außen an der Fassade befestigt hatte. Die Gerüchte brodelten.

Nicht unterhalten hatte sich Thomas bislang mit Jens Drib, der neben ihm saß.

„Nun, Herr Kröger“, setzte der Assistent an und schob sich eine Gabel Elsässer Wurstsalat in den Mund. Darunter hatte seine Aussprache etwas zu leiden: „Bie ham ie ich eingeböhnt?“, und er griff zu seinem Glas mit Grauburgunder.

Thomas schluckte einen Happen Bibiliskäs.

„Gut, danke, es ist natürlich schon viel Arbeit, aber …“

„Bumberbar“, unterbrach Jens Drib mit der ihm eigenen Betonung auf der letzten Silbe jenes Wortes und führte sein Glas zum Mund, wobei er Thomas mit einem Nicken aufmunterte, die Antwort fortzusetzen.

Das tat Thomas auch, indem er kurz von der laufenden Hausarbeit berichtete, deren Sachverhalt Jens Drib als „bemerkensbert“ einstufte, und dann auf seine verpatzte AG-Klausur zu sprechen kam, die ihm weiterhin im Magen lag. Als Hauptmangel hatte der Korrigierende – ihr AG-Leiter James – in seinem Schlusskommentar festgehalten, dass Thomas die Methodik der Fallbearbeitung nicht beherrsche und seine Ausführungen nicht kunstgerecht in die Schritte einer schulmäßigen gutachterlichen Prüfung eingebettet habe. Außerdem seien Argumentation und Ergebnis „kaum vereinbar" mit dem absoluten Folterverbot, das sich aus der Antifolterkonvention der Vereinten Nationen ebenso ergebe wie aus dem Artikel 1 des Grundgesetzes. Thomas referierte den Sachverhalt der Klausur. Darin war es um einen imaginären Gesetzentwurf gegangen, der die „Rettungsfolter" durch Polizisten legalisierte. Es ging um die Situation, dass man Informationen von einem Tatverdächtigen erlangen wollte, um ein Menschenleben zu retten.

Jens Drib wischte sich mit einer Papierserviette den Mund, blickte mit unbestimmtem Ziel nach oben und begann alsdann, den Fall in Stichworten schulmäßig durchzulösen. Thomas sah unauffällig auf seine Uhr, und als Jens Drib die Falllösung beendet hatte, waren viereinhalb Minuten vergangen.

„'S is wohl 'ne Abwägungsfrage", meinte er resümierend und fuhr mit der Gabel erneut in seinen Wurstsalat. Dieses Mal schluckte er, bevor er fortfuhr:

„Im Strafrecht wäre die Sache klar, wenn ein Privater tätig würde. Er könnte sich auf Nothilfe zugunsten des Entführungsopfers berufen, also auf Notwehr zugunsten eines anderen. Denn auch ein Unterlassen kann ein Angriff sein, wenn eine Rechtspflicht zum Handeln besteht. Und hier hat der Entführer die Pflicht, das Opfer zu retten oder dessen Rettung zu ermöglichen, wenn er selbst nicht handeln könnte. Indem er sich weigert, dies zu tun, und jede Hilfe unterlässt, greift er das Opfer fortgesetzt an. Genausogut ließe sich darauf abstellen, dass der Erfolg der aktiven Entführungshandlung, das Eingesperrtsein, noch immer andauert, also ebenfalls gegenwärtig ist. Folglich hat jedermann das Recht, den Entführer notfalls mit Gewalt zu zwingen, rettend tätig zu werden. Jedenfalls dann, wenn die Rettung wie hier von ihm abhängt. Eigentlich auch in anderen Fällen, denn Angriff bleibt Angriff. Aber lassen wir das mal dahinstehen."

„Seh ich auch so", Thomas teilte mit der Gabel eine Bratkartoffel durch. „Die Frage ist dann noch, ob das auch für einen Polizisten gälte."

„Ah, Herr Kröger“, Jens Drib schmunzelte, „Sie pflegen aber einen schönen Konjunktiv.“

„Isser nicht richtig?“, Thomas schoss das Blut in den Kopf.

„Boch, boch“, sprach Jens Drib ermunternd und durch einen Schluck Grauburgunder hindurch, während er nickte und sein Glas wieder abstellte: „Dann haben wir das Problem, ob sich Polizisten auf das allgemeine Notwehrrecht berufen können oder ob sie nicht abschließend an das gebunden sind, was in den Polizeigesetzen steht. Müssten Sie ja schon gehabt haben. Und wennse den Polizisten, wie's die meisten tun, grundsätzlich auch das Notwehrrecht zubilligen, fragt sich, ob das auch für die Nothilfe gilt. Tut's ebenfalls, nach herrschender Lehre. Dann gibt's noch die Klausel im Notwehrparagrafen, dass die Verteidigung „geboten“ gewesen sein muss, was mehr sein soll als schlicht erforderlich. Nebenbei bemerkt ein schönes Beispiel dafür, wie wurscht dem Gesetzgeber der Bestimmtheitsgrundsatz tatsächlich ist, der ja auch im Allgemeinen Teil gilt.“

Thomas verharrte still mit einigen aufgespießten Kartoffelscheiben an der Gabel, weil der Kurzvortrag des Assistenten seine Aufmerksamkeit vollständig absorbierte. Noch konnte er folgen.

„Na ja“, meinte Jens Drib. „Also für einen Privaten, der unserem Entführer Daumenschrauben anlegt, sehe ich insoweit eigentlich keine Probleme; schließlich geht es um ein Menschenleben. Und die Fälle, die man sonst noch unter diesem Gesichtspunkt erörtert, haben mit unserer Konstellation wenig zu tun. Aber beim Polizisten muss man noch einmal überlegen aufgrund des völker- und verfassungsrechtlichen Folterverbots. Nach den üblichen Definitionen ist das natürlich Folter. Und daher sagen die meisten Autoren, so etwas dürften Polizisten nie und nimmer. Im Fall Jakob von Metzler hat's das Landgericht wohl auch so gesehen. Der Fall lag aber wieder anders, da war der Entführte schon tot, und es hätte wohl noch andere Möglichkeiten gegeben, den Entführer zum Sprechen zu bringen. Und tatsächlich misshandelt worden ist er gar nicht. Müsst man noch mal nachlesen."

Jens Drib spießte sich eine neue Ladung Wurstsalat auf die Gabel. Thomas ließ seine Gabel sinken, an der noch immer drei Kartoffelscheiben hingen.

„Allerdings ging es bei uns ja gar nicht ums Strafrecht, sondern um ein Phantasiegesetz mit einer polizeirechtlichen Befugnis, in den Entführungsfällen unmittelbaren Zwang anzuwenden."

„Prach bas Ge-etz pom ummikkebarem Pang?", fragte Jens Drib interessiert und kaute geräuschvoll, indessen seine Augen wieder zur Decke wanderten.

„Ja; die Polizisten wurden ermächtigt, bei gegenwärtiger Gefahr für das Leben einer Person unmittelbaren Zwang anzuwenden, um von einem anderen die zur Rettung erforderlichen Informationen zu erlangen. Dann hieß es aber noch, dass dabei auch gezielte Körperverletzungen zulässig seien, was ein Arzt hätte beaufsichtigen müssen."

„Aha", sagte Jens Drib, schluckte und langte zum Weinglas. „Äußerlich gleicht so was natürlich schon zulässigen Formen unmittelbaren Zwanges. Gegen Hooligans und Randalierer kann und muss die Polizei mit Methoden vorgehen, die tatbestandlich gezielte Körperverletzungen sind. Das Besondere ist hier, dass unser Übeltäter ganz still dasitzt und dass man von ihm eine ganz bestimmte Information will."

Der Assistent trank sein Glas mit einem kräftigen Schluck leer.

„Aber wissen Sie was, Herr Kröger, am Ende läuft's im Grundrechte-Fall doch immer auf eine Abwägung hinaus, und ich meine, dass gegenüber solchen Gesetzen, wie Sie jetzt eines zu prüfen hatten, doch etwas zu berücksichtigen ist, was wegfällt, wenn ein Privater aus eigenem Antrieb handelt. Und das ist die Missbrauchsgefahr. Jede Befugnis, die Sie den Behörden geben, wird zwangsläufig auch fahrlässig oder vorsätzlich missbraucht, von laxer Handhabung angefangen bis hin zu seltenen, aber doch realen Fällen von, untechnisch gesprochen, Rechtsbeugung. Und es ist sehr die

Frage, ob sich ein Rechtsstaat diese Gefahr leisten kann, wenn es darum geht, eine Aussage wie im James-Bond-Film mit körperlicher Gewalt unmittelbar zu erzwingen. So gerecht und erforderlich das im Einzelfall erscheinen mag. Aber war doch eine spannende Klausur, die Sie da hatten!", Jens Drib lachte beherzt, wischte sich wieder den Mund und hieb Thomas mit der flachen Hand auf die Schulter.

*

Sie hatten bezahlt, ordentlich Trinkgeld gegeben und sich schon wieder vor den Autos versammelt. Eines fuhr Prollius, das andere eigentlich Jens Drib. Doch der stellte fest, dass er mit zwei Schoppen Wein und einem Hefeschnaps womöglich zu viel getrunken hatte, und hielt Thomas den Zündschlüssel hin:

„Herr Kröger, Sie hatten nur ein Glas und keinen Schnaps. Fahr'n Sie uns doch. Einfach dem Chef hinterher."

Thomas nahm den Schlüssel und steckte ihn ins Schloss des Dribschen Kleinwagens. Dessen Halter setzte sich bestens gelaunt auf den Beifahrersitz. Auf die Rückbank setzte sich Ashaia. Prollius war schon losgefahren, hatte aber angekündigt, an der Bundesstraße zu warten. Geparkt hatten sie gegenüber der Strauße an der kleinen Gemeindestraße, die sich hierher verirrt hatte. Jens Drib hatte seinen Wagen widerrechtlich gegen die Fahrtrichtung abgestellt und bemerkte aufgeräumt, während die Spitze seines Zeigefingers von innen die Windschutzscheibe berührte:

„Da vorn können Sie wenden."

Damit meinte er die Einmündung eines Feldwegs, die wenige Meter links vor ihnen lag. Thomas hantierte mit seinem Sitz und den Spiegeln und startete den Motor. Ein ferrariartiges Röhren erhob sich und wurde von Jens Drib kommentiert mit:

„Super, oder? Is'n Loch im Auspuff. Muss mal in die Werkstatt."

Das Röhren erstarb auch alsbald, weil Thomas den Motor abgewürgt hatte.

„Hoppla, Herr Kröger; ja, man muss sich an ein anderes Auto immer erst etwas gewöhnen."

Ashaia sagte nichts. Im zweiten Versuch gelang der Start, aber Thomas sah bereits mit Unbehagen der Benutzung des Rückwärtsgangs entgegen, als er zum Wenden in den Feldweg fuhr. Der Wagen schwankte und wackelte durch Schlaglöcher, hielt, Thomas trat mit Macht die Kupplung und legte den Rückwärtsgang ein, nachdem Jens Drib gesagt hatte:

„Hinten rechts, drücken."

Und nun kam die Probe aufs Exempel. Thomas gab Gas, ließ die Kupplung kommen, man hing in einem Schlagloch, mehr Gas, die Kupplung hatte den kritischen Punkt erreicht, oder nicht, oder doch, oder nicht, einfach noch etwas weiter kommen lassen – und dann machte das kleine Fahrzeug einen beeindruckenden Hüpfer nach hinten. Jens Drib rief „Hoppla!", Ashaia rief „Stopp!", und Michael Niehenke rief „Scheiße!" und trat auf die Bremse.

Er fuhr einen Kleintransporter, sein Fahrstil war männlich, druckvoll und freiheitsliebend, das heißt mit überhöhter Geschwindigkeit verbunden, und jetzt sprang kurz vor ihm der Hintern eines Kleinwagens aus einem Feldweg hinter den Bäumen hervor, und er hatte keine Zeit mehr zu überlegen. In Verbindung mit einer Lenkbewegung nach links brachte ihn das abrupte Bremsen ins Schleudern. Er schleuderte einmal nach rechts, einmal nach links und dann wieder nach rechts in den Straßengraben, wo sich der Transporter überschlug, um ein paar Meter weiter im Feld auf seinem Dach liegenzubleiben.

Die drei aus dem Kleinwagen waren sofort zum Landeplatz des Transporters gerannt. Dessen Hecktüren standen offen, und aus dem Innern waren Eimer aufs Feld geflogen, Lappen, Plastikflaschen, Gummihandschuhe und eine Leiter. Im Wagen sah man noch Besen und Schrubber und weitere Plastikkanister. Auf den Seiten des weißen Transporters waren ein farbiges Logo zu sehen und eine große Schrift, die über Kopf lautete: „Glatz Gebäudereinigung – eine saubere Lösung".

Thomas war als erster beim Fahrer. Die Tür klemmte. Als die beiden anderen da waren, sprang sie auf. Ebenfalls über Kopf hing dort jemand in seinem Sicherheitsgurt und hatte den Kopf im Airbag vergraben. Die Arme hingen schlaff nach unten.

„Sofort 'n Notarzt rufen, eins eins zwei", sagte Jens Drib zu Ashaia, und zu Thomas: „Herr Kröger, stemmen Sie sich mal gegen den Kerl, ich will den Gurt lösen, wir fangen ihn dann auf", sagte er, und die letzten Worte klangen schon etwas gequetscht von der Anstrengung, die es ihn kostete, an das Gurtschloss zu kommen.

*

Jens Drib hatte den Bewusstlosen in die stabile Seitenlage gebracht. Der hatte nichts erbrochen, atmete regelmäßig – mehr konnten sie nicht tun. Prollius war zurückgekehrt, die Gäste der Strauße waren auf die Straße gelaufen, und alle umstanden den Unfallort und fachsimpelten über den Zustand des Unglücksfahrers und den Hergang des Unfalls. Der Wirt der Strauße wusste sogar, wer der Bewusstlose war: Michael Niehenke, Sohn eines Lehrerehepaares einen Ort weiter, der trotz seiner dreißig plus ungrad Jahre und eines kleinen Appartements in Basel überwiegend bei seinen Eltern wohnte und nach zwei abgebrochenen Studierversuchen jetzt für einen Gebäudereiniger arbeitete; eine Firma, die in der gesamten Region bis in die Schweiz und nach Frankreich hinein tätig war.

Der Notarzt und zwei Polizisten trafen ein. Der jüngere der beiden, der weniger Sterne auf den Schulterklappen hatte, fragte Thomas:

„Hatten Sie denn den Fahrtrichtungsanzeiger aktiviert?"

„Was?"

„Ob Sie geblinkt haben", sagte der ältere Polizist, sowie: „Klimpel, vermessen Sie schon mal die Brems- und Schleuderspuren. Scheint ja ziemlich fix unterwegs gewesen zu sein."

„Oh ja!“, sagte Thomas spontan, was ihm einen streng fragenden Blick des älteren Polizisten eintrug.

*

Der Notarzt und seine Sanitäter hatten den Verunfallten auf einer Trage in den Rettungswagen gebracht. Er hatte das Bewusstsein wiedererlangt und flüsterte von Zeit zu Zeit etwas, worauf Arzt und Sanitäter mit Sätzen reagierten wie „doch, wir müssen Sie jetzt ins Klinikum bringen“ oder „Sie brauchen wirklich keine Angst vor dem Klinikum zu haben“ sowie „von mir aus können Sie mich verklagen, aber wir bringen Sie da jetzt hin; Sie sind nämlich ziemlich durch den Wind und müssen nach so einem Unfall gründlich durchgecheckt werden“. Thomas meinte, Michael Niehenke schon einmal irgendwo gesehen zu haben. Er hatte ein schlechtes Gewissen, weil er den Unfall verursacht hatte.

„Verursacht schon“, sagte Jens Drib, „aber nicht verschuldet. Sie sind mit unserem Wagen noch nicht auf der Straße gewesen. Er steht ja noch genau da, wo Sie gestoppt haben. ’N klitzekleines Verschulden liegt vielleicht darin, dass Sie sich der Straße so sprunghaft genähert haben. Aber das fällt neben der überhöhten Geschwindigkeit und der Schreckreaktion des Herrn Niehenke nicht ins Gewicht. Finde ich. Haben Sie eine private Haftpflichtversicherung?“

Thomas schluckte und sagte: „Ja.“

„Wunder*bar!*“, tönte es aus Jens Drib sehr herzlich, und er schlug Thomas schwungvoll auf die Schulter.

Prollius hatte sich alles mit sorgenvoller Miene schildern lassen und erklärte jetzt die Randmarkierung der Straße zur Grenze zweier Verantwortungsbereiche, dem der Straße und dem des Feldweges, und sprach die Insassen des Autos auf dem Feldweg von jedweder Verantwortung für das Geschehen auf der Straße frei. Nachdem die Polizisten ihre Befragungen beendet hatten, ordnete Prollius die Rückfahrt an. Den Wagen von Jens Drib fuhr Ashaia.

*

Sandy Meier, Medizinstudentin im fünften Semester, marschierte in der Entourage des Doktor Fresenius, von dem sie sich mit Genuss zwei- bis dreimal pro Woche vaginal penetrieren ließ. Außerdem ließ sie sich von ihm mit kleineren Aufmerksamkeiten verwöhnen, für die es in ihrem studentischen Etat keinen Posten gab; etwa mit einem Skiurlaub in der Schweiz oder, wie gestern, einem Abendessen im Fünfsternehotel. Allerdings waren solche Zuwendungen schon nach den ersten Nächten seltener geworden und hatten ihre Zusammenkünfte jetzt nur noch geringen romantischen Wert – wie vorhin vor dem Schichtwechsel im Bettenkeller auf einem der Reservebetten und inmitten ausrangierter, reparaturbedürftiger Gestelle und Matratzen. Aber er war genau ihr Typ: knapp vierzig, noch immer sportlich und schon erfahren, angegraute Schläfen und blitzende Augen, souveräner Händedruck und charmantes Lächeln, feurig und väterlich und auf der Karriereleiter im Aufstieg begriffen. Jetzt machte er Visite, und sie war im Rahmen einer Famulatur mit dabei.

*

Der Notarzt war froh, diesen Patienten loszuwerden. Michael Niehenke kam langsam wieder zu Kräften und entwickelte sich zu einem nachhaltig renitenten Unfallopfer. In der Notaufnahme füllte eine Schwester seinen Aufnahmebogen aus, während sich die Notarztcrew verabschiedete und den Raum verließ. Dort stöhnten allerlei Blessierte oder litten stumm vor sich hin. Nicht so Michael Niehenke. Er stöhnte nicht, und still war er schon gar nicht. Vielmehr wähnte er sich offenbar als Opfer nicht eines Unfalls, sondern eines Anschlags. Eines mit Mossad-Methoden eingefädelten und durchgeführten Anschlags, der hier im Klinikum keineswegs ein Ende gefunden hatte, sondern seinem Höhepunkt zustrebte:

„Ich weiß doch“, deklamierte er wiederholt, „wer ihr seid! Und den Trick mit dem Auto habt ihr von der Schleyer-Entführung der RAF!“

Er steigerte sich mit seinen noch immer geschwächten Kräften in eine beachtliche Rage, in der sich Angst, Wut und Empörung vereinigten.

„Und ihr", rief er zu seinen Mitpatienten, „hört doch auf zu simulieren! Du", und er wandte sich an seinen Bahren-Nachbarn, „nimm gefälligst diesen verlogenen Verband ab", und er zerrte an dem Kopfverband des anderen.

„Niehenke", brüllte die Schwester, die unbedingten Gehorsam verlangte und gewohnt war, „Finger weg oder es knallt!"

„Jawohl", Michael Niehenke war eingeschüchtert, denn die Schwester erinnerte ihn an seine Mutter, eine strenge Lehrerin. „Aber, Schwester", rief er dann flehentlich aus, „ich hatte keinen Unfall – ich werde verfolgt!"

„Ja", gab die Schwester laut zurück, „und zwar von mir, wenn Sie noch einmal einen anderen Patienten berühren. Kapiert?"

Sie überlegte, ob Herr Niehenke nicht eher ein Fall für die geschlossene Abteilung sei, überflog die Angaben des Notarztes, beschloss, auch bei diesem Patienten ihren Routinedienst zu tun, und fragte nur als Maßnahme seelischer Fürsorge zurück:

„Wer verfolgt Sie denn?"

„Schwester", rief Niehenke, „Ihr Chef und – aaah!", der Rest der Antwort war ein gedehnter Schrei, wie ihn die Schwester von einigen empfindlichen Patienten kannte, wenn sie ihnen eine Spritze in den Hintern trieb.

In der Tür stand Doktor Fresenius. Sein Blick war ohne Umschweife auf Robin gefallen, dessen Stimme ihn vom planmäßigen Gang der Visite hierher abgelenkt hatte und der jetzt wie von einer Tarantel gebissen schrie und versuchte, sich auf seiner Bahre aufzurichten. Die Schwester reagierte schnell und kompetent, war in drei Schritten bei Herrn Niehenke und injizierte ihm ein bärenstarkes Beruhigungsmittel, wobei sie sein „Ich will nicht!" mit „oh doch" quittierte.

So viel zum Selbstbestimmungsrecht des Patienten, dachte Doktor Fresenius und überflog im Geiste die Gliederung seiner Habilitationsschrift. Und er dachte: Jetzt haben wir dich also hier.

Vor dem Eingang des Schwimmbads saß unter einer Neonlaterne ein kleiner Junge mit Tendenz zur Fettleibigkeit und lutschte an einigen Pommes Frites. Er trug ein schwarzes Kapuzen-Sweatshirt mit der Aufschrift „Killer-Ninja", eine Jogginghose und guckte Isabell Böhnke fasziniert auf den Hintern, als sie an ihm vorbei zu den Eingangstüren hastete. Gleich war Kassenschluss.

Hinter den Türen standen an einer Bar ein Alkoholiker, die Pächterin dieses Schwimmbad-Bistros und ein Bademeister mit weißem Polohemd, weißen Shorts, Bierbauch und dreckigem Lachen. Also eigentlich drei Alkoholiker, dachte Isabell Böhnke, während sie um die Ecke zu den Einlassautomaten ging und ihre Zehnerkarte aus der Jacke zog. Hinter sich hörte sie noch ein gekrähtes „Jetzt aber schnell, junge Frau!". Sie schob sich durch die dreiarmige Drehschranke und sah im Geiste, wie sie dem Bademeister mit Vollspann in den Hintern trat.

In den Umkleiden johlten noch ein paar Halbwüchsige, aber die Gänge waren schon ziemlich leer. Sie ärgerte sich gewohnheitsgemäß über die Enge der Spinde und darüber, wie schmal die Bänke waren. Die Atmosphäre war feucht und billig, und es stank nach Chlor. Genau genommen, das wusste sie, stank es nicht einmal nach Chlor, der im Wasser fast geruchlos war, sondern nach einer Verbindung von Chlor und Harnstoff aus menschlichem Urin. Erst diese Kombination führte zum typischen Schwimmbadgeruch. Und nur sie rötete die Augen und reizte die Schleimhäute.

Sie schlug den Spind zu, zog den Schlüssel ab und band ihn sich mit seinem grünen Bändchen über ihr Fußgelenk. Sie mochte dieses Schwimmbad nicht. Aber es hatte eine Fünfzig-Meter-Bahn, sie hatte lädierte Kniegelenke, und wenn sie Ausdauersport machen wollte, musste sie schwimmen. Als sie zu den Duschen ging, kam ihr eine Frau in weißem Polohemd und weißen Shorts entgegen. Sie zog einen langen Schlauch hinter sich her, spülte mit einem Wasserstrahl den

Boden, der danach in etwa so aussah wie vorher, und war augenscheinlich soeben aus der Sammelumkleidekabine der Herren gekommen.

Isabell Böhnke beschränkte ihre Dusche vor dem Schwimmen stets auf ein Nasswerden, da sie annahm, im Zweifel sauberer zu sein als das Wasser, in dem sie danach schwamm. Auf dem Weg zum Becken dachte sie an Zerrer. Er hatte sie angerufen. Zuerst hatte er sie beschimpft wie einst der Prügel-Prinz Ernst August die Journalistin, die seine Pinkel-Eskapaden auf der Expo öffentlich gemacht hatte. Dann hatte er gedroht und gebrüllt, dass sich seine Gespielinnen strafbar gemacht hätten wegen Bestechung, mindestens wegen Vorteilsgewährung; was zutraf. Zuletzt hatte er gefleht, geheult und ganz zuletzt – aufgelegt.

Natürlich hatte sie ihm nicht entgegenkommen können, wie auch. Aber sie spürte kein Triumphgefühl. Sie wusste, dass ihr Motiv und das ihrer Zeitung an erster Stelle die Höhe der Auflage war. Und sie stellte sich vor, wie es wäre, wenn sie zum Beispiel als Chefredakteurin dieser Zeitung einen ansehnlichen Praktikanten hätte, der signalisierte, für eine Affäre zur Verfügung zu stehen; eine Affäre, von der beiden klar wäre, dass sie seine beruflichen Aussichten verbessern sollte. Etwa wenn es darum ging, ob er eine feste Anstellung bekam. Wie schlecht wäre ihr Gewissen, wenn sie sich den Knaben ins Bett holte? Hätte sie das Gefühl, sich an der Jugend zu vergehen? Oder das Gefühl, als hart arbeitende Frau und Führungskraft einen der wenigen immateriellen Vorteile mitzunehmen, die ihre Position mit sich brachte – und zwar mit dem Einverständnis des Betroffenen, der nach allen Altersgrenzen ein erwachsener Mann war und unter keiner persönlichen Not oder Krise litt?

Sie mochte Zerrer nicht, und sie war überzeugt, dass es nicht in Ordnung war, auch moralisch nicht in Ordnung war, was er gemacht hatte. Die Universität stand der Schule doch näher als der Arbeitswelt der Erwachsenen. Aber sie machte ihm ihren Vorwurf längst nicht mit jener Empörung, ja Abscheu, die sie mit ihrem Artikel in der Öffentlichkeit – vorhersehbar – ausgelöst hatte. Nein, dachte sie, als sie am

Beckenrand saß und ihre Schwimmbrille aufzog, wir sind jetzt einfach quitt.

*

Sie sah ein weiteres Mal den Boden des Schwimmbeckens unter sich steil abfallen, wo er vom Nichtschwimmerbereich in den der Schwimmer überging. Das Becken hatte dort eine Tiefe von fünf Metern, mit ihrer Schwimmbrille sah sie scharf bis auf den Boden, und so wurde das Schwimmen zum Schweben. Nur der Anblick der Kacheln dort unten hätte anregender sein können. Sie entdeckte einen Schlüssel, ein abgelöstes Pflaster und hielt sich konsequent rechts der schwarz gekachelten Linie, die ihr die Bahn vorgab. Sie schwamm ruhig, kraulte mit einer Zweizugatmung und machte an den Beckenrändern elegante Rollwenden.

Da überholte sie plötzlich ganz dicht ein Typ, dem sie spontan Fußpilz und Wadenkrämpfe wünschte, weil sie aufgrund seines Geplansches Wasser schluckte und aus dem Rhythmus kam. Außerdem war mittlerweile genug Platz im Becken. Sie wechselte bei der nächsten Wende die Bahn. Ferner fing sie dort nach den ersten Zügen an zu überlegen, was sie mit ihrem zweiten großen Fall machen sollte, dem Impfskandal. Ihr Hauptinformant, der sich Robin nannte, hatte zwar eine kleine Meise, aber eine ziemlich überzeugende Story. Und Beweise. Er hatte ihr zwei Tondateien geschickt, und wenn die Stimmen tatsächlich zu den Personen gehörten, die Robin ihr nannte, dann waren die Aufnahmen brisant – jedenfalls in Verbindung mit den übrigen Informationen, die sie zum Impfskandal hatte.

Sie wendete wieder, knickte den Oberkörper und schlug mit den Beinen einen Einhundertundachtzig-Grad-Bogen, berührte mit den Füßen den Beckenrand und stieß sich mit einer Bewegung ab, mit der sie sich zugleich um die eigene Achse drehte, bis sie den Boden des Beckens wieder senkrecht unter sich sah. Kraftvoll stieß sie sich ab und nahm noch in der Drehung den zweiten Arm nach vorne.

Da bohrten sich ihre Fingerspitzen in Haut und Fleisch. Weil das Schwimmen für sie ein fast meditativer Bewegungsablauf war und sie dabei jedes Mal in einen Strom ruhigen Nachdenkens kam, erschreckte sie der Zusammenstoß um so heftiger. Ihr ganzer Körper zuckte zusammen, sie stand sofort aufrecht im Wasser, mit den Armen rudernd, hatte wieder Wasser geschluckt, prustete und war nicht gut gelaunt. Vor ihr hob ein Mann den Arm, während er weiter quer zu den Bahnen durchs Wasser glitt, als Geste irgendwo zwischen „Entschuldigung" und „Sie hätten aber auch etwas aufpassen können". Er war mittelalt, noch gut in Schuss, schwamm offenbar zu einer der Leitern an der Längsseite des Beckens und war wahrscheinlich derselbe Kerl, der sie vorhin überholt hatte. Sie tauchte mit dem Kopf ins Wasser, stellte mithilfe der exzellenten Sicht durch ihre Schwimmbrille fest, dass die Bahn im übrigen frei war, und schwamm wieder los.

Sie hatte mit dem Hausanwalt der *Südbadischen Zeitung* gesprochen und wusste jetzt, dass die Tonaufnahmen, obwohl illegal gemacht, in einem Strafverfahren verwertbar waren. Und man konnte sie nicht zwingen zu sagen, von wem sie die Aufnahmen hatte. Eigentlich hätte sie schon längst einen saftigen Enthüllungsartikel geschrieben. Aber Robin hatte sie gebeten zu warten, weil er noch herausfinden wollte, was jener dubios-ominöse Zusatzstoff *Ratrix* chemisch war – um die Gefährlichkeit seiner Verwendung zu belegen und die Ursache seiner fatalen Wirkung zumindest im Ansatz zu erklären. Wenn sie Robin richtig verstanden hatte – er sprach darüber ziemlich kryptisch –, dann wollte er auf Friedrich und seinen „Ersten Offizier", ein Doktor Fresenius, Druck ausüben und mindestens einen der beiden dazu bringen, an der Aufklärung mitzuwirken. Was sie für Humbug hielt. Und für den allergrößten Humbug, wenn zutraf, was sie unterdessen mutmaßte; dass nämlich Robin der große Unbekannte war, der auf dem Basler Morgestraich und hier an Mensa und Landgericht seine verqueren Schriftanschläge verübt hatte, und dass er sich auch oder nur davon Druck auf die Protagonisten des Impfskandals versprach. Sie hatten vorhin eine Verabredung gehabt, bei der sie ihm hatte sagen wollen, dass sie nicht länger warten werde und sich von seinen Bemühungen nichts mehr verspreche. Aber Robin war nicht erschienen und nicht unter seiner Mobilnummer zu erreichen.

Sie klatschte mit der Hand auf den Beckenrand, um sich selbst mit einer Geste dafür zu belohnen, dass sie wieder ihre eintausend Meter hinter sich gebracht hatte. Außer ihr waren nur noch zwei andere Schwimmer im Wasser. Hinter der gigantischen Glasfront der Halle dämmerte es. Ein Bademeister schlappte mit seinen Latschen und desinteressiertem Gesicht vorbei. Unter der kalten Dusche neben den Eingängen zu den Umkleiden stand der Typ, dem sie in die Seite geschwommen war; sie erkannte ihn an der roten Badehose. Vielleicht hatte er noch ein paar Sprünge von dem Zehnmeterturm gemacht, der ein separates Becken hatte. Sie kraulte zu einer Leiter und kletterte aus dem Becken.

*

Als sie aus der Umkleide zu dem Drehkreuz am Ausgang kam, zahlte derselbe Typ gerade etwas an der Bar und wandte sich zu den Türen. Er drehte sich in der Tür routinemäßig um, sah sie drei Meter hinter sich und hielt ihr die Tür auf.

„Danke", sagte sie.

„Tut mir leid wegen vorhin", sagte er, „ich hatte nicht damit gerechnet, dass Sie so professionell wenden."

„Kein Problem."

Er war nicht einmal unsympathisch. Sie ging zu ihrem Rad, er zum Parkplatz. Sie beugte sich über das Fahrradschloss, sah aber noch einmal auf. Er stand vor einem Roadster in der silbermetallicfarbenen Einheitslackierung aller neueren Autos. Doch auf dieser Lackierung, über die gesamte Tür gesprüht, war ein Zeichen zu sehen von hoher Abstrusität und hohem Wiedererkennungswert. Sie starrte darauf. Da drehte er sich noch einmal zu ihr um. Sie starrte weiter. Er machte eine freundliche Miene mit entschuldigender

Konnotation und meinte mit etwas erhobener Stimme, damit sie ihn verstand:

„Die Jugend von heute. Wird Ende der Woche neu lackiert."

„Doktor Fresenius?", fragte sie laut und ohne besondere Sorgfalt auf die Überlegung zu verwenden, ob diese Frage klug sei. Sie wusste, dass er nicht der Chefarzt Friedrich war; den kannte sie von Fotos. Es blieb nur Fresenius übrig. Theoretisch konnte das Auto natürlich sonstwem gehören und konnte das Symbol aus dem Paragrafen-Zeichen und dem Zeichen der Biologie für das männliche Geschlecht von einem Mister X stammen, der nicht Robin war. Aber sie war keine Frau der Theorie, sondern der Praxis. Und sie hatte eine Intuition, der sie vertraute.

Doktor Fresenius ließ den Wagenschlüssel sinken und verharrte im übrigen ohne Regung, während ihm unsortiert Gedanken durch den Kopf blitzten. Diese junge Frau konnte selbstverständlich eine frühere Patientin sein oder die Angehörige eines Patienten. Sie konnte irgendwer sein. Aber er ahnte, dass weder das eine noch das andere zutraf.

Sie zog den Schlüssel von ihrem Bügelschloss ab, das sie wieder in seine Halterung gesetzt hatte, und ging auf den smarten Herrn zu, wobei sie ihr Rad am Sattel neben sich her schob.

„Sie sind also Doktor Fresenius", bemerkte sie mit professioneller Neugier. Dass ihr Puls einen Schlag zugelegt hatte, war ihr nicht anzuhören.

„Und wer sind Sie?", fragte Fresenius mit gleicher Ruhe.

„Isabell Böhnke von der *Südbadischen Zeitung.*"

Sie war sicher, dass es in diesem Fall und anders als oft keiner weiteren Erläuterungen bedurfte.

„Ach Sie sind das."

Erwartungswidrig hörte sie aus dieser Reaktion keine Feindseligkeit heraus. Man hätte dem Klang dieses Satzes sogar Erleichterung entnehmen können. Sie sagte als nächstes nur:

„Ja."

„Und was wollen Sie von mir?"

Auch diese Frage wurde in einem Ton gestellt, der die Aggressivität der Worte unter Null senkte. Es war ein Ton, in dem ein Steward fragt: „Was kann ich für Sie tun?“ Und es wirkte fast so, als habe dieser Steward schon lange auf seinen Passagier gewartet.

„Dieses Symbol“, sie zeigte auf die Autotür, „hat Robin bei seinen Anschlägen verwendet.“

„Ich weiß. Ab und zu lese ich die *Südbadische.*“

„Was haben Sie mit ihm zu tun?“

„Wer sagt Ihnen, dass ich etwas mit ihm zu tun habe? Und wer sagt Ihnen überhaupt, dass diese Sprayerei von ihm kommt – und nicht von irgendeinem Vandalen, der Ihre Artikel gelesen hat?“

„Dieses Symbol hat bislang nur Robin selbst verwendet. Sie waren an den Impfungen maßgeblich beteiligt. Und Robin wollte Sie unter Druck setzen. Ich finde, das passt ganz gut zusammen.“

„Sie kennen ihn?“

Sie lächelte und sagte ohne zu sprechen: Ganz so einfach mache ich es dir nicht. Laut sagte sie:

„Sie wissen wahrscheinlich, dass ich weder Ihnen noch der Polizei etwas über meine Quellen sagen muss. Ich darf Ihnen aber verraten, dass ich davon ausgehe, den gleichen Informationsstand zu haben wie Robin. Einschließlich der Belege.“

Es trat eine Pause ein. Dann fragte er:

„Darf ich Sie zum Essen einladen?“, und sie antwortete ohne zu zögern:

„Selbstverständlich.“

„Wie wäre es mit heute Abend, das heißt – jetzt?“

„Passt perfekt.“

*

Sie hatten einen Tisch am Fenster und einen herzerweichend schönen Blick über die abendlich-nächtliche Stadt. Der Raum war mit seinem dunklen, alten Holz urgemütlich, und ihr Gegenüber war der Prototyp des Mannes, mit dem man sich sehen lassen kann. Er hatte sie vom Parkplatz weg in seinem Wagen mitgenommen, weil dieses Restaurant weit von dem Bad entfernt gelegen war und es sonst zu spät geworden wäre. Sie hätte ein anderes Restaurant vorschlagen können; aber dafür mochte sie dieses hier zu gern. Ihr Fahrrad konnte sie morgen holen.

„Wissen Sie schon, was Sie wollen?“, erkundigte er sich und legte seine Speisekarte zurück auf den Tisch, wo ihre bereits lag.

„Soweit Sie das Essen meinen: ja.“

Ihre Antwort drehte den Spannungsregler ihrer Gesprächsatmosphäre einen Strich nach oben, so dass ein leises Summen und Knistern zu hören war wie unter den Masten einer Überlandleitung. Auf seiner Haut kam es zu einem Gefühl, wie wenn man nach einem Bad im Eiswasser heiß duscht und tausend winzige Nadelspitzen spürt. Es war ein warnendes und zugleich angenehmes Gefühl. Er wusste, dass ihm im Zweifel eine Gegnerin gegenübersaß und ihn mit ihren dunklen Augen auf Schwächen absuchte. Ihn zogen diese Augen an. Sie war um die Dreißig, *une femme de trente ans,* also – interessant. Sie war körperlich reizvoll, aber das war sie auch schon vor zehn und fünfzehn Jahren gewesen. Das Leben und Wissen, die Stärke der zusätzlichen Jahre waren das Attraktive. Und die waren merkwürdigerweise auch sexuell attraktiv.

„Und was nehmen Sie?“

„Coq au Vin“, sagte sie und bettete ihr Kinn in die Hand des aufgestützten Arms.

*

Sie aßen nach dem Schwimmen beide mit gutem Appetit und hatten die Zeit des Wartens auf das Essen mit Fragen, Antworten, Berichten und Bekenntnissen gefüllt, die weder mit Robin noch mit der Impfaffäre zu tun gehabt hatten. Es war, als hätten sie einen Waffenstillstand vereinbart und an dieser Begegnung sozusagen zwischen den Schützengräben einen zu großen Gefallen, um wieder zu den Waffen zu greifen. Einmal musste es aber noch sein, das wussten beide. Sie fragte nach einem Schluck Wein ohne Warnung:

„Also, was will Robin von Ihnen?"

„Wer sagt, dass er etwas von mir will?"

„Ich. Und ich helfe Ihnen. Er will, dass Sie ihm sagen, was genau *Ratrix* ist und wie es wirkt."

Sie wusste wahrscheinlich wirklich alles. Er sah sich erneut das Schachbrett an; er hatte nicht mehr viele Figuren. Er schob noch einmal einen Bauern zwischen seinen König und die angreifende Dame:

„Was soll *Ratrix* sein?"

Die Dame fegte den Bauern vom Brett, mit Deckung durch zwei Türme und erneutem Schach:

„Das neue Adjuvans von Blauenberg. Das wissen Sie doch alles."

„Aber wenn Sie vollständig informiert sind – warum fragen Sie dann?"

„Just checkin'. Wie gut Sie lügen können. Ich bin positiv überrascht; Sie können es nämlich überhaupt nicht."

Seine und ihre Hand wanderten zeitgleich zu den Weingläsern. Auf halbem Weg zum Mund hielten sie inne. Er hob sein Glas eine Idee und neigte den Kopf um wenige Grade. Sie erwiderte die Geste. Und sie sahen sich in die Augen.

„Ich habe eigentlich alles, was ich für meinen Artikel brauche", ließ sie ihn wissen. „Der einzige Grund, warum er noch nicht erschienen ist, waren Bitten Robins zu warten. Er hatte sich von Ihnen Unterstützung erhofft. Vielleicht glaubt er auch, mit seinen Aktionen am Klinikum Nachforschungen zu provozieren oder sogar Friedrich zu einem Eingeständnis zu bewegen. Seine Vorstellungen sind oft etwas gewöhnungsbedürftig."

„Robin liegt im Klinikum."

Möglicherweise sagte er das nur, weil er in diesem Gespräch noch einmal das Gefühl haben wollte, sie zu überraschen und, wenn auch nur kurz, aus der Balance zu bringen. Das gelang.

„Seit wann?", sie war schlagartig ernst.

„Seit vorhin."

„Was für einen Unfall hatte er?"

„Woher wollen Sie wissen, dass es ein Unfall war?"

„Weil ich eine Verabredung mit ihm hatte, er mich noch nie versetzt hat und jetzt nicht erreichbar ist."

Er nickte zögernd.

„Ja. Ein Autounfall. Er wollte ausweichen und ist mit seinem Lieferwagen kopfüber im Feld gelandet. Sieht aber nicht danach aus, dass er ernsthaft verletzt wäre."

Und dann kam eine Frage, die ihn zurück in seinen Entscheidungszwiespalt warf; den Zwiespalt, dem er vorhin hatte davonschwimmen wollen. Außerdem war es eine Frage, die schemenhaft eine Gefahr andeutete – die ihm bewusst war, obwohl er sie nicht wahrhaben wollte. Sie fragte:

„Weiß das Ihr Chef?"

Sie hielten beide ihr Besteck bewegungslos und hatten Blickkontakt. Er atmete aus, wie man zum Lachen ausatmet, schlug den Blick nieder, sah sie wieder an und atmete tief ein.

„Nein."

Es brauchte noch ein Ticken des Sekundenzeigers, dann lächelte sie. Sie schnitt sich ein Stück Fleisch von dem Hühnerbein vor ihr und fragte dann kauend und aufgeräumt:

„Wann hat Friedrich Sie eingeweiht?"

Er hatte seinen schwarzen König aufs Brett gelegt und ließ seinen Finger weiter auf ihm ruhen. Es war in Ordnung so. Seine Gedanken sprangen zu Zerrer und dessen Rechtsgutachten. Er schämte sich für seinen Erpressungsversuch. Und er musste innerlich lachen, als er daran dachte, welches Gewicht Zerrers Wort jetzt noch hätte. Aber was hatte sie gefragt – wann sein Chef ihn eingeweiht hatte?

„Er hat mich nie eingeweiht. Robin hat mich auf das Adjuvans aufmerksam gemacht."

Sie verlangsamte ihr Kauen und stellte ihre Optik erneut scharf. Das klang ehrlich – auch wenn es unwahrscheinlich war.

„Aber Sie haben doch mit ihm über das Ganze gesprochen."

„Ja. Als ich herausanalysiert hatte, was da eigentlich gespritzt worden war. Und festgestellt hatte, dass es für *Ratrix* keine präklinischen Daten gab und wir für eine Erprobung dieses Verstärkers keine wirksame Genehmigung haben konnten."

„Seine Reaktion?"

„Er ist jemand, der keine Fehler eingesteht. Er hielt den Impfversuch weiterhin für legitim. Es sei halt dumm gelaufen."

„Und seine Beziehung zu Blauenberg?"

„Ebenfalls legitim. Üblich und dem Institut von Nutzen. Er sei nicht käuflich."

„Aber wir beide wissen, dass er's ist."

Fresenius betrachtete sie. Es war etwas epochal Merkwürdiges geschehen. Er musste in seinem emotionalen Archiv zurück bis zu den Regalen der Schulzeit, um Vergleichbares zu finden. Er stellte das Weinglas zurück, ohne getrunken zu haben.

„Ja, ich weiß, dass er's ist."

„Also, Sie haben nach seinen Weisungen die Impfungen durchgeführt ..."

„Mit durchgeführt."

„... mit durchgeführt, haben sich auf die Reaktionen der drei Null-negativ-Probanden zunächst keinen Reim machen können, haben dann Infos von Robin bekommen, dann den Impfstoff analysiert, dann herausgefunden, woran's gelegen hat ..."

„Nicht ganz, sondern: woran es gelegen haben muss. Vollständig erklären kann ich es nicht."

„Okay: woran es gelegen haben muss; dass das Adjuvans etwas Neues war."

„Und verdammt gefährlich. Etwas, wovon ich weiß: Damit spielt man nicht. Und dass es, anders als zwingend vorgeschrieben, vor der Erprobung bei uns keine Tests gegeben hatte. Tests, um sicherzustellen – soweit möglich –, dass dieses Zeug für Menschen verträglich ist."

Sie nickte.

„Und dann haben Sie mit Friedrich gesprochen. Und nichts erreicht."

Er drehte den Salzstreuer langsam um seine Achse.

„Nichts erreicht, ganz recht. Und nichts mehr unternommen."

Sie konnte sein schlechtes Gewissen fast sehen, wie es wie ein schwarzer Vogel von seiner Schulter auf den Kopf flog und einen Flügel über seine Stirn und Augen hängen ließ. Noch vor einer Stunde hätte sie nie damit gerechnet, aber jetzt empfand sie fast Mitleid. Jedenfalls stellte sie sich die Situation des Assistenzarztes vor und fand sie auch dann unangenehm, wenn man noch andere Prioritäten hatte als die eigene Karriere.

„Ich bin zwar kein Fachmann", sie pickte mit der Gabel einige Möhrenscheiben auf, „aber das schlichte Nichtstun ist in dieser Situation – im nachhinein – wohl kein Verbrechen. Während des Impfens wussten Sie nicht Bescheid. Und als Sie Bescheid wussten, war die Sache durch – einschließlich der Behandlung der Opfer. Und eine Pflicht, Ihren Chef anzuzeigen, haben Sie doch nicht, ich meine: wenn es ausschließlich um Dinge geht, die in der Vergangenheit liegen."

„Darf ich Sie als meine Anwältin engagieren?"

Sie mussten beide lachen.

„Ich habe keine Zulassung."

„Ich bald auch nicht mehr."

„Quatsch", sie lachte wieder und wischte seinen Satz zusammen mit einigen Krümeln mit ihrer Serviette vom Tisch.

Sie mag mich, dachte er. Ich mag ihn, dachte sie. Beide wunderten sich.

*

Vor dem Gartentor drehte sie sich um.

„So, ab hier komme ich allein zurecht. Ich danke Ihnen für das Essen und das Nachhausebringen."

„Keine Ursache."

Pause.

„Was werden Sie jetzt tun?", fragte er.

„Reingehen und schlafen", antwortete sie mit ausgesuchter Unschuld.

„Sie wissen, was ich meine."

„Ich werde morgen einen Artikel zum Impfskandal schreiben. Ich werde deine Informationen zum Impfstoff verwenden, aber mich dabei auf eine anonyme Quelle berufen."

„Anonymität ist nicht erforderlich", sagte er und dachte: Für Friedrich ist ohnehin klar, von wem die Informationen kommen. Außerdem dachte er: Wenn mich nicht alles täuscht, hat sie mich eben geduzt.

„Meinen Vornamen kennst du ja schon", sagte sie und hatte ein Lächeln auf den Lippen, das ihre Befriedigung darüber dokumentierte, Herrin des Verfahrens zu sein.

„Ich heiße Paul", und er streckte ihr etwas linkisch die Hand hin.

Sie ergriff sie, und sie teilten sich mit der Stärke des Zudrückens mit, dass sie zwar gern führte, aber selektiv einer klassischeren Rollenverteilung zugänglich war, und dass er ebenfalls gern führte, der klassischen Rollenverteilung aber eher aus Gewohnheit und folkloristischem Motiv anhing und gerade überrascht feststellte, dass es für dieses Verhältnis auch in seinem Fall sehr darauf ankam, um welche Frau es ging.

„Also, Isabell ..."

„Paul ..."

Er deutete eine Verneigung an, die sie mit einem Nicken erwiderte, und wandte sich zum Gehen. Nach zwei Schritten durchfuhr es ihn, und er drehte sich um. Sie stand unverändert am Gartentor.

„Du, Isabell ..."

Sie hob die Brauen.

„... vielleicht machst du mir die Freude und erlaubst mir, dich am Wochenende – ins Theater einzuladen?"

„Wie wär's stattdessen mit Fußball. Am Samstag spielt der SC gegen Bayern."

„Die haben doch erst vor zwei Wochen gespielt."

„Die Herrenmannschaften, ja. Die haben aber beide auch ein Frauenteam in der ersten Liga. Und die spielen jetzt."

„Ein Frauenteam", wiederholte er und versuchte, sich der Bedeutung des Wortes zu nähern.

„Ja. Ich kenne zwei der SC-Mädels. Hab ihnen versprochen vorbeizuschauen."

Er formte die Lippen nachdenklich wie zu einem Pfeifen und nickte beschaulich:

„Warum nicht. Kann ich dich abholen?"

„Ich bin für die Straßenbahn. Können uns ja vor dem SZ-Gebäude treffen. Ich hab da noch was zu erledigen. Um zwei, okay? Spiel beginnt um halb vier. Ich kümmere mich um die Karten."

Seine Zustimmung war nur noch eine Formalie. Sie äußerte ihre Befriedigung mit dem Wort „gut". Dann drückte sie die Klinke des Gartentors und wandte sich dem Haus zu. Er schaute ihr noch einen Augenblick hinterher.

Neben der Spur

Die Öffnung des Tunnels verschluckte das Restlicht des Tages und mit ihm das Gleis, die Stadt, den Wald und seine Gedanken. Es war das Tor zur Unterwelt, und was ihm einzig zu tun verblieb, war einzutreten. Friedrich zögerte und wischte sich Harz und Rindenfeuchtigkeit von den Händen an der Hose ab. Sie rührten daher, dass er über einen Holzzaun geklettert war. Die Anstrengung des Kletterns und seine Aufregung ließen ihn schwerer atmen. Er schluckte. Dann ging er vorsichtig von Schwelle zu Schwelle in den Tunnel.

Das Licht wurde schwächer und die Dunkelheit kroch ihm in die Kleider. In kleinen Schritten ging er weiter. Ein Zurück gab es nicht. Der Feind war in der Stadt, hatte sie vollständig besetzt. Auf den Straßen russische Soldaten, Panzer auf dem Münsterplatz, und im Rathaus ein feister, schallend lachender stalinistischer Rotarmistengeneral, dessen Goldplomben man sehen konnte, wenn er den Mund aufriss. Deutschland war verloren, und es war nur noch eine Frage von Stunden, wann der Feind höchstpersönlich bei ihm vorstellig werden würde. Sie waren ihm gewiss auf den Fersen und bald hier.

Heute war in der *Südbadischen Zeitung* ein Artikel erschienen, in dem alles drinstand. Das Vorspiel der Impfversuche, das neue Adjuvans, alles. Fresenius hatte ihn verraten. Außerdem hatte die Schlampe, von der diese Anklageschrift stammte, auf die Tonaufnahmen zurückgegriffen, die während einer Sitzung der Blauenberg-Geschäftsführung und bei einem Gespräch von ihm mit Noisette-Dutroux gemacht worden waren. Sie hatte sie wahrscheinlich von dem Verbrecher, der sich Robin nannte, und er wusste mittlerweile, dass diese Dokumente in einem Strafprozess gegen ihn verwendet werden konnten. Es war vorbei. Es gehörte zu einem souverän-männlichen Leben zu wissen, wann etwas vorbei war. Seine Karriere war es, und mit ihr sein Leben. Was er jetzt tat, war lediglich der formal-technische Vollzug. Er hatte nicht vor, die Verhöre, die Schmähungen und Degradierungen zu erleben, die ihm sonst bevorstanden.

Noch ein Schritt, noch einer und noch einer. Es roch nach Tunnel, nach Schmiere auf Holz, nach Schotter. Es war dunkel. Er tastete sich Schwelle für Schwelle weiter. Sein Mund hatte sich geöffnet, sein Herz schlug. Hörte er schon etwas – oder war es das Rauschen in seinen Ohren? Spürte er schon ein Vibrieren – oder war es das Zittern seiner Beine? Noch ein Schritt, noch einer, immer tiefer ins Nichts, noch einer, und noch –

Er schrie „hoooh!“, als er über das Tier stolperte und sich mit zwei Schritten gerade noch vor einem Sturz bewahren konnte. Das Tier schrie ebenfalls, und von den Tunnelwänden schrie der Hall hundertfach zurück. Er drehte sich noch in der letzten Stolperbewegung um, riss die Fäuste hoch und schrie dieses Mal „harrrh!“. Das Tier rief „verdammt nochmal!“ und klang ebenfalls unangenehm aggressiv.

„*Bleib*, wo du bist!“, drohte er und versuchte, in der Schwärze irgendetwas zu erkennen. Im Hintergrund sah er einen hellen Fleck: die Tunneleinfahrt, durch die er in die Dunkelheit gestiegen war. Das Tier hatte die Taschenlampenfunktion seines Mobiltelefons aktiviert und leuchtete ihn an. Er zog sein eigenes Mobiltelefon aus der Tasche und leuchtete zurück. Das Tier war ein Mann, der auf den Gleisen lag, den Oberkörper erhoben hatte, sich auf einen Arm stützte und blinzelte.

„Was machen Sie hier?“, fragte Friedrich im subjektiven Vollbesitz des Rechtes, ein Verhör einzuleiten.

„Ich warte auf meinen Zug“, sagte der andere.

„Ach lassen Sie doch die dummen Scherze!“, Friedrich hatte für jedwede Form von Humor, auch unfreiwilligen, im Moment nicht das geringste Verständnis.

„Ich glaube, er kommt schon“, meinte Zerrer und horchte ins Dunkel.

„Wer?“

„Der Regionalexpress dreißig vierundvierzig, planmäßige Abfahrtszeit am Hauptbahnhof fünfzehn Uhr siebenunddreißig aus Gleis vier; auch an Sonn- und Feiertagen, nicht aber am vierundzwanzigsten und einunddreißigsten zwölften."

Friedrich lauschte und hörte es jetzt auch: ein Zischen, Rauschen, Kreischen, es wurde rasch lauter. Da sah man schon einen Lichtstreifen an der Wand, der Tunnel machte dort offenbar eine Kurve, Licht von den Scheinwerfern, und dann sah man die drei Scheinwerfer, und es war laut, und Horror packte Friedrich, und er schrie „verdammte Scheiße!", und sprang über den anderen auf die Schwellen, drückte Kopf und Oberkörper zwischen zwei Schwellen, presste sich auf den Untergrund, zog den Bauch ein, und der Zug donnerte über ihn, und er urinierte los.

Als der Krach vorbei war, hob Friedrich langsam den Kopf, blinzelte, öffnete den Mund.

„War auf dem anderen Gleis", sagte es hinter ihm.

Friedrich stand benommen auf und spürte die Wärme des Urins, mit dem sich seine Hosen vollgesaugt hatten. Und nun wurde er auch noch im übertragenen Sinne ungehalten und rief zu Zerrer:

„Sie pedantischer Volltrottel! Hätte mir sonstwas brechen können bei dem Sprung eben."

„Wozu sind Sie denn hier?", fragte Zerrer.

„Das geht Sie *überhaupt* nichts an", knurrte Friedrich und hob sein Telefon auf; „und Sie?"

„Ich möchte mich umbringen", Zerrer sprach unprätentiös und akkurat.

„Ja, warum das denn, um Gottes willen?"

„Nun", auch Zerrer erhob sich, „ich bin – meine berufliche und bürgerliche Existenz sind vernichtet. Ich bin schlicht – erledigt."

„Was machen Sie denn beruflich?"

„Ich bin – noch – Universitätsprofessor."

„Oh", Friedrich war angenehm überrascht, „dann sind wir Kollegen. Friedrich mein Name, von der medizinischen Fakultät", und er hielt Zerrer die rechte Hand hin.

Zerrer nahm sein Telefon in die Linke, schlug ein und sagte:

„Angenehm. Zerrer mein Name." Und nach einer Pause: „*Der* Friedrich?"

„Wie meinen Sie das?", Friedrich schaltete wieder reflexartig in den Verteidigungsmodus.

„Heute war ein Riesen-Artikel in der *Südbadischen*, und da ging es auch …"

„Ja, ja", Friedrich kürzte die Erklärung ärgerlich ab; „aber das ist – weitgehend … weitgehend …"

„Zutreffend, nehme ich an", bemerkte Zerrer und steckte den noch rauchenden Revolver nach diesem Blattschuss wieder in den Halfter.

Friedrich schwieg.

„Ist natürlich 'ne unangenehme Geschichte", sprach Zerrer mitfühlend, um das Klima wieder etwas zu verbessern.

„Und bei Ihnen?", wollte Friedrich wissen.

Zerrer holte Luft:

„Oh, ich war auch schon in der Zeitung. Und jetzt zeigen die Kollegen mit dem Finger auf mich, die Kripo ermittelt, die Staatsrechtslehrervereinigung hat mir nahegelegt, meine Mitgliedschaft ruhen zu lassen, die JZ verzichtet bis auf weiteres darauf, Beiträge von mir zu veröffentlichen – in der Community bin ich schon tot."

„Sie – Sie sind aber nicht der mit den Studentinnen?"

„Doch."

„Na, so was geht aber auch nicht, Herr Kollege, ich bitte Sie!"

„Haben Sie noch nie was mit einer Praktikantin oder Famula gehabt?"

„Aber das ist doch etwas vollkommen anderes! Ich prüfe die doch nicht. So gut wie nicht."

„Aber Sie lassen sich von einem Pharmakonzern für Menschenversuche bezahlen."

„Also, Herr Kollege, ich habe sicher Respekt vor Ihrem Fach – aber von den Bedingungen moderner medizinischer Spitzenforschung haben Sie keine Ahnung!"

„Sind die drei Studenten eigentlich wieder vollkommen gesund?"

„Ja."

Sie schwiegen. Und da es so still war, konnte man in einiger Entfernung deutlich das Geräusch eines Zuges hören.

„Könnte die Regionalbahn sechzehn fünfunddreißig sein aus …"

„Ja verflucht, das ist doch egal, wir müssen raus hier", Friedrichs Puls war auf einhundertachtzig; „das Ding kommt von draußen und also auf unserem Gleis – richtig?"

„Ich glaube schon. Aber deswegen bin ich eigentlich hier."

„Passen Sie auf, wir sprechen da noch drüber, jetzt erstmal raus hier. Aufs andere Gleis, los."

Zerrer folgte. Sie sahen den Zug jetzt auch in Form von drei Scheinwerfern in der Tunnelöffnung. Sie standen auf dem anderen Gleis. Friedrich drehte sich intuitiv noch einmal um – und sah auf der Tunnelwand erneut einen Lichtschein, der aus der anderen Richtung kam.

„Oh Gott", brachte er nur heraus und schlug Zerrer mit einem Arm auf die Brust, um ihn zu warnen. Das Fauchen und Pfeifen aus der anderen Richtung steigerte sich, der Zug jagte heran, dann ein seelenzerreißender Pfiff, als sie der Lokführer sah, der Zug war schon da, sie hatten ihre Köpfe in die Gegenrichtung gedreht, in der die drei Scheinwerfer die Kurve schon hinter sich hatten und schnell größer wurden inmitten infernalischen Lärms. Sie sprangen zugleich. Sie sprangen im letzten Augenblick – und ins Leere. Einen Wimpernschlag nachdem der letzte Waggon des anderen Zuges vorbei war.

Wieder lagen sie auf ihrem alten Gleis. Der Zug auf dem Gegengleis war vorbei. Stille. Zerrer sagte:

„Ich glaube, meine Blase hat sich entleert."

„Meine auch. Ist ein gutes Zeichen, dann funktioniert das vegetative Nervensystem", Friedrich stand auf. „Zerrer, das war jetzt ein Wink Gottes. Wir sollen nicht sterben."

„Hm", Zerrer erhob sich und zog mit zwei spitzen Fingern seine nasse Hose am Oberschenkel von der Haut.

„Kommen Sie; das ist doch lebensgefährlich hier", und er reichte dem anderen seine Hand.

*

Wenige Minuten später sahen sie sich mit schmalen Augen in der Dämmerung um. Sie standen auf einem Waldweg neben den Gleisen. Auf der anderen Seite begann die Stadt.

„Wissen Sie was, Zerrer? Ich finde, wir sind die falschen Opfer."

„Wie meinen Sie das?"

„Ich finde, wir haben etwas Besseres verdient als einen Regionalexpress. Und ich finde, dass eigentlich ganz jemand anderes zur Verantwortung gezogen gehört."

„Nämlich?"

„Diese Journalisten-Fotze. Böhnke, Isabell Böhnke. Die bräuchte mal eine Rückmeldung."

„Hm."

„Ich habe da auch eine gewisse Idee. Auge um Auge, Zahn um Zahn. Und Arsch um Arsch."

„Bitte?"

„Kommen Sie Zerrer, wir fahren jetzt zu mir, duschen, Sie bekommen von mir eine neue Hose und einen anständigen Whisky, und dann sehen wir weiter.

„Na ja. Solange ich nicht nach Hause muss ... warum nicht. Ich habe ja nichts mehr vor. – Aber: Wenn meine Frau den Abschiedsbrief findet ..."

Es vibrierte.

„Jesusmaria", Zerrer starrte auf sein Telefon, „das ist sie schon."

„Dann klicken Sie sie halt weg."

„Aber sie wird die Polizei anrufen. Wenn die mich dann mit einem Großeinsatz suchen, wissen Sie, das kostet ein Vermögen, und das können die alles nach dem Landesverwaltungsvollstreckungsgesetz ..."

„Zerrer, dann schreiben Sie der Lady jetzt 'ne SMS: Mir geht's gut, hab's mir anders überlegt, komme demnächst heim, Bussi."

Zerrer beendete das Vibrieren mit einem Tastendruck. Dann begann er, auf dem Display zu tippen, und folgte langsamen Schrittes dem Chefarzt, der schon zu seinem schwarzen Geländewagen ging.

Fresenius klopfte den Rhythmus mit der flachen Hand auf das Lenkrad, riss ebenfalls rhythmisch den Kopf von links nach rechts, mit geschlossenen Augen, und weil er den Text nicht konnte, sang er die Melodie mit den Worten „ba, ba, ba“. In dem kleinen Roadster hatte die vorzügliche Musikanlage keine Probleme, für raumfüllenden Klang zu sorgen. Es war ein Bigbandsound breit wie ein Straßenkreuzer mit Bläsersätzen wie die Chromorgien des Kühlergrills. Und Michael Bublé sang: „I’ve got the world on string, I’m sittin’ on a rainbow … “

Hinter ihm hupte es, er machte die Augen auf, es war grün, er gab Gas, blickte in den Rückspiegel, hob entschuldigend die Hand und rief „danke!“. Des weiteren sang er „ba, ba, ba“ und dann, die Textstelle kannte er, nach einer kurzen, effektvollen Pause: „… I’m in love!“ Sie hatte ihre Schwimmsachen in seinem Auto vergessen. Oder, dachte er mit überschwappender Freude, etwas objektiver und präziser gesagt: Sie hatte sie in seinem Auto liegen gelassen. Er hatte sie im Büro angerufen und angeboten, ihr das Zeug nach der Arbeit vorbeizubringen. Gestern war es bei ihr nicht gegangen, weil sie sich in irgendeiner Bar in der Stadt ein Fußballspiel ansehen wollte. Aber heute, hatte sie gesagt, habe sie Zeit. Allerdings nicht viel, weil ein neuer Artikel zum Studentenleben in der Stadt dringend fertig werden müsse.

Ihr Artikel zum Impfskandal war heute erschienen. Im Klinikum hatten sie ihn mit Fragen durchbohrt, zum Teil geschnitten, in einem Fall beleidigt. Nichts davon konnte ihm etwas anhaben. Er war erleichtert, dass die Heimlichtuerei vorbei war. Von einer Last befreit und beflügelt von neuem, freudig pulsierendem Lebensgefühl, so fühlte er sich. Es war eine innere Großveranstaltung, und auf der Bühne – sie. Er sang mit „… got that string around my finger“, setzte den Blinker und ließ den Wagen auf die Spur für Rechtsabbieger gleiten.

*

Zerrer saß auf dem Beifahrersitz. Der Motor lief, ein feines Säuseln, aber Friedrich war noch nicht da, das heißt nicht mehr da, weil er mit den Worten „Mist, die Masken“ noch einmal zurück ins Haus gelaufen war. Zerrer betrachtete die Straße von seiner hohen Warte aus wie ein Rentner, der sein Fenster öffnet, eine Decke auf den Fensterrahmen legt, dort die verschränkten Arme aufstützt und erstaunlich bedürfnisarm zusieht, wie Autos durch den Bildausschnitt fahren und Fußgänger vorbeigehen.

Da vorn kam zum Beispiel ein widerlich verlumpter, wahrscheinlich intensiv stinkender Autonomer oder wie sich das Pack nannte, rauchte und trug in der anderen Hand ein Musikgerät, aus dem aggressiv-primitiver Rockkrach schepperte. Die menschliche Stimme, die zu dem Krach gehörte, schrie unter äußerstem Missbrauch der Stimmbänder die Wut eines gescheiterten Lebens heraus. Der Kerl schlurfte heran, blieb stehen. Blickte Zerrer von unten an aus einem Gesicht mit Bartstoppeln, Pickeln, verschatteten Augen und zahlreichen Metallapplikationen an Nase, Mund und über den Augen. Dann tappte dieses verkrachte Etwas vorne um den hohen, glänzend schwarzen Wagen herum. Zerrer sah von ihm nur noch Kopf und Oberkörper. Schließlich kam der andere an die Fahrertür und öffnete sie, nachdem er seine Zigarette weggeschnippt hatte. Er blies den Rauch des letzten Zuges in den Wagen, drückte einen Knopf an seinem Musikmonstrum, und der Krach war aus. Dann sagte er:

„Tach, Meister.“

Zerrer war mit den Umgangsformen für solche Fälle nicht vertraut. Er versuchte es mit:

„Sie wünschen?“

„Alter, wieso läuft’n der scheiß Motor von der Bonzenschleuder?“

„Er, er – läuft warm. Das geht Sie nichts an“, und diese letzten Worte bereute Zerrer praktisch schon während er sie sprach, weil er überzeugt war, dass er kein Interesse daran haben konnte, diesen Sohn des Prekariats zu provozieren.

Der Kerl ließ sich aber gar nicht provozieren, sondern sagte weiterhin unaufgeregt:

„Logo geht's mich an, ich wohn' schließlich auch auf diesem Planeten."

Und dann stellte er seine tragbare Stereoanlage auf den Fahrersitz, griff mit Links ins Lenkrad, stieg auf die Türschwelle, schwang sich in den Innenraum, zog mit Rechts das ab, was bei modernen Fahrzeugen der Zündschlüssel war, und stand auch schon wieder draußen. Zerrer hatte währenddessen „hey, hey, hey!" gerufen. Jetzt befahl er laut:

„Geben Sie den Schlüssel her!"

Der Autonome tat dergleichen nicht, sondern nahm sein Musikgerät, ging einige Schritte vor dem Wagen zum Bordstein, hielt das schwarze, teilverchromte Schlüsselgerät für Zerrer sichtbar hoch – und ließ es in einen Gully fallen. Er stellte fest:

„Treffer!"

Dann startete er wieder seine Krachmaschine, ging an Zerrers Seite am Wagen vorbei, lässig grüßend, indem er die Hand zur Stirn führte, und trottete seines Weges.

Zehn Sekunden später kam Friedrich mit einer Tüte zum Wagen, stieg ein, stopfte die Tüte in die Sporttasche, die sie schon dabeihatten, und bat um den Schlüssel. Zerrer berichtete das Vorkommnis mit dem Autonomen. Der wurde dabei allerdings zu zwei Autonomen, die ihn von beiden Seiten völlig überrascht hatten und denen er gleichwohl mit entschiedenem Widerstand begegnet war, indes vergebens.

„Dafür sehen Sie aber noch ganz gut aus", sagte Friedrich; „Scheißdreck, ich habe den Zweitschlüssel beim Umzug irgendwo versteckt und vergessen wo. Mist. Also nehmen wir ein Taxi."

„Ein Taxi?"

„Wir müssen uns ja nicht unmittelbar vor die Tür fahren lassen", und schon hatte Friedrich sein Mobiltelefon in der Hand.

*

Sie stiegen beide hinten ein, und Friedrich nannte dem Fahrer ihr Ziel – das etwa dreihundert Meter vom eigentlichen

Ziel entfernt lag. Die Antwort des Fahrers beschränkte sich darauf, dass er losfuhr. Allerdings sagte er kurz darauf nach einem Blick in den Rückspiegel:

„N'Abend Professor Zerrer."

Zerrer versuchte ebenfalls über den Rückspiegel zu ergründen, ob er den Fahrer kannte, musste aber passen.

„Guten Abend. Kennen wir uns?"

„Ja. Aus der mündlichen Prüfung."

Zerrer hatte bei dieser Antwort kein gutes Gefühl und erwiderte nur:

„Ah ja."

„Antonio Larrazin ist mein Name", kam es von vorn. „Sie haben mich vor zwei Jahren im mündlichen Staatsexamen geprüft."

„Ah so."

„Ja. Hab ich leider knapp nicht bestanden. War mein zweiter Versuch; *game over* sozusagen."

Zerrer räusperte sich:

„Ja, die Anforderungen sind verdammt hoch. Und 'n bisschen Glück braucht man auch."

Er hoffte inständig auf ein Ende des Gesprächs.

„Ein Punkt mehr im Öffentlichen Recht hätte mir gereicht."

Zerrer beschloss, diesem Thema nur noch eine letzte Antwort zu widmen:

„Das ist natürlich wirklich ärgerlich. Aber glauben Sie mir, wir geben die Einzelnoten nach bestem Wissen und Gewissen ohne jede Rücksicht auf das Gesamtergebnis. – Was sagt eigentlich der Wetterbericht?"

„Der Frühling setzt sich durch, Sonne und bis zu zwanzig Grad", Antonio tat so, als hätten sie nie über anderes als das Wetter gesprochen. Er sagte allerdings noch:

„Ich muss Sie bitten, sich anzuschnallen."

Friedrich schaltete sich ein:

„Das lassen Sie mal unsere Sorge sein, junger Mann."

Und Antonio ließ es tatsächlich ihre Sorge sein.

*

Fresenius sang lauthals und grotesk falsch die Wortfolge „it's you, it's you" aus einem Song mit dem Titel „Everything", schaltete die elektronische Stabilitätshilfe ab, die ein Schleudern und Ausbrechen des Wagens verhinderte, und genehmigte sich in der nächsten Kurve, die er gut kannte, einen kurzen Drift mit dem Heck über einen leeren Parkstreifen. Dann beschleunigte er, weil die nächste Ampel auf Gelb sprang. Das Taxi vor ihm tat das Gleiche. Sie mussten auf die Tube drücken, weil es knapp wurde. Zehn Meter bevor sie dort waren, sprang die Ampel auf Rot. Fast zeitgleich sprangen auch die Bremsleuchten des Taxis auf Rot. Er konnte sie bestens erkennen, weil sie so nah waren. Sofort trat er mit exzellenter Reaktionsgeschwindigkeit sein Bremspedal bis zum Anschlag durch, aber das konnte den Aufprall nur geringfügig verzögern. Dann hörte er einen lauten Knall und sah erst weiß, dann schwarz.

Antonio hatte sofort nach dem Tritt aufs Pedal einen Schlag in den Rücken gespürt, als Zerrer nach vorne in den Fahrersitz geflogen war, und danach zusammen mit einem dumpf-hohlen Krachen und Splittern einen Beschleunigungsschub nach vorn gespürt, der seinen Kopf gegen die Kopfstütze schlug und seinen Körper in den Sitz presste. Jetzt stand sein Taxi auf einer Kreuzung. Er war benommen. Hinter sich hörte er ein diffuses Stöhnen und Wimmern. Er schaltete den Warnblinker ein.

*

Die beiden Polizisten waren sachlich und professionell. Der jüngere, der weniger Sterne auf den Schulterklappen hatte, näherte sich Antonio mit einem Notizblock, während der ältere die Fahrzeuge umrundete und nach den Insassen sah. Zerrer hatte sich auf den Bordstein gehockt. Seinem Mund entwich die Klage „ohoho", während er sich mit beiden Händen den Kopf hielt. Friedrich saß noch im Taxi, hatte den Kopf mit überstrecktem Nacken auf die Rücklehne gelegt und drückte sich ein Taschentuch auf die stark blutende Nase.

Paul Fresenius arbeitete sich hinter seinem Airbag hervor und öffnete die Fahrertür, während Michael Bublé in weiterhin exquisiter Klangqualität „That's life" sang; „that's what all the people say; ridin' high in April, you're shot down in May ...". Der ältere Polizist fragte „alles in Ordnung?", und er antwortete mit „ja, ja, geht schon". Der jüngere Polizist stand vor Antonio und machte mit einem Klicken seinen Kugelschreiber einsatzklar:

„Als Sie das Bremsmanöver einleiteten – was zeigte zu diesem Zeitpunkt die Wechsellichtzeichenanlage an?"

„Was?"

„Die Ampel", sagte der ältere Polizist, der zurückgekommen war. „Klimpel, seien Sie doch so gut und markieren Sie die Fahrzeugpositionen und machen Sie Fotos von der Unfallstelle."

Der Polizist, der Klimpel hieß, fühlte sich etwas unfair behandelt und räumte das Feld nur unter innerem Protest. Er sicherte seinen Kugelschreiber mit einem erneuten Klicken und bemerkte noch mit einem Blick auf die Straße:

„Kaum Bremsspuren; haben beide ABS."

„Das heißt ABV, Klimpel: automatischer Blockierverhinderer, Paragraf 41b StVZO. Lernen Sie das denn nie."

Und zu Antonio nach einem erneuten Blick auf dessen Fahrgäste:

„Wo wollten Sie eigentlich hin?"

Fresenius näherte sich und blieb stehen, als er Zerrer auf dem Bordstein hocken sah. Der Professor bemerkte ihn nicht, da er sich ganz den eigenen Beschwerden widmete. Fresenius rieb sich die Stirn und ging zwei weitere Schritte auf Antonio zu, blieb aber erneut stehen, als er Friedrich auf der Rückbank erblickte. Und dann stellte er Antonio die gleiche Frage, die schon der ältere Polizist gestellt hatte. Da drehte Friedrich den Kopf und intervenierte:

„Das tut doch überhaupt nichts zur Sache! Das ist unsere Privatangelegenheit. Sagen Sie lieber mal, warum Sie offenbar ohne Sicherheitsabstand aufgefahren sind!"

Antonio nannte gleichwohl das offizielle Fahrtziel: jene Endhaltestelle der Straßenbahn, von der aus vor rund fünf

Monaten die Erstsemesterwanderung der Juristen losgegangen war. Er fügte hinzu:

„Ich weiß aber nicht, wo sie im Ergebnis hinwollten."

„Ich habe da eine ungute Vermutung", meinte Fresenius.

„Dass Sie eine blühende Fantasie haben, ist bereits hinlänglich dokumentiert", krähte es aus dem Taxi. Und vom Bordstein kam ein entgeistertes „Fre – se – ni – us!".

„Ich hatte bei der Sache auch kein gutes Gefühl. Ich denke, sie wollten jemanden treffen; nach dem, was sie so gesprochen haben", Antonio hatte einen Arm auf der geöffneten Fahrertür und die andere Hand in der Hosentasche.

„Sie haben über die Gespräche Ihrer Fahrgäste gefälligst die Klappe zu halten!", Friedrich rutschte jetzt zur geöffneten Wagentür, weiterhin mit dem Taschentuch auf der Nase.

Zugleich näherte sich Fresenius der Tür, und bevor Friedrich reagieren konnte, hatte er mit einem sportlichen Griff die Tasche gepackt, die hinter dem Fahrersitz im Fußraum stand.

„Halt!", empörte sich Friedrich, „Herr Polizist, Raub, Diebstahl!"

Der Polizist, der Klimpel hieß, sprang herbei und nestelte an seinem Pistolenholster, während ihm vom anderen Handgelenk eine Kamera baumelte. Der ältere Polizist rief „schon gut, Klimpel!" und sagte zu Fresenius:

„Geben Sie mal her."

Er nahm die Tasche und zog den Reißverschluss auf, untermalt von Friedrichs Protest:

„Sie haben keinen Durchsuchungsbefehl!"

„Brauch ich auch nicht", meinte der ältere Polizist gelassen. Fresenius und der Polizist, der auf den Namen Klimpel hörte, schauten ihm über die Schulter. Er kramte herum und sagte:

„Klebeband, Gummihandschuhe, 'n Edding, Handtuch, verschraubtes Glas mit klarer Flüssigkeit. Und 'ne Tüte mit … zwei Faschingsmasken. Einmal – ja, das ist ein Affe, Gorilla würd' ich sagen …"

„King Kong!", meinte der Polizist, der Klimpel gerufen wurde.

„Ah – okay. Und das hier – hm. Sieht aus wie Heino ohne Brille."

„Dieter Bohlen", sagte Antonio.

„Der Typ von Modern Talking? Aber der hat doch längere Haare."

„Äh … ja, hatte längere Haare; ist aber schon was her. Jetzt sieht er so aus. Ungefähr."

„Wirklich? Dann ist das andere vielleicht dieser Nora-Typ, wie hieß er noch …"

„Thomas Anders. Ne, das andere soll schon King Kong sein; da hat der Herr Klimpel recht."

Der Polizist, der Klimpel hieß, wuchs einen halben Zentimeter, drückte die Brust heraus und hob das Kinn.

„Schön", der ältere Polizist nahm das Glas aus der Tasche, stellte die Tasche neben sich auf der Straße ab, hielt das Glas hoch und fragte Friedrich:

„Was ist denn das?"

„Terpentinersatz. Sind noch Sachen von 'ner Wohnungsrenovierung."

„Auch die Masken?"

„Damit man beim Streichen keine Farbe ins Gesicht bekommt."

Der ältere Polizist reichte das Glas seinem Kollegen mit den Worten:

„Machen Sie mal auf, Klimpel."

Der Polizist namens Klimpel nahm das Glas entgegen, besah es sich und schraubte den Deckel ab. Dann hielt er sich das Glas unter die Nase, und während sein Vorgesetzter noch sagte „so doch nicht!", taumelte er bereits einen Schritt zurück, Fresenius fing ihn auf. Er packte auch das Glas, aus dem es gleichwohl herausschwappte – Friedrich ins Gesicht, der mit den Beinen nach draußen noch immer auf der Rückbank des Taxis saß. Er kippte wortlos nach hinten weg. Der Polizist, der Klimpel hieß, machte „uuuh" und fasste sich an den Kopf. Mit der anderen Hand hielt er sich am Taxi fest.

„Riecht nach Chloroform", Fresenius hatte den Deckel aufgehoben und schraubte ihn wieder vorsichtig aufs Glas.

„Das wusstichnich! Das wusstichnich!“, Zerrer war näher gekommen und schüttelte verneinend die Hand.

„Sie bleiben bitte mal da, Herr Professor“, der ältere Polizist warf einen Blick in das Taxi, in dem Friedrich bewusstlos auf der Rückbank lag. „Also nach meiner bescheidenen kriminalistischen Erfahrung sieht der Inhalt dieser Tasche sehr nach den Utensilien für einen Überfall aus.“

„Aber – aber nein! Herr Wachtmeister – ich bitte Sie!“

„Worum?“

„Das ist doch nicht Ihr Ernst. Außerdem – ich wusste das doch nicht!“

„Was?“

„Na, was der alles eingepackt hat.“

„Wollten Sie nicht auch renovieren?“, man merkte dem älteren Polizisten an, dass er die Frage selbst nur bedingt ernst nahm.

„Herr Oberwachtmeister! Sie wollen doch nicht sagen, dass ich in einem Taxi zu einem Überfall gefahren sei; das ist doch absurd.“

„Passt aber zu dem, was Sie beide gesprochen haben, wenn ich's noch einmal bedenke“, schaltete sich Antonio ein, „die Frage mit dem Klingeln und …“

„Dann wären Sie ja Gehilfe!“, rief Zerrer.

„Halt“, sagte Antonio, „das ist umstritten. Bei sogenannten neutralen oder berufsadäquaten Handlungen zum Beispiel eines Taxifahrers verneint der BGH die Strafbarkeit, wenn …“

„Verzeihung“, fuhr ihm der ältere Polizist dazwischen, „ich bin zwar kein Jurist; aber solange ein Überfall nicht durchgeführt wird, kann man wohl auch kein Gehilfe sein.“

„Sehr richtig“, lobte Zerrer, „die Tat wäre ja noch nicht einmal ins Versuchsstadium gelangt. Was natürlich auch für die angeblichen Täter gilt. Alles noch straflose Vorbereitung. Darf ich die Tasche zurückhaben?“

„Ne. Die ist hiermit beschlagnahmt. Und Sie und Herr Professor Friedrich sind vorläufig festgenommen.“

Zerrer äußerte recht unkoordiniert:

„Hä? Was? Spinnst du?“

„Herr Professor, bitte Vorsicht in der Wortwahl. Sonst kommt noch eine Beleidigung dazu. Ich nehme Sie nach Paragraf einhundertsiebenundzwanzig Absatz zwei StPO fest wegen des dringenden Verdachts einer Verbrechensverabredung."

„Ist Paragraf dreißig StGB, Herr Professor", flocht Antonio ein.

„Haftgrund ist Verdunkelungsgefahr", sagte der Polizist, „insbesondere bei ungehindertem Kontakt mit dem Mitbeschuldigten Friedrich."

„... dem Mitbeschuldigten Friedrich", Zerrer hatte auf Echo umgeschaltet und wirkte entrückt. Da vibrierte es in seiner Hose. Geistesabwesend zog er sein Mobiltelefon aus der Tasche, betrachtete das Display und sagte:

„Ja; Haft wäre eine Lösung." Und zum älteren Polizisten: „Könnte ich auch so etwas wie eine Besuchssperre bekommen? Vorläufig?"

Die Luft im Hörsaal vibrierte in kleinsten Schwingungen, erzeugt von den Pulsschlägen der Studenten, die ihn füllten. Das Blut klopfte gegen die Wände ihrer Adern, von dort übertrug sich das Klopfen auf die Haut und deren Härchen, von dort auf die Moleküle der Luft und ließ jedes einzelne Atom dieser Innenatmosphäre in Bewegung sein, vom Linoleum des Bodens bis unter die Decke, wo hinter milchigem Plastik die Neonröhren surrten. In den Sitzreihen stand und saß man und redete aufgekratzt bis haltlos oder schwieg und harrte aus – je nach dem, was sich jemand von dem Ereignis erwartete, das bevorstand. Dies war die Rückgabe der Ferienhausarbeit im Öffentlichen Recht; jener Hausarbeit, die über den Kreis der unmittelbar betroffenen Studenten hinaus einige und einiges erregt hatte: Aufsehen, die Gemüter, sexuelle Fantasien, den Dekan und manchen Kollegen des Professors Hauptmann, der die Aufgabenstellung zu verantworten hatte. Auch wenn alle wussten, dass die Idee von Hauptmanns Assistent Grünthal stammte und ausgeführt worden war. Es war der Tag eins der Vorlesungszeit im neuen Sommersemester.

Thomas stand noch im Gang und bewegte Kopf und Augen im Suchradar-Modus. Auch sein Ruhepuls war ein Unruhepuls. Er hatte jeden Tag der dreieinhalb Wochen Bearbeitungszeit und halbe Nächte mit dieser Hausarbeit verbracht, hatte den Sachverhalt so oft gelesen und jedes Wort umgedreht, bis er ihn auswendig wusste, und hatte Bücher, Aufsätze und Kommentierungen mit Höchstgeschwindigkeit in sich hineingelesen. Er war spätabends und frühmorgens durch die Gänge des Seminars gerannt auf der Suche nach Zeitschriftenbänden und Monografien, die von einigen Kommilitonen bewusst an falschen Stellplätzen versteckt wurden, um auch am Folgetag einen privilegierten Zugriff auf sie zu haben – ohne bei der Öffnung des Seminars um acht Uhr an dem Wettlauf teilnehmen zu müssen, den andere auf den Wegen zu wichtiger Literatur gegeneinander veranstalteten.

Thomas hatte Kopien gemacht, die drei Aktenordner füllten, er hatte sich nach zwei Wochen neue Textmarker kaufen müssen, weil die alten leer waren, er hatte mehrfach seinen Tacker nachgeladen, vor dessen Vampirbiss kaum eine Kopie sicher gewesen war, und schon in der ersten Woche waren ihm die kleinen gelben Klebezettel ausgegangen, die er als Lesezeichen, Notizzettel und Kaugummi-Entsorgungspapiere verwendete. Die Datei seiner Hausarbeit war täglich gewachsen. Zwar hatte er oft ganze Absätze gelöscht. Aber im Ergebnis hatte sich die Zeichenzahl bei jedem Abspeichern erhöht. Bereits nach der Hälfte der Frist hatte er die Umfangsbeschränkung überschritten, die der Bearbeitervermerk vorgab. Als er mehr als das Doppelte des Zulässigen geschrieben hatte, hörte er auf, die Zeichenzahl zu prüfen, und vertröstete sich auf eine finale Radikalkürzung. Zu der war es allerdings nie gekommen. Er hätte auch nicht gewusst, was zu kürzen gewesen wäre. Alles war wichtig, jede Herleitung, jedes Argument, jede Ansicht, mit der er sich beschäftigt hatte. Das würde der Professor sicher verstehen.

Patrick winkte mit beiden Armen. Thomas bestätigte das Standort-Signal mit einem Anheben des Kopfes und der Brauen und setzte sich in Marsch, wobei er bemüht war, die eigene Aufregung durch einen locker schlendernden Gang nach außen zu verbergen und nach innen zu unterdrücken. Er hatte keine Gesetzestexte und keinen Rucksack dabei, sondern nur eine dünne Aktenmappe. Die hatte er sich unter den Arm geklemmt, die Hände steckten in den Hosentaschen. Er sagte „'Schuldigung, sorry", als er sich durch die Sitzreihe zwängte, vorbei an Kommilitonen, die seinetwegen aufstehen mussten. Dabei knallten die hölzernen Sitzflächen in ihre senkrechte Ausgangsposition zurück, und die kleinen Klapppulte wurden mit einem Quietschen ebenfalls hochgestellt – so wie Wachen ihr Gewehr präsentieren, wenn ein Offizier an ihnen vorbeigeht.

Neben Patrick saßen Eva und Jonas.

„So, hallöchen“, sagte Thomas, und die anderen antworteten „na“ und „hi“ beziehungsweise „halli-hallo, bist aber spät dran, Tom“.

„Und: aufgeregt?“, fragte Thomas mit einem Grinsen.

„Ne“, sagte Patrick. Eva wiegte den Kopf, und Jonas sagte „na ja!“. Patrick berichtete:

„Es heißt, siebzig Prozent seien durchgefallen, und Hauptmann habe gesagt, er habe noch nie so schlechte Hausarbeiten gelesen.“

„Ach, so'n Quatsch“, Eva zog ihre Haare durch ein Haargummi und schüttelte den Kopf. „Ich hab' auch schon gehört, dass der Rektor die Hausarbeit annullieren lässt wegen des Sachverhalts und dass in Frankfurt demnächst ein Club aufmacht, in dem genau die Show läuft, um die es bei uns ging. Ist doch alles Bullshit.“

Da ging die Seitentür auf und James betrat den Hörsaal. Er trug einen dunkelbraunen Anzug mit zurückhaltender, erst auf den zweiten Blick erkennbarer karierter Musterung aus mittel- und rostbraunen Streifen. Zum Anzug genehmigte er sich Weste und Einstecktuch, und die Hosenbeine fielen ohne Umschlag auf Glattlederschuhe in der Farbe würdevoll gealterten Teakholzes. Ihre Ledersohlen und die mit Hartgummi verstärkten Absätze erzeugten einen Geräuschrhythmus von freundlicher Bestimmtheit, als James zum Pult des Dozenten schritt. In seinem Gefolge trugen zwei studentische Hilfskräfte des Lehrstuhls Hauptmann große Kartons, in denen sich wohl die Hausarbeiten des Publikums stapelten.

Sogleich standen alle auf und wanderten nach vorn zu den Hilfskräften und umlagerten sie in jener ambivalenten Spannung des Wissenwollens, wenn die Nachricht über Leben und Tod entscheidet. James tippte an das Mikrofon, das sich ihm vom Pult aus in der Art eines Schwanenhalses entgegenschwang: pock, pock, pock. Es wurde still.

„Jaaa“, sagte seine schöne Tenorstimme gedehnt, „ich bitte die geringfügige Verspätung von“ – ein Blick auf die Wanduhr – „zehn Minuten zu entschuldigen; ich bin am

Lehrstuhl noch", er lächelte, „aufgehalten worden." Pause. „Ich habe Ihre Hausarbeiten dabei."

Er betrachtete das Volk, das sich um ihn und die beiden Hilfskräfte geschart hatte und das ganz mehrheitlich, wie er wusste, jedes seiner Worte lediglich duldend ertrug als unumgängliche Marter vor der spannungslösenden Aushändigung der Arbeiten. Er strich flüchtig über seine flaschengrüne Seidenkrawatte, deren florales blaues Muster zum Blau des Hemdes passte, atmete einen Hauch von Resignation aus und sprach weiter mit hellen und milden Worten:

„Wir wollen wie folgt verfahren. Ich lasse Ihnen zunächst die Arbeiten austeilen, und zwar", er musste über einem Aufmurmeln und Füßescharren die Stimme heben, „und zwar für die Nachnamen von A bis K von der sympathischen Dame mit der blauen Weste" – die also Bezeichnete lächelte – „und für die Nachnamen von L bis Z von dem ebenso sympathischen Herrn mit den zerrissenen Jeans", wobei die Zielperson dieses Mal in sich ruhend ein gutmütiges Gesicht machte, das zu sagen schien: So ist er nun mal. „Wer dann gehen will", fuhr James fort, „mag dies tun. Den anderen teile ich erst die Notenstatistik mit und gehe dann Schritt für Schritt die Falllösung durch. In Stichworten finden Sie die Lösung ab sofort auch im Intranet der Universität auf den Seiten des Lehrstuhls unter ‚Aktuelles'."

Mit einem Nicken bedeutete er den Hilfskräften, die Arbeiten auszuteilen. Zugleich erhob sich erneut Gemurmel, und es kam Bewegung in die Wartenden, allerdings ziellose Bewegung. Man verlagerte das Gewicht auf das andere Bein, ging einen Schritt vor oder zur Seite und wieder zurück, ohne dass sich der Pulk insgesamt vom Fleck gerührt hätte. Die sympathische Dame mit der blauen Weste und der ebenso sympathische Herr mit den zerrissenen Jeans begannen, Nachnamen auszurufen, und entweder reckte sich ihnen sofort der Arm des Aufgerufenen aus der ersten Reihe entgegen, oder dieser Arm flog aus der Menge der Wartenden mit einem erregten „hier!" in die Luft, woraufhin man ihm seine Arbeit wortlos und zügig durchreichte.

In regelmäßigen Abständen ertönte sodann ein Juchzen oder ein Urschrei in Abhängigkeit davon, ob ein Weibchen oder ein Männchen ermittelt hatte, dass es die Hausarbeit bestanden und womöglich sogar eine gute Note erhalten hatte. Wem sein Ergebnis nicht passte, zumal wenn es unter den vier magischen Punkten lag, mit denen man bestand, der fixierte mit verschlossenem Mund die letzte Seite seiner Arbeit, auf der ein Schlusskommentar und die Note standen – wie ein Wanderer, der sich verlaufen hat, seine Karte betrachtet, ohne den eigenen Standort zu finden, und der nur weiß, dass er sein Ziel heute nicht mehr erreichen wird.

Einer der Juchzer kam nicht von einer Studentin, sondern von Jonas:

„Zwölf Punkte!", er hielt seine Arbeit wesentlich fester in den Händen, als es die Schwerkraft erforderte. „Mensch *zwölf Punkte,* das ist ja Wahnsinn, Wahnsinn!", und er löste sich aus dem Gemenge, benommen, versonnen, beglückt.

Patrick stand schon abseits, seine Arbeit zusammengerollt in der Rechten, im Gesicht ein Buddha-Lächeln. Als Jonas ihn sah, wiederholte er seine Punktzahl und die Einschätzung, dass es sich bei ihr um „Wahnsinn" handele. Er vergaß darüber auch, Patrick nach dessen Note zu fragen, so dass der von sich aus Meldung machte:

„Ja, Glückwunsch, mein Junge. Bei mir sind's immerhin zehn Punkte. Hätte ich auch nicht gedacht. Die Hälfte der Punkte geht auf Evas Konto."

Eva und er hatten zusammengearbeitet dergestalt, dass sie seine Fehler beseitigt und er ihre Erörterungen bewundert und übernommen hatte.

„Wo is'n die?", wollte Jonas wissen, „müsste ihre Arbeit doch schon haben."

Was zutraf, da die Namen in alphabetischer Reihung ausgerufen wurden. Doch Eva stand noch mit verschränkten Armen vor der sympathischen Dame mit der blauen Weste. Sie stand dort auch noch, als der letzte ihrer Kommilitonen mit einem Nachnamen zwischen A und K seine Arbeit in Empfang genommen und kurz darauf einen Urschrei ausgestoßen hatte. Neben ihr stand Thomas ebenfalls mit leeren Händen. James wandte sich Eva zu und sagte:

„Sie sind wohl Frau Flügel?"

Eva nickte. Und zu Thomas sagte der Assistent:

„Und Sie sind Herr Kröger; wir kennen uns ja aus der AG." Mit geöffneten Armen und Händen, die auf die Sitzreihen wiesen, sagte James daraufhin zu den beiden Königskindern: „Bitte, setzen Sie sich doch. Ich habe Ihre Arbeiten hier", er legte seine flache Hand aufs Pult, „und würde in der Besprechung gern Passagen daraus vorlesen. Sie bekommen die Arbeiten unmittelbar im Anschluss daran zurück. Und keine Sorge, ich möchte ausschließlich positive Beispiele zitieren."

Thomas und Eva sahen sich an. Ungewissheit, Vorfreude und Lampenfieber wurden sich nicht einig, welche dieser Empfindungen die Führung übernehmen solle. Evas Brauen hoben sich, Thomas zuckte mit den Schultern, beide lächelten unbeholfen und suchten sich dann ihren Weg zu Patrick und Jonas, die ihnen entgegengrinsten.

James ordnete einige Blätter und verlas dann die Notenstatistik. Niemand hatte ein „Sehr gut" bekommen, doch durften sich immerhin drei Bearbeiter über ein „Gut" freuen, neunzehn hatten ein „Vollbefriedigend", und diese zusammen zweiundzwanzig Arbeiten machten zehn Prozent des Gesamtkontingents aus. Etwa fünfundzwanzig Prozent hatten ein „Befriedigend", fünfunddreißig Prozent waren „ausreichend", und dreißig Prozent „mangelhaft" und damit durchgefallen. Nachdem James noch die durchschnittliche Punktzahl von sechs Komma eins Punkten verkündet hatte, sagte er nach einer Pause:

„Und damit zur Besprechung."

Einige Besucher hatten die Veranstaltung bereits mit ihren Arbeiten verlassen, aber das Gros des Publikums war geblieben und saß mit Aufmerksamkeit und Erwartung auf den Gesichtern in den starren und harten Sitzreihen. James rückte mit dem Zeigefinger seine Brille an ihrem Mittelsteg etwas nach oben und klärte mit einem Räuspern die helle Stimme.

„Die inhaltlich beeindruckendste Arbeit hat Herr Kröger geschrieben, und ich bräuchte sie Ihnen eigentlich nur vorzulesen."

Patrick hieb Thomas auf den Rücken, und Eva sagte „hey" und lachte ihn an. Er selbst traute der Sache nicht, denn es hatte doch niemand ein „Sehr gut" bekommen. Vor allem hatte James „eigentlich" gesagt.

„Indes", fuhr der Assistent fort, „säßen wir dann noch heute Abend hier. Denn diese Arbeit überschreitet den zulässigen Umfang um …", er blätterte, „um gut das Dreifache. Deshalb hat sie auch nicht die achtzehn Punkte bekommen können, die sie nach ihrem Inhalt verdient. Vielmehr kommt man unter Zugrundelegung des Abzugsschemas, das sich Professor Hauptmann und ich vorab überlegt hatten, von den achtzehn Punkten herunter auf …", er blätterte erneut, „ja, auf minus neunzehn Punkte."

Im Saal erhob sich ungläubige, teils heitere, teils mitleidende Unruhe. Thomas ließ das Kinn auf die Brust fallen und bereitete sich auf seinen ersten Ohnmachtsanfall vor, Patrick hielt seine Schulter fest, und Jonas rief: „Betrug!"

„Moment, Moment", ließ sich James beschwichtigend und wohlklingend vernehmen, „angesichts der Qualität und Breite der Erörterungen hat sich Professor Hauptmann entschlossen, und das ist selbstverständlich auch ganz in meinem Sinne, die Punktzahl im Gnadenwege auf zehn Punkte – vollbefriedigend – heraufzusetzen …"

Jonas jauchzte wie in der Achterbahn und klopfte mit der Faust ein wildes Stakkato auf sein schmales Schreibpult – eine Geste, die von den anderen Freunden aufgenommen wurde und sich durch die Reihen fortpflanzte, bis James erneut sprach:

„So sehr ich Sie verstehe und diese Entscheidung begrüße, so deutlich muss ich darauf aufmerksam machen, dass es sich um einen Ausnahmefall handelt, dessen Wiederholungswahrscheinlichkeit ich auf Null veranschlage. Halten Sie sich in künftigen Hausarbeiten und Seminararbeiten also lieber an die Begrenzung der Zeichenzahl." Mit Blick auf Thomas und etwas leiser ergänzte er: „Professor Hauptmann lässt Sie, Herr Kröger, außerdem fragen, ob Sie Interesse hätten, mit ihm einen kleinen Aufsatz zu diesem Fall zu schreiben. Das Nähere klären Sie am besten bilateral."

Man hörte „oho", und irgendwer pfiff durchdringend, bis James mäßigend die Hand hob und nach einem Rundblick über das Auditorium fortfuhr:

„Die inhaltlich zweitbeste und mit fünfzehn Punkten notenmäßig beste Arbeit hat Frau Flügel abgegeben. Meinen Glückwunsch", und er verneigte sich andeutungsweise in die Richtung, in der Eva ihren Platz gefunden hatte.

„Wuuuh", rief Eva, ballte ihre Hände zu Fäusten und ließ sie auf die Kante des Schreibpultes sausen, das sie hochgeklappt hatte. Patrick rieb ihr kurz und heftig über den Rücken, Jonas und Thomas klopften zusammen mit den anderen auf ihre kleinen Klapptische.

„Der Sachverhalt der Arbeit", fuhr James fort, „hat voraussehbar für Aufsehen gesorgt, und das war auch gewollt. Wir wollten Sie vor den Kopf stoßen und einen Extremfall lösen lassen. Es heißt zwar: ‚hard cases make bad law', aber das stimmt nur für die rechtspolitische Betrachtung und auch nur für bestimmte Konstellationen, etwa besonders bedrohliche – oder als bedrohlich empfundene – Formen des Terrorismus. Für die Dogmatik gilt eher umgekehrt, dass nur die Extremfälle zu systembildenden Unterscheidungen zwingen und sie veranschaulichen. Mit anderen Worten braucht man für die Normal- und Alltagsfälle keine Dogmatik; jedenfalls keine gute."

Er blickte kurz zur Uhr an der Wand und dann auf seine Zuhörer. Seine Hände ruhten links und rechts auf den Kanten des Rednerpultes.

„Sie hatten, wie die meisten von Ihnen gemerkt haben, im Kern die Frage zu beantworten, ob die Menschenwürde auch durch ein Verhalten angetastet, das heißt verletzt werden kann, mit dem der Betroffene formal einverstanden ist. Mit ‚formal' meine ich, dass der Betroffene unmissverständlich und im Vollbesitz seiner geistigen Kräfte zustimmt, ohne dazu mit Gewalt oder einer Drohung gezwungen zu werden und ohne dass man ihn über die Tragweite oder die Folgen des Vorgangs täuscht. Denn das war unser Fall: Eine etwaige Täuschung der betroffenen Männer über Aufenthalts- und Arbeitserlaubnisse in Deutschland hatte außer Betracht zu bleiben, weil sie nicht erwiesen war und weil sie zudem in keiner Weise die Umstände der einzelnen Auftritte betraf."

James ließ kurz seine Zungenspitze über die Unterlippe laufen, als ein unterdrücktes Reden und Flüstern einsetzte, und fuhr mit der Besprechung fort:

„Da Sie allerdings trotz alles allgemeinen Interesses, das unser Fall erregen mag, keinen Essay zu schreiben hatten, sondern ein Rechtsgutachten, durften Sie jene Kernfrage nicht unmittelbar und in der Art eines Deutschaufsatzes in Angriff nehmen, sondern hatten auf ihrem Weg dorthin einige aufbaumäßige Pirouetten abzutanzen. In deren Verlauf mussten Sie auf die eine oder andere rechtliche Vor- oder Rahmenfrage eingehen; angefangen bei der prozessualen Aufhängung des Falles bis hin zu den Gedankenschritten der Grundrechtsdogmatik, die Ihnen aus den Arbeitsgemeinschaften sattsam bekannt sein sollten, und zu den methodischen Regeln, nach denen man unterschiedliche Rechtsansichten einzelner Autoren darstellt. Gehen wir einmal ganz nüchtern von unserer Fallfrage aus …"

Und das tat James sodann, indem er Punkt für Punkt das Prüfungsschema durchging, das ein Student bei derartigen Falllösungen wie eine Checkliste abzuklappern hat. Dabei flocht er immer wieder Sätze und Satzfolgen aus den Arbeiten von Eva und Thomas ein, um zu zeigen, wie man einen Punkt bis zur Grenze des Zulässigen gerafft abhandeln konnte, das waren meist Zitate von Eva, und wie sie ausführlich und besonders problembesorgt darzustellen waren, und dabei handelte es sich in der Regel um Zeilen aus der Arbeit von Thomas. Nachdem er mit allem durch war, was man vor Erreichen des Hauptkriegsschauplatzes hatte abhaken müssen, legte James die Hände auf seinem Pult übereinander und ließ den Blick ein weiteres Mal über die Hörerschaft schweifen.

„Jaaa", sprach er huldvoll, „und damit zu unserer zentralen Frage. Wie Sie bemerkt haben dürften, ist sie heillos umstritten. Es gab daher für Sie im Ergebnis auch kein Richtig oder Falsch. Sie waren frei darin, sich für oder gegen unseren Geschäftsmann G zu entscheiden, also dafür oder dagegen, dass seine Veranstaltung die Menschenwürde der Betroffenen verletze. Es kam darauf an, die Ansichten, die es gibt, zutreffend darzustellen und sich mit ihren Argumenten methodengerecht auseinanderzusetzen.

Zum Beispiel haben wir erwartet, dass Sie jene Stimmen anführen, die zwischen einem Rand- und einem Kernbereich der Menschenwürde unterscheiden und die Einwilligung des Betroffenen im Randbereich für beachtlich halten, etwa bei einer Tortenschlacht in einer Fernsehshow, während die Einwilligung im Kernbereich unbeachtlich sein soll; ein solcher Fall sollen die sogenannten Flatrate-Bordelle sein. Erwartet haben wir dann aber auch, dass Sie die Schwäche dieser Unterscheidung von Rand- und Kernbereich deutlich machen. Sie besteht darin – ich zitiere aus der Arbeit von Herrn Kröger –, ‚dass der Begriff der Menschenwürde unteilbar ist, wenn es darum geht, ob sie verletzt wird. Die Menschenwürde mag einen Rand- und einen Kernbereich haben. Aber Artikel 1 sagt unmissverständlich, dass in diesem Fall auch der Randbereich unantastbar ist'. Das stimmt. In der Sache versucht die besagte Ansicht, schwächere Angriffe auf die Würde einer Person bei deren Einverständnis ganz aus dem Begriff der Menschenwürde herauszudefinieren. Aber das ist erstens etwas anderes als die Differenzierung zwischen Rand- und Kernbereich und zweitens nur praktikabel, wenn man einen Maßstab dafür hat, wo der Spaß aufhört; und der wird leider nicht mitgeliefert."

Er holte tief Luft, sah wieder zur Uhr und fuhr sich durchs Haar. „Aber wir wollen nicht unfair sein. Diesen Maßstab findet man nirgends, nicht im Grundgesetz, nicht in der Bibel, sondern man muss ihn sich näherungsweise selbst konstruieren. Und es kann nicht ausbleiben, dass die Konstruktionen einzelner Juristen unterschiedlich ausfallen. Sie hängen in unserem Fall stark davon ab, wie der Konstrukteur weltanschaulich geprägt ist. Und es ist ein verbreiteter Mangel vieler Äußerungen, übrigens nicht nur zur Menschenwürde, dass sie diese Prägung als solche leugnen und bemüht sind, sie von der eigenen Person gelöst als objektiv unverrückbare Prämissen in die Diskussionsgrundlage hineinzurationalisieren. In der rechtsphilosophischen Debatte ist dann gerne von ‚unhintergehbaren' Einsichten die Rede, die man bekanntlich dem großen Denker Sowieso verdanke. Und dann kommt etwas, worüber auch geistig Gesunde und Gebildete streiten könnten, ohne Unsinn zu reden.

Aber wieder zu unserem Fall und zur weltanschaulichen Prägung. Wer beispielsweise ein Weltbild hat, in dessen Zentrum das menschliche Individuum und dessen Autonomie stehen, der wird dazu neigen, unsere *Shooting boys* unter dem Aspekt der Menschenwürde für unbedenklich zu halten. Denn in einem solchen Weltbild muss die Würde des Einzelnen seiner eigenen, und zwar ausschließlich seiner eigenen Definitionshoheit unterworfen sein. Was bedeutet, dass jede freie Zustimmung des Betroffenen eine Verletzung seiner Menschenwürde ausschließt. Das haben einige von Ihnen auch tatsächlich so gesehen." Nach einem Hinaufschieben seiner Brille fügte er hinzu: „Keineswegs nur weibliche Bearbeiter." Dann richtete er seinen Oberkörper in eine besonders gerade Haltung und stand offenbar davor, entscheidende Sätze zu sprechen:

„Wer allerdings den Willen des Einzelnen nicht als den Höchstwert der Rechtsordnung betrachtet, muss in der Lage sein, die Menschenwürde auch unabhängig von diesem Willen zu bestimmen; die Menschenwürde und ihre Verletzung. Und es spricht der Unterschied zwischen Artikel 1 Absatz 1 und Artikel 2 Absatz 1 Grundgesetz dafür, dass der Wille des Einzelnen zwar ein hoher Verfassungswert ist, aber etwas anderes als die Menschenwürde, und dass er ihr nachgeordnet ist: Artikel 1 Absatz 1 garantiert die Menschenwürde, und erst Artikel 2 Absatz 1 die freie Entfaltung der Persönlichkeit, also das freie Spiel des individuellen Willens. Sieht man das so – wie es auch die beiden Arbeiten tun, die mir vorliegen –, dann taucht jene Frage nach dem Maßstab auf, der Angriffe auf die Würde einer Person selbst dann zu einer Verletzung der Menschenwürde macht, wenn diese Person einverstanden ist. Man kann sich diesem Maßstab wie gesagt nur beschreibend nähern. Er liegt nicht wie der Ur-Meter in Metall gegossen in Paris."

Als der Assistent sah, wie im Publikum Stirnfalten erschienen und sich fragende Blicke trafen, sprach er noch eine Fußnote:

„Früher war unser Längenmaß des Meters definiert als eine Teilstrecke des Erdumfangs, und es gab – und gibt ihn noch – einen Linealstab aus Platin, den sogenannten Ur-Meter, der diese Teilstrecke mit Händen greifbar festlegt. Das Ding befindet sich heute in Sèvres bei Paris. Später hat es weitere Stäbe dieser Art gegeben, auch in Deutschland. Seit 1983 ist der Meter als eine Strecke definiert, die das Licht im Vakuum in einer verdammt kurzen Zeit zurücklegt, fragen Sie mich bitte nicht nach den Details."

Er sammelte einen Moment seine Gedanken und kehrte wieder in seinen Haupttext zurück, dessen Schlussteil er wie folgt einleitete:

„Noch einmal zur Menschenwürde mit einigen abschließenden Bemerkungen. Für die beschreibende Annäherung, von der ich gesprochen habe, geht man am besten von Fällen aus, die man entweder für eine evidente Verletzung der Menschenwürde hält oder für evident unbedenklich. Besonders gut, Frau Flügel, hat mir in ihrer Arbeit gefallen, dass Sie dafür ein ganz aktuelles und regionales Beispiel gewählt haben, nämlich den Überfall auf die Chefchemikerin der Blauenberg AG beim diesjährigen Morgestraich. Davon haben Sie alle in der Zeitung gelesen. Genau so klar, wie dieser Überfall die Menschenwürde der Betroffenen verletzt hat, hätte er dies nicht getan, wenn sie mit der Behandlung einverstanden gewesen wäre; etwa im Rahmen eines sadomasochistischen Rollenspiels im eigenen Schlafzimmer oder in einem einschlägigen Club."

Im Auditorium stellte sich punktuell Erheiterung ein, von der sich James jedoch nicht ablenken ließ:

„Und mit einem Zweifelsfall hätte man es zu tun, wenn die Betroffene zwar einverstanden gewesen wäre, das ganze aber vor Publikum stattgefunden hätte – wie in unserem Sachverhalt. Und damit dürfte ein wesentlicher Teil unseres Maßstabes ermittelt sein, und zwar die Frage, ob ein potentiell würdeverletzendes Verhalten öffentlich stattfindet oder im stillen Kämmerlein. Das natürliche Anstandsgefühl der Menschen gewichtet es schwerer, wenn eine Demütigung vor aller Augen vollzogen wird. Ich gebe aber sofort zu, dass ich Ihnen nicht beinhart begründen und belegen kann, warum das so ist. Wahrscheinlich hat es damit zu tun, dass der Mensch seit jeher auf die Unterstützung durch seine Gemeinschaft angewiesen ist und dass es ihn daher ungleich härter trifft, wenn er mit dem Wissen aller in der Achtung aller sinkt."

„Was ist dann", rief jemand dazwischen, „mit Pornos? Kann man doch ganz legal kaufen, in Shops, im Netz. Ist doch auch öffentlich."

James ließ seine Brauen anerkennend nach oben wandern und die Stirn in Falten schieben, während er sein Kinn ebenfalls nach oben zog und dadurch zugleich den Mund spitzte:

„Ein überaus berechtigter Hinweis. In der Tat stellt unsere Rechtsordnung das Verbreiten von Videos und Filmen einer öffentlichen Darbietung des Gefilmten weithin gleich. Aber doch nicht zu einhundert Prozent. Pornofilme sind ein gutes Gegenbeispiel. Sie gewerbsmäßig an Erwachsene zu verkaufen, ist unter vergleichsweise geringen Voraussetzungen zulässig; mal abgesehen von sogenannten harten Pornos, die brutale Gewalt zeigen oder Kindesmissbrauch oder Sodomie und deren Verbreitung strafbar ist. Normale pornografische Filme kann aber im Prinzip jeder an Erwachsene verkaufen, wenn Jugendliche keinen Zutritt haben.

Eine Live-Vorführung von Geschlechtsverkehr hingegen ist grundsätzlich ausgeschlossen – wie Sie alle wissen, weil Sie jetzt den Paragrafen 33a der Gewerbeordnung kennen. Denn dort steht, dass ‚Schaustellungen von Personen' nicht genehmigt werden dürfen, wenn sie den guten Sitten zuwiderlaufen. Wie Sie ebenfalls wissen, gilt dies nur dann nicht, wenn die Vorführung überwiegend künstlerischen oder sportlichen Charakter hat. Und das ist bei einem Geschlechtsverkehr noch etwas schwieriger zu begründen als für unsere *Shooting boys.* An dem Paragrafen 33a Gewerbeordnung können Sie daher sehen, dass unsere Rechtsordnung gegenüber der Live-Show wesentlich größere Bedenken hat als gegenüber der filmischen Konserve. Und es spricht einiges dafür, dass sich darin eine Differenzierung spiegelt, die das durchschnittliche Anstands- und Würdeempfinden ganz grundsätzlich macht. Offenbar ist für dieses Empfinden der Film eine Öffentlichkeit geringeren Grades. Vielleicht weil bei seiner Herstellung, also im Augenblick des Geschehens, keine Öffentlichkeit anwesend ist."

Er richtete sich wieder besonders hoch auf. „Anders aber in unserem Sachverhalt, der ja ein Live-Geschehen beschreibt. Und zwar eines, in dem die Verdinglichung und sexuelle Erniedrigung der Betroffenen ein ziemlich abartiges Format erreicht, wenn Sie mir diese konservative Bemerkung erlauben. Man stelle sich einmal vor – und das hat Herr Kröger in seiner Arbeit anschaulich getan –, die Veranstaltung wäre mit Frauen als Masturbationsobjekten für Männer konzipiert worden. Der Nachweis des Orgasmus wäre zwar komplizierter geworden", er musste lachen, „das gebe ich zu. Aber erstens gibt es sogar Frauen, die beim Orgasmus eine klare Flüssigkeit ejakulieren; googlen Sie das ruhig mal. Zweitens könnte man vielleicht mit der Messung von Hirnströmen oder den bildgebenden Verfahren der Hirnforschung verlässliche Ergebnisse bekommen. Und drittens würde sich an der sittlichen wie rechtlichen Bewertung wohl kaum etwas ändern, wenn es allein auf die Äußerungen der Betroffenen ankäme. Und ein solches öffentliches Wettmasturbieren von Männern an Frauen dürfte schwerlich die Billigung der Behörden oder auch nur eines einzigen seriösen Juristen finden."

Er klappte auf seinem Pult die Mappe zu, in der er seine Notizen mitgebracht hatte, und richtete den Blick in den Hörsaal wie ein Ritter, der kurz nach einem Turniersieg an der Königsloge vorbeireitet und das Visier öffnet.

„Ich bin zwar kein Professor, aber gestatten Sie mir am Schluss vielleicht trotzdem einige bekennende Sätze." Als er auf den Gesichtern Fragezeichen sah, ließ er eine weitere Fußnote folgen: „Das Wort ‚Professor' kommt von dem lateinischen Verb ‚profiteri', und das heißt ‚öffentlich bekennen, erklären'." Dann hob er sachte seine anmutige und durchsichtig klare Stimme: „Der Mensch hat einen Achtungsanspruch auch vor sich selbst. Er kann nichts und niemandem erlauben, diesen Anspruch zu verletzen. Auch nicht dem eigenen Willen. Er hat nicht nur das Recht, sondern die Pflicht, andere daran zu hindern, dass sie die Würde aller verletzen, indem sie die eigene Person entwürdigen. Wer über ein Bein stolpert, das ihm jemand stellt, und in den Dreck stürzt, beschmutzt sich nicht; er wird beschmutzt. Er braucht Hilfe und ein aufmunterndes Wort. Wer von sich aus in den Dreck springt, braucht andere Hilfe und vielleicht einen Arzt. Wer ihn aber dazu bringt zu springen, braucht eine Ohrfeige. Meine Damen und Herren, die Würde des Menschen ist nicht nur unantastbar. Sie ist auch unverfügbar. Und das gilt selbst dann, wenn es um Menschen männlichen Geschlechts geht. Ich danke Ihnen fürs Zuhören und wünsche allen ein erfolgreiches zweites Semester und alles Gute für Ihr weiteres Studium!"

*

Sie schlenderten an dem flachen Fluss entlang. Hinter ihnen lagen das Institut und eine sechsstündige Kopierorgie. Prollius hatte sich noch nicht dazu durchgerungen, die Materialien zu seiner Vorlesung im Strafrecht ins Intranet zu stellen und ließ sie weiterhin in Papierform ausgeben. Und er hatte darauf bestanden, dass diese Kopien am ersten Tag der Vorlesungszeit vollständig vorlagen – obwohl seine Lehrveranstaltung erst in der kommenden Woche begann. Denn er hatte deren erste Stunde an den Kollegen Hauptmann abgetreten, damit der dort seine Ferienhausarbeit zurückgeben lassen konnte. So hatten Ashaia und Thomas nach dieser Rückgabe nicht mit den anderen in Cafés und Kneipen ziehen können, sondern waren zur Pflichterfüllung in die Institutsvilla eingerückt. Ashaia hatte ein „Befriedigend" zurückbekommen, und als genau dies schien sie ihre Note auch zu empfinden. Allerdings auf einem stark abgesenkten Erregungsniveau nicht allzu weit entfernt von schnörkelloser Indifferenz.

Jetzt gingen sie nebeneinander durch die Vorabendstimmung nach Hause. An der Brücke, der sie sich näherten, trennten sich ihre Wege. Thomas war ausgelaugt. Schon die Rückgabe der Hausarbeit hatte ihn innerlich beansprucht. Und dann die Stunden im Institut. Die Arbeit, das Kopieren war nicht der Rede wert und lediglich – und zum Glück – stumpfsinnig gewesen und ohne nennenswerte gedankliche Leistungen zu erledigen. Mitgenommen hatte ihn die fast ununterbrochene Nähe Ashaias. Alles in ihm lief auf Hochtouren, wenn er sie sah oder hörte. Und alles drängte zu ihr, die davon jedoch nichts wissen durfte. Er konnte es nicht wagen, trotz seiner Hoffnung, trotz der winzigen Spuren, die er in ihren Blicken erkannte, aber vielleicht nur erkennen wollte. Er konnte es nicht wagen, er wagte es nicht. Die Gefahr eines unbeholfenen, endgültigen Scheiterns war unerträglich.

Sie standen an der Brücke. Unterwegs hatten sie sich flüssig und belanglos unterhalten. Jetzt galt es, sich ebenso unverfänglich zu verabschieden. Thomas sah ihr Gesicht, dahinter einen Ausschnitt des Himmels – und davor die Gitterstäbe seiner Zelle. Er ging zu diesem Fenster und umfasste die senkrechten Stäbe mit beiden Händen. Er näherte sein Gesicht den Stäben und presste seinen Mund zwischen sie.

„Ich – ich …"

„Du – du – ja was denn?"

„Ich …"

„Thomas, pass mal auf: Ich mag dich auch. Aber das geht mir alles zu schnell. Ich bin noch nicht so weit."

„Noch nicht so weit", kam es ratlos über seine Lippen, gefolgt von „zu schnell …"

„War'n Scherz", sagte sie im Brustton der Vernunft, ging einen Schritt auf ihn zu, fasste seinen Kopf mit beiden Händen und applizierte einen Versuchskuss.

Er reagierte ausschließlich mit einem merkwürdigen, klangarmen Laut aus seinem Innern, der ihn selbst an das akustische Drohsignal von Zwergkaninchen erinnerte. Die Berührung ihrer Lippen hatte bei ihm erneut einige Schaltkreise lahmgelegt, und der Befehl, der in seinem Hirn tobte: Küss sie! Beiß sie sanft in die Lippen, berühre ihre Lippen mit deiner Zungenspitze, tu was! Dieser Befehl hatte keine Chance durchzukommen.

Sie ließ behutsam von ihm ab, und ihre Brauen deuteten ein Fragezeichen an.

„Irgendwie erinnert mich das jetzt an unsere Begegnung damals vor dem Schwarzen Brett."

„Ich ..."

„Ja, genau so."

„Du ..."

„Das ist immerhin schon eine Variation. Pass auf, ich probier's jetzt noch mal, und dann machst du einfach mit, okay?"

Seine Reaktion beschränkte sich darauf, dass sich seine Lippen voneinander lösten. Sie lächelte und näherte sich wieder langsam. Er bewegte seinen Kopf auf sie zu. Die Gitterstäbe wurden Luft. Bevor sich ihre Lippen berührten, schloss er die Augen.

Die Party

Sie standen in der Herde, die Einlass begehrte. Die Herde wurde von Absperrgittern aus dickem Metallrohr zu einer der Eingangstüren des Hörsaalgebäudes geführt. Hinter den Türen sollte die Semestereröffnungsparty der Juristen stattfinden. Man schrieb den Tag fünf der neuen Vorlesungszeit; ein Freitag.

Alles schwatzte und stand unter einer Vorspannung, erzeugt durch Jugend, Erwartung und Alkohol. Es flogen Sprüche herum, gekonnt bis gewollt, locker bis witzig. Man bewegte sich schrittweise, wenn überhaupt. Die Garderobe der Damen hatte eine Streubreite von Jeans, T-Shirts und Jacke bis hin zum kleinen Schwarzen, Nylonstrümpfen und halblangen Mänteln. Die meisten hatten ihrem Gesicht mit kosmetischen Erzeugnissen höhere Geltung verschafft und führten Handtaschen mit sich. Ihre Begleiter steckten in Kleidung, die deutlich innerhalb der Varianz des Gewöhnlichen lag. Die Sonne war schon hinter den Horizont gesunken und schickte von dort noch ein fahles Licht den westlichen Himmel hinauf, das von Minute zu Minute schwächer wurde wie die Lampen im Theater, kurz bevor sich der Vorhang hebt.

In der Herde schmiegten sich Eva und Patrick aneinander, dicht gefolgt von Thomas und Ashaia, die Händchen hielten. Neben ihnen sprach Jonas mit Sandy Meier, der Medizin-Studentin aus seiner WG. Sie hatte ihre Affäre mit dem Doktor Fresenius abgebrochen. Oder er hatte die Affäre abgebrochen oder beide zugleich, es war ja egal. Jonas war ihr, wenn sie darüber nachdachte, gar nicht unsympathisch, nein gar nicht, im Gegenteil. Er war zwar gewissermaßen die Mischung aus den Gegenteilen eines Rockers und eines Playboys, aber er war nicht dumm, gut anzuschauen, verlässlich, manchmal naiv, doch mit dem Herzen auf dem rechten Fleck und auf stille Art mit jungenhaftem Charme nicht einmal unmännlich. Vielleicht brauchte er nur eine Chance. Und vielleicht wäre es gar nicht so blöd, sie ihm zu geben.

Sie sagte „ach, Jonas“, als er anfing, ihr sein neues Schweizer Taschenmesser zu zeigen, das vierzehn Funktionen vereinigte einschließlich Zahnstocher und Nagelfeile. Sie hakte sich kameradschaftlich bei ihm ein und fragte:

„Tanzt du Discofox?“

*

Oft schwankte der Turm in dem Wind, der hier über die Stadt in die Hänge des Schwarzwalds wehen konnte. Denn der Turm war aus langen Baumstämmen in einer Konstruktion erbaut, die an Mikadostäbe erinnerte: an Mikadostäbe, die von zwei Fingern mittig umfasst und gebündelt wurden, und diese Konstruktion war gegenüber dem Wind ein gutes Stück weit die Klügere und gab nach. Doch heute Abend war es windstill, und der einzige, der mitunter vorsichtig schwankte, war Paul Fresenius. Er hatte zum Abendessen neben einem Aperitif und einem Digestif den halben Inhalt einer Flasche schweren, dunkelroten Weines aus Spanien zu sich genommen. Die andere Hälfte gluckerte im Magen von Isabell Böhnke. Sie stand mit derselben Blickrichtung – über die Stadt – vor ihm, hatte ihren Hinterkopf an seine Schulter gelegt und wurde von seinen Armen in dieser Position gehalten. Die Dunkelheit hatte den Himmel ganz überschwemmt, und aus ihrem Meer heraus glitzerten als winzige Punkte die Sterne. Von unten leuchtete die Stadt in die Himmelswölbung; rote und weiße Punkte bewegten sich lautlos in den Blutbahnen ihrer Straßen. Er hatte Schluckauf und zog sie fester an sich und hielt die Luft an. Sie kniff in seine Unterarme.

*

Über die Tanzfläche peitschten die Synthesizer-Klänge von *Tainted love.* Auf der Tanzfläche ließen sich die Körper peitschen, und rote Lichtblitze schossen in die dichte Menge der rhythmisierten Köpfe und Schultern. Die Köpfe und Schultern von Jonas, Patrick und Thomas waren dabei, ebenso die von Eva, Ashaia und Sandy Meier. Neben ihnen waren

Damian und der Fakultätsassistent Daniel Bauer in Bewegung, in ihrer Mitte zwei Mädchen, die das neue Semester in die Stadt verschlagen hatte, Studienanfängerinnen mit engen Jeans und großen Augen. Abseits der Tanzfläche standen an einer mobilen Bar Jens Drib und James. Beide hielten ein Tannenzäpfle in der Hand. Jens Drib erläuterte mit dem linken Zeigefinger den Fall, für den er morgen Mittag eine Revisionsbegründung verfasst haben musste, und James hatte die linke Hand in der Hosentasche und nickte. Einige Etagen über ihnen saß ihr Assistentenkollege Pantalon genannt Hirnigl an seinem Schreibtisch, schrieb an seiner Habilitationsschrift und ärgerte sich über den Lärm.

An der mobilen Bar vorbei schlenderte ein Student des nunmehr zweiten Semesters zur Tanzfläche. Die Hände hatte er mit den Daumen von oben an seinen breiten, äußerst benutzten Ledergürtel gehakt, der die ebenso benutzte Jeans auf ihrem Weg um die Hüfte begleitete. Allerdings auf einem Breitengrad deutlich unterhalb des Äquators, so dass sich die Gesäßtaschen auf einer Höhe irgendwo zwischen Hintern und Kniekehlen einpendelten. Er ging ein paar Schritte, hielt an; ließ die Pupillen im roten Blitzlicht wie eine Infrarotkamera das Bild der Tanzfläche abtasten – und ging weiter.

*

Der Mann, der Michael Niehenke hieß, stand hinter einem Fenster des Regierungspräsidiums und blickte auf den Trutzbau der juristischen Fakultät, aus dem heraus dumpfe Bassschläge in die Nacht drangen. Etwas Gerechtigkeit, immerhin. Der kriminelle Chefarzt, der Doktor Mabuse des Klinikumsbetriebes hinter Gittern. In der Schweiz wurde ebenfalls ermittelt, das wusste er aus der Zeitung: gegen die Lady, die er bereits selbst an die moralische Qualität ihres Tuns erinnert hatte, und gegen einige andere Mitglieder der Blauenberg-Geschäftsführung. Doch die Ungerechtigkeit und die Unfreiheit in dieser Stadt hatten damit kein Ende gefunden, längst noch nicht.

Er stand im Büro des Regierungspräsidenten. Einen Hausmeisterschlüssel für das Gebäude hatte er kraft seiner Tätigkeit als Mann von der Putztruppe. Sein Arbeitgeber bekam Aufträge vor allem von Großkunden, meist ging es um Bürogebäude. Er ließ seine Augen über die neuen, aber phantasielos repräsentierenden Tische und Sessel schweifen, über die hohen Regale und das Foto des Ministerpräsidenten. Vor dem Foto stand ein kleiner Flaggenmast. An ihm hing ein Wimpel in den Farben Badens.

Der Regierungspräsident führte die Rechtsaufsicht über die städtische Verwaltung, an deren Spitze der Oberbürgermeister stand. Wenn diese Verwaltung rechtswidrig handelte, hatte ihr der Regierungspräsident auf die Finger zu klopfen und die fragliche Handlung zu beanstanden. Die städtische Verwaltung war gerade dabei, rechtswidrig zu handeln. Sie hatte es einem Bürger untersagt, nackt durch die Stadt zu laufen und zu traben. Das verletzte die Freiheit dieses Mannes! Das Grundgesetz gewährte jedem das Recht „auf die freie Entfaltung seiner Persönlichkeit". Außerdem hatte Michael Niehenke darin gelesen: „Die Freiheit der Person ist unverletzlich". Und jetzt unterstanden sich diese totalitären Bürokraten, einem freien Bürger, einem badischen Mann zu verbieten, so, wie Gott ihn geschaffen hatte, durch seine Stadt zu laufen, befreit von allen beengenden Zivilisationstextilien, als purer Mensch, authentisch, mannhaft, nackt. Er würde auch in diesem Fall eingreifen müssen, es half nichts.

Er zog etwas Flaches aus seinem Rucksack und schritt zu dem Foto des Ministerpräsidenten. Das Flache war ebenfalls ein Foto, allerdings in einem preisgünstigen Glasrahmen. Mit der linken Hand nahm er den Ministerpräsidenten von der Wand, mit der rechten hängte er die Fotografie mit dem Glasrahmen auf. Sie zeigte in einer Großaufnahme die Bemalung einer griechischen Vase. Schwarz und rotbraun war die Bemalung, und sie zeigte mit scharfen Umrissen bis ins Detail zwei Athleten beim Wettlauf, beide nackt – mit Bärten und kleinen, spitzen Penissen. Unter dem Foto stand in Balkenlettern auf weißem Grund: „DIE FREIHEIT DER PERSON IST VERLETZLICH!".

*

Er hatte sie gesehen, beide. Sie waren nicht schwer zu entdecken, denn dieser Typ tanzte Discofox mit ihr, raumgreifend. Die anderen gaben den Raum auch frei; zum Teil mit dem schlechten Gewissen, sich selbst so ungekonnt und solitär zu bewegen, zum Teil mit Gesten des Sich-belästigt-Fühlens, hinter denen sich Neid versteckte. Sie hatte ihren Spaß, das sah er. Er dachte daran, wie er sie das letzte Mal durchgenagelt hatte. War schon eine Weile her. Aber noch in bester Erinnerung.

Sie hatte ihn abserviert. Gut, so etwas kam vor. Aber für diesen Typen? Der Kerl sah vielleicht nicht verkehrt aus und war nicht kleinwüchsig. Aber er war auch nicht athletisch gebaut, hatte sicher noch nie ein Fitnessstudio von innen gesehen, die Brust- und Oberarmmuskulatur war vernachlässigbar, und ein Sixpack konnte man praktisch ausschließen. Vor allem war der Typ uncool. Er hatte eine spießige Kurzhaarfrisur und trug wahrhaftig eine stinknormale Jeans, ein noch stinknormaleres Oberhemd, das wahrscheinlich aus einem Laden mit dem Schild „Herrenausstatter" stammte, und einen Blazer, den er für sich selbst frühestens nach seinem fünfzigsten Geburtstag in Betracht gezogen hätte. Das einzige, was fehlte, war ein Seidenschal. Und jetzt tanzte dieser gutbürgerliche *Nerd* mit Eva und zog und drehte sie, und sie vergnügte sich und hatte sich dafür von ihm getrennt. Dafür.

Und wie lange das mit den zwei Hübschen wohl schon so gegangen war? Offiziell beendet hatte sie ihre Zweisamkeit erst vor einer Woche, kurz nachdem er von einer Reise um die halbe Welt zurückgekommen war. Aber er wusste mittlerweile, dass sie mit dem Spießer schon zum Morgestraich gefahren war. Das Ding lief sicher seit Anfang des Jahres, wenn nicht noch länger. Das verdammte Flittchen. Dieses Bewusstsein war das Schlimmste: verarscht worden zu sein. Von der sympathischen, intelligenten, überall beliebten Super-Eva. Sie war von der eigenen Weiblichkeit verwöhnt und verdorben: alles verlachend, genießend, angstlos auf der Ideallinie unterwegs an den glückbesonnten Hängen ihres

Lebens, getragen und umschmeichelt von Begehrlichkeit, die sie nach Belieben weckte und nutzte, heruntertemperierte, wenn es brenzlig wurde, nährte, wo die Aufmerksamkeit nachließ, mit der sie spielte – wie mit ihm.

Als sie mit ihm in ihren scheißfreundlichen, neunmalklugen Worten Schluss gemacht hatte, war er noch an demselben Tag zu einem Kumpel gezogen. Den zweiten Teil der Angelegenheit würde er jetzt wiederum sehr kurz und cowboymäßig regeln. Er hoffte, dass sie dazwischenging. Dann könnte er ihr mit bester Berechtigung eine scheuern als bescheidene Quittung für ihr Schlampentum. Er hakte die Hände aus seinem Gürtel und holte Luft.

„Hi. Bei dir alles in Ordnung?"

Da schaute ihn aus nächster Nähe eine Lady an, ganz hübsch, Strähnchen, Gesicht irgendwie bekannt, wahrscheinlich aus seinem Semester. Sie beugte sich wieder zu ihm, weil's laut war, und sagte:

„Du siehst aus wie der Türsteher der Karma-Lounge, wenn er 'n schlechten Tag hat."

Der Türsteher der Karma-Lounge hatte die grimmigste Hackfresse, die er kannte. Das war bemerkenswert: Die Kleine hatte ihn erstens angesprochen und zweitens hatte sie ihn dabei verbal angerempelt, was er nicht gewohnt war; von Mädels gleich gar nicht. Er beugte sich zu ihr und sagte:

„Was willst *du* denn von mir?"

Er fand die Antwort lässig. Dass sie außerdem brutal war, wusste er. Denn die Kleine hatte zwar eine kesse Lippe riskiert, aber es war klar, dass sie sich dazu hatte überwinden müssen. Dass sie ihren Mut hatte zusammennehmen müssen, um ihn überhaupt anzusprechen, und erst recht um ihn frech anzusprechen. Ihre Überlegenheit, Gleichgültigkeit und die Bereitschaft zum Scharmützel waren dabei ein Schutzschild, hinter dem ein verletzlicher Kämpfer Blut und Wasser schwitzt bei der Anstrengung, die es ihn kostet, das Ding hochzuhalten und Schläge abzufangen. Seine Antwort war ein wuchtiger Hieb mit der Streitaxt, und er war ziemlich sicher, dass dieser Hieb den Schild spalten würde. Und

das Persönchen dahinter gleich mit. Indes sagte dieses Persönchen jetzt, indem es sich erneut zu ihm herüberbeugte:
„Sex mit dir; zu regulären Bedingungen."
Aha. Das war in der Tat etwas Neues. Damit hatte er zugegebenermaßen nicht gerechnet. Was bitte hatte die Lady gerade gesagt? Hatte sie allen Ernstes gesagt ...
„Sprichst du kein Deutsch oder hast du's akustisch nicht verstanden?", wurde er nunmehr gefragt, wieder dicht an seinem Ohr wegen des Musikkrachs. Er musterte sie und versuchte dadurch Zeit und durch einen geringschätzigen Blick Souveränität zu gewinnen. Sie sah allerdings verdammt passabel aus. Sie fragte:
„Brauchst du meine Maße?"
„Die sehe ich ja", erwiderte er und fasste langsam wieder Tritt. „Aber Baby, sei mir nicht böse, wenn ich das für 'ne Verarschung halte."
„Ist es auch", sagte sie. „Aber 'n Freund von mir hat die Nummer tatsächlich mal gebracht – mit Erfolg."
Er wusste nicht, ob es ihm gelang, seine Enttäuschung zu überspielen, als er sagte:
„Bei 'nem Mann oder bei 'ner Frau?"
Sie lächelte.
„Bei einer Frau. Der Typ sieht aber wirklich unverschämt gut aus."
Er nickte, und sein Gesicht machte Anstalten, sich zu entspannen.
„Ich glaube, die Methode wäre mir zu fantasielos."
„Und ich glaube, dass sie der Traum jedes Mannes wäre, wenn er mit ihr nur etwas höhere Erfolgschancen hätte. Und keine Hemmungen."
„Würdest du auf so eine Anmache einsteigen?"
„Kommt auf den Typen an."
Sie hatten eine Sekunde Blickkontakt im Ultrakurzwellenbereich. Dann sagte er, ohne genau zu wissen warum:
„Ich hol' mir jetzt einen Drink. Willst du auch was?"
„Wenn das 'ne Einladung ist: ja."
„Und was?"
„Ficken."

„Was?“

„So heißt hier ein Schnaps“, sie zeigte auf ein großes Transparent über der Bar.

Das traf zu.

„Oh – okay. Wird gemacht – also: kommt sofort.“

Sie sah ihm in die Augen und sagte nur noch mit den Lippen, weil er sie schon nicht mehr hören konnte:

„Lass dir Zeit.“

Heimweg

Die Schienen der Straßenbahn wiesen durch das Kopfsteinpflaster hindurch den Weg zu jenem Reiterstandbild, das in abstrakter Erstarrung den Straßenmittelpunkt der Stadt markierte und von dem aus die Nachtbusse fuhren. Allerdings brauchten die sechs keine Wegweiser – auch wenn sie allesamt einen sitzen hatten. Es war dieselbe Straße, auf der Thomas, Patrick und Jonas vor sieben Monaten zu der Psychologen-Party gelaufen waren. Zu den Nachtbussen mussten nur Jonas und Sandy, die gerade vor dem hellen Schaufenster eines Uhrengeschäfts Discofox-Figuren übten. Sandy sagte „gar nicht so schlecht" und „dein Gluteus maximus ist wirklich sexy!", wobei sie furchtbar lachen musste, während Jonas rot wurde.

„Hey", rief Thomas im Vorübergehen, „euer Bus fährt in fünf Minuten."

„Nie!", rief Sandy zurück, „der kommt immer erst viel später los", und sie ließ sich von Jonas in eine Drehung manövrieren, an deren Ende sie ihn fest im Polizeigriff hatte. Er sagte:

„Och, männo."

Thomas hatte Ashaia im Arm, die mit der freien Hand diesen Arm festhielt. Ein Stück vor ihnen gingen Eva und Patrick Hand in Hand. Sie ließen die Arme und die Hände, an denen sie sich hielten, vor- und zurückschwingen und zogen sich mal nach links und mal nach rechts und manchmal zueinander hin, um sich einen Kuss auf den Mund zu drücken. Patrick drehte sich um:

„So, Käpt'n Tom, das Evchen und ich biegen jetzt ab und gönnen uns ein Taxi. Mit dem Bus brauchen wir 'ne Stunde länger."

„'Ne halbe", sagte Eva in einem Ton, der die Gewöhnung daran hören ließ, Patrick zu korrigieren. „Mein Macker übertreibt schon wieder ungehemmt."

„Oh, Baby", meinte Patrick betont verführerisch, „dann haben wir ja daheim mehr Zeit, als ich dachte."

„Und da gleich noch einmal!“, rief Eva spitz und riss an seinem Arm.

„Okay“, Thomas und Ashaia hatten bei ihnen angehalten, „dann seid ihr entlassen; wir müssen geradeaus weiter.“

„Tom“, Patrick näherte sich der Schwelle zum Grölen, „du wohnst doch in der Mittelwiehre. Ist die ohne mein Wissen in den Stadtosten verlegt worden?“, und er prustete ein Lachen hinterher, dessen Atemalkoholkonzentration für eine vorläufige Entziehung der Fahrerlaubnis gereicht hätte.

„Du bist un – mög – lich!“, und Eva schubste ihren noch immer glucksenden Begleiter kräftig zur Seite. So kräftig, dass der einen stützenden Schritt nach links nötig hatte und – „patsch!“ mit einem Bein in dem Bächle stand, das am Straßenrand unschuldig seines Weges plätscherte.

„Oh, no!“, Patrick hob seinen triefenden Schuh ins Trockene.

„Jawohl“, sagte Eva und stützte ihre Arme in die Hüfte, „das ist eine angemessene Sanktion“.

„Wieso Sanktion?“, fragte Jonas, der zusammen mit seiner Tanzlehrerin aufgeschlossen hatte. „Du, Patrick, jetzt musst du übrigens eine Tochter dieser Stadt ehelichen.“

„Stimmt!“, Thomas erinnerte sich; Ashaia nickte und äußerte „mhm“. Eva schmunzelte und legte ihrem Gefährten zum Trost die Hand auf die Schulter, sagte dann aber:

„Habe ich dir eigentlich schon mal erzählt, wo ich geboren bin?“

„Ne – oder?“, Patrick schüttelte ungläubig seinen nassen Fuß, von dem die Tropfen flogen.

Eva lachte und hakte sich bei ihm ein. „Also ciao, ihr Süßen“, sagte sie zu den anderen. „Wir dackeln jetzt zum Taxi-Stand – falls mich jemand mit diesem alkoholisierten, bewegungsgestörten und tropfnassen Kerl mitnimmt. Seh’n wir uns spätestens am Montag bei Robespierre, Strafrecht AT.“

„Oh ja“, sagte Jonas, „geht Montag los. Strafrecht soll aber total langweilig sein.“

„Nicht bei meinem Chef“, Thomas blähte die Brust auf.

„Schon gar nicht“, sagte Ashaia, „wenn er Daniel Düsentrieb alias Jens Drib als Vertretung schickt, was er angeblich ziemlich ungeniert tut.“

„Na gut“, Patrick verzerrte das Gesicht, als er seinen nassen Fuß belastete, „wir sind dann mal weg. Kommt gut heim und fahrt vorsichtig“, sprach er in die Runde und nahm die untergehakte Eva mit, die entschuldigend den Kopf schüttelte und sich noch einmal vom Kollektiv verabschiedete.

Jonas hielt Thomas die flache Hand hin und sagte „also, Tom …“, und Thomas klatschte die Hand von oben ab und griff sie danach fest, rüttelte etwas an Jonas’ Arm und sagte – nichts, sondern grinste und gab Jonas noch zärtlich eins hinter die Löffel, was Jonas mit einem Grinsen quittierte. Die Damen verabschiedeten sich zivilisiert. Das Discofox-Pärchen tanzte zu einem der Busse, die an dem Reiterstandbild warteten, und das Klammeraffenpaar ging weiter an den Schienen entlang Richtung östliches Stadttor und Richtung Fluss.

*

Die hohen Bäume standen still. Das Wasser floss vorsichtig um die Steine im Flussbett herum, um niemanden zu wecken. Sie gingen auf der Straßenseite am Fluss, begleitet von den Gründerzeitfassaden der Häuser, die an der anderen Seite der Straße standen.

„Du“, sagte Ashaia, „ich glaube, ich werde nicht mehr mit euch studieren.“

„Hm“, machte Thomas, den das weniger erstaunte, als es ihn hätte erstaunen müssen.

„Scheint dich ja nicht besonders zu überraschen“, meinte sie, und er konnte hören, dass sie einerseits etwas enttäuscht und andererseits erleichtert war, von dem Überzeugungskampf entbunden zu sein, den sie erwartet hatte. Um ihre Enttäuschung aufzufangen, sagte er:

„Irgendwie hatte ich damit schon länger gerechnet. Du hast zwar Noten, von denen andere träumen. Aber man merkt, dass es dir keinen Spaß macht. Dass dich das ganze nervt. Und begeistern tust du dich für völlig anderes."

„Für dich natürlich!", sagte sie überaus leidenschaftlich und kniff ihm in die Seite.

„He!", rief er laut und mit einem Lachen, weil er dort kitzlig war, was sie wusste. „Nein, ich meine vor allem Musik. Und Kinder haben auf dich eine ziemlich vereinnahmende Wirkung, wenn ich das so sagen darf."

„Biste neidisch?"

„Ne."

„Hältst du das für dumm?"

„Auch nicht, nein."

„Bildest du dir ein, dass du ein Heimchen am Herd bekommst?"

„Um Gottes willen."

„Ja mal im Ernst. Ich überlege, mich an der PH einzuschreiben. Musik, Kunst und Deutsch auf Lehramt."

„Is aber jetzt 'n bisschen knapp."

„Die Frist ist vorbei, ja. Aber vielleicht gibt's noch 'ne Möglichkeit. Mein Abi-Schnitt ist ja nicht der allerschlechteste."

Er wusste, dass dieser Schnitt eins Komma null betrug. Sie sagte noch:

„Sonst eben erst zum Winter."

Dann schwiegen sie und genossen die Luft und das Gefühl der Nähe des anderen. Als sie vor ihrer Tür standen und Ashaia den Schlüssel aus der Tasche gezogen hatte, fragte sie:

„Bist du aufgeregt?"

Er sagte: „Schon etwas."

„Ich auch."

Sie schloss die Tür auf. In der Ferne tasteten sich die ersten Strahlen der Sonne über die Höhenzüge des Schwarzwalds.

*   *

*